Für
Christine
6. Dezember
1001

DIEDERICHS MÄRCHEN DER WELTLITERATUR

Begründet von Friedrich von der Leyen
Herausgegeben von Hans-Jörg Uther

SPANISCHE MÄRCHEN

Herausgegeben und übertragen
von Harri Meier und
Felix Karlinger

rororo

ROWOHLT

Veröffentlicht im Rowohlt Taschenbuch Verlag GmbH,
Reinbek bei Hamburg, November 1991

Umschlaggestaltung Hanke (Lembke / Rothfas)
(Illustration: Britta Lembke)
Gesetzt aus der Bembo (Linotronic 500)
Gesamtherstellung Clausen & Bosse, Leck
Printed in Germany
1280-ISBN 3 499 35082 3

AUS DEM SPANISCHEN

1

Die Ritter vom Fisch

Es war einmal ein Land, in welchem man so viele Eisenbahnen, Luftballons, Kanäle und Dampfschiffe baute, daß die Leute das Zu-Fuß-Gehen ganz verlernten und darum auch alle Schuhmacher und Schuhflicker zugrunde gingen. Mit dem Gleichgewicht der bürgerlichen Gesellschaft ist es wie mit dem der Erde: Wenn das Meer auf der einen Seite mit seinem Rachen ein Stück Land verschlingt, so wirft es auf der andern wieder ein Stück aus; was es aber ausspeit, ist jedesmal von ihm so ausgesogen und ausgedörrt wie die Wüste. Was das Meer tut, hatte in besagtem Lande die Zivilisation getan, als sie sich aller Kommunikationsmittel bemächtigt hatte; dürr und elend saßen die armen Schuster da, ihrem Schicksale überlassen.

Eins dieser Opfer warf in seinem Unmute mit seinem Leisten nach dem ersten Eisenbahnzuge, der ihm entgegenkam, mit seiner Ahle nach dem aufgeblähtesten Dampfschiffe, mit seiner Schürze nach dem aufgeblasensten Ballon, kaufte ein kleines Boot und Netz und wollte Fischer werden. Sooft nun ein Dampfer in der Nähe seines Bootes hinfuhr, rief er mit lauter Stimme hinüber: «In seinem kleinen Kahne trotzt ein Schuhflicker den Dampfschiffen wie der Fels den Meereswogen. Bilde dir nicht in deinem Stolze ein, daß ich mich dir je unterwerfe!

Nein, immer soll mein Bötelein
Mein einz'ger Lokomotor sein.»

So sang unser Fischer; was aber die Fische betrifft, so fing er damit keinen einzigen. Seine Baßstimme und das Geräusch der Dampfschiffe trieben sie alle weg. Es gab für ihn auf dem Meere geradeso wenig Fische wie auf dem Land zerrissene Schuhe. Da verzweifelte er denn endlich und nahm sich vor, sich ins Meer zu werfen, indem er meinte: «Esse ich keine Fische, so sollen die Fische mich essen, se va lo uno por lo otro, so oder anders, gleichviel.»

Aber das Meer sah grade so grimmig aus, so schwarzgrau, so wild und unbändig, daß unser Schuster eine bessere Gelegenheit für seinen Plan abwarten wollte. Indes warf er auch sein Netz wieder aus, und siehe da, auf einmal fühlte er es ganz schwer. ‹Aha›, dachte er, ‹es war doch gescheit, meinen Kopfsprung etwas aufzuschieben.› Er zog das Netz und fand einen Petersfisch darin. Die Petersfische sind aber ganz außerordentlich feine Fische mit zwei runden schwarzen Flekken, von denen die Legende sagt, sie seien durch die Finger des heiligen Petrus eingedrückt. Mag sich in diesem Glauben, der ja freilich kein Dogma ist, auch weder ein frommes Gefühl noch ein schöner poetischer Gedanke aussprechen wie in anderen Inspirationen des Volksglaubens, so beweist er doch, daß das spanische Volk, das von den englischen Propagandisten stets als höchst unwissend in religiösen Dingen geschildert wird, ganz in den Gedanken und Geschichten des Evangeliums lebt und Herrn John Bull in vielen Dingen wohl belehren könnte.

Wir kehren zu unserer Erzählung zurück. Sobald der Schuster den schönen Fisch in Händen hatte, sprach der Fisch, der, wie es scheint, nicht so stumm wie seine Brüder war, zu ihm:

«Trage mich nach deinem Hause; schneide mich in acht Stücke; bereite mich mit Salz und Pfeffer, Zimt und Nägelein, Krauseminze und Lorbeerblättern. Zwei Stücke gib deiner Frau zu essen, zwei deiner Mutterstute, zwei deiner Hündin, und die beiden übrigen pflanze in deinen Garten.» Der Schuhflicker tat buchstäblich alles, was ihm der Fisch sagte, so groß war sein Vertrauen zu dessen Worten. Dies bestätigt wieder eine ganz gegen die Ansicht der Parlamentsmänner laufende Tatsache, daß nämlich die, welche wenig sprechen, mehr Zutrauen einflößen als die Vielsprecher.

Nach neun Monaten gebar des Schusters Frau zwei Knaben, seine Stute warf zwei Füllen, seine Hündin zwei Hündchen, und im Garten gingen zwei Lanzen auf, die als Blüten zwei Wappenschilde trugen, welche einen Silberfisch im blauen Felde hielten. Alles dies wuchs friedlich und gedeihlich miteinander auf, so daß später aus des Schusters Hause zwei schöne stattliche Ritter auf prächtigen, wunderschön gesattelten Rossen mit zwei aufgerichteten Lanzen und zwei glänzenden Schilden, von zwei tüchtigen Windhunden begleitet, herausritten. Die Brüder, einander so ähnlich, daß man sie beide den Doppelritter nannte, wollten, wie es auch ganz recht war, ihre Persönlichkeit nicht verlieren und beschlossen darum, sich zu trennen und einzeln die Welt zu durchziehen. Sie umarmten sich zärtlich und gingen, der eine gen Osten, der andere gen Westen.

Nach einigen Reisetagen kam der erste nach Madrid und fand die königliche Stadt, wie sie das Salzwasser ihrer Tränen in die reinen und süßen Wellen ihres geliebten Manzanares mischte. Alle Welt weinte, selbst die Maria blanca vom Sonnentor. Unser schöner Ritter fragte nach der Ursache dieser allgemeinen Trostlosigkeit und erfuhr, daß ein fürchterlicher Drache, der Sohn einer höllischen Alten, jährlich ein junges Mädchen erhalte, um sich während der übrigen Zeit ruhigzuhalten, und daß das Los diesmal auf die Königstochter gefallen sei, die eine so schöne und herzensgute Prinzessin wie keine andere sei. Der Ritter fragte weiter, wo sich die Prinzessin befinde, und man sagte ihm, sie erwarte eine Viertelmeile vor der Stadt den Drachen, der jedesmal um zwölf Uhr komme, seine Beute mitzunehmen. Der Ritter eilte schnell nach dem bezeichneten Orte und fand die Prinzessin vom Kopf bis zu den Füßen zitternd und ganz in Tränen zerflossen.

«Fliehet», rief sie dem nahenden Ritter zu, «fliehet, Unbesonnener! Der Drache kommt sogleich, und dann seid Ihr verloren.»

«Ich werde nicht weichen», antwortete der Ritter, «sondern komme, Euch zu retten.»

«Mich retten? Das ist unmöglich.»

«Wir wollen sehen», entgegnete der tapfere Ritter, «gibt es hier Deutsche?»

«Ja», antwortete verwundert die Prinzessin.

«Ihr werdet es schon erfahren», sagte der Ritter und sprengte blitzschnell zur trostlosen Stadt zurück. Nach wenigen Minuten kam er mit einem großen Spiegel zurück, den er in einem deutschen Laden gekauft hatte. Er stellte ihn gegen einen Baum, bedeckte ihn mit dem Schleier der Prinzessin, stellte diese vor den Spiegel und sagte ihr, sobald der Drache nahe sei, solle sie schnell den Schleier zurückziehen und sich hinter dem Baum verstecken. Darauf entfernte er sich etwas und verbarg sich.

Es dauerte nicht lange, so erschien der Drache und kam langsam auf die Prinzessin zu, sie keck und unverschämt ansehend, so daß ihm nur das Lorgnon fehlte, um anderen kleineren und weniger gefährlichen Drachen zu gleichen. Als er nun endlich ganz nahe war, zog die Prinzessin schnell den Schleier vom Spiegel und versteckte sich hinter dem Baum. Der Drache war ganz verblüfft, als er seine verliebten Augen auf sein gräßliches Ebenbild gerichtet sah. Er verzerrte sein Gesicht – sein Visavis tat dasselbe; seine Augen wurden wie zwei feurige Kohlen – die seines Gegenmannes blieben nicht zurück; im Zorn sträubte er seine Schuppen wie ein Igel in die Höhe – und ganz ebensohoch stiegen die des andern Drachen; er öffnete seinen fürchterlichen Rachen, der nicht seinesgleichen gehabt haben würde, hätte nicht sein Gegner, ohne sich schrecken zu lassen, den seinen ebensoweit aufgetan. Ungestüm stürzte er nun auf seinen unerschrockenen Gegner los und stieß dabei so heftig gegen das Spiegelglas, daß er ganz betäubt wurde. Überdies sah er nun in allen den kleinen Stücken des entzweigestoßenen Spiegels Teile seines Körpers und glaubte nicht anders, als daß er sich selbst in lauter Stücke zerstoßen habe. Der Ritter benutzte diesen Augenblick, fiel mit seiner guten Lanze und seinem treuen Hund über den Drachen her und tötete ihn. Man kann sich die Freude und den Jubel der Madrileños, die lustige Leute sind, denken, als sie den Ritter vom Fisch ankommen sahen. Er hatte die Prinzessin so froh wie ein Osterfest neben sich auf dem Pferde und schleifte den toten Drachen, den er an den Schweif des Pferdes gebunden, wie eine Schleppe hinter sich her.

Man wird sich auch wohl denken, daß man die hohe Tat des edlen Ritters mit nichts anderem belohnen konnte als mit der weißen Hand der Prinzessin und daß es eine Hochzeit mit Gastmählern, Stiergefechten und Ritterspielen gab und daß ich auch dabei war, ohne übrigens von den Herrlichkeiten etwas zu bekommen.

Einige Tage nach der Hochzeit sagte nun der Ritter zu seiner Frau, er möchte auch gern einmal den ganzen Palast sehen, der so groß war, daß er eine Meile Landes bedeckte. Die Prinzessin willigte ein, und sie machten sich auf den Weg. Endlich nach drei Tagen war die Wanderung durch alle Gemächer beendet, und am vierten stiegen sie auf die Terrasse. Wie erstaunt war der Ritter über die herrliche Aussicht! Da sah man ganz Spanien und Mohrenland und selbst den Kaiser von Marokko, der den Tod seines Freundes, des bösen Drachen, bitterlich beweinte.

«Was für ein Schloß ist das dort in der Ferne, das so einsam und düster aussieht?» fragte der Ritter.

«Es heißt», erwiderte die Prinzessin, «Schloß Erschrecklich und ist verzaubert, ohne daß jemand den Zauber lösen kann. Wer hineingeht, kommt nicht wieder heraus.»

Der Ritter schwieg. Da er aber mutig war und Abenteuer liebte, so stieg er am andern Morgen, ohne jemand etwas davon zu sagen, auf sein Pferd, nahm Degen, Lanze und Hund mit und machte sich auf den Weg nach jenem Schlosse.

Das Schloß war so entsetzlich, daß sich ein jeder fürchtete, der es nur sah, schwarz wie eine Gewitternacht, schweigsam wie eine Leiche, unwirsch wie ein Bösewicht. Aber der Ritter wußte von Furcht nichts weiter als den Namen, kehrte den Rücken nur dem überwundenen Feinde und klopfte also laut an der Tür an. Alle schlafenden Echos des Schlosses wachten auf und ließen näher und ferner das Klopfen im Chore nachklingen; doch kam keine andere Antwort. Da klopfte er stärker mit der Lanze, und es öffnete sich nun ein kleines Gitterloch im Tor, hinter dem die Spitze von der langen Nase eines alten, häßlichen Weibes hervorguckte.

«Was wollt Ihr, dreister Ruhestörer?» fragte die Alte.

«Hineingelassen werden», antwortete der Ritter und hob dabei sein Visier in die Höhe.

Als die Alte das schöne Gesicht sah, ward sie ganz freundlich und machte ihm gleich die Tür auf.

«Nun, gute Alte –», begann der Ritter.

«Ich heiße Berberiscà», fiel ihm die Alte empfindlich ins Wort, «und bin Erb- und Gerichtsfrau vom Schloß Erschrecklich.»

«Schrecklich, schrecklich», riefen die Echos.

«Wollt ihr wohl schweigen, ihr Schreihälse!» schalt die Alte, und zum Ritter gewandt fuhr sie fort: «Wollt Ihr mich heiraten, so sollt Ihr Herr sein und ein Leben haben wie der Pascha.»

«Ah», lachten in einem fort die Echos.

«Euch sollt ich heiraten, Euch Hundertjährige?» antwortete der Ritter. «Ihr seid recht einfältig, fürwahr.»

«Wahr, wahr, wahr», riefen die Echos.

«Was ich will», fuhr der Ritter fort, «ist nur das Schloß durchsuchen und fortgehen nach dem Examen.»

«Amen, amen, amen –», klang es nach.

Die Alte sah aufgebracht den Ritter von der Seite an und sagte, er solle ihr folgen, sie werde ihm alles zeigen. So geschah es, und der Ritter sah gar viele, viele prächtige Sachen. Doch konnte er sich nicht alles merken, denn die boshafte Berberisca führte ihn schnell weiter in einen dunkeln Gang, wo sich plötzlich eine Falltür öffnete. Der Ritter, der nichts davon ahnte, fiel in einen tiefen Abgrund und einte nun seine Stimme mit denen der Echos, denn alle jene Echos waren nichts als Stimmen anderer schöner und vortrefflicher Ritter, welche die ehrwürdigen Reize der Alten gleichfalls verschmäht hatten und von ihr in derselben Weise betrogen worden waren.

Wir kommen nun zum andern Ritter vom Fisch. Dieser gelangte auf seiner Reise auch zuletzt nach Madrid. Aber welche Aufnahme wartete seiner daselbst: kaum trat er in das Tor, als die Soldaten vor der Wache aufmarschierten, Trommeln wirbelten und Trompeten schmetterten und der Königsmarsch erklang. Die Diener vom Palast umringten ihn und teilten ihm mit, daß die Prinzessin in Tränen zerfließe und über seine lange Abwesenheit sich viel geängstet und viel geweint habe.

‹Gewiß›, dachte der Ritter, ‹hält man mich für meinen Bruder, der vermutlich hier sein besonderes Glück gemacht hat. Ich will doch sehen, wo das hinausgeht.›

Man führte ihn wie im Triumphe nach dem Palast, und König und Prinzessin empfingen ihn mit hohen Freuden.

«Du bist also nach dem Schlosse Erschrecklich geritten? Sag, wie bist du herausgekommen, und wie ist es dir dort ergangen? Ich habe gefürchtet, dich nie wiederzusehen.»

«Es ist mir nicht erlaubt, ein einziges Wort darüber mitzuteilen, bis ich nicht nochmals da gewesen bin.»

«Wie», rief die Prinzessin, «du bist der einzige, der je vom verzauberten Schlosse wiedergekehrt ist, und du willst das Abenteuer zum zweiten Male wagen?»

«Ich muß es.»

Darüber war der Abend angekommen, und beide begaben sich zum Schlafgemach. Der Ritter nahm seinen Degen und legte ihn auf das Lager der Prinzessin.

«Warum tust du das?» fragte sie.

«Weil ich ein Gelübde getan», antwortete er, «auf keinem Lager zu ruhen, bis ich nicht von jenem Schlosse wiedergekehrt bin.»

Am andern Morgen bestieg er sein Pferd und machte sich auf den Weg nach dem Schlosse, in Ungewißheit und Furcht wegen seines Bruders. Jetzt stand er am Tor und klopfte. Berberiscas Nasenspitze zeigte sich alsbald am Gitterloch, wurde aber sogleich noch einmal so lang und kreideweiß, denn die Alte dachte, als sie den Ritter sah, nicht anders, als die Toten stünden auf.

«Heiliger Beelzebub», rief sie, denn für diesen Heiligen hatte sie eine besondere Devotion, «heiliger Beelzebub, befreie mich von dieser Erscheinung», und mit diesen Worten lief sie weg.

«Frau Unsterblich», rief ihr der Ritter nach, «ist hier ein Ritter angekommen, der mir ähnlich aussah? Nein oder ja.»

«Ja, ja, ja», riefen die Echos.

«Lebt er, oder ist er tot?»

«Tot, tot, tot», klagten die Echos.

Als der Ritter das hörte, lief er der Alten nach und durchbohrte sie mit seinem Degen, und da sie klein und mager war und der Wind gerade stark wehte, so drehte sie sich wie ein Windmühlenflügel um den Degen herum.

«Wo ist mein Bruder, du tückische Hexe?» fragte der Ritter.

«Ich wollte es Euch gern sagen», antwortete sie, «aber ich bin sterbend, und von allem Drehen schwindelt mir der Kopf. Macht mich erst wieder lebendig.»

«Wie kann ich das, alter Drache?»

«Geht nach dem Garten, nehmt Eisenhut, Klatschrosen und Drachenblut, kocht das in einem Kessel und badet mich darin», und kaum hatte die Alte das gesagt, als sie starb, ohne noch «Jesus» zu sagen.

Der Ritter tat alles, wie ihm gesagt, und machte die Alte wieder lebendig, nur war sie noch häßlicher als vorher, denn ihre große Nase hatte im Kessel keinen Platz gefunden und sah totenstarr und weiß wie ein Elefantenzahn aus.

Sie sagte nun dem Ritter, wo sein Bruder sei, und als der Ritter in jenen Abgrund hinunterstieg, fand er daselbst nicht allein seinen Bruder, sondern noch viele andere Ritter und sehr viele schöne Fräulein, die der Drache ehemals dahin gebracht. Er steckte sie darauf alle, einen nach dem andern, in den Kessel und machte sie so alle wieder lebendig. Die Echos nahmen wieder von ihren Kehlen Besitz, die Herrlein und Fräulein bedienerten und beknicksten sich gegenseitig, gingen dann alle zum Ritter, ihm zu danken, und nach wenigen Sekunden standen lauter schmucke Pärchen da, denn die Ritter und Fräulein waren lauter verzauberte Bräutigame und Bräute gewesen. Als Berberisca diese Lust und Freude sah, platzte sie vor Neid und starb nun für immer.

2

Vom halben Hähnchen

Es war einmal eine schöne Henne, die lebte ganz vergnügt in einem Hofe, umgeben von ihren zahlreichen Jungen, unter welchen jedoch ein Hähnchen durch seine Verstümmelung und Mißgestalt auffiel. Und gerade dieses war der Mutter Liebling. Es war eigentlich nur die Hälfte eines Hahnes, denn es hatte nur ein Auge, einen Flügel und einen Fuß; dabei war es aber viel stolzer als sein Vater, der doch auf zwanzig Meilen in der Runde der schönste und galanteste Hahn war. Ja in seinem Dünkel sah es sich für den Phönix seines Geschlechtes an und hielt es für Neid, wenn die andern jungen Hähne sich über ihn lustig machten, und für Rache verschmähter Liebe, wenn die Hühnchen es auslachten.

Eines Tages sagte dieses Hähnchen zur Mutter: «Hört mal, Frau Mutter, ich langweile mich hier auf dem Lande. Ich habe den Vorsatz gefaßt, in die Residenz zu gehen: ich will den König und die Königin sehen.»

Die arme Mutter fing an zu zittern, als sie dies hörte. «Söhnchen», rief sie, «wer hat dir solchen Unsinn in den Kopf gesetzt? Dein Vater hat in seinem ganzen Leben nicht dieses Gehöft verlassen und ist doch die Zierde seines Geschlechtes geblieben. Wo wirst du einen Hof wie diesen finden? Wo einen ansehnlicheren Düngerhaufen? Wo eine gesündere und reichlichere Nahrung, einen besser geschützten Stall, eine Familie, die dich mehr liebt?»

«Nego», erwiderte das halbe Hähnchen auf lateinisch, denn es tat sich was darauf zugute, ein paar Worte Latein krähen und kratzen zu können, «meine Brüder und Vettern sind mir einmal zu dumm und zu unwissend!»

«Aber Söhnchen», entgegnete die Mutter, «hast du dich nie im Spiegel erblickt? Hast du nicht da bemerkt, daß ein Auge und ein Fuß dir fehlt?»

«Und das wollt Ihr mir vorhalten», rief das Hähnchen, «Ihr, die Ihr vor Scham vergehen solltet, in einem solchen Zustande mich in die Welt gesetzt zu haben? Ja, Ihr allein seid schuld daran! Aus was für einem Ei bin ich gekrochen? War es etwa ein von einem alten Hahne gelegtes?»

«Nein, nein, mein Söhnchen», rief die Mutter, «aus solchen Eiern kriechen ja nur Basilisken heraus. Du aber bist aus dem letzten Ei gekrochen, das ich selbst gelegt habe, und eben weil es mein letztes und ich schon erschöpft war, bist du so unvollkommen und schwächlich zur Welt gekommen. Du siehst wohl, daß dies nicht meine Schuld war.»

«Vielleicht», versetzte das halbe Hähnchen, und dabei schwoll ihm der Kamm rot wie ein Granatapfel, «vielleicht kann ich einen Chirurgen finden, dem es gelingt, die fehlenden Glieder mir anzusetzen. Kurz, da hilft keine Widerrede; ich ziehe fort.»

Als die Mutter sah, daß sie nichts vermochte, es von seinem Vorsatze abzubringen, sprach sie zu ihm:

«So höre wenigstens, mein Söhnchen, auf die klugen Ratschläge einer guten Mutter. Vermeide die Kirchen, wo ein Bildnis des heiligen Petrus aufgestellt ist; denn dieser Heilige ist den Hähnen nicht sehr geneigt und noch viel weniger ihrem Rufe. Fliehe auch gewisse Menschen, die man Köche nennt, die sind unsere geschworenen Feinde, sie drehen uns den Hals um, bevor man noch Amen ausgesprochen hat. Und nun, mein Söhnchen, möge dich Gott geleiten und der heilige Raphael, der Schutzpatron der Reisenden. Gehe und bitte deinen Vater um seinen Segen.»

Das halbe Hähnchen ging zu seinem Vater, küßte ihm den Fuß und erbat sich seinen Segen. Der ehrwürdige Hahn gab ihm diesen mit mehr Würde als Zärtlichkeit, denn er hatte keine große Zuneigung zu diesem Söhnchen wegen dessen Hochmut und Widerspenstigkeit. Die Mutter aber ward so weichmütig, daß sie sich die Tränen mit einem dürren Laube abtrocknen mußte. Das halbe Hähnchen setzte seinen einen Fuß in Reiseschritt, schlug mit seinem einzigen Flügel und krähte dreimal zum Zeichen des Abschiedes.

Als es an das Ufer eines fast ausgetrockneten Baches kam – denn es war im Hochsommer –, traf es sich, daß gerade der schwache Wasserfaden von Zweigen noch aufgehalten wurde, und als der Bach unseren Wanderer ersah, rief er ihm zu: «Du siehst, Freund, wie schwach ich nun bin, ich kann kaum noch fortkommen und habe nicht mehr Kraft genug, um diese lästigen Zweiglein wegzudrängen, die meinen Lauf hindern. Noch weniger vermag ich es, sie durch einen Umweg zu vermeiden; denn dies würde mich allzusehr erschöpfen. Du aber kannst mir leicht aus dieser Not helfen, wenn du sie mit deinem Schnabel zurückbiegst. Zum Lohne kannst du nicht nur deinen Durst in meinem Wasser löschen, sondern auch sonst auf meine Dienste zählen, wenn des Himmels Wasser meine Kräfte wiederhergestellt haben wird.»

Das Hähnchen erwiderte darauf: «Ich könnte dir wohl helfen, aber ich will nicht. Sehe ich etwa danach aus, der Diener armseliger schmutziger Bächlein zu sein?»

«Du wirst an mich denken, eher, als du glaubst!» murmelte der Bach mit schwacher Stimme.

«Nun, das fehlte noch, daß du mir drohtest!» rief erbost das Hähnchen. «Du rechnest wohl schon auf die nächste Sintflut?»

Als es etwas weitergegangen war, traf es mit dem Winde zusammen; der lag ausgestreckt und fast atemlos am Boden.

«Liebes Hähnchen», sprach er, «in dieser Welt bedürfen wir alle bald einer des anderen. Komm her und schau mich an. Siehst du, wie mich die Sommerhitze zugerichtet hat, mich, den sonst so Starken, so Mächtigen, mich, der ich die Wellen aufwühle, die Felder verwüste, dessen Anfall nichts widersteht? Diese Hundstage haben mich so herabgebracht; berauscht von dem Duft der Blumen, mit denen ich tändelte, schlief ich ein, und nun findest du mich hier bis zur Ohnmacht ermattet. Wenn du mich mit deinem Schnabel nur ein paar Zoll über den Boden erheben und mit deinem Flügel mich anfächern wolltest, so würde es hinreichen, mich wieder in Flug zu bringen und die Höhle erreichen zu lassen, wo meine Mutter und meine Schwestern, die Windsbräute, beschäftigt sind, einige alte Wolken auszubessern, die ich zerrissen habe. Dort werden sie mir schon ein Süppchen kochen, daß ich wieder zu Kräften komme.»

«Caballero», entgegnete das böswillige Hähnchen, «oft genug haben sich Euer Gnaden mit mir einen Spaß gemacht, mich in den Rücken geblasen und mir den Schweif wie einen Fächer auseinandergetrieben zum Spotte aller, die mich sahen. Nein, Freund, jede Sau hat ihren Martinstag: auf Wiedersehen, Herr Possenreißer!»

So sprach das Hähnchen, krähte dreimal mit heller Stimme, und sich gewaltig aufblähend setzte es seinen Weg fort.

Da kam es zu einem geschnittenen Getreidefeld; die Schnitter hatten die Stoppeln ausgebrannt, und es stieg noch eine kleine Rauchsäule davon auf. Als Halb-Hähnchen näher hinzutrat, sah es noch ein kleines Fünkchen, das nahe daran war, unter der Asche zu verlöschen.

«Geliebtes Halb-Hähnchen», rief der Funke, als er es sah, «zu guter Stunde bist du gekommen, um mir das Leben zu retten. Aus Mangel an Nahrung bin ich im Verlöschen. Ich weiß auch nicht, wo mein Vetter, der Wind, sich herumtreibt, der mir sonst in solchen Nöten immer beistand. Bring mir einige Strohhälmchen, um mich wieder zu beleben.»

«Was geht mich dein Notgeschrei an!» entgegnete das Hähnchen. «Zerplatze, wenn es dich freut; denn es stünde schlimm mit mir, sollte ich je deiner Hilfe bedürfen!»

«Wer weiß, ob du nicht doch eines Tages meine Hilfe brauchst?» versetzte der Funke. «Keiner kann sagen: ‹Von diesem Wasser trinke ich nicht!›»

«Oho!» rief das böse Tier. «Wie, du willst noch prahlen? Da, nimm das!» Und damit überdeckte es den Funken mit Asche und begann seiner Gewohnheit nach zu krähen, als wenn es eine Heldentat verübt hätte.

Endlich langte Halb-Hähnchen in der Residenz an; es kam zu einer Kirche, die man ihm als die Petruskirche nannte. Da pflanzte es sich der Pforte gegenüber auf und krähte, bis es heiser wurde, und zwar gerade dem Heiligen zum Possen und aus Lust, der Mutter ungehorsam zu sein.

Als es sich dem Palaste nahte, wo es den König und die Königin sehen wollte, riefen ihm die Schildwachen zu: «Zurück!» Das verscheuchte es, und es schlich sich durch eine Seitentür in ein großes Gemach, wo es viele Leute ein und aus gehen sah. Auf seine Frage, was das für Leute seien, sagte man ihm, das seien die Köche des Königs. Aber statt diese zu fliehen, wie ihm seine Mutter empfohlen, ging es mit emporgerichtetem Kamm und Schweif auf sie los. Da erfaßte es einer der Küchenjungen, und im Nu hatte er ihm den Kragen umgedreht. Dann rief er nach Wasser, um ihm die Federn abzubrühen.

«Ach, Wasser, mein liebes kristallreines Wasser», schrie nun Halb-Hähnchen, «hilf mir, verbrühe mich nicht, erbarme dich meiner!»

«Hast du dich meiner erbarmt, als ich dich um Hilfe bat?» entgegnete das Wasser, vor Zorn glühend, und brühte es ab von oben bis unten, so daß die Küchenjungen keine Mühe mehr hatten, ihm alle seine Federn abzustreifen.

Dann steckte der Koch Halb-Hähnchen an den Bratspieß.

«Feuer, goldenes Feuer», schrie das Unglückskind, «du, das du so mächtig und so leuchtend bist, habe Mitleid mit meiner traurigen Lage, zähme deine Glut, dämpfe deine Flammen, verbrenne mich nicht.»

«Unverschämter Schlingel», versetzte das Feuer, «wie, du hast noch den Mut, dich an mich zu wenden, nachdem du mich zu ersticken gesucht unter dem Vorwande, daß du meine Hilfe nie benötigen würdest? Komm nur her, und du wirst sehen, was gut ist.»

Und in der Tat begnügte sich das Feuer nicht damit, das Hähnchen goldgelb zu braten, sondern verbrannte es, daß es schwarz wie Kohle wurde.

Als es der Koch in diesem Zustande sah, ergriff er es bei seinem einen Fuße und warf es zum Fenster hinaus. Da bemächtigte sich seiner der Wind.

«Wind», schrie das Hähnchen, «mein geliebter, verehrter Wind, du, der du über alles Macht hast und niemandem gehorchest, Gewaltigster unter den Gewaltigen, habe Mitleid, laß mich zur Ruhe kommen auf diesem Düngerhaufen.»

«Dich zur Ruhe kommen lassen!» schnaubte der Wind, indem er es im Wirbel herumdrehte und in den Lüften hin und her warf wie einen Kreisel. «Nimmermehr!»

Endlich setzte der Wind Halb-Hähnchen auf der Spitze eines Glockenturmes ab. St. Peter erfaßte es und nagelte es dort fest. Seitdem nimmt es diesen Posten ein, schwarz, fleischlos und entfiedert, vom Regen gepeitscht und vom Winde gedreht, dem es immer den Schweif nachtragen muß. Nun heißt es nicht mehr Halb-Hähnchen, sondern Wetterfähnchen.

3

Frau Fortuna und Herr Geld

Nun, meine Herren, so wißt denn, daß Frau Fortuna und Herr Geld ineinander so verliebt waren und so unzertrennlich lebten, daß man nie die eine ohne den andern sah. Natürlich fingen die Leute mit der Zeit an, dies Verhältnis zu tadeln, und beide beschlossen deshalb, sich ehrlich zu heiraten.

Herr Geld war ein kleiner, dicker Mann mit einem runden Kopfe von peruanischem Golde, einem runden Bauche von mexikanischem Silber und runden Beinen von segovianischem Kupfer, mit Papierschuhen aus der großen Fabrik von Madrid. Frau Fortuna dagegen war eine kapriziöse, hirnlose, unbeständige und unverschämte, eigensinnige Frau, dabei blind wie ein Maulwurf.

Kaum hatte das neue Ehepaar die Flitterwochen verlebt, als es auch schon mit dem Hausfrieden vorbei war. Die Frau wollte befehlen, und der stolze und aufgeblasene Herr Geld wollte sich nicht befehlen lassen. – Meine Herren, mein Vater (Gott habe ihn selig) sagte, wenn sich der Ozean verheiraten würde, würde er schon fein demütig werden: aber Herr Geld war hoffärtiger als der Ozean und verlor seinen Hochmut nicht.

Weil nun beide die Oberhand haben wollten und keiner dem andern nachgeben mochte, so kamen sie endlich überein, daß eine Probe über die strittige Herrschaft entscheiden sollte. «Siehe», sagte die Frau zu ihrem Manne, «siehst du dort am Fuße des Olivenbaumes jenen armen Mann, der so elend und betrübt dasitzt? Wir wollen sehen, wer ihm eine bessere Lage verschafft, du oder ich.»

Herr Geld ging darauf ein, und sie machten sich auf den Weg, er rollend, sie mit einem Sprunge.

Der Mann, der immer unglücklich gewesen war und nie den einen noch den andern vor seinen Augen gehabt hatte, machte Augen so groß wie Oliven, als er die vornehme Herrschaft vor sich sah.

«Gott grüß Euch», sagte Herr Geld.

«Euch auch», entgegnete der arme Mann.

«Kennt Ihr mich nicht?»

«Ich kenne Euer Gnaden nur, um ihr zu dienen.»

«Nie hast du mein Gesicht gesehen?»

«In meinem ganzen Leben nicht.»

«Wieso? Besitzt du denn gar nichts?»

«O ja, Herr, sechs Kinder, so nackt wie Riegel, mit Kehlen so weit wie alte Strümpfe, aber was Einnahme betrifft, so habe ich nur ein ‹Nimm und iß›, wenn ich arbeite.»

«Und warum arbeitest du nicht?»

«Nun, weil ich keine Arbeit finde, das Glück ist mir so zuwider, daß sich alles zu meinem Schaden wendet. Seitdem ich mich verheiratet habe, scheint mein Weg gefroren zu sein, alles tot und trocken.»

«Ich will dir zu Hilfe kommen», sagte Herr Geld, indem er pompös einen Duro aus seiner Tasche zog und ihm den gab.

Dem armen Mann schien das wie ein Traum, und er lief schneller als der Wind geradenwegs zu einem Bäckerladen, um Brot zu kaufen. Als er aber das Geldstück aus der Tasche ziehen wollte – fand er nichts! nichts als ein Loch, durch welches sich der Duro, ohne Abschied zu nehmen, davongemacht hatte.

Der arme Mann war ganz außer sich und fing an zu suchen;

fand aber nichts. «Das Lamm, das bestimmt ist, im Rachen des Wolfes zu sterben, kann kein Hirt davor behüten.» Nach dem Duro verlor er die Zeit, nach der Zeit die Geduld, und er fing an, sein Schicksal zu verwünschen.

Frau Fortuna wollte sich indes darüber fast totlachen, und dem Herrn Geld, dessen Gesicht vor Ärger noch gelber ward, als es schon war, blieb nichts übrig, als die Hand noch einmal in die Tasche zu stecken und dem armen Mann eine Unze zu geben, worüber sich dieser so freute, daß ihm die Freude vom Herzen zu den Augen herausstrahlte.

Er ging nun nach einem Kaufladen, um Zeug für seine Frau und Kinder zu kaufen. Als er aber mit seiner Unze bezahlten wollte, sagte der Kaufmann, die Unze sei falsch, er sei wohl selbst gar ein Falschmünzer, und man werde ihn beim Gerichte angeben. Der arme Mann wurde darüber so feuerrot vor Scham und Verlegenheit, daß man an seinem Gesichte hätte Bohnen rösten können. Er lief fort und erzählte Herrn Geld, was ihm begegnet war, und dabei liefen ihm immer die hellen Tränen herunter.

Frau Fortuna lachte immer mehr und lauter, und Herr Geld wurde immer ärgerlicher. «Ihr habt wahrlich rechtes Unglück», sagte er zu dem armen Manne, indem er ihm zweitausend Realen gab, «aber ich werde Euch vorwärtsbringen oder meine Macht für verloren geben.»

Der arme Mann entfernte sich und war so außer sich vor Freude, daß er ein paar Räuber, die ihm nachstellten, erst bemerkte, als er sie vor der Nase hatte. Sie zogen ihn aus, nahmen ihm alles weg, was er hatte, und ließen ihn, wie ihn einst seine Mutter zur Welt gebracht.

Jetzt machte Frau Fortuna ihrem Manne eine lange Nase, und dieser konnte vor Zorn und Unwillen keinen Laut herausbringen. «Nun ist die Reihe an mir», sagte sie, «und wir werden sehen, wer mehr kann, der Weiberrock oder die Hose.» Mit diesen Worten näherte sie sich dem armen Manne, der sich auf die Erde geworfen hatte und sich die

Haare ausraufte. Sie pustete ihn bloß an, und in demselben Augenblick sah er neben seiner Hand den verlorenen Duro. «Etwas ist immer etwas», sagte er zu sich selbst; «kann ich doch meinen Kindern Brot kaufen.»

Als er an dem bewußten Zeugladen vorbeikam, rief ihn der Kaufmann und sagte, er möchte ihm doch verzeihen; er habe gemeint, die Unze sei falsch; als er sie aber in der Münze habe prüfen lassen, habe man ihm gesagt, daß das Gold ganz echt und das Gewicht ganz vollkommen sei; er gebe sie ihm hiermit wieder und schenke ihm das gekaufte Zeug noch obendrein. Der arme Mann war damit zufrieden und zog mit der Unze und dem Zeuge weiter. Als er über den Markt ging, begegnete er einer Abteilung Gendarmen, welche die Räuber eingefangen hatten. Der Richter, der ein Richter war, wie es wenige gibt, befahl, daß man dem armen Manne sein Geld zurückgebe, ohne Kosten noch andern Abzug. Der arme Mann wollte darauf dies Geld in einer Mine anlegen, und kaum hatte er drei Ellen tief gegraben, als er eine starke Goldader und eine Silberader und eine Eisenader fand. Er wurde nun bald Don genannt, darauf Ew. Gnaden und zuletzt Exzellenz. – Seitdem hat Frau Fortuna ihren Mann unter dem Pantoffel und ist ausgelassener, unbeugsamer und kapriziöser als je und fährt fort, ihre Gunst wie der Blinde seine Prügel auszuteilen.

4

Die drei Apfelsinen mit einem Sprung

Nun, lieber Herr, also: Es war einmal eine Mutter, die hatte einen Sohn, der war schon erwachsen. Die Mutter wollte, daß der Sohn heirate, doch er fand unter den Mädchen seines Dorfes keines, das ihm gefiel. Eines Tages hörte er von einer alten Zauberin reden, und er ging zu ihr hin und sagte:

«Meine Mutter will, daß ich heirate, doch finde ich keine Frau, die mir gefällt, und da bin ich zu Euch gekommen, um zu fragen, ob Ihr wißt, wo sich die schönste Frau der Welt befindet.»

Die Alte, die noch Freude an ihren Augen hatte und sah, daß der Jüngling sehr hübsch war, sagte zu ihm:

«Ich weiß, wo die Frau ist, die du suchst, und ich bin sicher, daß sie dir gefällt; doch vorher mußt du tun, was ich dir sage. Sieh, du mußt diesen Weg hier gehen, geradeaus, immer geradeaus, und mußt nach dem Schloß der drei Apfelsinen fragen. Wenn du es findest, geh in den Garten; dort wirst du einen sehr schönen Apfelsinenbaum sehen, der nur drei Apfelsinen trägt. Du mußt versuchen, sie mit einem Sprung zu greifen, doch steige nicht auf den Baum, denn dann kannst du nicht wieder herunterkommen. Sobald du sie gepflückt hast, mußt du sie mir herbringen, dann will ich dir sagen, wo sich die Frau befindet, die du suchst.»

Nun gut; er machte sich also auf den Weg und ging los, ging weiter und immer weiter. Nach langer Zeit erblickte er ein Schloß; er hielt darauf zu, klopfte an und bat um Unterkunft. Und die dort wohnte – es war ein junges Mädchen –, fragte ihn, was er denn nur in dieser Gegend vorhabe.

«Ich bin auf der Suche nach dem Schloß der drei Apfelsinen.»

«Wo das ist, weiß ich nicht», sagte sie, «aber meine Mutter, die Sonne, wird bald kommen; vielleicht weiß sie es.»

Und während sie noch miteinander sprachen, begann das Schloß zu leuchten, und gleich darauf kam die Sonne und strahlte eine solche Hitze aus, daß man es dort fast nicht aushalten konnte. Sobald sie eintrat, sagte sie:

«Tochter, ich rieche Menschenfleisch; wenn du es mir nicht gibst, töte ich dich.»

«Ach, Mutter, ein armer Jüngling ist gekommen und hat mich nach dem Schloß der drei Apfelsinen gefragt; ich hab ihm gesagt, daß Ihr es vielleicht wißt.»

«Das Schloß kenne ich nicht», sagte die Sonne, «doch soll er zu meinem Bruder, dem Mond, gehen; vielleicht weiß der es.»

Und wieder machte sich mein junger Bursche auf den Weg und ging weiter und immer weiter, weiter und immer weiter, bis er ein anderes Schloß erblickte und dort hinging, um nach dem Schloß der drei Apfelsinen zu fragen. Ein junges Mädchen kam heraus und sagte, sie wisse es nicht, doch solle er nur hereinkommen, denn ihr Vater, der Mond, würde bald erscheinen, und vielleicht wisse der es ja.

Der Jüngling trat ein, und bald darauf erhellte sich das Haus allmählich, und es wurde hell wie der Tag. Das war der Mond, der ankam, und als er eintrat, sagte er zu seiner Tochter:

«Ich rieche Menschenfleisch; wenn du es mir nicht gibst, töte ich dich.»

«Seht, Vater, hier ist ein armer Jüngling, der von meiner Tante, der Sonne, kommt, um zu hören, ob Ihr vielleicht wißt, wo das Schloß der drei Apfelsinen liegt.»

«Das weiß ich nicht», sagte der Mond, «doch soll er zu meinem Bruder, dem Ostwind, gehen; es kann gut sein, daß der es weiß, da er doch überall eindringt.»

Der junge Bursche ging wieder fort und wanderte weiter und immer weiter. Als er schon eine große Strecke zurückgelegt hatte, erblickte er wieder ein Schloß, und als er es erreicht hatte, fragte er wieder nach dem Schloß, das er suchte. Doch das junge Mädchen, das dort war, sagte ihm, daß sie es nicht wisse, daß er aber auf ihren Vater warten solle, der habe es vielleicht gesehen.

Er war kaum eingetreten, da hörte er plötzlich einen entsetzlichen Lärm, und es erzitterte das ganze Haus, als ob es einstürzen wollte. Da kam auch schon der Ostwind herein mit fürchterlichem Geheul und sagte zu seiner Tochter:

«Ich rieche Menschenfleisch; wenn du es mir nicht gibst, töte ich dich.»

«Ach, Vater», sprach die Tochter, «hier ist ein armer Kerl, der von meinem Onkel, dem Mond, kommt, damit er von Euch, falls Ihr es wißt, hört, wo das Schloß der drei Apfelsinen liegt.»

«Ja, das weiß ich», antwortete der Wind, «da muß er erst über den Berg, den man dort drüben sieht; auf der anderen Seite liegt das Schloß, das er sucht.»

Der Jüngling, der sich wegen des Windes dort nicht gerade wohl fühlte, machte, daß er eiligst fortkam, und er wanderte, wie man nur wandern kann, und überstieg jenen Berg und sah ein so wunderbares Schloß vor sich, wie er noch keines gesehen hatte. Da die Tore offenstanden und er niemanden erblicken konnte, trat er ein, als wäre er dort zu Hause, und sah in einen prachtvollen Garten, in dem die verschiedensten Arten von Bäumen waren; darunter befanden sich auch viele Apfelsinenbäume, alle voll von Apfelsinen, so daß er nicht wußte, von welchem er pflücken sollte. Nachdem er mehrere Male suchend hin und her gegangen war, sah er schließlich einen, der hatte nur einen Zweig, und an ihm hingen drei Apfelsinen; da sprach er bei sich: «Dies muß er sein», und hops! sprang er hoch und riß den ganzen Zweig ab; dann rannte er aus dem Schloß, voll Angst, jemand könnte ihm den Zweig wieder wegnehmen.

Und nun, lieber Herr, begann unser Bursche die lange Strecke wieder zurückzulegen, und als er mitten auf dem Weg war, bekam er Hunger, und da er nichts zu essen bei sich hatte, was tat er da? Er nahm eine Apfelsine und schnitt sie durch.

Kaum hatte er sie durchgeschnitten, da stand ein junges Mädchen vor ihm, und was für ein Mädchen! und sagte zu ihm:

«Gibst du mir Brot?»

«Ich habe keines», antwortete er.

«Dann geh ich wieder in meine Apfelsine und auf meinen Baum.»

Und sie verschwand, und die Apfelsine schloß sich.

Obwohl der Ärmste großen Hunger hatte, wagte er nun nicht mehr, noch eine Apfelsine zu öffnen, denn er fürchtete, es könnte ihm wieder so gehen. In der ersten Hirtenhütte, die er fand, bat er daher um ein wenig Brot. Man gab es ihm, und er wanderte weiter, bis er eine gute Strecke von der Hütte entfernt war. Dann setzte er sich nieder und schnitt wieder eine Apfelsine durch.

Sobald er sie durchgeschnitten hatte, stand ein Mädchen vor ihm, das war noch schöner als das erste und sagte:

«Gibst du mir Brot?»

«Hier hast du es», antwortete er.

«Und Wasser?»

«Das hab ich nicht.»

«Dann geh ich wieder in meine liebe Apfelsine und auf meinen Baum.»

Und sie schlüpfte in die Apfelsine und verschwand; da hatte er nur noch eine einzige Apfelsine. Und was tat er nun? Er bewahrte das Brot auf und nahm sich vor, nicht eher davon zu essen, als bis er Wasser fand. Und er ging weiter und immer weiter, bis er endlich an einem Abhang eine Quelle fand. Dort setzte er sich hin, holte sein Brot heraus, nahm die letzte Apfelsine, die ihm noch geblieben, in die Hand und schnitt sie durch. Es erschien ein Mädchen, das anzusehen eine wahre Freude war; wenn die beiden anderen schon schön gewesen, so war dieses doch noch viel schöner. Der Jüngling kam bei seinem Anblick nicht aus dem Staunen heraus, bis es schließlich sagte:

«Gibst du mir Brot?»

«Hier hast du es», antwortete er.

«Gibst du mir Wasser?»

«Ja», sagte er und bot ihr welches an.

«Nun wirst du mit mir glücklich werden», sagte sie und trank das Wasser aus.

Da aßen die beiden, und dann machten sie sich zusammen

auf den Weg, und er wußte sich vor lauter Glück nicht zu fassen. Sie gingen und gingen, bis sie schließlich das Dorf erblickten; und da sie von dem langen Marsch etwas verwildert aussahen, wollte er nicht so mit ihr ins Dorf gehen, und als sie an einer Quelle vorbeikamen, an der ein sehr großer Baum stand, sagte er zu ihr:

«Hör einmal, ich möchte nicht, daß du so mit mir ins Dorf kommst; darum will ich vorher nach Haus gehen und eine Droschke holen und dich darin hinfahren. Steig du inzwischen auf den Baum und warte, bis ich zurückkomme.»

Nun, lieber Herr, sie stieg also auf den Baum, und da die Zweige über der Quelle hingen, konnte sie sich in dem Wasser sehen. Er war indessen fortgegangen, um eine Droschke zu holen. Und nach einiger Zeit kam eine kleine Negerin mit einem Wasserkrug an die Quelle. Als sie den Krug füllen wollte, erblickte sie im Wasser das Gesicht des Mädchens auf dem Baum, und da sie glaubte, es sei ihres, sagte sie:

«Du schwarz und ich weiß, mein Krüglein will ich zerbrechen und nach Hause gehen.»

Und bums! warf sie den Krug hin, daß er in tausend Stücke zerbrach. Dann ging sie fort, doch kam sie bald darauf mit einem anderen Krug wieder und tat dasselbe. Und sie kam zum drittenmal, und dieses Mal mit einem Krug aus Blech, den ihr ihre Herrin gegeben hatte, damit sie ihn nicht wie die anderen entzweiwerfen konnte. Sie beugte sich über die Quelle, und da sie wieder das Gesicht des Mädchens auf dem Baum sah, sagte sie:

«Du schwarz und ich weiß, mein Krüglein will ich zerbrechen und nach Hause gehen.»

Und bums! bums! bums! bums! Stöße hier und Stöße da; und weil der Krug aus Blech war, bekam er eine Beule nach der anderen, zerbrach aber nicht. Und die arme Negerin war mit einem solchen Eifer bei der Sache, daß schließlich das Mädchen auf dem Baum in ein Gelächter ausbrach; als die Negerin das hörte, sah sie nach oben, erblickte das schöne Mädchen und sagte:

«Ei, welch schönes Kind! Soll ich hinaufkommen und dich lausen?»

«Nein, liebe Frau», sagte diese, «ich steige zu dir hinunter.»

«Nein», antwortete die Negerin, «ich steig hinauf.»

Und sie stieg auf den Baum und machte sich daran, sie zu lausen, und als das Mädchen es sich unbesorgt gefallen ließ, zog sie eine lange Stecknadel heraus und stieß sie ihr in den Kopf. Das Mädchen schrie auf und verwandelte sich in eine schöne, schneeweiße Taube.

Die Negerin stieg hinunter, nahm ihren Krug und ging nach Haus. Bald darauf kam der Jüngling mit der Droschke zurück, doch sosehr er auch suchte, nirgends fand er das schöne Mädchen. Da wurde er ganz betrübt und bereute, sie dort allein gelassen zu haben; weil aber nun nichts mehr daran zu ändern war, entschloß er sich, nach Haus zu gehen; und da er auf dem Baum das hübsche kleine Täubchen sah, das nicht fortflog, fing er es und nahm es mit sich nach Haus, wo er seiner Mutter alles erzählte, was ihm widerfahren war.

Die Mutter und der Sohn hatten das kleine Täubchen so gern, daß sie sich nicht entschließen konnten, es einzusperren, und es fliegen ließen, wohin es wollte. Die Mutter vor allem trug es immer bei sich und hatte es in ihrem Rock und liebkoste es. Eines Tages nun sah sie, daß die Taube sich mit dem kleinen Beinchen immer den Kopf kratzte, und da die Mutter schließlich glaubte, das Tierchen habe Läuse, so begann sie, es zu lausen, und bemerkte dabei die Nadel.

«Weh, armes kleines Tierchen», sagte sie, «wer hat ihm denn nur diese Nadel in den Kopf gestoßen?»

Sie rief ihren Sohn, damit er es sähe, und dann zogen sie die Nadel heraus. Sogleich verwandelte die Taube sich in ein Mädchen, und in was für ein Mädchen! Da umarmte der Sohn sie und sagte zu seiner Mutter:

«Mutter, dies ist das Mädchen, das ich auf dem Baum zurückließ.»

Da umarmte auch die Mutter sie, und dann fragten die beiden, wie es gekommen, daß sie sich in eine Taube verwandelt habe. Sie erzählte ihnen alles, was sie an der Quelle erlebt hatte; da ließen sie sogleich die Negerin suchen, die eine Zauberin war und alles aus Neid getan hatte. Sie wurde getötet, und er heiratete das Mädchen, und sie waren glücklich ihr Leben lang.

5

Die drei Nelken

Es war einmal ein Bauer, der hatte eine Tochter, die er sehr liebte. Und eines Tages, als er auf das Feld hinausging, sah er drei wunderschöne Nelken. Er brach sie ab und brachte sie seiner Tochter.

Das Mädchen war sehr glücklich über seine Nelken, und einmal, als sie in der Küche stand und sie betrachtete, fiel ihr eine in die Kohlen und brannte auf. Da erschien ein schöner Jüngling, der fragte sie:

«Was hast du? Was machst du?»

Und da sie nicht antwortete, sagte er:

«Du sprichst nicht mit mir? Nun, bei den Steinen der ganzen Welt kannst du mich finden.» Und er verschwand.

Da nahm sie die zweite Nelke und warf sie in das Feuer. Sogleich erschien wieder ein Jüngling vor ihr, der fragte sie:

«Was hast du? Was machst du?»

Doch sie antwortete wieder nicht, und da sagte er zu ihr:

«Du sprichst nicht mit mir? Nun, bei den Steinen der ganzen Welt kannst du mich finden.» Und er verschwand.

Maria – denn so hieß das junge Mädchen – nahm nun die letzte Nelke, die ihr noch übrigblieb, und warf sie ins Feuer;

da erschien wieder ein Jüngling vor ihr, der war noch viel schöner als die beiden anderen, und er fragte sie:

«Was hast du? Was suchst du?»

Doch da sie nicht antwortete, sagte er:

«Du redest nicht mit mir? Nun, bei den Steinen der ganzen Welt kannst du mich finden.» Und er ging fort.

Ja, da wurde Maria ganz traurig, denn sie hatte sich in den letzten Jüngling, der erschienen war, verliebt, und sie beschloß nach einigen Tagen, aufzubrechen und die Steine der ganzen Welt zu suchen.

Sie zog aus, ganz allein, und ging weiter und immer weiter, bis sie an einen Platz kam, wo drei hohe Steine standen, und da das arme Mädchen sehr müde war, setzte es sich auf die Erde und begann zu weinen. Und als sie so weinte, sieht sie, daß sich einer der drei Steine öffnet, aus dem kam der Jüngling hervor, in den sie sich verliebt hatte, und er sagte zu ihr:

«Maria! Was hast du? Warum weinst du?»

Und als er sah, daß sie immer noch weinte und nicht antwortete, sagte er zu ihr:

«Mach dir keine Sorgen! Steig da oben hinauf, von dort kannst du ein Bauernhaus sehen; geh hinein und frage die Herrin, ob sie dich nicht als Magd anstellen will.»

Das Mädchen brach auf, und als es auf den Hügel kam, von dem er gesprochen hatte, sah es ein sehr schönes Bauernhaus; es trat ein, und sobald es die Herrin fand, fragte es, ob sie es nicht als Magd anstellen wollte. Als die Herrin sah, wie jung und wie schön Maria war, hatte sie Mitleid mit ihr und sagte, es sei gut, sie könne als ihr Mädchen dort bleiben. Und da sie sehr fleißig und guten Herzens war, wurde sie nach wenigen Tagen der Liebling der Herrin, die sie sehr gern hatte, so gern, daß die anderen Mägde, die sehr neidisch waren, ihr übelwollten, denn sie konnten sie nicht ausstehen, und so beschlossen sie, die Neigung der Herrin von ihr abzuwenden. Sie begannen zu überlegen, wie sie es nur anstellen könnten, und eines Tages gingen sie zu ihrer Herrin und sagten:

«Wißt Ihr, was Maria gesagt hat?»

«Was hat sie denn gesagt?»

«Daß sie nicht versteht, warum ihr so viele Mägde habt, denn sie meint, daß sie die ganze schmutzige Wäsche an einem Tag allein waschen kann.»

«Komm her, Maria», sprach die Herrin, «hast du gesagt, du könntest in einem Tag die ganze schmutzige Wäsche allein waschen?»

«Nein, Herrin», sprach Maria, «das hab ich nicht gesagt.»

«Die Mägde sagen aber, du hast es gesagt, und nun bleibt dir nichts anderes übrig: du mußt es tun oder das Haus verlassen.»

Und dann befahl sie einigen Dienern, die ganze Wäsche an den Fluß zu tragen, und die arme Maria, die nicht wußte, wie sie das bewältigen sollte, ging zu den Steinen hin und begann zu weinen. Sogleich öffnete sich einer von ihnen, und es erschien derselbe Jüngling und fragte sie:

«Was hast du? Warum weinst du?»

Doch sie antwortete nicht und weinte weiter; da fuhr er fort:

«Mach dir um die Wäsche, die meine Mutter dir zu waschen gegeben hat, keine Sorgen. Geh an den Fluß und sage zu den Vögeln: ‹Ihr Vögelein der ganzen Welt, kommt und helft mir waschen.›»

Da ging Maria an den Fluß, und kaum hatte sie die Worte gesprochen, die der Jüngling ihr gesagt hatte, sah sie von allen Seiten einen großen Schwarm Vögel aller Art kommen, die machten sich daran, die Wäsche zu waschen. In einem Nu war alles fertig, und als die Diener am Nachmittag kamen, war alles schon getrocknet.

Die Herrin war so froh darüber, daß sie ihr neues Mädchen von Tag zu Tag lieber hatte; das aber verstärkte die Wut der anderen Mägde, die immer neue Sachen erfanden, um die Herrin mit Maria zu entzweien.

Nun müßt ihr wissen, daß die Herrin kranke Augen hatte,

denn sie hatte drei Söhne gehabt, die eines Tages auf der Jagd verzaubert wurden und nicht wiederkamen, so daß die Mutter nicht wußte, wo sie waren. Die arme Frau trauerte so sehr darüber, daß sie vom vielen Weinen schlechte Augen bekommen hatte. Die Mägde nun, die immer wieder einen Vorwand suchten, um die Zuneigung der Herrin von Maria abzuwenden, gingen zu ihr hin und sagten:

«Wißt Ihr, was Maria gesagt hat?»

«Was hat sie denn gesagt?»

«Daß sie weiß, wo sich das Wasser befindet, das die Augen heilt.»

«Ja?» sprach die Herrin. «Komm her, Maria! Du weißt also, wo sich das Wasser befindet, das meine Augen wieder gesund machen kann, und hast mir nichts davon gesagt?»

«Nein, Herrin», sprach Maria, «ich habe nichts gesagt, was ich nicht weiß.»

«Nun, aber wenn sie es doch sagen», erwiderte ihre Herrin, «dann müssen sie es doch von dir gehört haben, denn sie können es ja nicht erfinden. Entweder bringst du mir das Wasser, oder du kehrst nicht mehr in dies Haus zurück.»

Die arme Maria ging fort, und da sie nicht wußte, wo das Wasser war, ging sie zu den Steinen und setzte sich dort weinend hin. Doch der Jüngling, der das Klagen hörte, erschien wieder und sagte zu ihr:

«Was hast du? Warum weinst du?»

Sie antwortete nicht, und er fuhr fort:

«Mach dir keine Sorgen darüber, daß meine Mutter von dir das Wasser verlangt, das ihre Augen heilt; nimm dieses Glas, geh an das Ufer des Flusses und sage: ‹Ihr Vögelein der ganzen Welt, kommt und weint mit mir.› Wenn alle erschienen sind, so wird das letzte eine kleine Feder fallen lassen; die tauchst du in das Glas und bestreichst dann die Augen deiner Herrin damit, und du sollst sehen, wie sie besser werden.»

Nun, das tat sie auch; sie ging an den Fluß und sagte: «Ihr Vögelein der ganzen Welt, kommt und weint mit mir.»

Wie das vorige Mal kamen Scharen von Vögeln von allen Seiten, und alle ließen in das Glas einige Tröpfchen fallen, bis es voll war. Und als der letzte mit den Flügeln schlug, ließ er eine Feder fallen. Maria nahm das Glas und die Feder und ging nach Hause. Sobald sie angekommen war, tauchte sie die Feder in das Glas und strich damit ihrer Herrin über die Augen, die schon nach einigen Tagen besser wurden. Die Herrin war so entzückt über ihr Mädchen, daß sie nicht wußte, was sie ihr Gutes tun sollte. Doch die andern Mägde waren wie vom Teufel besessen und wußten nicht, was sie anstellen sollten, um Maria aus dem Haus zu stoßen. Eines Tages gingen sie zu ihrer Herrin und sagten zu ihr:

«Wißt Ihr, was Maria gesagt hat?»

«Was hat sie denn gesagt?»

«Daß sie imstande ist, Eure Söhne zu erlösen.»

«Das kann sie unmöglich machen.»

«Ja, Herrin, sie hat es doch gesagt.»

Die Herrin rief Maria zu sich und fragte sie, ob sie das gesagt habe.

«Nein, Herrin», sprach Maria, «ich habe es bestimmt nicht gesagt.»

«Die Mägde sagen aber, du hast es doch gesagt, und du mußt es jetzt vollbringen, wie du die beiden anderen Sachen vollbracht hast.»

Die arme Maria ging hinaus zu den Steinen und begann zu weinen. Der Jüngling erschien und sagte:

«Was hast du, Maria? Warum weinst du?»

Sie weinte weiter, ohne zu antworten, und er fuhr fort:

«Ich weiß schon, was du hast: Meine Mutter hat dir befohlen, uns zu erlösen. Doch mach dir keine Sorgen darüber. Geh zu ihr und sage ihr, sie möchte alle Mädchen der Umgegend versammeln, und die sollen in Prozession mit einer brennenden Kerze kommen und dreimal um die Steine gehen; doch müssen sie achtgeben, daß ihnen keine Kerze auslischt.»

Da ging Maria zu ihrer Herrin hin und sagte alles. Und diese befahl, alle jungen Mädchen zu versammeln, und sie gab jeder eine brennende Kerze, und Maria gab sie auch eine. Sie gingen in Prozession zu den Steinen und schritten dreimal um sie herum. Doch beim letztenmal kam ein Windstoß und löschte Marias Kerze aus. Sie dachte an den Auftrag, den ihr der Jüngling gegeben hatte, und stieß einen Schrei aus und sagte: «Weh! Sie ist mir ausgegangen!»

Da öffneten sich die Steine, und die drei Brüder kamen heraus, und der jüngste sagte zu Maria:

«Gott sei Dank, daß du gesprochen hast.»

Dann verschwanden die Steine, und nun erzählten die Jünglinge, daß ein Zauberer sie verzaubert habe, als sie an diesem Ort vorbeigegangen seien, und sie in Nelken verwandelt habe, und daß sie nur erlöst werden könnten, wenn diejenige, die die drei Nelken verbrannte, bei den Steinen reden würde.

Da waren nun Mutter und Söhne überglücklich, und der Jüngste fragte Maria, ob sie ihn heiraten wollte, und da sie ihn liebte, sagte sie ja. Sie heirateten, und alle waren froh und zufrieden. Und die Mägde, deren Herrin jetzt Maria war, legten ihr nichts mehr in den Weg und baten Maria um Verzeihung. Und sie verzieh ihnen allen.

6

Die Basilienpflanze

Es war einmal eine Mutter, die hatte zwei Töchter und ein Haus, von dem das eine Fenster auf die Straße ging. Und in dem Fenster hatte sie einige Basilientöpfe.

Eines Tages, als die älteste Tochter die Basilien begoß, ging ein Herr vorüber und sagte zu ihr:

«Kleines Fräulein, das die Basilie begießt,
wieviel Blätter hat die Pflanze?»

Das Mädchen zog sich beschämt zurück und erzählte alles ihrer jüngeren Schwester. Und die kleine Schwester sagte: «Laß nur, morgen werde ich ihm antworten.»

Am nächsten Tag nun ging die jüngere ans Fenster und machte sich damit zu schaffen, die Basilie zu begießen, und gleich kam auch wieder der Herr vorbei und sagte zu ihr:

«Kleines Fräulein, das die Basilie begießt,
wieviel Blätter hat die Pflanze?»

Und das junge Mädchen antwortete ihm:

«Du feines Ritterlein,
das lesen und schreiben,
zusammen- und abziehen,
malnehmen und teilen kann,
wieviel Sterne hat der Himmel,
wieviel Körner Sand das Meer?»

Da ging der Herr beschämt fort, ohne ein Wort darauf zu erwidern. Doch als er in sein Haus trat, sagte er: «Das sollst du mir büßen.»

Am folgenden Tag nun verkleidet er sich und nimmt einigen Kleiderstoff und macht sich auf den Weg und geht ans Haus der jungen Mädchen und fragt dort, ob sie billig Stoff kaufen wollen. Und sie erkundigten sich, wieviel der kostete, und er sagte zu der jüngeren Schwester, daß er den Stoff für einen Kuß verkaufe. Da brachen die beiden in Lachen aus und wollten den Stoff für solchen Preis nicht kaufen. Doch sagte die jüngere Schwester, daß sie ihm den Kuß wohl geben würde, wenn sie allein wären und niemand sie sehen könnte. Das versprach sie ihm also und gab ihm dann den Kuß, und er gab ihr den Stoff, damit sie sich Kleider daraus machte.

Nun gut; er ging darauf nach Haus, und am nächsten Tag kam er wieder bei den Mädchen vorbei und sah die jüngere beim Blumenbegießen und fragte sie wie das erste Mal:

«Kleines Fräulein, das die Basilie begießt,
wieviel Blätter hat die Pflanze?»

Und wie das erste Mal antwortete sie ihm:

«Du feines Ritterlein,
das lesen und schreiben,
zusammen- und abziehen,
malnehmen und teilen kann,
wieviel Sterne hat der Himmel,
wieviel Körner Sand das Meer?»

Da sagte der Herr zu ihr:

«Und der Kuß, den man dir gab,
wie schmeckte der?»

Darauf sagte das junge Mädchen nichts und ging eilig vom Fenster weg.

Danach kam der Herr nicht mehr am Haus vorbei, und sie hörte, daß er krank war und daß es keinen Arzt gab, der ihn heilen konnte, und sie sagte: «Ich geh jetzt hin.» Und sie verkleidete sich als Arzt und kam in das Dorf vor das Wirtshaus und gab bekannt, daß ein Spezialist gekommen wäre, der alle Herzkrankheiten heilte. Und sofort ließ man ihn rufen, und er besuchte den Kranken. Bei seiner Ankunft sagte er, man möchte ihn mit dem Kranken allein lassen und einen Hammer und eine dicke Rübe bringen, und niemand sollte hereinkommen, wie sehr der Kranke auch schreien werde.

Man brachte ihm, was er haben wollte, und als die Tür geschlossen und sie mit ihm allein war, nahm sie die Rübe und steckte sie ihm in den Hintern. Und der Arme begann zu schreien und schrie und schrie, doch da sie gesagt hatte, daß niemand hereinkommen sollte, kam auch niemand. Und sie hämmerte immer weiter auf die Rübe, bis diese ganz und gar im Hintern verschwand. Und als sie fortgegangen war, wurde der Kranke besser.

Und als der Herr ganz gesund war, ging er wieder am Hause des jungen Mädchens vorbei. Und da sie wieder die Basilie begoß, sagte er wie sonst:

«Kleines Fräulein, das die Basilie begießt,
wieviel Blätter hat die Pflanze?»

Und wie sonst antwortete sie ihm:

«Du feines Ritterlein,
das lesen und schreiben,
zusammen- und abziehen,
malnehmen und teilen kann,
wieviel Sterne hat der Himmel,
wieviel Körner Sand das Meer?»

Wie das vorige Mal antwortete er darauf:

«Und der Kuß, den man dir gab,
wie schmeckte der?»

Denn er glaubte, sich mit diesen Worten noch einmal rächen zu können. Doch sie antwortete ihm:

«Und die Rübe in dem Hintern,
war sie weich, oder war sie hart?»

Da erkannte er, daß sie es gewesen war, die ihm die Rübe in den Hintern gehämmert hatte, und er sagte zu ihr: «Ich weiß jetzt, daß du es gewesen bist, und deswegen heirate ich dich nun.» Und sie wurde seine Frau.

7
Das Rätsel

Nun, lieber Herr, also: Es war einmal ein König, der hatte eine Tochter, und er ließ bekanntmachen, daß, wer der Prinzessin ein Rätsel aufgäbe, das sie nicht lösen könnte, sie zur Frau bekommen sollte, wem aber die Prinzessin das Rätsel löste, der sollte sterben. Und da die Prinzessin sehr hübsch war, kamen aus allen Gegenden viele Fürsten und Grafen, um ihr ein Rätsel aufzugeben und zu sehen, ob sie sie nicht heimführen könnten. Doch allen sagte sie des Rätsels Lösung, und allen brachte sie den Tod.

Nun gab es aber auch einen Hirten, der wohnte mit seiner Mutter nahe beim Schloß. Er geht zu seiner Mutter und sagt zu ihr: «Mutter, mach mir das Vesperbrot fertig, denn ich will der Prinzessin ein Rätsel aufgeben, das sie nicht lösen kann, und will sehen, ob ich sie nicht zur Frau bekomme.» Und die Mutter sagte: «Hör mal, mein Sohn, red doch nur keinen Unsinn. Wie willst du ein Rätsel wissen, das sie nicht lösen kann, wo sie doch die Rätsel von all den edlen Herren gelöst hat, die bei ihr gewesen sind?» Darauf sagte er: «Mutter, das tut nichts zur Sache. Mach mir das Vesperbrot fertig; ich will indes die Eselin holen, um in das Schloß zu reiten.»

Nun gut; die Mutter machte sich also daran, ihm das Essen zu bereiten, und vergiftete dabei drei Brote, denn lieber sollte er auf dem Weg sterben als vom König erhängt werden. Er ging indes und holte seine Flinte und stieg auf die Eselin, die Panda hieß, und zog los. Und auf einem Berg, wo ein Feuer brannte, sah er eine Häsin und schoß auf sie, aber er traf sie nicht. Dafür traf er eine andere Häsin, auf die er nicht geschossen hatte, und er geht hin und sagt: «Da hab ich ja schon einen Teil der Geschichte. Ich schoß auf den, den ich sah, und tötete den, den ich nicht sah.» Und dann schlachtete er die Häsin und nahm die Jungen heraus und briet sie. Und als sie schön gebraten waren, aß er sie auf. Und dann sagte er: «Da hab ich auch schon den weiteren Teil der Geschichte. Ich aß von dem Gebratenen, das nicht geboren noch gewaschen war.»

Und während er dabei war, die Jungen zu essen, hatte sich die Eselin Panda daran gemacht, die drei vergifteten Brote zu fressen, und vergiftete sich daran und starb. Und es kamen drei Krähen, die fraßen von der toten Eselin und starben auch. Als er nun sah, daß die Eselin gestorben war, weil sie die vergifteten Brote gefressen hatte, sagte er: «Gut; nun hab ich auch den Schluß der Geschichte, die ich der Prinzessin sagen will. Meine Mutter tötete Panda, Panda tötete drei.»

Er packte dann seine Sachen zusammen und macht sich auf den Weg zum Schloß. Er kommt dort an und bittet um die Erlaubnis, eintreten und mit der Prinzessin sprechen zu dürfen. Man sagt ihm, er solle heraufkommen. Er geht ins Zimmer der Prinzessin und sagt ihr dies Rätsel:

«Ich schoß auf den, den ich sah,
ich tötete den, den ich nicht sah.
Ich aß von dem Gebratenen,
das nicht geboren noch gewachsen war.
Meine Mutter tötete Panda,
Panda tötete drei.
Nun ratet Ihr, was das wohl sei.»

Und die Prinzessin dachte nach und grübelte und grübelte, doch konnte sie das Rätsel nicht lösen. Und als der König sah, daß seine Tochter das Rätsel nicht gleich lösen konnte, sagte er: «Ja, dann soll man also diesem Herrn ein Bett zum Schlafen geben, denn die Prinzessin hat zum Lösen drei Tage Zeit.» Und da gaben sie ihm ein Bett, worin er schlafen konnte.

Und in der ersten Nacht schickte die Prinzessin ihre Kammerjungfer in das Schlafgemach des Hirten, um zu sehen, ob sie es nicht fertigbrächte, die Lösung zu erfahren. Und die

Jungfer ging hin und kam an das Bett des Hirten und sagte zu ihm: «Herr, ich bin hergekommen, damit Ihr mir die Lösung sagt.» Und der Hirt schlief die Nacht bei der Jungfer, doch sagte er ihr die Lösung nicht. Und am nächsten Morgen stand die Jungfer auf und ging zur Prinzessin, und die Prinzessin sagte zu ihr: «Nun, hat er dir die Lösung gesagt?» Und sie antwortete: «Nein, Hoheit, die ganze Nacht habe ich mit ihm geschlafen, aber die Lösung wollte er mir nicht sagen.» – «Ja, dann muß heut nacht eine andere Jungfer gehen», sagte die Prinzessin.

Und so ging in der zweiten Nacht eine andere Kammerjungfer hin und kam ans Bett des Hirten und sagte zu ihm: «Ich bin hergekommen, damit Ihr mir die Lösung sagt.» Und der Hirt sagte zu ihr, sie sollte sich erst einmal zu ihm ins Bett legen, dann wollte er sehen, ob er ihr die Lösung sagen werde oder nicht. Und er schlief die ganze Nacht bei ihr, doch am nächsten Morgen, als sie aufstand, wollte er ihr nichts sagen. Da ging nun die zweite Jungfer sehr betrübt zu der Prinzessin hin und sagte zu ihr: «Hoheit, aus dem kann man nichts herausbringen. Die ganze Nacht habe ich bei ihm geschlafen, doch nichts hat er mir verraten.» Und da nur noch eine Nacht übrig war, nach der die Prinzessin entweder die Lösung wissen oder den Hirten heiraten mußte, ging sie selbst an das Bett des Hirten, um zu sehen, ob er ihr die Lösung nicht verriete.

Sie geht also zu ihm hin und sagt: «Ja, da bin ich nun selber, um die Lösung von Euch zu hören.» Und er sagt zu ihr: «Wenn Ihr heut nacht bei mir schlaft, so sage ich sie Euch morgen früh.» Nun gut; sie sagte darauf, das sei in Ordnung, und legte sich zu ihm ins Bett. Und als sie neben ihm lag, sagte er: «Ja, aber wenn Ihr mit mir schlafen wollt, müßt Ihr Euer Hemd ausziehen.» Sie zog nun das Hemd aus, und der Hirt zog es an. Dann sagte er: «Und Ihr müßt mir auch noch einen Ring mit Eurem Namen geben.» Und sie gab ihm den Ring und schlief die ganze Nacht bei dem Hirten.

Und am nächsten Morgen, als sie aufstand, sagte sie zu ihm: «Gut, Ihr habt also nun alles bekommen, was Ihr haben wolltet; jetzt sagt mir die Lösung.» Und der Hirt sagte sie ihr.

Was tut sie nun aber darauf? Sie geht hin zu ihrem Vater und sagt zu ihm: «Vater, ich weiß jetzt die Lösung und kann sie dem Hirten sagen.» Da ließ der Vater den Hirten rufen und sagte: «Die Prinzessin sagt, daß sie die Lösung weiß und daß sie sie Euch verraten will.» Der Hirt setzte sich, und die Prinzessin löste das Rätsel, wie er es ihr gesagt hatte. Darauf sagte der Vater: «Ja, nun gibt es keinen anderen Ausweg; Ihr müßt jetzt Euer Leben lassen.» Der Hirt sagt nichts. Doch eine Stunde, bevor man ihn abführte, sagte er zum König: «Euer Majestät, gestattet Ihr mir ein Wort?» Der König sagte, ja, er solle nur reden. Da sagt er: «Ja, Herr König, seht, in der ersten Nacht, in der ich im Schloß schlief, besuchte mich eine weiße Taube. Nun frage ich Euch, wenn an Euer Bett eine weiße Taube gekommen wäre, was hättet Ihr getan?» Und der König antwortet: «Mit ihr geschlafen.» Da sagt der Hirt: «Seht, Euer Majestät, das hab ich auch getan.» Und darauf sagte er: «Und wenn die weiße Taube, die mich in der ersten Nacht besuchte, auch schön war, so war die noch schöner, die in der zweiten Nacht kam. Und nun frage ich Euch, wenn diese zweite weiße Taube Euch besucht hätte, was hättet Ihr getan?» Der König antwortet: «Mit ihr geschlafen.» Und der Hirt sagt darauf: «Seht, Euer Majestät, das hab ich auch getan.» Und dann sagte er: «Die dritte Nacht aber besuchte mich Eure Tochter, die noch viel schöner ist als die beiden anderen, und mit ihr hab ich auch geschlafen.» Darauf sagt der König zu ihm: «Du sagst, du hast mit meiner Tochter geschlafen? Wie kannst du das beweisen?» Und der Hirt knöpfte seinen Brustlatz auf und holte das Hemd der Prinzessin hervor und zeigte auch den Ring mit ihrem Namen. Und als der König das sah, fragte er die Prinzessin, ob es wahr sei, daß sie mit dem Hirten geschlafen habe. Und da sie es nicht leugnen konnte, mußte sie ja sagen. Darauf befahl der König, die Hochzeit vorzubereiten, und der Hirt heiratete die Prinzessin.

8

Hans Soldat und die Prinzessin

Der König von London hatte eine Tochter und befahl, auszurufen und bekanntzumachen, daß er sie mit dem verheiraten würde, der herausbrächte, wo die Prinzessin schlief; doch daß derjenige, der es nicht erraten könnte, erhängt werden sollte.

Und es kamen viele edle Ritter, die versuchten, ausfindig zu machen, wo die Prinzessin schlief, aber es gelang niemandem, es zu erraten. Wenn einer kam, führte die Prinzessin ihn in den Garten und reichte ihm dort ein Gläschen Wein; darauf schlief er ein, und sie ging in ihre Gemächer, und so konnte niemand erfahren, wo sie schlief.

Da sagte nun Hans Soldat: «Jetzt will ich einmal dem König erzählen, wo seine Tochter schläft.» Und alle sagten ihm, er habe wohl den Verstand verloren, man werde ihn hängen wie die anderen auch. Doch Hans Soldat ging ins Schloß, und man sagte zu ihm: «Tretet ein! Nur vorwärts! Der Strick liegt schon bereit.» Doch schlau, wie er war, antwortete er nichts. Und es kam die Prinzessin, und sie führte ihn in den Garten und reichte ihm das Gläschen Wein, damit er davon trinken solle, doch schlau, wie er war, trank er nichts. Er goß alles ins Hemd und tat nur so, als ob er es austränke. Und er setzte sich auf eine Bank und tat so, als ob er einschliefe. Und ohne Argwohn machte sich die Prinzessin auf, um in ihre Gemächer zu gehen. Hans Soldat aber folgte ihr. Bevor die Prinzessin ihre Gemächer erreichte, kam sie an einen Graben und sagte: «Tanne, leg dich!» Und es bog sich eine Tanne herab, und sie ging darüber. Und Hans Soldat, der ihr folgte, kam an den Graben und sagte auch: «Tanne, leg dich!» Und die Tanne bog sich zur Erde herab, und er überquerte den Graben. Und nun war sie vor ihren Gemächern und sagte: «Gott und Wind», und sie verwandelte sich in Wind und schlüpfte durch das Schlüsselloch, ohne die Tür zu öffnen. Und Hans Soldat, der ihr folgte, tat ebenso und trat in die Gemächer der Prinzessin. Und drinnen sagte sie: «Gott und Frau», und da war sie wieder die Prinzessin und ging in ihr Schlafgemach, um zu schlafen. Und Hans Soldat sagte: «Gott und Mann», und da war er wieder ein Mann. Und er sah das Schlafgemach, in das die Prinzessin eingetreten war. Und sie schloß die Tür, ohne ihn zu sehen; er blieb stehen und schaute sich um; da sah er einen sehr schönen Eßraum mit einem gedeckten Tisch, und er ging an den Tisch heran und nahm drei Eßgabeln und ein Schnupftuch, in das der Name des Königs gestickt war. Und da sah er, daß auf dem Tisch drei Rebhühner lagen, und er schnitt ihnen die Köpfe ab und steckte sie zusammen mit den Gabeln und dem Schnupftuch in seine Tasche. Und dann ging er zurück in den Garten und legte sich schlafen, denn es war schon Nacht.

Am nächsten Tag wollte man Hans Soldat holen und an den Galgen bringen, wie man alle anderen auch gehängt hatte, denn der König war sicher, daß er nichts herausbekommen hatte. Man führte ihn also vor den König, und der König sagte: «Nun, Hans Soldat, weißt du denn jetzt, wo die Prinzessin schläft?» – «Sehr wohl, Euer Majestät», sagte Hans Soldat. «Ich war in ihren Gemächern und sah die Prinzessin in ihr Schlafgemach gehen und weiß nun, wo sie schläft. Ich sah auch ihren Eßraum und sah, daß drei Gabeln auf dem Tisch fehlten und auch ein Schnupftuch mit dem Namen des Königs. Und auf dem Tisch hab ich auch noch drei Rebhühner gesehen, denen man die Köpfe abgeschnitten hatte.» Und um die Wahrheit zu beweisen, zog Hans Soldat die Sachen heraus und zeigte dem König die drei Gabeln, das Tuch mit dem Namen des Königs und die Köpfe der drei

Rebhühner. «Kein Zweifel», sagte der König, «er hat es herausbekommen. Dieser Mann soll die Prinzessin heiraten.» Und dann sagte er zu Hans Soldat: «Doch um meine Tochter zu heiraten, fehlt noch etwas, und zwar mußt du erst noch den Kaninchen beibringen, wie Soldaten zu exerzieren.» Und der König ging und holte fünfundzwanzig Kaninchen und gab sie alle Hans Soldat und sagte, sie müßten in drei Tagen exerzieren können. Da zog der Arme mit den Kaninchen ab, und er war sehr traurig, denn er wußte nicht, wie er die Kaninchen exerzieren lehren sollte.

Und immer weiter ging er mit seinem Korb voll Kaninchen. Und auf dem Weg traf er eine alte Hexe, und er erzählte ihr, was ihm begegnet war. «Darüber gräm dich nicht», sagte die Hexe zu ihm, «sieh hier, diese Pfeife geb ich dir, damit kannst du alle Kaninchen wie kleine Soldaten zum Exerzieren bringen.» Und die alte Hexe gab ihm eine Pfeife. Sofort ließ er die Kaninchen laufen und begann, auf der Pfeife zu spielen, und all die kleinen Kaninchen fingen an zu marschieren. Und er mit der Pfeife: «Rechts um! Links um! Achtung! Front!» Und die Kaninchen marschierten wie kleine Soldaten. Am nächsten Tag nun kam Hans Soldat vor das Schloß, und seine Kaninchen marschierten hinter ihm drein. Und als der König und die Königin und die Prinzessin herauskamen und sahen, wie die Kaninchen marschierten, sagte der König: «Nun gibt's keinen Zweifel mehr. Hans Soldat hat uns wieder besiegt.» Und er mit all seinen Kaninchen: «Achtung! Rechts um! Links um!» und pfiff immer auf seiner Pfeife, und die Kaninchen marschierten hinterher.

Und der König rief seine Tochter zu sich und sagte: «Hör, ich will, daß du zu Hans Soldat gehst und ihm eines seiner Kaninchen abkaufst oder wegnimmst.» Und am nächsten Tag ging die Prinzessin zu Hans Soldat mit den Kaninchen und sagte zu ihm: «Hör mal, Hans Soldat, verkauf mir doch eines deiner Kaninchen.» Und Hans Soldat sagte, daß er sie für nichts in der Welt verkaufe. Doch die Prinzessin bat ihn so sehr, daß Hans Soldat schließlich sagte: «Gut, also ich will dir etwas sagen, ich gebe dir ein Kaninchen, wenn du mich heut nacht bei dir schlafen läßt.» Das sei in Ordnung, sagte die Prinzessin. Und da gab er ihr das Kaninchen.

Am Abend nun, als er zur Prinzessin ging, um bei ihr zu schlafen, hatte sie das Kaninchen. Und am nächsten Morgen, als Hans Soldat aus dem Zimmer der Prinzessin ging, fing er an, auf seiner Pfeife zu spielen, und das Kaninchen, das die Prinzessin im Arm hatte, begann zu kratzen und zu zappeln und sprang hinunter und lief, so schnell es konnte, zu Hans Soldat. Und so marschierte er wieder mit seinen fünfundzwanzig Kaninchen. Und die Prinzessin ging hin zu ihrem Vater und sagte ihm, daß das Kaninchen wieder zu Hans Soldat gelaufen wäre.

Da sagte der König, man solle Hans Soldat zu ihm rufen, denn er wollte ihn mit seiner Tochter verheiraten. Und tanzend kam Hans Soldat mit allen seinen Kaninchen herein. Und der König sagte zu ihm: «Gut; du hast dir also die Prinzessin erworben. Doch eines fehlt noch, und zwar mußt du als letztes Probestück mir morgen einen Sack voll Lügen bringen.» Und Hans Soldat marschierte mit seinen Kaninchen ab. Und am nächsten Tag kam er wieder und bat um einen leeren Sack, und man gab ihm einen. Und er sagte zum König, er möchte vor versammeltem Hof mit der Prinzessin reden. Man rief die Prinzessin, und Hans Soldat sagte zu ihr: «Wißt Ihr noch, Prinzessin, daß Ihr zu mir kamt und ein Kaninchen kaufen wolltet, und ich mich weigerte, es Euch zu geben, und es Euch schließlich doch gab, weil Ihr eine Nacht bei mir schlafen wolltet?» Und die Prinzessin sagte: «Nein, nein, davon weiß ich nichts.» – «Ein halber Sack voller Lügen!» rief Hans Soldat. Und dann sagte er zur Prinzessin: «Wißt Ihr noch, Prinzessin, daß Ihr die ganze Nacht bei mir geschlafen habt und daß ich am nächsten Morgen wieder mit dem Kaninchen fortzog, das ich Euch gegeben hatte?» Und die Prinzessin sagte: «Nein, nein, davon weiß ich nichts.» – «Der Sack mit Lügen ist voll!» rief Hans Soldat.

Und dann hörte der König, daß all das mit Hans Soldat der Wahrheit entsprach, und da sagte er: «Hans Soldat hat uns besiegt, und er wird nun meine Tochter heiraten.» Da heiratete Hans Soldat die Tochter des Königs.

9
Der Verleumder

Vor langer Zeit machte einmal ein junger Bursche einem tugendhaften und sehr schönen Mädchen den Hof, und der Tag ihrer Hochzeit stand nahe bevor.

In demselben Dorf lebte ein mißgünstiger Bursche, der traf eines Tages das Mädchen und fragte sie, ob sie seine Braut werden wolle. Darauf antwortete sie:

«Wie kannst du es wagen, mir einen solchen Vorschlag zu machen, wo du doch weißt, daß ich mich sehr bald verheirate?»

Bald darauf begegnete der Bursche dem Bräutigam des Mädchens, der zu ihm sagte:

«Hallo! Weißt du eigentlich schon, daß ich mich in einigen Tagen verheirate, wenn Gott will?»

«Wie dumm von dir, dieses Mädchen heiraten zu wollen!»

«Warum?»

«Pah! Weil ich sie gehabt habe; ich will es dir nur sagen, damit du nicht unschuldig reinfällst.»

«Danke!»

Tief betrübt ging der Bursche zu seiner Braut und sagte ihr:

«Von heute ab hören unsere Beziehungen zueinander auf. Du kannst einen anderen heiraten.»

Und unter Tränen antwortete sie ihm:

«Bei der Seele deiner Mutter, sag mir, warum du mich verlassen willst!»

«Warum soll ich dir das sagen?»

Von diesem Tage an wurde das Mädchen herzkrank, und nach kurzer Zeit starb es.

Das Gewissen ließ dem Verleumder keine Ruhe. Und eines Tages ging er in die Kirche, um seine Sünde zu beichten. Und der Beichtvater legte ihm als Buße auf, drei Nächte auf dem Grab des Mädchens zu beten.

Er ging hin, und die erste Nacht und die zweite Nacht geschah nichts, aber in der dritten Nacht sah er einen Schatten mit einem Krug voll Wasser auf sich zukommen, der sagte mit schwacher Stimme:

«Nimm diesen Krug voll Wasser!»

Der Verleumder nahm ihn, und der Schatten sagte:

«Jetzt schütte das Wasser auf die Erde dieses Grabes.»

Er tat es, und der Schatten sagte:

«Jetzt gib es dem Krug wieder zurück!»

«Das kann ich nicht!» antwortete der Verleumder ganz entsetzt.

«Nun, wie man dieses Wasser dem Krug nicht wieder zurückgeben kann, kann man auch jemandem die Ehre nicht wiedergeben, wenn böse Zungen wie deine sie verletzt haben. Bald wirst du die Strafe erhalten, die du als Verleumder verdienst.»

Der Schatten verschwand. Und kaum war der Verleumder nach Haus zurückgekehrt, da starb er.

10

Franciskita

Es war einmal ein Mädchen, das hieß Franciskita. Eines Tages klagte Franciskita in folgender Weise:

«Lieber Gott! Wenn ich eine Milchkuh hätte, wäre ich die glücklichste Frau der Welt. Wie wollte ich meine Kuh pflegen! Heilige Jungfrau!»

Da ging Christus gerade vorbei und sagte zu ihr:

«Geh nach Haus, Franciskita, denn dort findest du, was du wünschst.»

Franciskita lief nach Haus und fand dort eine gefleckte Kuh und ein kleines Kalb an ihrer Seite.

Am nächsten Tag ging Christus wieder vorbei und fragte sie:

«Bist du zufrieden, Franciskita?»

«Ja, Herr, aber... aber...»

«Aber? Was für ein Aber?»

«Nichts, Herr! Wenn ich ein kleines Häuschen hätte, wie würde ich glücklich sein!»

«Gut, Mädchen, du hast schon, was du dir wünschst.»

Und Christus schenkte ihr das Haus. Und am nächsten Tag fragte er sie, ob sie zufrieden sei. Und sie sagte:

«Ja, Herr, aber... aber...»

«Aber? Was für ein Aber?»

«Nichts! Nur, meine Nachbarinnen sind so hübsch angezogen; wenn ich ein Kleidchen hätte, um auf die Kirmes zu gehen, wäre ich maßlos zufrieden! Wie würde ich mich damit putzen und beim Klang des Dudelsackes tanzen!»

«Nun, geh nach Haus, denn dort findest du, was du wünschst.»

Franciskita gefiel das Kleid sehr, und am nächsten Tag fragte Christus sie:

«Bist du zufrieden, Franciskita?»

«Ja, Herr, aber... aber...»

«Aber, was für ein Aber? Hörst du einmal damit auf?»

«Wenn ich ein paar Hühner hätte, die würden Eier legen, und...»

«Geh nach Haus, dort findest du, was du dir wünschst.»

Und Franciskita fand eine Schar Hühner vor, die anzusehen eine Freude war. Doch immer noch gab sie sich nicht damit zufrieden. Und am nächsten Tag fragte Christus sie:

«Bist du zufrieden, Franciskita?»

«Ja, ich bin es; aber... aber...»

«Aber, was für ein Aber? Bist du denn immer noch nicht zufrieden?»

«Ja, Herr, aber seht nur: Ich habe jetzt eine Kuh, ein neues Haus, ein wunderschönes Kleid und eine Schar Hühner; aber ich bin so allein! So allein! Alle verheiraten sich!...»

«Gut; ich werde dich einen braven Burschen finden lassen, der dich heiratet.»

Und nach einiger Zeit verheiratete sie sich mit dem Bürgermeister des Ortes. Und Christus fragte sie:

«Bist du jetzt zufrieden, Franciskita?»

«Ich bin nicht Franciskita, und ich bin nicht Francisketa, ich bin Frau Bürgermeisterin!»

11

Der Zauberer Palermo

N*un, lieber Herr, also: Es war einmal eine Königin,* die hatte einen Sohn, der war sehr leichtsinnig und verspielte alles, was er hatte. Eines Tages spielte er sogar um seine Juwelen und Besitzungen und verlor alles. Da zog er ganz verzweifelt in die Welt hinaus. Er hatte sagen hören, daß der Zauberer Palermo unglaublich reich sei und alles könne, was er wolle, weil er ja ein Zauberer war. Der Prinz, der nicht wußte, was er sonst anfangen sollte, beschloß, ihn auf gut Glück zu suchen, denn er konnte nicht herausbekommen, wo er wohnte. Und eines Tages, als er es am wenigsten erwartete, stand der Zauberer plötzlich vor ihm:

«Ich weiß, daß du mich suchst», sagte der Zauberer, «was willst du von mir?»

«Ich suche Euch, denn ich habe alles verspielt, was ich besaß, und ich möchte, daß Ihr mir helft, es wiederzuerlangen.»

«Gut; ich will dir einen Beutel geben, damit wirst du stets beim Spiel gewinnen; doch geb ich ihn dir nur, wenn du mir an einem Tag in diesem Jahr alles in meinem Hause, das jenseits des Meeres liegt, bezahlst und eine meiner Töchter heiratest.»

«Abgemacht», sagte der Prinz, «das will ich tun.»

Er nahm den Beutel, begann zu spielen und bekam nicht nur das Verlorene zurück, sondern gewann stets so viel, daß keiner mehr mit ihm spielen mochte.

Das Jahr verstrich, und da er sein Versprechen einlösen wollte, machte er sich auf die Suche nach dem Zauberer Palermo. Er brach auf und zog weiter und immer weiter, bis er an ein Schloß kam. Eine Alte trat heraus, und er fragte sie, ob sie wisse, wo das Schloß des Zauberers Palermo sei.

«In meinem ganzen Leben habe ich diesen Namen noch nicht gehört», sagte die Alte, «doch wartet ein Weilchen, denn dies ist das Schloß der kleinen Vögel, und vielleicht weiß einer von ihnen, wo es liegt.»

Er blieb die Nacht über dort, und immer wenn einige Vögel zurückkamen, fragte die Alte sie, ob sie wüßten, wo der Zauberer Palermo wohne; doch keiner konnte es ihr richtig sagen.

«Nun, Ihr hört ja», sagte die Alte, «keiner weiß es. Geht ins Schloß der großen Vögel, die haben den Zauberer vielleicht gesehen, da sie doch weiter fliegen als die kleinen.»

Der Prinz brach auf und schritt rüstig voran, immer weiter

und immer weiter, bis er schließlich wieder ein Schloß erreichte, das den großen Vögeln gehörte. Als er ankam, erschien eine Alte und fragte ihn, womit sie ihm zu Diensten sein könne.

«Liebe Frau, ich suche das Schloß des Zauberers Palermo und möchte Euch bitten, mir zu sagen, wo es sich befindet, wenn Ihr es wißt.»

«Das kenne ich nicht», sagte die Alte, «doch tretet ein; hier schlafen alle großen Vögel, und es kann angehen, daß einer von ihnen das Schloß gesehen hat.«

Die Vögel kamen zurück, um sich auszuruhen, und jeden fragte die Alte nach dem Schloß, doch alle sagten, daß es ihnen nicht bekannt sei. Schließlich erschien der Adler, und die Alte sagte zu ihm:

«Hör einmal! Hier ist ein Jüngling angekommen, der sucht das Schloß des Zauberers Palermo, und er möchte wissen, ob du, der du stets so große Strecken zurücklegst, es vielleicht ausfindig gemacht hast.»

«Ja», sagte der Adler, «ich weiß, wo es ist, doch wird es für ihn nicht leicht sein, dahin zu kommen, denn es liegt jenseits des Wassers, und diese Reise kann er nicht machen.»

«Und könntest du ihn nicht dahin bringen?»

«Wenn du es gern willst, werde ich ihn dahin bringen; doch dazu ist nötig, daß er sein Pferd und einen Hammel tötet, und jedesmal, wenn ich ihn um etwas zu fressen bitte, muß er mir das eine Viertel vom Tier geben; denn wenn ich unterwegs schwach werde, fallen wir beide ins Meer, und da der Weg sehr weit ist, so weiß ich nicht, ob ich mit meinen Kräften ausreiche. Wenn er damit einverstanden ist, soll er morgen früh reisefertig sein.»

Die Alte erzählte dem Prinzen, was der Adler ihr gesagt hatte, und da er unbedingt ins Schloß des Zauberers wollte, tötete er sein Pferd und einen Hammel und machte sich reisefertig. Sobald es zu dämmern begann, belud er den Adler mit dem Pferd und dem Hammel und bestieg ihn dann selbst; der

Adler schwang sich empor und begann loszufliegen, doch ging es zuerst recht langsam wegen des schweren Gewichtes, das er trug. Als sie eine Zeitlang geflogen waren, krächzte er und drehte den Schnabel zur Seite, und der Prinz gab ihm das eine Viertel des Pferdes. Nach einiger Zeit mußte er ihm noch eines geben, und so warf er ihm nacheinander die anderen beiden Viertel des Pferdes und die vier Viertel des Hammels zu, doch immer noch sah man nichts als Wasser. Schon war das Fleisch ausgegangen, als der Adler wieder krächzte; da sagte er zu ihm:

«Pick von meinem Oberschenkel, denn ich habe kein Fleisch mehr.»

Da sah man in der Ferne Land, und obwohl der Adler sich sehr schwach fühlte, raffte er noch einmal alle seine Kräfte zusammen, überflog das Meer, setzte ihn ans Land und sagte zu ihm:

«Hätten wir noch etwas länger gebraucht, wären wir ins Wasser gefallen, denn ich war schon am Ende meiner Kräfte. Siehst du dort das Gebäude in der Ferne? Das ist das Schloß, das du suchst; solltest du dich in irgendeiner Verlegenheit befinden, so sage nur: ‹Adler, beschütze mich!›, dann komme ich dir zu Hilfe.»

Damit stieg der Adler in die Lüfte und verschwand.

Der Prinz ging ins Schloß; kaum war er eingetreten, da kam ihm schon der Zauberer entgegen.

«Ich bin gekommen, um Euch den Beutel zu bezahlen, den Ihr mir gegeben habt, und damit Ihr seht, daß ich mein Wort halte», sagte der Prinz.

«Gut», antwortete der Zauberer, «auch mir gefällt es, mein Versprechen zu halten; ich habe dir eine meiner Töchter zur Heirat angeboten, doch vorher mußt du einige Proben bestehen, die ich dir stelle. Tritt an dies Fenster. Was siehst du dort?»

«Himmel, Wasser und ödes Land.»

«Nun gut; du mußt jetzt in vierundzwanzig Stunden das Land dort roden, die Erde pflügen, Saat streuen und mir von dem Weizen, den du erntest, ein warmes Brötchen zu meiner Tasse Schokolade bringen.»

«Ja, aber wie soll ich das alles in vierundzwanzig Stunden machen?»

«Ich gebe dir keine Minute mehr. Wenn du es bis morgen nicht vollbracht hast, gehört dein Leben mir.»

«Jetzt sind wir ja wirklich schön dran!» sprach der Prinz bei sich; und er ging auf das Feld hinaus und sagte: «Adler, beschütze mich.»

Kaum hatte er die Worte ausgesprochen, da stand ein wunderschönes Mädchen vor ihm, das sagte:

«Ich bin die jüngste Tochter des Zauberers Palermo und bin gekommen, das Wort zu halten, das der Adler, der in meinem Dienst steht, dir gab. Mein Vater nimmt an, daß du mich von seinen drei Töchtern zur Frau wählen wirst; und da er nicht will, daß ich fortgehe, versucht er, dir Schwierigkeiten in den Weg zu legen, damit du ihn von seinem Versprechen entbindest, wenn du sie nicht überwinden kannst. Doch hab keine Angst, ich werde dir stets zu Hilfe kommen. Was hat er denn heut von dir gefordert?»

«Er will, daß ich innerhalb von vierundzwanzig Stunden das Ödland pflüge, Saat streue und ihm daraus ein warmes Brötchen zu seiner Tasse Schokolade beschaffe.»

«Gut; mach dir darüber keine Gedanken. Leg du dich schlafen; ich werde dafür sorgen, daß alles so geschieht.»

Und so geschah es auch; er legte sich zu Bett, und als er am nächsten Morgen aufstand, war das ganze Land in ein Stoppelfeld verwandelt, und er sah die Tochter des Zauberers kommen, die ihm in einem kleinen Tuch ein warmes Brötchen gab und sagte: «Nimm, bring das Brötchen meinem Vater, doch hab acht und sage nichts davon, daß ich dir geholfen habe.»

Der Prinz nahm das Brötchen und brachte es dem Zauberer. Der ging sogleich ans Fenster, um hinauszuschauen; als er das Stoppelfeld erblickte, fragte er ihn, wie er das nur zuwege gebracht habe.

«Das ist für mich ein leichtes», sagte der Prinz.

«Nun gut; jetzt mußt du eine weitere Probe bestehen.» Und er führte ihn in den Stall und zeigte ihm ein sehr schönes Pferd, das da stand. Dann sagte er:

«Du mußt dieses Pferd zähmen; doch ich mache dich darauf aufmerksam, daß es sehr wild ist und die geringste Unachtsamkeit dich das Leben kosten kann.»

Der Prinz sagte, gut, er wolle das machen; dann ging er hinauf aufs Feld und rief den Adler, und wieder erschien die Tochter des Zauberers.

«Was willst du von mir?»

«Dein Vater hat mir befohlen, ein Pferd zu zähmen, das er in seinem Stall hat, und er hat mich darauf aufmerksam gemacht, daß es sehr wild ist.»

«Gut; nun hör genau zu: hole morgen das Pferd, das dann schon gezäumt sein wird, aus dem Stall, doch steige nicht auf; führ es aufs Feld und nimm einen starken Stock mit, der nicht entzweibricht. Denk daran, daß das Pferd mein Vater ist, der Sattel meine Mutter, die Steigbügel meine Schwestern und die Zügel ich. Sobald du dann draußen auf dem Felde bist, beginn auf das Pferd, den Sattel und die Bügel loszuhauen, doch schlag nicht auf die Zügel, denn dann schlägst du mich.»

Und wirklich, so wie sie ihm gesagt hatte, tat er. Am nächsten Morgen führte er das Pferd aufs Feld, und mit einer Peitsche, die er vorsichtshalber gleich mitgenommen hatte, verabreichte er dem Pferd derartige Hiebe, daß ihm die Knochen krachten. Das Pferd bäumte sich auf, doch er schlug und schlug auf das Tier los, auf den Sattel und die Bügel, bis das Pferd schließlich zu Kreuze kroch. Dann ging er ins Schloß zurück, und das erste, was er tat, war, den Zauberer, seine Frau und seine beiden ältesten Töchter aufzusuchen, die alle vier zu Bett lagen und dicke Verbände trugen. Er fragte sie, was ihnen geschehen sei, und sie antworteten ihm, eine Wand sei eingestürzt und habe sie so zugerichtet.

Es vergingen einige Tage, und es ging ihnen wieder besser. Doch der Zauberer war jetzt mißtrauisch, denn er hatte bemerkt, daß seine jüngste Tochter nichts von den Schlägen abbekommen hatte, und er fürchtete, daß sie es war, die dem Prinzen half.

«Hör», sagte er zu dem Jüngling, «ich will dich jetzt zum letztenmal auf die Probe stellen. Vor vielen Jahren fiel meiner Großmutter ein Ring ins Meer, der für mich sehr wertvoll ist, du sollst ihn jetzt herausholen.»

«Gut», sagte der Prinz, «ich will versuchen, ihn herauszuholen.»

Er ging hinaus aufs Feld und sagte: «Adler, beschütze mich!», und sogleich erschien Luise, denn so hieß die jüngste Tochter des Zauberers, und fragte ihn:

«Was willst du? Was verlangt mein Vater von dir?»

«Er will, daß ich ihm einen Ring aus dem Meer hole, den seine Großmutter hineinfallen ließ.»

«Das ist schon ein gefährlicheres Unternehmen, doch wir werden das auch noch schaffen. Aber dazu mußt du mich töten.»

«Dann kann lieber der Ring im Meer bleiben, denn töten tu ich dich auf keinen Fall.»

«Doch, du wirst mich töten; aber hab keine Angst, ich komme ins Leben zurück. Du nimmst ein Messer, tötest mich und schneidest meinen Körper in Stücke, legst sie zusammen in ein Tuch und wirfst sie ins Meer. Doch paß auf, daß nichts auf die Erde fällt, denn das fehlt meinem Körper nachher.»

Der Prinz konnte es nicht über sich bringen, das zu tun, doch Luise beteuerte ihm so sehr, ihr werde nichts geschehen, daß er schließlich tat, wie sie ihm gesagt hatte. Nachdem er sie getötet hatte, schnitt er den Körper in Stücke und warf sie ins Meer, doch blieb am Tuch ein Stückchen Fleisch kleben, das auf den Boden fiel. Nach einiger Zeit begann das Wasser zu schäumen, und gleich darauf kam Luise mit dem

Ring heraus, den sie dem Prinzen gab; an der linken Hand aber fehlte ihr der kleine Finger.

«Siehst du», sagte sie zu ihm, «du hast nicht genügend achtgegeben, und dafür fehlt mir nun dieser Finger. Wenn mein Vater das sieht, weiß er gleich, daß ich dir geholfen habe.»

Der Prinz ging zum Zauberer und gab ihm den Ring, und als der ihn sah, sprach er bei sich:

«Ganz bestimmt steckt Luise dahinter!»

Und als die drei Töchter kamen, beobachtete der Vater sie genau, und als er sah, daß die Jüngste ein Taschentuch um die eine Hand gebunden hatte, fragte er sie, was ihr fehle.

«Es ist nichts», antwortete sie, «ich habe mich geschnitten; aber das ist bald wieder besser.»

Doch der Vater ließ sich nicht täuschen und sprach bei sich:

«Ich wußte ja, daß meine Tochter dahintersteckt; doch das soll sie mir büßen.»

Und da er nicht mehr umhinkonnte, sein Versprechen zu erfüllen, sagte er zum Prinzen:

«Du hast alles vollbracht, was ich von dir verlangt habe, jetzt ist es an mir, mein Wort zu halten; du kannst dir nun eine meiner Töchter auswählen; doch mußt du sie dir mit verbundenen Augen wählen.»

Der Jüngling wurde durch diese Laune des Zauberers in große Verlegenheit versetzt, doch als er Luise ansah, die auf die eine Hand wies, an der der Finger fehlte, nahm er den Vorschlag an. Man verband ihm die Augen, und der Zauberer rief seine drei Töchter zu sich. Der Prinz ergriff nacheinander ihre Hände, und als er die von Luise faßte, sagte er, die wolle er heiraten. Dem Vater gefiel das gar nicht, aber er konnte jetzt nicht mehr zurück und mußte sie verheiraten, doch schwor er, daß die beiden es ihm büßen sollten.

Am Abend, als sie zu Bett gingen, hörten sie die Stimme des Vaters:

«Luise, Luise!»

«Ihr wünscht, Vater?» Und indem sie ihren Mann ansah, sagte sie:

«Mein Vater ist wütend auf mich, weil wir ihn besiegt haben, und er hat beschlossen, uns zu töten; deswegen müssen wir an unsere Rettung denken. Geh in den Pferdestall, dort wirst du zwei Pferde finden. Das dickere läuft dreißig Meilen in einer Stunde und das dünnere vierzig. Nimm dieses und gib mir Bescheid, wenn es gesattelt ist.»

Der Prinz ging fort; indessen holte Luise ein Gefäß und spie hinein. Als er zurückkam, hörten sie den Vater wieder rufen, und sie antwortete wieder wie das vorige Mal.

«Siehst du», sagte sie zu ihrem Manne, «er wartet darauf, daß ich nicht mehr antworte, um dann hereinzukommen und uns zu töten; doch mein Speichel, der hier in dem Gefäß ist, wird statt meiner antworten; bis er ausgetrocknet ist, sind wir schon weit weg.»

Sie stiegen in den Hof hinunter, und als sie das Pferd erblickten, sagte sie:

«Mein Gott, Mann! Du hast das falsche Pferd genommen!»

«Wenn du willst, hole ich schnell das andere.»

«Nein, es ist keine Zeit mehr; laß uns so schnell wie möglich eilen.»

Sie stiegen auf das Pferd, und wie im Fluge rasten sie dahin.

Indessen rief der Vater von Zeit zu Zeit Luise wieder:

«Luise, Luise!»

Und der Speichel antwortete:

«Ihr wünscht, Vater?»

Doch da der Speichel allmählich trocknete, wurde das Echo von Mal zu Mal schwächer, bis es schließlich ganz aufhörte. Da sagte der Vater:

«Jetzt sind sie eingeschlafen; nun sollen sie büßen.»

Er ergriff ein Schwert und schritt geradenwegs auf das Bett zu, und als er merkte, daß sie dort nicht lagen, begriff er, daß sie entwischt waren, und ging in den Stall hinunter. Als er das Pferd sah, sagte er:

«Noch kann ich sie zu fassen bekommen, denn sie haben das Vierzigmeilenpferd hiergelassen.»

Er stieg auf das Pferd und raste hinter ihnen her, und obwohl sie ihm ein gutes Stück voraus waren, dauerte es doch nicht lange, bis sie ihn kommen sahen, denn sein Pferd legte ja zehn Meilen mehr die Stunde zurück.

«Wir sind verloren», sagte Luise, «denn mein Vater folgt uns auf dem Fuße; aber ich weiß schon, wie wir ihm entkommen können. Sobald mein Vater hier ist, verwandle ich das Pferd in einen Garten, dich in den Gärtner und mich in einen Kopfsalat; wenn er dich etwas fragt, stell dich taub!»

Und wirklich, so wie sie sagte, geschah es auch. Der Vater kam an, und als er den Gärtner sah, fragte er ihn:

«Lieber Mann, habt Ihr hier einen Mann und eine Frau auf einem Pferd vorbeikommen sehen?»

«Ich habe nur diesen Salat, aber der ist gut.»

«Davon rede ich doch nicht; ich möchte wissen, ob hier zwei junge Leute zu Pferd vorbeigekommen sind.»

«Dieses Jahr gibt es wenig; aber nächstes Jahr wird es mehr geben.»

«Der Teufel soll dich holen!» sagte der Zauberer und kehrte in sein Schloß zurück, wo er seiner Frau erzählte, was er erlebt hatte.

«Du bist ein Dummkopf», sagte seine Frau zu ihm, «sie haben dich getäuscht, denn der Garten, der Gärtner und der Kopfsalat sind sie selber gewesen.»

Der Vater eilte davon, doch fand er jetzt den Garten nicht mehr, denn als er umgekehrt war, hatten die beiden sofort ihren Weg fortgesetzt. Aber bald war er ihnen wieder ganz dicht auf den Fersen; da sagte Luise:

«Da kommt mein Vater schon wieder. Das Pferd soll sich in eine Einsiedelei, du dich in einen Einsiedler und ich mich in das Heiligenbild verwandeln!»

Sofort verwandelte sich alles, wie sie gesagt hatte, und als der Vater ankam, sagte er:

«Einsiedler, habt Ihr hier zwei junge Leute zu Pferde vorbeikommen sehen?»

«Öl für die Lampe! Öl für die Lampe!»

«Davon red ich doch gar nicht, sondern ob Ihr hier zwei junge Leute habt vorbeikommen sehen?»

«Bald ist es ausgebrannt! Bald ist es ausgebrannt!»

Der Zauberer schickte alle Tauben zum Teufel und kehrte fluchend heim.

Als die Mutter die Geschichte hörte, sagte sie:

«Der Einsiedler war er und sie das Bild; lauf noch einmal hinter ihnen her und bring diesmal mit, was du auch findest; denn immer werden sie es sein.»

Der Zauberer eilte also wieder wütend auf und davon und schwor, sie nicht noch einmal entwischen zu lassen. Schon war er ihnen ganz nahe, als Luise schnell ein Ei herausholte und es auf die Erde warf. Es verwandelte sich sofort in ein Meer, das die beiden von ihrem Vater trennte. Als der Zauberer sah, daß er sie nicht einholen konnte, sagte er zu dem Jüngling:

«Wenn dich ein Hund berührt oder dich eine Alte umarmt, so mögest du Luise vergessen, das gebe Gott!» Und er kehrte in sein Schloß zurück.

Sie setzten indessen ihren Weg wieder fort und kamen in sein Land; doch bevor sie seine Heimatstadt erreichten, sagte der Prinz zu ihr:

«Warte hier auf mich, ich hole die Droschken und alles, was sonst noch nötig ist, damit du in die Stadt einziehen kannst, wie es sich für uns gehört.»

«Ich möchte mich nicht von dir trennen, denn du wirst mich vergessen. Denk doch an den Fluch meines Vaters!»

«Hab keine Angst! Ich werde schon aufpassen, daß keiner mich umarmt.»

Er ging in das Schloß, und kaum sahen sie ihn, da kamen

ihm alle entgegen, um ihn zu beglückwünschen und zu umarmen, vor allem seine Mutter; doch alle, die ihn umarmen wollten, wehrte er ab. Er befahl, die Droschken auffahren zu lassen und ein Gefolge zusammenzustellen, um die zu holen, die seine Frau werden sollte. Dann sagte er zu seiner Mutter:

«Ich bin sehr müde und möchte mich ein wenig ausruhen; wenn alles fertig ist, soll man mir Bescheid geben.»

Er legte sich hin und schlief ein. Da kam seine Großmutter, und schlafend, wie er dalag, umarmte sie ihn.

Als alles vorbereitet war, rief die Königin ihn und sprach:

«Das Gefolge und die Droschken sind fertig.»

«Welches Gefolge?» fragte der Prinz.

«Welches? Das Gefolge, das du haben wolltest, um deine Frau zu holen.»

«Ihr träumt; ich wollte nichts haben und habe auch keine Frau; ich will nur hierbleiben.»

Die Königin glaubte, ihr Sohn habe den Verstand verloren oder wolle sie zum Narren halten; aber da ihn seine Großmutter umarmt hatte, hatte er alles vergessen, gerade so, wie der Zauberer es ihm gewünscht hatte.

Indessen wartete die arme Luise vergeblich auf ihn, und als sie merkte, daß er nicht zurückkam, ging sie in die Stadt und verdingte sich als Hausfräulein bei einem sehr reichen Ehepaar. Dieses Ehepaar hatte eine wunderschöne Tochter, in die der Prinz sich verliebte und um deren Hand er anhielt.

Der Tag der Hochzeit wurde festgesetzt; da schlug nun Luise ihrer Herrin vor, zur Unterhaltung ein Puppenspiel zu geben mit Puppen, die sie selbst besaß. Die Herrin sagte, es sei gut, und Luise machte sich nun daran und kleidete zwei Puppen an, eine als Frau mit einem Kleid wie ihr eigenes und die andere als Mann mit einem Gewand, wie das war, das der Prinz trug, als er fortging, um Geld zu suchen.

Es kam der Hochzeitstag, und als die ganze Gesellschaft zugegen war, ging man in einen Saal, wo ein Puppentheater aufgestellt war, hinter dem sich Luise verborgen hielt. An Drähten zog sie die Puppen auf die Bühne; die eine Puppe trug einen Stock und sagte zu der anderen:

«Christoph, weißt du noch, daß du das Schloß des Zauberers Palermo suchtest und dich ein Adler auf seinen Flügeln dorthin brachte?»

«Nein», erwiderte die Puppe, die wie der Prinz gekleidet war, und da bekam sie von der anderen einen Schlag mit dem Stock.

Der Prinz zuckte zusammen, denn er fühlte den Hieb, als ob er ihn selber bekommen habe. Die Puppen fuhren fort:

«Christoph, weißt du noch, daß der Zauberer dir befahl, das Ödland zu bebauen und aus dem Weizen ein Brötchen zu seiner Tasse Schokolade zu backen?»

«Nein.» Wieder ein Schlag.

«Weißt du noch, daß du das Pferd zähmen mußtest?»

«Nein.»

«Weißt du noch, daß er dir befahl, einen Ring aus dem Meer zu holen?»

«Nein.»

Obwohl der Prinz die Schläge fühlte, sagte er kein Wort, und Luise war schon ganz verzweifelt darüber, daß er sich an nichts mehr erinnerte. Dann sagte sie wieder:

«Weißt du nicht, daß mein Vater, als er uns verfolgte, uns zuletzt verfluchte und wünschte, du solltest mich vergessen, wenn eine alte Frau dich umarmt?»

Und als die Puppe wieder «Nein» antwortete, bekam sie einen Schlag, daß sie in tausend Stücke zerbrach. Da fühlte der Prinz einen so heftigen Schmerz, daß er aufsprang, mit der Hand über seine Stirn fuhr, wobei ihm allmählich alles wieder zum Bewußtsein kam. Er fragte seine Braut, wer das Puppenspiel gemacht habe, und als sie antwortete, es sei ihr Kammermädchen gewesen, ließ er sie zu sich kommen; und als Luise vor ihm stand, erinnerte er sich an alles. Er faßte sie bei der Hand, ging mit ihr zu seiner Mutter und sprach:

«Mutter, hat mich irgend jemand umarmt, als ich mich nach der Rückkehr von meiner Reise schlafen legte?»

«Ja», sagte die Königin, «deine Großmutter hat dich umarmt.»

«Dann hat mich diese Umarmung den Auftrag vergessen lassen, den ich Euch gab, bevor ich mich hinlegte. Hier ist die Frau, die auf mich gewartet hat, nur sie will ich heiraten.»

Dann gingen sie ins Schloß, und er heiratete Luise, und sie wurden sehr glücklich; die andere aber war unverhofft ihren Bräutigam los.

Das Märchen ist aus, wir gehen nach Haus.

12

Die Schönheit der Welt

Nun, Herr, also: Es war einmal ein König, der hatte einen sehr leichtsinnigen Sohn, und so viele Vorhaltungen ihm auch der König wegen seines Lebenswandels machte, so konnte er ihn doch nicht bessern. Der Vater starb, und der Sohn erbte die Krone. Als er nun frei schalten und walten konnte, verfiel er gänzlich seinen Lastern und spielte viel und mit so wenig Glück, daß er alles verspielte. So kam es, daß er zuletzt, als er nichts anderes mehr besaß, auch die Krone aufs Spiel setzte und auch sie verlor. Da mußte er in die Welt hinausziehen und um Almosen bitten.

Nun war auch ein Herr da, der hatte jeden Tag mit dem König gespielt und fast immer gewonnen. Als der den König so verzweifelt sah, fragte er ihn, ob er wohl Lust habe, mit ihm zu gehen, er werde ihm so viel geben, wie er zum Spielen haben wolle; als Entgelt aber solle er einmal im Jahr arbeiten, und dieses eine Mal müsse er seine Befehle ausführen, wie sie auch immer lauten möchten.

Da der König nichts zu verlieren hatte, willigte er sofort ein, denn er fand es nicht sehr schlimm, nur ein einziges Mal im Jahr arbeiten zu müssen.

Der Herr stellte ihm nun eine Kiste voll Gold zur Verfügung, und er nahm tausend Groschen heraus und verspielte sie. Am nächsten Tag nahm er zweitausend und verspielte sie auch. So spielte er einen Tag um den anderen und vermehrte jeden Tag den Einsatz um tausend Groschen, und das machte er zwei Monate lang; doch da er immer verlor, wurde die Kiste allmählich leer, bis er zuletzt den Boden sah.

Als ihm nun das ganze Geld ausgegangen war, sprach sein Herr zu ihm:

«Hör, der Tag ist gekommen, an dem du arbeiten mußt, denn du hast das Geld mit einer solchen Schnelligkeit ausgegeben, daß jetzt schon nichts mehr da ist und wir neues holen müssen. Geh in den Stall und sattle zwei Pferde, die dort stehen; steck in die Reisesäcke zwei Schinken, zwei Lendenstücke, zwei Weinschläuche und nimm an Brot, Käse und Oliven für den Nachtisch mit, was wir brauchen, denn wir wollen eine Reise machen, die vierzig Tage dauert.»

Nun, das tat er also: Er bereitete alles vor, wie ihm der Herr geheißen hatte, und dann stiegen sie jeder auf sein Pferd und machten sich auf den Weg. Sie ritten los, ritten weiter und immer weiter, bis sie vieler Herren Länder durchquert hatten und ans Meer kamen. Da zeigte der Herr mitten aufs Wasser und sagte:

«Siehst du den Punkt dort in der Ferne?»

«Ja, Herr.»

«Das ist eine Burg, die voller Gold und Silber steckt. Wagst du es, dorthin zu gehen?»

«Ja, Herr, wenn Ihr vorangeht.»

Der Herr gab seinem Pferd die Sporen, und als ob es nicht Wasser wäre, das sie betraten, ritten sie los, bis sie den Felsen erreichten, auf dem die Burg lag. Als sie dort angekommen waren, stiegen sie ab, und der Herr sagte zu dem Jüngling:

«Du mußt jetzt auf die Burg steigen!»

«Aber wie denn? Sie hat doch kein Tor!» sagte er.

«Das wirst du schon sehen», antwortete der Herr, «nimm vier von den Säcken, die wir mitgenommen haben; sobald du oben bist, wirst du einen Haufen Unzen Gold sehen; damit füllst du die Säcke und bindest sie dann fest zu, damit sie nicht wieder aufgehen.»

Und er zog ein Buch hervor, das er in der Tasche hatte, und öffnete es. In demselben Augenblick fühlte sich der Jüngling hochgehoben, als ob man ihn an den Haaren zöge, und bevor er noch wußte, was geschah, befand er sich schon oben auf der Burg. Tatsächlich sah er dort einen großen Haufen Unzen Gold, und er füllte die Säcke damit, bis keine Unze mehr übrigblieb. Sobald sie alle voll waren, machte er dem Herrn ein Zeichen, und dieser öffnete von neuem das Buch. Da kamen die Säcke allein herunter, und als der letzte unten war und sie alle auf die Pferde geladen waren, schloß der Herr das Buch und wandte sich an den Jüngling mit den Worten:

«Du hast mir die Dienste, die ich dir erwies, bezahlt; jetzt versuch allein, dich durchzuschlagen! Wenn du das Richtige tust, wirst du glücklich werden, wenn nicht, wirst du sterben.» Damit stieg er auf sein Pferd und machte sich mit den Säcken voll Unzen Gold davon, ohne die Rufe des Ärmsten zu hören, der ihn anflehte, ihn von der Burg herunterzuholen. Als er den Herrn nicht mehr sehen konnte, begann er über seine traurige Lage nachzudenken und sprach bei sich:

«Ach, Mutter Gottes im Himmel! Was soll nur aus mir werden in dieser verlassenen Gegend? Ich werde hier auf dem einsamen Fleck Erde, der von allen Seiten von Wasser umgeben ist, vor Hunger sterben müssen.»

Er blickte überall herum, doch konnte er nirgends eine Stelle entdecken, wo er hätte hinabsteigen können, und so beschloß er, sich damit abzufinden und der Güte Gottes zu vertrauen. Da er vorher reichlich gegessen hatte, fühlte er jetzt zwar keinen Hunger, aber einen brennenden Durst;

doch so sehr er auch überall umherspähte, er fand nicht ein Tröpfchen Wasser, um seinen Durst zu löschen.

Als er so suchte, bemerkte er ein wenig feuchten Sand, der aufgeworfen zu sein schien, und da er annahm, daß darunter eine Quelle wäre, begann er, die Erde eifrig mit den Händen wegzuscharren. Doch sie war feucht und hart, und der Ärmste bekam viele Risse an den Händen, aber Wasser fand er nicht. Als er müde wurde, setzte er sich eine Weile nieder, um auszuruhen; dann begann er die Arbeit wieder mit neuer Kraft, denn jede Stunde, die verstrich, verschlimmerte seinen Durst.

Als er noch ganz in seine Arbeit vertieft war, merkte er schließlich, daß der Sand allmählich aufhörte und zuletzt eine Tür freiließ. Er blickte durch ein kleines Loch hindurch und sah, daß es drinnen ganz hell war. Er faßte wieder Mut und scharrte weiter, bis er die Tür hochheben konnte und eine Treppe fand. Da der Durst ihn immer noch quälte, hielt er sich nicht damit auf, darüber nachzudenken, was wohl da unten sein könne, und ohne den Schutz Gottes oder des Teufels anzurufen, stieg er die Treppe hinab.

Er staunte nicht wenig, als er sich in einem großen Saal befand; in der Mitte sah er einen herrlichen Brunnen und an der einen Seite einen prächtigen Tisch, darauf standen die auserlesensten Speisen. Zuerst ging er an den Brunnen, um zu trinken, dann packte ihn bei all den schönen Sachen, die auf dem Tisch standen, der Appetit, und er begann zu essen, was ihm gerade schmeckte. Aber trotz alledem beunruhigte es ihn, daß in dem Saal kein Leben war und niemand erschien, wenn er deswegen auch nicht die Lust zu essen verlor und sich sagte: «Wenn man schon stirbt, soll man wenigstens satt sterben. Essen wir jetzt, dann mag Gott entscheiden.» – Und er aß, bis er nicht mehr konnte, und dann stand er auf, um sich alles anzusehen.

Er war schon fast durch alle Gemächer des Schlosses gegangen (und es war ein sehr schönes Schloß) und hatte immer noch keine lebende Seele gefunden. Schließlich kam er in die Küche, da traf er eine Alte, die ihn erstaunt ansah und zu ihm sprach:

«Wer will dir so übel, Jüngling, daß er dich hierhergebracht hat?»

«Mein Unglück, Mütterchen», antwortete er ihr.

Dann setzte er sich hin und begann, ihr alles zu erzählen, was er erlebt hatte.

«O weh! Das Schlimmste, was dir geschehen konnte, war, hier hereinzukommen», sagte die Alte zu ihm, «dies ist ein verzaubertes Schloß, und es ist verboten, es zu betreten. Ein Neger bewacht es, der ist beauftragt, jeden, der hier einzudringen wagt, zu töten. Doch du bist jung, ich sehe deine Unerfahrenheit, und ich will versuchen, ob ich den Neger milde stimmen kann, nur mußt du mir versprechen, ihm in allem zu gehorchen, was er dir sagt.»

Der Jüngling versprach es ihr, und bald darauf sagte die Alte zu ihm, er solle sich in einem Zimmer verstecken, denn der Neger komme, und wenn er ihn sähe, bevor sie mit ihm gesprochen hätte, werde er ihn ganz sicher töten. Kaum hatte er sich versteckt, da trat ein entsetzlicher Neger ein, der war so furchtbar anzusehen, daß er selbst der Angst noch einen Schreck einjagen konnte.

Er sah sich nach allen Seiten um und blickte dann die Alte fest an und sagte:

«Ich rieche Menschenfleisch, wenn du es mir nicht gibst, töte ich dich.»

«Ach, hör doch», antwortete die Alte, «hier ist ein armer Kerl, den ein gemeiner Zauberer auf die Burg brachte und dort allein zurückließ; da er nicht fortgehen mochte, fand er die Tür und kam herein.»

«Gut, er soll sich zeigen», sagte der Neger.

Kaum hatte der Neger den Jüngling erblickt, da fragte er ihn:

«Erzähl mir, wie du in dieses Schloß gekommen bist.»

Da begann der Jüngling noch einmal alles zu erzählen, was er der Alten schon gesagt hatte. Der Neger, der erkannte, daß er die Wahrheit sprach, fuhr fort:

«Gut, du weißt schon, daß alle, die hier eintreten, erbarmungslos sterben müssen; doch ich habe Mitleid mit dir, denn du bist noch so jung, und wenn du mir versprichst, hierzubleiben und zu tun, was ich dir sage, will ich dir dein Leben schenken, doch ich mache dich darauf aufmerksam, daß du nie von hier fortgehen darfst. Wenn du annimmst, was ich dir vorschlage, wirst du glücklich werden, denn es wird dir nichts fehlen außer der Freiheit. Vergiß nicht, daß du beim ersten Versuch zu fliehen unweigerlich sterben mußt.»

Der Jüngling, der nun wußte, daß es keinen anderen Ausweg gab, und der merkte, daß er noch gut davongekommen war, nahm den Vorschlag des Negers an und bedankte sich bei ihm. Da holte der Neger ein Schlüsselbund hervor und führte ihn durch alle Räume des Schlosses. Einer war voll von Kichererbsen, ein anderer von Speckseiten, der dritte von Blutwürsten, ein weiterer von Bratwürsten, ein anderer von Schinken, noch einer von Lendenstücken, der nächste von Weinen, kurzum, es war von allem vorhanden, was es zum Essen gab, und zuletzt zeigte er ihm noch ein Gemach, das war voll von Gold, und ein anderes voll von Silber und ein drittes voll von Kupfer. Nur eine Tür blieb übrig, auch von der gab ihm der Neger den Schlüssel und sagte:

«Nimm, ich mache dich zum Herrn von allem, damit es dir an nichts fehlt, aber hüte dich wohl, diese Tür hier zu öffnen, denn dann wird dir ein Unglück zustoßen. In jenen Gemächern liegt die Schönheit der Welt verzaubert, und sie wird so gut bewacht, daß es unmöglich ist, zu ihr zu kommen. Siehst du dort die Tür? Hinter ihr stehen zwei Löwen, die über den Unvorsichtigen herfallen und ihn zerreißen würden, wenn er die Tür öffnete. Und wäre es ihm wirklich möglich, den Löwen zu entkommen, so müßte er noch eine Tür öffnen, dahinter hängen zwei Hämmer, die unaufhörlich niedersausen und ihn zertrümmern, wenn er hindurchgeht. Dann ist da noch eine Tür, dahinter wird der Eintritt durch einen Mühlstein verhindert, der sich unaufhörlich um seine eigene Achse dreht und so den Durchgang versperrt; die letzte Tür aber wird von einer giftigen Schlange verteidigt. Du siehst also die Gefahren, denen man sich aussetzt, wenn man dort eindringen will.»

Der Jüngling versprach, auf alles achtzugeben, und das tat er auch und flößte damit dem Neger allmählich ein großes Vertrauen ein; so vergingen Tage um Tage, ohne daß sich der Neger im Schloß sehen ließ. Doch der König, der gewohnt war, zu tun, was er wollte, konnte sich mit diesem Leben und dem Geheimnis jener Gemächer nicht abfinden, und er beschloß nachzusehen, was dort eingeschlossen war, und die Gefahr herauszufordern, die der Neger ihm ausgemalt hatte.

Er nahm den Schlüssel und schloß die Tür des ersten Gemaches auf. Sobald er sie geöffnet hatte, sah er zwei wütende Löwen mit aufgerissenem Maul auf sich zukommen. Schnell nahm er seinen Hut ab und warf ihn den Löwen hin. Die beiden stürzten sich darauf und begannen sich so um den Hut zu streiten, daß sie sich gegenseitig fast zerfleischten. Da tötete er sie. Nun öffnete er die nächste Tür, hinter der er zwei Hämmer erblickte, die so schnell herniedersausten, daß es unmöglich war, an ihnen vorbeizukommen, ohne zertrümmert zu werden. Da zog er seine Jacke aus und warf sie unter die Hämmer, die sich darin so verwickelten, daß er die Hämmer zum Stehen bringen konnte. Dann ging er weiter und öffnete die dritte Tür. Da sah er einen Mühlstein vor sich, der drehte sich mit so rasender Geschwindigkeit, daß man nicht daran denken konnte, an ihm vorbeizukommen, ohne von ihm erfaßt zu werden. Da zog er seine Weste aus und warf sie auf den Stein, der sich darin verfing und, da er sie nicht wieder abrollen konnte, auch stehenblieb.

Da war nun der Jüngling glücklich; er sprang auf den Stein

und begann darüber nachzudenken, wie er der Schlange beikommen könnte.

Als er genug überlegt hatte, öffnete er die Tür. Da sieht er eine riesige Schlange auf sich zukommen, die zischte so laut, daß alles erbebte. Er geht auf sie zu, und was tut er nun? Er zieht die Schuhe aus und wirft sie ihr hin. Die Schlange stürzt sich darauf und verschlingt sie in einem Nu. Aber da die Schuhe aus Leder und sehr hart waren, konnte sie sie nicht hinunterschlucken und erstickte daran. Da zog er ein Messer heraus und tötete sie. Nun hatte er alle Hindernisse überwunden und öffnete die letzte Tür; da fand er einen prachtvollen Saal, der war überall mit Gold, mit Seide und Edelsteinen ausgeschlagen, und in einer Ecke stand ein Ruhebett, darin lag ein Mädchen, das war die Schönheit der Welt, die hier verzaubert war.

Als er sie sah, wußte er nicht, wie ihm geschah, und er, der bisher noch vor nichts zurückgeschreckt war, hatte Furcht, sie aufzuwecken, und ging hinaus. Doch dann bereute er seine Feigheit und kehrte in den Saal zurück und betrachtete die Schönheit der Welt und konnte nicht widerstehen, ihr einen Kuß zu geben.

Als er sie küßte, erwachte sie und sprach:

«Du tatest gut, denn du hast mich aus meiner Verzauberung erlöst. Doch ich muß fortgehen, und wenn du mich suchen willst, so mußt du weit wandern. In einer Stunde fliege ich, als Taube verwandelt, fort und werde fünf Tage an der Quelle des Gartens der drei Apfelsinen bleiben. Solltest du mich dort nicht treffen, so nimm dies Tuch, damit ich dich wiedererkennen kann, wo du auch immer bist.»

Und während sie dies noch sprach, gab sie ihm ein sehr feines Tuch, darein war eine Königskrone gestickt.

Inzwischen war die Stunde verstrichen. Da hörte man plötzlich ein entsetzliches Getöse, das ihn erstarren ließ. Als er wieder zu sich kam, befand er sich ganz allein in einer verlassenen Gegend. Burg und Meer waren verschwunden. Er begann über seine Lage nachzudenken, und er wußte nicht, welchen Weg er einschlagen sollte, um den Garten der drei Apfelsinen zu finden. Da entschloß er sich, auf gut Glück loszuziehen, und er machte sich ohne eine bestimmte Richtung auf den Weg.

Und er ging weiter und weiter, bis er nach drei Tagen endlich einen Garten fand, und da er großen Durst hatte, trat er ein und bat um ein wenig Wasser. Der Gärtner war ein Neger, es war der gleiche, der im Schloß gewesen war; doch der Jüngling erkannte ihn nicht. Er bat um Wasser, und man gab es ihm.

«Könnt Ihr mir sagen, welcher Garten dies ist?»

«Das ist der Garten der drei Apfelsinen», antwortete der Neger.

«Sagt mir, kommen an diese Quelle auch Tauben, um hier zu trinken?»

«Ja, mein Herr, seit drei Tagen kommen sie, doch vor morgen könnt Ihr sie nicht sehen, denn sie kommen zwischen elf und zwölf Uhr morgens.»

«Würdet Ihr mir vielleicht erlauben, hierzubleiben? Ich habe eine Taube verloren und möchte gern sehen, ob sie mit dabei ist.»

«Ja, mein Herr», sagte der Neger, «bleibt nur hier und seht sie Euch morgen an.»

Er blieb also die Nacht dort, und am nächsten Morgen zur bestimmten Stunde gingen die beiden an die Quelle. Der Neger begann einige Feigen zu essen und gab eine davon dem Jüngling, der sofort danach einschlief. Die Tauben kamen und tranken und badeten sich, doch als der Jüngling erwachte, waren sie schon wieder fortgeflogen. Er fragte den Gärtner, der sagte ihm, sie seien lange Zeit geblieben, aber er habe so fest geschlafen, daß er ihn nicht habe wecken mögen.

Da nun schon vier Tage verstrichen waren, so kam der letzte Tag, an dem die Tauben noch kommen wollten, und er nahm sich vor, nicht wieder einzuschlafen. Am Nachmittag ging er hinaus und machte einen Spaziergang; da sah er einen Brief zu seinen Füßen niederfallen: Er öffnete ihn und las die Worte: «Trau dem Gärtner nicht.»

Obwohl er nicht wußte, ob der Brief an ihn gerichtet war, und er auch keinen Grund hatte, dem Gärtner zu mißtrauen, nahm er sich doch vor, auf der Hut zu sein. Der nächste Tag kam, und die beiden gingen wieder an die Quelle. Wie sie so miteinander sprachen, zog der Neger einige Zigarren heraus, begann zu rauchen und bot dem Jüngling auch eine davon an. Er nahm sie, doch kaum hatte er einige Züge getan, da schlief er fest wie ein Klotz. Die Tauben kamen, und es geschah wie am vorigen Tag: Die Stunde war verstrichen, als er aufwachte.

Er begriff, daß dies das Werk des Negers war, und weil er wußte, daß die Tauben nicht wiederkommen würden, denn die fünf Tage waren schon vergangen, verabschiedete er sich vom Neger und ging fort. Als er aus dem Garten trat, sah er einen Brief herunterfallen. Er nahm ihn auf, öffnete und las:

«Du hast dich vom Gärtner betrügen lassen und hast dadurch die Zeit unserer Trennung verlängert; wenn du mich finden willst, such mich im Schloß der drei goldenen Mandeln.»

«Wo kann ich dieses Schloß nun wieder finden?» sprach der Arme nachdenklich bei sich. «Wenn ich wenigstens wüßte, wo es liegt, hätte ich das größte Übel schon beseitigt. Doch suchen wir es; was viel wert ist, kostet viel, und wo ich den Garten gefunden habe, werde ich das Schloß wohl auch finden!»

Er zog los und ging weiter und immer weiter, einmal über Wege, ein andermal über Pfade, bis er schließlich in eine Felsengegend kam; und als er sich schon ganz verloren glaubte, sah er ein Haus und bat um Unterkunft für die Nacht.

Die Hausherrin fragte ihn, was er denn in dieser Felsengegend suche, in die sonst keine menschliche Seele komme.

«Ach, liebe Frau», antwortete er, «ich suche das Schloß der drei goldenen Mandeln, und ich weiß nicht einmal, wo es sich befindet; nun habe ich mich auf gut Glück auf den Weg gemacht und hoffe, daß der Zufall es mir zeigt.»

«Ja, mein Lieber, hier in diesem Hause versammeln sich alle Vögel der Welt, und es ist leicht möglich, daß einer von ihnen weiß, wo sich das Schloß befindet, selbst wenn es im verborgensten Winkel liegt, falls es das Schloß überhaupt gibt.»

Als es dunkel wurde, kamen die Tauben hereingeflogen, und die Hausherrin fragte sie, ob sie wüßten, wo jenes Schloß sei, doch sie sagten, sie kennten es nicht. Und es kamen andere Vögel, doch keiner konnte die richtige Antwort geben. Und es kamen die jungen Adler, doch auch sie wußten es nicht; nur einer fehlte noch, der war noch nicht gekommen, und als es schon sehr spät war, hörte man ein lautes Flügelschlagen. Burrr... und sie sahen den Adler kommen, der war beinahe so satt wie ein Zicklein mit zwei Müttern.

«Wie kommt es, daß du heute so spät kommst? Wo bist du gewesen?»

«Ich komme vom Schloß der drei goldenen Mandeln, wo ich die Eingeweide der Hühner gefressen habe, die mir köstlich bekommen sind, denn da morgen die Tochter des Königs heiratet, wird ein großes Fest stattfinden.»

«Hast du den Mut, morgen den Jüngling hier in das schöne Schloß zu tragen?»

«Ja, aber er muß als Nahrung für mich das Fleisch von einem Hammel mitnehmen, denn das Schloß ist weit entfernt, und ich werde Hunger bekommen.»

So machten sie es denn auch; sie töteten einen Hammel, und ganz früh am nächsten Morgen flog der Adler los und trug den Jüngling und den Hammel in seinen Fängen. Als sie eine große Strecke zurückgelegt hatten, wandte der Adler den Schnabel zur Seite und bat um Fressen. Der Jüngling gab ihm ein Stück vom Hammel, und der Adler flog weiter.

Nach kurzer Zeit bat er um mehr und wollte immer mehr haben, bis er den Hammel aufgefressen hatte. Da sagte der Jüngling:

«Du hast das Fleisch jetzt aufgefressen, wenn du aber noch Hunger hast, pick dir ein Stück aus meiner Hinterbacke heraus, aber trag mich ins Schloß.»

«Nein», antwortete der Adler, «ich will alle meine Kräfte zusammennehmen, und wir werden hinkommen, denn ich sehe das Schloß schon; glücklicherweise ist das Hinunterfliegen leicht.»

Er flog weiter, und kurz darauf sahen sie die Türme des Schlosses. Der Adler kam schnell hinunter, und als er seine Last auf den Boden setzte, sagte er:

«Es war höchste Zeit, einen Augenblick länger, und wir wären nicht angekommen, denn die Kräfte hätten mich verlassen. Im Schloß ist genug, womit ich mich stärken kann.»

Der Jüngling ging an das Schloßtor, aber da er durch den Flug so verwildert aussah, glaubten die Wächter, er wäre ein Bettler, und verwehrten ihm den Eintritt. Als er sah, daß man ihn nicht hineinließ, zog er sich betrübt zurück und ging an die Kirche, die neben dem Schloß stand, und setzte sich an die Tür und wollte warten, ob die Prinzessin sich vielleicht aus einem Fenster lehne und er sie dann sehen und sprechen könne.

Als er kurze Zeit dort saß, sah er aus dem Schloß einen Festzug kommen, der auf die Kirche zuschritt. In der Mitte war das Brautpaar: sofort erkannte er, daß die Braut die Schönheit der Welt war. Gern hätte er sie gesprochen, doch unter so vielen Menschen war das nicht möglich. Er wollte nähertreten, damit sie ihn bemerkte, aber da er so verwildert aussah, war anzunehmen, daß sie ihn nicht erkannte. Da dachte er an das Tuch, das sie ihm gegeben hatte, und er zog es aus der Tasche und entfaltete es in dem Augenblick, als das Brautpaar vorbeischritt, damit sie die Krone sehen sollte, die daraufgestickt war.

Sie sah es und erkannte es sofort, doch sagte sie nichts, und alle traten in die Kirche ein. Als der Geistliche sie trauen wollte, sprach die Prinzessin:

«Als Heiratsversprechen habe ich einem Manne ein Tuch gegeben, in das mein Namenszug und meine Krone gestickt sind, und nur diesem Manne will ich meine Hand geben: wenn einer der Anwesenden das Tuch hat, möge er es vorzeigen.»

Alle sahen sich an, doch keiner zog das Tuch heraus. Da sagte die Prinzessin zu ihrem Vater:

«Mein Vater, an der Tür steht ein Bettler, der hat das Tuch, denn er ist der Mann, der mich aus der Verzauberung erlöst hat, und nur mit ihm will ich mich verheiraten.»

Da gingen sie hinaus und suchten den Jüngling, der das Tuch zeigte und sich mit der Prinzessin verheiratete. Dann gewann er mit Hilfe seines Schwiegervaters sein Reich zurück, das er verloren hatte, und sie lebten glücklich ihr Leben lang.

13

Die drei Brüder

Es waren einmal drei Brüder: Hans, Peter und Emanuel. Als ihre Mutter starb, hinterließ sie ihnen als Erbe ein Bett, ein Beet mit ein paar Kohlköpfen und ein Stückchen Land mit ein wenig Mais.

Die drei Brüder schliefen zusammen. Und jeder zog an der Bettdecke, und alle schimpften, denn sie war zu klein für die drei. Und eines Nachts sagte Peter zu seinen Brüdern:

«Damit wir nicht mehr dauernd an der Decke ziehen, will ich euch den Teil, der mir zukommt, unter der Bedingung verkaufen, daß ich zwischen euch schlafe.»

Die Brüder nahmen den Vorschlag an. Peter legte sich nun

zwischen sie, und Hans und Emanuel begannen an der Decke zu ziehen. Und Peter sagte dazu:

«Ich habe nichts und ziehe nicht, denn meinen Teil verkaufte ich.»

Dann beschlossen sie, den Kohl unter sich aufzuteilen, und Peter sagte zu seinen Brüdern:

«Was wollt ihr von den Kohlköpfen haben? Die Strünke oder die Blätter?»

Und seine Brüder antworteten:

«Wir wollen die Blätter.»

Da bebaute er das Stückchen Land, und die Strünke bekamen viele neue Blätter und lieferten lange Zeit Kohl. Und eines Tages sagten seine Brüder:

«Mit dem Kohl hast du uns betrogen, aber mit dem Mais kannst du uns nicht betrügen.»

«Gut, was wollt ihr denn vom Mais haben? Die Halme oder die Kolben?»

Und sie sagten:

«Für uns die Stengel und für dich die Kolben.»

Und Hans und Emanuel bebauten das Stückchen Land, aber natürlich wuchsen keine neuen Maiskolben. Und eines Tages sagte Emanuel:

«Ich zieh in die Welt hinaus, denn Peter betrügt uns immer.»

Und Hans sagte:

«Ich geh aber nicht fort, obwohl Peter mich betrügt.»

Und Peter sagte zu Hans:

«Wenn du nicht mit deinem Bruder gehst, komm mit mir. Wir ziehen zusammen in die Welt hinaus und werden dort schon etwas finden.»

Und Peter und Hans zogen gemeinsam los. Und als sie durch das Gatter eines Getreidefeldes gingen, sagte Peter zu seinem Bruder:

«Achte auf das Gatter!»

Er wollte damit sagen, er solle es schließen; aber Hans verstand es anders: er nahm das Gatter auf die Schulter und ging mit ihm weiter. Und als sein Bruder es sah, sagte er:

«Aber Hans, was willst du denn mit dem Gatter?»

«Du sagtest mir doch, ich sollte darauf achten.»

«Ich wollte dir zu verstehen geben, daß du es hinter dir schließen solltest; aber wo du es schon einmal mitgenommen hast, trage es weiter, wir können es sicher noch zu etwas gebrauchen.»

Und sie gingen weiter; und es wurde dunkel, als sie in einen Wald kamen, und Peter sagte:

«Laß uns auf einen Baum steigen, damit uns die Wölfe nicht fressen.»

Sie stiegen hinauf und zogen das Gatter mit hoch. Und mitten in der Nacht kamen Diebe dahin und begannen, unter dem Baum ihr Geld zu verteilen. Hans zitterte vor Angst und sagte zu seinem Bruder:

«Ich möchte pissen!»

«Nein, Hans! Jetzt nicht, denn die Diebe sind da unten, und sie könnten uns töten.»

Hans konnte das Bedürfnis nicht zurückhalten und pißte. Und ein Dieb sagte, indem er nach oben sah:

«Es scheint, daß der Regen heute warm ist.»

Nach einigen Augenblicken sagte Hans zu seinem Bruder:

«Ich will das Gatter hinunterwerfen.»

«Nein, Hans, man wird uns töten!»

«Doch, ich werfe es hinunter, mag geschehen, was will.»

Und er warf das Gatter hinunter, und die Diebe liefen davon. Und die beiden Brüder stiegen herunter, um das Geld einzusammeln, das die Diebe zurückgelassen hatten. Doch als denen der Schrecken vergangen war, erklärten sie, es sei unglaublich, davonzulaufen, wo sie doch so viele seien.

«Dann geh ich hin», sagte ein Dieb.

Er ging hin, und als er am Baum ankam, sagte er:

«Wer ist da?»

«Hans, der rasieren kann!»

«Komm her zu mir, rasier mich hier!»

Hans rasierte den Dieb, und dann sagte er:

«Laßt sehen! Streckt doch einmal die Zunge heraus; es scheint, Ihr habt ein Haar darauf.»

Der Dieb streckte die Zunge heraus, und Hans schnitt sie ihm ab. Der Dieb ging zu seinen Kameraden, und sie fragten ihn:

«Was für Leute sind bei dem Baum?»

Da er keine Zunge mehr hatte, konnte er nicht mehr sagen als: «Brr!»

«Nun will ich sehen, was für Leute da sind», sagte ein anderer Dieb.

Er ging hin und erlebte dasselbe wie der erste. Und so ging es allen, außer einem, der war schon alt und sagte, er gehe nicht hin, er wolle nach Hause zurückkehren und dort in Ruhe leben.

Peter und Hans kehrten beladen mit Gold wieder in ihr Dorf zurück. Und die Dorfbewohner waren neidisch auf sie, und eines Tages brannten sie ihnen das Haus ab. Peter sammelte die Asche auf, die von dem Brand übriggeblieben war, schaufelte sie in einen Sack und zog damit durch die Welt. Und als er einmal bei einer alten Frau einkehrte, sagte er zu ihr:

«In diesem Sack ist Gold. Komm keiner auf den Gedanken, hineinzusehen, denn sobald man hineinsieht, wird das Gold zu Asche.»

Die Alte schnüffelte gern überall herum, und kaum war Peter fortgegangen, sah sie nach, was in dem Sack war, und schrie auf:

«Heilige Jungfrau Maria! Jetzt hat sich das Gold in Asche verwandelt!»

Peter kam, und er sagte zu der Alten:

«Hab ich Euch nicht gesagt, Ihr solltet nicht nachsehen,

was in dem Sack ist? Dafür müßt Ihr mir einen Beutel voll Gold geben.»

Und da die Alte sehr reich war, gab sie ihm das Gold. Peter kehrte zurück, und die Dorfbewohner sagten, als sie das Gold sahen:

«Wodurch bist du denn so reich geworden?»

Und er sagte:

«Ich habe die Asche von dem Haus verkauft, das ihr mir abgebrannt habt.»

Und die Dorfbewohner sagten:

«Dann wollen wir unsere Häuser auch abbrennen.»

Und sie brannten sie ab und zogen los, um die Asche zu verkaufen, die von den Bränden übriggeblieben war; aber niemand wollte sie kaufen. Und als sie in ihr Dorf zurückkehrten, beschlossen sie, Peter zu töten. Sie steckten ihn gefesselt in einen Sack, und während sie die Vorbereitungen zum Mord trafen, ließen sie ihn am Rand der Hauptstraße liegen. Und Peter klagte:

«Ach, ich Ärmster! Da haben sie mich in diesen Sack gesteckt, weil ich mich nicht mit der Königstochter verheiraten will!»

Ein Maultiertreiber, der dort vorbeiging, hörte ihn und sagte zu ihm:

«Wenn du mich mit dir tauschen läßt, schenke ich dir meine Tiere.»

Peter willigte zufrieden ein. Dann kamen die Dorfbewohner und warfen den Sack in den Brunnen. Und nach einigen Tagen erschien Peter mit seinen Maultieren in dem Dorf, und die Bewohner sagten:

«Wie ist denn das möglich, Peter? Bist du denn nicht ertrunken?»

«Ach was! In der Mitte des Brunnens fand ich diese Maultiere; wenn ihr mich noch tiefer hineinwerft, könnte ich noch mehr Maultiere herausholen, denn der Brunnen ist voll davon.»

Da stürzten sich die Dorfbewohner Hals über Kopf in den Brunnen, außer einem, der sagte:

«Der Peter ist doch ein ganzer Kerl.»

Und nun gehörte dem Peter das ganze Dorf.

14

Der Hirt

Es war einmal ein Hirt, der ging niemals zur Messe. Das hörte der Pfarrer, und er befahl ihm, in das Dorf hinunterzukommen. Und er führte ihn in die Kirche und sagte ihm, das sei der Tempel Gottes, und dahin solle er am nächsten Sonntag kommen, um die Messe zu hören.

«Was hat die alte Frau da in der Hand?» fragte der Hirt den Pfarrer.

«Einen Rosenkranz.»

«Und wozu ist der?»

«Um die Gebete zu ordnen.»

Der Hirt stieg wieder auf die Alm und schnitt sich mit einem kleinen Messer einen Rosenkranz aus Holz. Und am Sonntag ging er in die Kirche, hängte die Hirtentasche an einem Sonnenstrahl auf und kniete nieder. Und er begann den Rosenkranz abzubeten. «Geh du vorbei, geh die da vorbei, geh die andere vorbei, geh die Dicke vorbei...»

Natürlich, da er doch nicht beten konnte! Die Messe war zu Ende, und der Hirt sagte zu dem Pfarrer:

«Wem gehörte denn das nackte Kind, das auf der Schale war, als Ihr sie hochhobt?»

«Geh! Steig wieder auf die Alm; du bist Gott näher als ich», antwortete ihm der Pfarrer.

Und der Hirt ging fort. Und er ging auf die Weide und hatte den Rosenkranz in der Hand:

«Geh du vorbei, geh die da vorbei, geh die andere vorbei, geh die Dicke vorbei...»

Und alle Vöglein, die auf der Alm waren, kamen ihm singend entgegen, um ihn zu begrüßen.

15

Wie der Wolf bestraft wurde

Ein Wolf trieb sich stehlend in der Umgegend eines Dorfes herum und hatte bald fast alle Schafherden vernichtet.

Eines Abends konnte man ihn lebendig fangen. Da kamen die Bewohner beim Abendläuten zusammen, um zu beraten und zu beschließen, wie man den Wolf am härtesten bestrafen könnte.

Einige stimmten dafür, ihn bei lebendigem Leibe zu verbrennen. Andere erklärten, daß er mehr leiden werde, wenn man ihn in kleine Stücke hackte und dabei mit dem Schwanz anfinge und mit den Ohren aufhörte.

«Das ist alles nichts», sagte eine Frau. «Ob wir ihn nun verbrennen oder in Stücke hacken, immer sind seine Leiden bald vorbei. Die beste Bestrafung, die wir ihm auferlegen können, ist, ihn zu verheiraten.»

«Das ist wahr!» sagten die Männer.

Und sie verurteilten den Wolf dazu, sich auf der Stelle zu verheiraten.

16

Der Ungläubige und der Totenkopf

Ein Mann, der nicht an Gott glaubte, ging einmal über einen Friedhof und sah einen Totenkopf und gab ihm einen Fußtritt und sagte zu ihm: «Heut abend kannst du bei mir essen.» Und dann ging er nach Haus.

Am selben Abend, um Mitternacht, klopft es an die Tür. Der Diener geht hinaus, um zu sehen, wer klopft, und kommt zurück und sagt zu seinem Herrn: «Ach, Herr, da ist einer aus der andern Welt, ein Skelett, nichts weiter als ein Gerippe.» Da wußte der Mann Bescheid und sagt: «Bestell ihm, er soll hereinkommen.» Er tritt ein und sagt zu ihm: «Nun, Herr, Ihr habt mich gestern eingeladen, und da bin ich also.» Und er aß mit ihm, und dann sagt er: «Morgen könnt Ihr in meinem Hause essen. Ihr wißt ja, wo es ist; gestern seid Ihr dort vorbeigegangen.» Darauf verabschiedeten sie sich.

Und am nächsten Tag ging der Mann zur Beichte und sagte zu dem Pfarrer: «Ich war auf dem Friedhof und sah dort einen Totenkopf und gab ihm einen Fußtritt und lud ihn zum Abendessen ein, und gestern abend hat er bei mir zu Haus gegessen und mich für heut abend zu sich auf den Friedhof eingeladen; ich aber will nicht hingehen.» Da gab der Pfarrer ihm ein Kreuz und einige Reliquien und sagte zu ihm: «Nehmt dieses Kreuz und diese Reliquien und geht hin. Und wenn Ihr an den Friedhof kommt, so sagt dreimal hintereinander: ‹Heilige Jungfrau Maria!› Die Friedhofstüren werden sich öffnen, und Ihr werdet dort das Essen bereitet finden. Tut so, als ob Ihr eßt, doch eßt nichts.»

Und der Mann ging hin und kam an die Friedhofstür und sagte dreimal «Heilige Jungfrau Maria!», und sogleich öffneten sich die Friedhofstüren, und eine Stimme sagte zu ihm: «Tretet ein.» Und er antwortete: «Ich kann nicht. Ich kann nicht.» Und dann kam das Skelett selber hervor und sagte zu ihm: «Geh mit Gott!» Und es zeigte ihm ein Messer und sagte: «Kreuz und Reliquien bewahren dich davor, daß du nicht hierbleiben mußt. Glaubst du an Gott und die Jungfrau?» Und der Mann antwortete: «Ja.» – «Dann geh», antwortete ihm das Skelett.

Und der Mann ging fort und begann, als Einsiedler in einer Höhle zu leben, und ernährte sich viele Jahre nur von Kräutern. Und eines Tages läuteten plötzlich in einem Dorf die Glocken, und die Leute fragten: «Was ist das? Was ist das?» Und sie gingen hin, um zu sehen, was war, und sie fanden den alten tot in der Höhle; er war als Heiliger gestorben, und die Höhle erstrahlte voll Glanz.

17

Frau Elend

Es war einmal eine Frau, die wurde Frau Elend genannt. Sie lebte in einer kleinen Hütte und besaß nichts als eine Ziege, einen Garten und einen Birnbaum.

Die Arme ernährte sich nur von der Milch ihrer Ziege. Die Birnen aßen die Dorfbuben alle auf, und darüber war sie sehr böse und brachte deswegen das ganze Dorf in Bewegung.

Eines Tages kam ein Alter an ihre Hütte und bat um Unterkunft, und Frau Elend sagte zu ihm:

«Wie kann ich sie dir geben, wo ich nichts als ein schlechtes Bett und ein wenig Milch besitze?»

Und der Alte sagte:

«Um der Barmherzigkeit willen, gebt mir Unterkunft.»

Und Frau Elend sagte:

«Tritt ein, Armer, tritt ein; ich will dir die Hälfte von der Milch meiner Ziege geben; ich will dir die Hälfte meines Bettes geben, und ich will dir eine meiner Decken geben.»

Frau Elend tat so, und am nächsten Morgen sagte der Alte:

«Gott möge es dir lohnen; und für das, was du an mir tatest, kannst du einen Wunsch äußern.»

Und Frau Elend sagte zu ihm:

«Ich brauche nichts, noch wünsche ich mir mehr als das, was ich habe. Ich möchte nur, daß die Buben, wenn sie mir wieder meine Birnen wegessen, nicht eher von dem Birnbaum hinuntersteigen können, als bis ich es will.»

Der Alte – es war der heilige Antonius von Padua – sagte:

«Es sei dir gewährt. Leb wohl!»

Am folgenden Tag stiegen die Buben auf den Birnbaum und mußten dort oben regungslos verharren, bis ihre Eltern kamen und Frau Elend auf den Knien baten, die Buben wieder hinunterzulassen.

Von dem Tag an kamen sie nicht mehr, um die Birnen wegzuessen. Und Frau Elend verbrachte die Jahre froh und zufrieden, bis eines Tages der Tod an ihre Hütte klopfte und zu ihr sagte:

«Ich will dich holen.»

Und Frau Elend sagte:

«Es ist gut; ich bin schon alt und störe in der Welt. Ich will die Wegzehrung für uns zurechtmachen, und während ich sie zurechtmache, steig du auf diesen Birnbaum, und iß dich an den birnen satt.»

Der Tod stieg hinauf und konnte nicht wieder herunterkommen, denn Frau Elend ließ ihn nicht frei. Es verstrichen einige Jahre, und da der Tod auf dem Birnbaum war, starb niemand. Und es versammelten sich alle die Alten und alle die, die sterben wollten, und gingen zu Frau Elend und baten sie, sie möchte doch den Tod von dem Birnbaum herunterlassen.

Frau Elend sagte:

«Wenn der Tod mir schriftlich gibt, daß er mich immer übergeht, dann laß ich ihn vom Birnbaum heruntersteigen.»

Der Tod gab es ihr schriftlich und ließ von nun an Frau Elend in Ruhe. Und so lebt Frau Elend noch heute.

18

Die schwarze Ziege

Es war einmal ein junger Bursche, der machte einem braven Mädchen, der Schönsten des Dorfes, den Hof. Er hatte ihr das Versprechen gegeben, sie zu heiraten, doch wollte er schon vorher mit ihr schlafen.

Eines Tages, es war am Vorabend der Kirmes, verabredete der Bursche mit dem Mädchen, dorthin zu gehen, doch wollte er schon sehr früh mit ihr dort sein, schon bei Tagesanbruch, bevor noch jemand auf der Festwiese wäre, wo die Wallfahrtskapelle der Heiligen stand, die man feierte.

Der Bursche sagte, sie wollten so früh hingehen, um die ersten zu sein, die zu der Heiligen beteten; doch Gott wußte wohl, daß seine Absichten ganz andere waren.

Sie hatten miteinander verabredet, daß er sie bei Tagesanbruch von ihrem Haus abholen würde. Am nächsten Tag stand er auf, als der Mond noch am Himmel stand, und ging los, um das Mädchen abzuholen, doch traf er sie schon auf dem Weg, denn aus Freude darüber, daß sie mit ihrem Verlobten auf das Fest gehen durfte, konnte sie die ganze Nacht kein Auge schließen, so daß sie eher als er aus dem Haus gegangen war und ihn abholen wollte.

Sie sagten sich guten Tag und gingen plaudernd ihren Weg. Bevor sie auf die Festwiese kamen, mußten sie einen Fluß überschreiten. Der war aber angeschwollen, da es in den letzten Tagen viel geregnet hatte, und der Strom überspülte die Brücke, eine Brücke, die zwar aus dünnen Ästen gebaut, aber doch stark genug war, um Leute hinüberzutragen. Als er nun sah, daß sich hier eine gute Gelegenheit für seine Absichten bot, sagte er, er wolle sie über den Fluß tragen, da sie ja sonst nicht auf das andere Ufer kommen könnten. Sie wollte anfangs nicht, doch da er sehr darum bat, ließ sie sich zu guter Letzt darauf ein. Als sie nun die Mitte des Flusses erreicht hatten, dort, wo er am tiefsten war, blieb der Bursche stehen und sagte zu dem Mädchen: «Wenn ich dich drüben nicht haben kann, werfe ich dich jetzt in den Fluß.» Das Mädchen, die Ärmste, hielt das für einen Scherz und schenkte den Worten ihres Verlobten keine Beachtung, doch er fing immer wieder von neuem damit an und sagte, daß es kein Spaß sei, sondern daß er es bitterernst meine. Da begann sie zu weinen und sagte, vor der Hochzeit täte sie so etwas nicht. Er drang weiter mit Bitten in sie, doch sie sagte zu allem nein. Als sie aber sah, daß er Anstalten machte, sie in den Fluß zu werfen und es auch wirklich ausführen wollte, da gab sie ihm schließlich ihr Wort, drüben zu tun, was er wollte. Er befahl ihr, das zu beschwören, und sie schwor.

Als sie am andern Ufer ankamen, legte der Bursche das Mädchen auf die Erde und bedeckte ihr Gesicht mit dem Kopfschleier, doch als er dann nach unten sah, erblickte er plötzlich Ziegenbeine an ihr mit vielen langen schwarzen, furchterregenden Haaren darauf. Er zog ihr den Schleier weg, da fand er einen Kopf vor sich wie den einer schwarzen Ziege, mit Hörnern und allem und einem Maul, das ihm eine Menge großer, häßlicher Zähne zeigte. Mein Gott, war das furchtbar anzusehen! Zu Tode erschreckt lief der Bursche fort, so schnell er konnte.

Bevor er zu Hause ankam, traf er auf dem Weg einen seiner Vettern, der, als er ihn so bleich und zitternd sah, fragte, was ihm geschehen sei. Der Bursche erzählte ihm, was ihm mit seinem Mädchen begegnet war, und sagte, daß er sie, in eine schwarze Ziege verwandelt, am Fluß liegengelassen habe. Während er dies noch erzählte, verschwand der, der sein Vetter war, wie durch ein Wunder, und statt seiner sah er wieder die Ziege, die um ihn herumsprang und ihre schwarzen Zähne zeigte und ihre schwarze Zunge, so schwarz wie eine Winternacht, und die sagte: «Sieh hier dein Mädchen! Magst du denn jetzt nicht tun, was du wolltest?»

Man sagt, der Bursche sei vor Entsetzen gestorben, und

jene Ziege sei der Teufel in eigener Person gewesen. Und so wird es auch sein, denn nur der Teufel ist solcher Dinge fähig. Und dies Märchen, das nicht wie ein Märchen aussieht, kann sich wirklich ereignet haben und eine Strafe Gottes gewesen sein für den Burschen, der das schönste Mädchen des Dorfes verderben wollte.

19

Der Drache vom Rosenstrauch

Es war einmal ein König, der hatte drei Töchter. Und eines Tages mußte er eine sehr weite Reise in eine Stadt machen, und er fragte seine Töchter, was er ihnen mitbringen solle. Und die älteste sagte, sie möchte ein Kleid haben und die zweite einen Mantel. Und die jüngste sprach zu ihm: «Papa, ich möchte, daß Ihr mir eine Rose mitbringt.»

Und der König ging fort und kam in der großen Stadt an. Und bei seiner Rückkehr kaufte er das Kleid und den Mantel für die beiden älteren Töchter. Aber so eifrig er auch nach einer Rose für die jüngste suchte, konnte er doch keine finden. Und so mußte er ohne Rose abreisen.

Auf seinem Rückweg nach Haus kam er an einem Garten vorbei, in dem viele Rosensträucher voller Rosen standen, und er sprach bei sich: «Ah, da hab ich ja doch noch die Rose für meine Tochter gefunden!» Und er stieg vom Pferd, um eine Rose zu pflücken. Und es standen dort viele Rosen, und er suchte eine sehr schöne aus. Doch als er sie abschnitt, da kam ein Drache hervor und sagte zu ihm: «Herr, wer hat Euch die Erlaubnis gegeben, diese Rose abzuschneiden?» Und der König sagte zu ihm: «Das sollt Ihr hören. Ich bin König und habe drei Töchter. Ich komme von einer Reise zurück, von der ich meinen Töchtern etwas mitbringen sollte. Und die beiden ältesten baten mich um ein Kleid und einen Mantel, und das hab ich in der Stadt gekauft. Doch meine jüngste Tochter wünschte sich eine Rose von mir, und die hab ich in der Stadt nicht finden können; da bin ich in diesen Garten eingetreten, um sie zu pflücken.» Und der Drache sprach: «Es ist gut. Nehmt die Rose mit, doch müßt Ihr morgen mit Eurer jüngsten Tochter hierherkommen. Wenn nicht, kostet es Euch das Leben.»

Dann ging der König nach Haus. Und als er ankam, gab er seinen Töchtern die Geschenke und zog sich sehr traurig in seine Gemächer zurück. Da kam die jüngste Tochter zu ihm und fragte ihn, warum er so traurig sei. Und der Vater sagte zu ihr: «Ach, meine liebe Tochter, wenn du mein Leid wüßtest!» Und die Tochter bat ihn, ihr sein Leid zu erzählen. Und er sprach: «Nun denn, liebe Tochter, so höre: Die Rose hab ich nicht in der Stadt finden können. Bei meiner Rückkehr fand ich sie in einem Garten. Und als ich sie abschnitt, kam ein Drache hervor und sagte mir, daß ich dich morgen zu ihm bringen müßte.» Und die Tochter sprach: «Macht Euch deswegen keine Sorgen, Vater, denn ich werde mit Euch gehen.»

Und am nächsten Morgen nimmt der Vater zwei Pferde, und sie machen sich auf den Weg zu dem Drachen. Und sie kommen an den Garten, wo der Vater die Rose abgeschnitten hatte, aber sie finden niemanden dort. Und sie sahen ein Schloß und traten ein. Doch auch da war niemand. Und sie fanden einen Tisch mit den schönsten Speisen, und sie setzten sich hin und aßen. Und als sie gegessen hatten, gingen sie in den Garten und machten einen Spaziergang und fanden auch da niemanden. Und gegen Abend gingen sie in das Schloß zurück und traten in den Speisesaal, und wieder stand auf dem Tisch das schönste und beste Essen. Und es kam die Nacht, und sie sahen einige Zimmer mit gemachten Betten. Und sie traten ein und schliefen, ohne jemanden zu sehen. Und am nächsten Tag standen sie auf, und da war das Frühstück schon bereitet, und sie aßen. Und nach dem Frühstück sprach der Vater zu seiner Tochter: «Nun, liebe Tochter, jetzt muß ich fortgehen. Dich laß ich hier.» Und er ging fort. Sie blieb zurück und fing an zu weinen aus Angst, weil sie nicht wußte, was ihr geschehen würde.

Und als der Vater fortgegangen war, machte sie wieder einen Spaziergang durch den Garten. Und sie ging hin und her und hin und her und überall herum, bis der Drache hervorkam und zu ihr sagte: «Erschrick nicht, denn ich will, daß du dich mit mir verheiratest. Gib mir dein Wort, daß du mich heiraten wirst.» Und das junge Mädchen wollte ihm ihr Wort nicht geben, doch schließlich willigte sie ein. Und da führte sie der Drache zu Tisch. Man servierte ihnen von allem, ohne daß das Mädchen jemanden sah. Und so trank sie nachmittags Kaffee und aß zu Abend. Und nach dem Abendessen öffnete sich die Tür zu ihrem Schlafzimmer, und sie ging hinein und legte sich schlafen.

Und am nächsten Morgen stand das junge Mädchen auf und fand im Speisesaal einen schönen Prinzen, der sie erwartete. Und sie war ganz überrascht und fragte ihn, wer er sei. Und er sprach: «Ich bin dein Drache, dem du versprochen hast, dich ihm anzuvermählen. Ich war verzaubert, bis ich jemanden fand, der mich heiraten wollte.» Und sie umarmte und küßte ihn, und sie sprachen über ihre Hochzeit. Sie willigte in alles ein, was er ihr vorschlug, und sie heirateten einander.

Sie wurden sehr glücklich und aßen viele Rebhühner. Und sie gaben mir nichts davon ab, denn das wollten sie nicht. Und sie schenkten mir eine kleine Puppe aus Butter, aber da es Sommer war, schmolz sie mir.

20

Der verwundete Vogel

Nun, Herr, es war also einmal ein König, der war Witwer und hatte eine sehr schöne Tochter. Seinem Schloß gegenüber lebte eine Dame, die war auch Witwe und hatte eine Tochter. Da die Dame wußte, daß der König verwitwet war, so trachtete sie mit allen Mitteln danach, ihn zu gewinnen und Königin zu werden, und sie ließ keine Gelegenheit vorübergehen, die Tochter des Königs zu beschenken und ihr zu sagen:

«Mein liebes Kind, es tut mir so von Herzen leid, dich ohne Mutter aufwachsen zu sehen, daß ich mich mit deinem Vater, wenn er es wollte, verheiraten würde, obwohl ich nie die Absicht hatte, wieder zu heiraten. Doch ich würde dich so gern zu einer großen Dame erziehen, denn sowohl ich wie meine Tochter würden dir ergebene Diener sein, damit es dir an nichts fehle.»

Das junge Mädchen bedankte sich, und da sie dies viele Male von ihr hörte, sagte sie es eines Tages ihrem Vater.

«Wißt Ihr, daß die Dame von gegenüber mir das gesagt hat?»

«Pah», sagte der Vater, «sei nicht dumm, das sagt sie dir jetzt; doch sobald sie verheiratet ist, wird sie genau das Gegenteil tun, und das Beste und Schönste wird für ihre Tochter sein.»

«Glaubt das nicht, Vater», sagte die Tochter, «denn sie ist wirklich eine gute Frau. Wenn ich bei ihr bin, scheint ihr alles zu gering, um es mir zu geben.»

Obwohl der Vater sich immer wieder weigerte, bat die Tochter, die von der Witwe angestachelt wurde, so sehr darum, daß der König schließlich nachgab und sie heiratete.

Anfangs ging alles gut; doch bald brach ein Krieg aus, und der König mußte plötzlich fort. Und er gab seine Tochter in die Obhut der Stiefmutter.

Doch sobald der Vater das Haus verlassen hatte, begann die Stiefmutter, seiner Tochter das Leben zur Plage zu machen, denn sie konnte sie nicht ausstehen, weil sie hübscher war als ihre eigene Tochter; und immer wenn sie ihrem Mann schrieb, sagte sie ihm, daß seit seinem Scheiden keiner seine Tochter mehr zügeln könne, daß sie sich über alles ärgere, daß man ihr nichts recht machen könne und daß keine Stunde verstriche, die ihr nicht Unannehmlichkeiten brächte.

Der König, der den Inhalt des Briefes durchschaute, gab ihr recht, um sie nicht zu reizen, doch sagte er, man möchte seine Tochter bis zu seiner Rückkehr mit Geduld ertragen, dann würde er selbst sehen, was zu machen sei.

Doch seine Frau beklagte sich immer wieder in ihren Briefen und übertrieb die Dinge jedesmal mehr und sagte, daß eines guten Tages ein Unheil geschehen würde, denn das Mädchen sei so übermütig, daß sie keine Macht mehr über sich anerkenne. Der Vater versuchte, sie zu beruhigen; doch als die Frau merkte, daß es ihr nicht gelang, vom König die Erlaubnis zu bekommen, die Tochter zu züchtigen, warf sie sie eines Tages nach einem heftigen Streit, den sie selbst hervorgerufen hatte, aus dem Hause. Das arme Mädchen ging weinend weg und begann, auf gut Glück loszuwandern. Und sie ging weiter und immer weiter, und als sie schon eine große Strecke zurückgelegt hatte, erblickte sie hohe Mauern. Sie kam näher und sah ein Tor zu einem großen Schloß. Sie trat ein und durchschritt alle Gemächer, und da sie niemanden fand, blieb sie, um die Nacht dort zu verbringen.

Als die Stunde der Abendmahlzeit kam, sah sie, daß der Tisch mit den verschiedensten Speisen gedeckt war, in den Kleiderschränken fand sie Kleider, die ihr genau paßten, und in dem Schlafgemach war ein schönes Bett; doch in dem ganzen Schloß bemerkte sie keine lebende Seele. Sie legte sich zum Schlafen nieder, und da sie niemanden fürchtete, schlief sie ruhig die ganze Nacht. So vergingen einige Tage.

Kommen wir aber auf die Stiefmutter zurück: Sie sah, daß ihre Stieftochter nicht zurückkehrte, und da sie Angst vor ihrem Mann hatte, begann sie, Nachforschungen und Nachfragen anzustellen, und erkundigte sich bei jedermann nach ihr. Doch keiner konnte ihr etwas von dem Mädchen sagen, bis endlich eine Alte ihr erzählte, daß sie sie am Fenster eines Schlosses gesehen habe, in dem niemand wohne; es ginge das Gerücht, daß es ein verzaubertes Schloß sei.

Die Stiefmutter, die wissen wollte, ob es wahr sei, schickte ihre Tochter hin, die sollte nachsehen, was es da gab.

Die Tochter kam ins Schloß, und da ihr es niemand verwehrte, trat sie ein und sagte zu ihrer Stiefschwester, sie habe sich mit ihrer Mutter erzürnt und sei von ihr aus dem Hause geworfen worden; und da sie niemanden habe, zu dem sie gehen könne, sei sie losgewandert und habe dies Schloß gefunden und sei hineingegangen und freue sich nun sehr, sie hier gefunden zu haben, denn nun sei sie nicht mehr so allein.

Das brave Mädchen glaubte alles, was die Stiefschwester ihr sagte, und nahm sie sehr gut bei sich auf und sagte, wenn sie bleiben wolle, möge sie bleiben, es werde ihr nicht an Essen noch an einer Schlafstätte fehlen. Und so war es auch.

Als der Abend kam, legte sich jede in ihr Bett. Die Tochter des Königs schlief sofort ein, doch die andere hielt sich wach, denn sie wollte sehen, was geschehen werde.

Gegen Mitternacht hörte sie ein Geräusch und sah, wie sich ein Fenster öffnete und ein Vogel hereinkam, der war so schön, daß es eine Freude war, ihn anzusehen; er badete sich in einer Waschschüssel, die dort stand, und verwandelte sich in einen sehr schönen Jüngling, der in das Bett der Königstochter stieg.

Die andere tat so, als ob sie schliefe. Bevor der Morgen dämmerte, sah sie den Jüngling aufstehen, und nachdem er sich gewaschen hatte, war er wieder in einen Vogel verwandelt, und der flog durch das Fenster, das sich öffnete, um ihn hinauszulassen.

Die beiden Stiefschwestern standen auf, und die Tochter der Königin tat so, als ob sie nichts gehört und gesehen hätte, und sagte zu ihrer Stiefschwester, sie wolle zu ihrer Mutter zurückgehen und sehen, ob sich ihr Zorn gelegt habe. Die andere sagte, sie solle tun, was sie wolle, sie werde sie zu nichts zwingen.

Die Stiefschwester ging nach Hause und erzählte ihrer Mutter sofort alles, was sie gesehen hatte, und konnte sich nicht genug daran tun, das Schloß zu loben und zu sagen, daß ihre Schwester eine große Dame geworden sei.

«Dann höre», sagte die Mutter zu ihr, «du gehst morgen wieder hin und nimmst hier diese Säge und Nägel mit; und wenn du glaubst, daß er eingeschlafen ist, dann nagelst du die Fensterläden mit den Nägeln zu, daß sie sich nicht mehr öffnen lassen, und mit der Säge ritzt du Risse ins Glas.»

Und so geschah es; sie nahm Säge und Nägel und ging wieder ins Schloß. Die Schwester fragte sie, weswegen sie schon wieder käme, und sie antwortete, mit ihrer Mutter könne man sich nun einmal nicht vertragen, sie habe sie nicht wieder bei sich aufnehmen wollen und damit gedroht, sie zu töten.

Das brave Mädchen glaubte ihr aufs Wort, und da sie Mitleid mit ihr hatte, sagte sie, sie könne ja bei ihr bleiben. Dann aßen sie zusammen und legten sich schlafen, und es dauerte nicht lange, da war die Prinzessin eingeschlafen.

Als es Mitternacht schlug, kam der Vogel, badete sich, verwandelte sich dabei in einen Jüngling und stieg in das Bett. Und als die Stiefschwester glaubte, er sei eingeschlafen, stand sie sehr vorsichtig auf und nagelte ganz leise den Fensterrahmen mit den Nägeln zu, die ihre Mutter ihr gegeben hatte, und mit der Säge schnitt sie das Glas kreuz und quer an. Als sie damit fertig war, entfloh sie.

Früh am nächsten Morgen stieg der Jüngling aus dem Bett, wusch sich in der Schüssel und verwandelte sich wieder in einen Vogel. Er spreizte seine Flügel und flog zum Fenster;

doch da es sich nicht öffnete, prallte er gegen das Glas, und da es eingeritzt war, gab es nach und ließ ihn hindurch, wobei er am ganzen Körper Schnittwunden davontrug. Er stieß einen lauten Schrei aus und flog davon.

Bei dem Schrei erwachte die Tochter des Königs und stand auf, um zu sehen, was geschehen war; da sah sie, daß Fenster und Boden blutig waren. In demselben Augenblick verschwand das Schloß, und sie befand sich auf freiem Feld und stand allein, denn die andere war ja schon vorher verschwunden.

Da begann das arme Mädchen zu weinen und machte sich auf den Weg und ging auf gut Glück los. Und sie ging weiter und immer weiter und wurde schließlich so müde, daß sie sich an einem Baum, der am Wege stand, niedersetzte, um sich dort auszuruhen.

Als sie eine kleine Weile dort saß, sah sie drei Turteltauben kommen, die ließen sich auf einem Ast des Baumes nieder und begannen sich zu unterhalten.

«Weißt du schon», sagte die eine, «daß der Sohn des Königs von da drüben im Sterben liegt?»

«So?» antwortete die andere. «Und was fehlt ihm?»

«Nun, als er verzaubert und in einen Vogel verwandelt war und durch ein Fenster fliegen wollte, verletzte er sich den ganzen Körper am Glas, und jetzt haben sich die Wunden entzündet.»

«Und gibt es kein Mittel, ihn zu heilen?» sagte die dritte.

«Ja, aber es ist schwer zu erhalten, auch würde es uns teuer zu stehen kommen.»

«Wieso denn das?»

«Ja, das ist so: Uns drei müßte man fangen und töten und in einem Herd ausbraten, bis nur noch Grieben bleiben; dann muß man uns zu Pulver mahlen, doch dabei muß man sehr aufpassen, daß wir drei immer in drei getrennten Häufchen bleiben. Von diesem Pulver nun muß man dem Königssohn drei Tage hintereinander ein Häufchen in die Wunden streuen, und wenn man das tut, ohne sich dabei zu versehen, so wird er nach drei Tagen, von seinen Wunden geheilt, wieder aufstehen können. Ihr könnt selbst urteilen, ob es schwierig ist oder nicht, daß der Königssohn wieder gesund wird.»

Während die Turteltauben noch miteinander sprachen, band die Tochter des Königs, die alles gehört hatte, die Schürze ab, um die Tauben darin zu fangen; die waren in ihre Unterhaltung so vertieft, daß das junge Mädchen die Schürze über sie werfen und sie einfangen konnte. Dann ging sie in ein Haus, in dem ein Herd war, und begann, sie zu braten. Sobald sie sie gebraten hatte, bat sie um einen Mörser und zerstampfte sie nacheinander so lange, bis sie zu Pulver wurden; das wickelte sie in drei verschiedene Stücke Papier, bedankte sich bei der Hausherrin und machte sich auf den Weg zum Schloß, wo der kranke Prinz lag.

Sie ging weiter und immer weiter; da traf sie auf ihrem Weg einen Studenten, der trug ein Kleiderbündel an einem Stock über der Schulter. Sie fragte ihn, was er in dem Bündel habe, und der Student antwortete ihr, daß es ein Anzug zum Wechseln sei. Da fragte sie ihn, ob er den Anzug verkaufen wolle, und da der Student größeren Hunger als ein Hund hatte, ließ er sich nicht lange bitten und verkaufte ihn ihr.

Als der Student sich entfernt hatte, zog sie sich schnell um und machte nun aus ihren Frauenkleidern ein Bündel und erschien im Schloß in dem Anzug des Studenten.

Sie wurde zum König vorgelassen und sagte zu ihm, sie habe erfahren, daß der Prinz so krank sei, daß kein Arzt ihn heilen könne, und deswegen sei sie gekommen, um den König zu bitten, ihr doch seinen Sohn in Pflege zu geben; sie verspräche, ihn binnen drei Tagen gesund zu machen.

Der König fand sie reichlich jung und traute ihrer Kunst nicht sehr, doch da er alle Hoffnung auf Besserung aufgegeben hatte, nahm er die gebotene Hilfe an, denn wer am Ertrinken ist, klammert sich selbst an einen glühenden Nagel, und so ließ er sie in das Zimmer des Prinzen eintreten.

Da war sie nun allein mit dem Jüngling, der wie ein Toter dalag und niemanden erkannte. Sie untersuchte die Wunden, und nachdem sie sie gut ausgewaschen hatte, streute sie das Pulver der einen Taube darauf. Am nächsten Abend machte sie dasselbe und streute das Pulver der zweiten Taube darauf. Nun kam der letzte Abend, und nachdem sie wieder die Wunden ausgewaschen hatte, streute sie das Pulver, das ihr noch übriggeblieben, auf die Wunden und setzte sich ans Kopfende des Bettes, nachdem sie den Studentenanzug ausgezogen und ihr Kleid, das sie bei sich trug, angezogen hatte.

Als der Tag anbrach, seufzte der Prinz und richtete sich im Bett auf. Als er das junge Mädchen erblickte, sprang er aus dem Bett und umarmte sie und fragte sie, wie sie hierhergekommen sei und ob sie ihn damals verwundet und ihn jetzt geheilt habe.

Sie antwortete ihn, daß sie seine Wunden zwar geheilt, doch sie nicht verursacht habe. Dann erzählte sie ihm, was sie wußte und was ihr alles widerfahren sei, und sie erkannten, daß die Tochter ihrer Stiefmutter alles Unglück angerichtet hatte.

Der Prinz stellte das junge Mädchen seinen Eltern vor und sagte, daß sie ihm das Leben gerettet habe und daß sie seine Frau werden solle.

Die Eltern willigten ein, und die beiden heirateten und lebten glücklich ihr Leben lang. Sie berichteten alles ihrem Vater, und als der die Wahrheit erfuhr, wies er seine Frau und seine Stieftochter aus dem Schloß; vor Gram starben beide bald darauf in einem einsamen Winkel.

21

Der Arzt und der Tod

Eine arme Frau hatte einen Sohn. Der machte sich eines Tages auf, einen Herrn zu suchen, bei dem er dienen könnte, denn er wollte für seine Mutter das tägliche Brot verdienen. Und als er durch die Welt zog, begegnete er der Sonne und begegnete dem Mond, und sie fragten ihn:

«Wohin gehst du?»

«Ich suche einen Herrn, bei dem ich dienen kann, um für meine Mutter das tägliche Brot zu verdienen.»

«Willst du mit uns kommen?»

«Nein!»

Etwas später traf er einen Engel, der fragte ihn:

«Wohin gehst du?»

«Ich suche einen Herrn, bei dem ich dienen kann, um für meine Mutter das tägliche Brot zu verdienen.»

«Willst du mit mir kommen?»

«Nein!»

Er setzte seinen Weg fort und traf den Tod. Der machte halt und sagte zu ihm:

«Wohin gehst du?»

«Ich suche einen Herrn, bei dem ich dienen kann, um für meine Mutter das tägliche Brot zu verdienen.»

«Willst du mit mir kommen?»

«Wer bist du?»

«Ich bin der Tod.»

«Nun, so oder so, du nimmst uns doch alle; ich gehe mit dir.»

Sie wanderten gemeinsam los, und der Tod sagte zu ihm:

«Ich will aus dir einen Arzt machen. Wenn man dich ruft, um einen Kranken zu untersuchen, werde ich mit dir gehen. Wenn du siehst, daß ich mich am Fußende seines Bettes hinstelle, muß er sterben; wenn ich mich aber an das Kopfende stelle, so wird er gesund werden. Im ersten Fall verschreibst du nichts, im zweiten verschreibe einen Trank aus irgendwelchen Kräutern.»

Und er machte aus ihm einen Arzt. Und nach wenigen Tagen wurde die Tochter des Königs schwer krank, und der Tod sprach zu ihm:

«Die Kranke wird nicht sterben, aber sie hat eine Sünde zu beichten. Sag es ihr!»

Man rief den Arzt, um die Prinzessin zu untersuchen, und er verschrieb ihr einen Trank aus Kräutern. Dann sagte er ihr das von der Sünde. Nach zwei Tagen war die Prinzessin gesund und belohnte den Arzt mit großen Reichtümern. Und er ging wieder in sein Dorf zurück, und die Bewohner sagten: «Ja, ist das nicht der, den wir von früher kennen, der aus dem Elend kommt? Das muß ein schöner Arzt sein!»

Und die jungen Burschen des Dorfes beschlossen, ihm einen Streich zu spielen, und deswegen stellte sich einer von ihnen krank und legte sich ins Bett.

Man rief den Arzt, um ihn zu untersuchen, und als er ihn sah, sagte er:

«Macht den Burschen zurecht, er wird gleich sterben.»

Und alle lachten über den Arzt. Aber nach wenigen Stunden war der Bursche tot.

22

Der Mann, der keine Almosen gab

Es war einmal ein Mann, der gab den Armen niemals Almosen. Wenn sie an seine Tür kamen und ihn darum baten, ließ er die Hunde los und hetzte sie auf die Bettler.

Eines Tages saß er auf einer Steinbank im Hausflur. Da kam ein Armer und bat ihn um einen Scheffel Weizen, und er gab ihn hin. Danach bat er um einen Sack, in den er das Almosen hineinschütten könnte, und auch den gab er ihm. Und zuletzt flehte der Arme ihn an:

«Herr, ich bin alt und kann den Weizen nicht auf meinem Rücken tragen; wenn Ihr einem Diener befehlt, ihn mir hinzubringen, wird Gott es Euch lohnen.»

Der Mann befahl einem Diener, den Scheffel Weizen zu tragen. Der Arme und der Diener machten sich auf den Weg, und nach einer halben Stunde sagte der Arme zu dem Diener:

«Dein Herr ist soeben gestorben.»

«Was!»

«Dein Herr ist soeben gestorben!» wiederholte der Arme.

Da sahen sie einen Hasen, der von einem Windhund verfolgt wurde, mit großen Sprüngen auf sich zukommen.

«Der Hase», sagte der Arme, «ist die Seele deines Herrn, und der Windhund ist der Teufel. Da sind sie schon.»

Der Hase suchte zwischen den Beinen des Armen Zuflucht, und sogleich kam der Windhund. Der öffnete eine Art Meßbuch, das er bei sich hatte, und begann die Sünden vorzulesen, die der Herr begangen hatte, und es waren derer so viele wie die Fäden des Sackes, in dem der Arme den Scheffel Weizen hatte.

«Für jedes dieser Körner, die der Herr dir gab», sagte der Teufel zu dem Armen, «vergibt Gott ihm eine Sünde. Zähl sie!»

Der Arme zählte sie, und es ergaben sich zuletzt drei Körner mehr, als der Sack Fäden hatte. So hatte der Herr seine Seele für drei Weizenkörner gerettet.

23

Das seltsamste Ding der Welt

Es war einmal ein König, der war Witwer und hatte drei Söhne. Und in einem andern Reich lebte eine Königin, die war Witwe und hatte eine sehr schöne Tochter. Und der König und die Königin lernten einander kennen und heirateten sich. Und da die Tochter der Königin fast ebenso alt war wie die Söhne des Königs, verliebten sich die drei in sie, und jeder wollte sie heiraten. Da gingen die drei zu ihrem Vater, und der älteste sagte zu ihm: «Hört, lieber Vater, wir möchten alle drei unsere Stiefschwester heiraten, und da es doch nicht angeht, daß sie sich mit dreien verheiratet, so bitten wir Euch, Ihr möchtet entscheiden, wer von uns sie heiraten soll, Mit dem, was Ihr sagt, werden wir uns zufriedengeben.» Und der Vater sagte zu ihnen: «Meine Söhne, es ist eure Stiefschwester, und da scheint mir, keiner sollte sich mit ihr verheiraten; aber da ihr ja wollt, daß sich einer mit ihr verheiratet, so macht euch denn auf den Weg und seht zu, daß ihr mir das seltsamste Ding der Welt bringt, und wer von euch mit dem seltsamsten Ding der Welt zurückkommt, der mag die Stiefschwester heiraten.»

Nun gut; die drei Brüder zogen also in die Welt hinaus und machten sich auf die Suche nach dem seltsamsten Ding. Und als sie an eine Wegkreuzung kamen, da schlug jeder eine andere Richtung ein.

Und der Älteste kam in eine sehr große Stadt und begann sogleich, überall herumzusuchen und auszuspähen, ob er nicht etwas sehr Seltsames fände. Und als er schon den ganzen Markt und alle Plätze abgesucht hatte, fand er plötzlich einen Teppich, der hatte eine Sprungfeder, und wenn man daraufstieg, so ging die Feder los, und man konnte so hoch fliegen, wie man wollte. Und er sagte zu dem, der ihn verkaufte: «Wieviel wollt Ihr für diesen Teppich haben?» Der antwortete ihm, daß er tausend Taler koste. Und da gab er ihm die tausend Taler und ging mit dem Teppich fort.

Nun gut; indessen war der zweite in ein Dorf gekommen, wo ein Mann war, der verkaufte ein Fernrohr von einer halben Ellenlänge. Und er geht zu ihm hin und sagt: «Lieber Mann, ich habe überall herumgesucht, ob ich nicht ein sehr seltsames Ding finde. Sagt mir, was verkauft Ihr denn da?» Und er antwortet ihm: «Nehmt es und schaut hindurch. Was wollt Ihr sehen?» – «Ich will meinen Bruder sehen.» Und der Mann sagt zu ihm: «Dann braucht Ihr nur durch dies Fernrohr zu sehen, und Ihr werdet ihn finden.» Und der Jüngling blickte durch das Fernrohr und sah seinen Bruder mit dem Teppich dahinwandern. Nun gut; er sagt darauf zu ihm: «Wieviel wollt Ihr für das Fernrohr haben?» – «Ich, nun ja, mit tausend Talern gebe ich mich zufrieden.» Da gab er ihm die tausend Taler und zog mit dem Fernrohr ab.

Inzwischen hatte der dritte auch eine Stadt erreicht und suchte ebenfalls auf dem Markt und allen Plätzen nach einem sehr seltsamen Ding. Und da sieht er auf einem Platz einen alten Mann stehen, der bot Äpfel feil und sagte: «Äpfel, die guten Äpfel, die Kranke heilen!» Und der Jüngling geht zu ihm hin und sagt: «Was ist denn Besonderes an diesen Äpfeln?» Und der Alte sagt ihm: «Diese Äpfel können Kranke wieder ganz gesund machen, wenn man ihnen damit über das Gesicht streicht und sie den Apfel riechen.» Darauf sagt der Jüngling: «Gut, so einen Apfel will ich kaufen und ihn mit nach Haus bringen.» Und er fragte den Alten: «Wieviel wollt Ihr für den Apfel haben?» – «Tausend Taler», antwortet ihm der andere. Da gibt er ihm die tausend Taler und geht mit dem Apfel fort.

Und der mit dem Fernrohr sagte: «Ich will das Fernrohr doch einmal ausprobieren und versuchen, ob ich meine Brüder sehen kann.» Und er sah durch das Fernrohr und erblickte die beiden. Und da wanderte er dorthin, wo der Älteste war, und sagte zu ihm: «Du, hör mal, weißt du, wo unser jüngster Bruder ist?» Und der andere sagt: «Ich, nein.» Da zieht er das Fernrohr hervor und sagt zu ihm: «Wenn du ihn sehen willst, so guck durch dieses Fernrohr.» Und der andere sah durch das Fernrohr und erkannte den jüngsten Bruder, wie er allein auf seinem Weg dahinzog. Und da sagt er: «Dies willst du wohl dem Vater mitbringen?» Und der zweite sagt: «Ja.» – «Nun sieh her», sagt darauf der älteste Bruder, «denn ich bring ihm ein sehr viel seltsameres Ding mit, was viel wertvoller ist.» – «Was ist es?» fragte der andere. «Dieser Teppich hier. Sowie man ihn betritt, steigt er hoch und fliegt so hoch, wie man will und wohin man will.» Der zweite sagt darauf zu ihm: «Gut, das wollen wir gleich einmal sehen.» Und sie steigen darauf, und sofort geht der Teppich mit den beiden in die Höhe. Und der Älteste sagt: «Nun können wir ja einmal sehen, wo unser jüngster Bruder ist, und zu ihm fliegen.» Und sie flogen an den Ort, wo sie den jüngsten Bruder im Fernrohr entdeckt hatten, und waren nun alle zusammen. Und sie fragten ihn, was er gekauft habe, und sie sagten, er möge ihnen doch zeigen, was er mitbringe. Und der sagte darauf zu ihnen: «Ich habe hier diesen Apfel gekauft; wenn man damit über das Gesicht eines Kranken streicht und er ihn riecht, wird er auf der Stelle wieder gesund.» Nun gut; dann stiegen sie alle drei auf den Teppich, und die Feder ging los, und die drei flogen ganz, ganz hoch.

Und nachdem sie so einige Zeit durch die Luft geschwebt waren, nimmt der Jüngste das Fernrohr seines Bruders und sieht hindurch und sagt: «O weh, was seh ich! Ich kann's nicht sagen!» – «Was hast du denn gesehen, junger Bruder?» sagt der Älteste. Und er nimmt dann das Fernrohr und sieht hindurch und sagt: «O mein Gott, was hab ich gesehen!» – «Was sehr ihr beiden denn da?» fragte der zweite. Und er nimmt auch das Fernrohr und sieht hindurch und erblickt dasselbe. Und zwar sahen sie die Stiefschwester sterbenskrank im Bett liegen. Da sagt der Jüngste: «Laßt uns schnell machen.» Und so schnell, wie sie können, fahren sie los und kommen im Nu zu Hause an. Und sie traten ein, als das Mädchen schon in den letzten Zügen lag. Da sagte der Jüngste: «Das ist eine Gelegenheit, die Kraft des Apfels zu prüfen, nun können wir sehen, ob das Mädchen gesund wird.» Und er geht mit seinem Apfel hin zu ihr und läßt sie daran riechen, und sogleich wird ihr wohler. Bald trat eine große Besserung ein, und nach einigen Tagen war sie wieder ganz gesund.

Da gehen die drei dann zu ihrem Vater hin und zeigen ihm, was sie jeder mitgebracht haben. Und der Jüngste sagt: «Vater, ich werde sie bekommen; denn der Apfel, den ich mitgebracht habe, hat sie wieder gesund gemacht.» Und der zweite sagt: «Nein, ich werde sie bekommen, denn ohne das Fernrohr hätten wir nicht gewußt, daß sie krank war, und wenn wir angekommen wären, wäre sie schon tot gewesen.» Und der Älteste sagt: «Aber nein, ohne den Teppich wären wir niemals rechtzeitig gekommen, und darum werde ich sie auch bekommen.» Und der Vater begann, darüber nachzudenken, und sagte dann: «Meine Söhne, mir scheint, daß dem mit dem Fernrohr das größte Verdienst dabei zukommt.» Darauf sagten die beiden gar nichts mehr, und der Vater ging zu der Stiefschwester hin und sagte ihr, daß nach seiner Ansicht der mit dem Fernrohr das größte Verdienst habe. Und das Mädchen sagte darauf: «Mir aber will scheinen, daß das größte Verdienst dem zukommt, der den Apfel brachte, und da ich ihn auch immer am liebsten gehabt habe, so möchte ich mich mit ihm verheiraten.» Und so verheiratete sie sich mit dem jüngsten Bruder.

24

Petri Patenkind

Es war einmal ein altes Ehepaar, das hatte niemals Kinder gehabt. Und beide hatten immer wieder zu Petrus gebetet, er möchte ihnen doch eine Tochter schenken, bis Gott ihnen schließlich, als sie schon alt waren, eine Tochter schenkte. Und Petrus besuchte sie, und sie baten ihn, Pate zu stehen. Und das Kind nannten sie Peter nach seinem Taufpaten.

Als das Mädchen groß war, starb der Vater, und da mußte es das Haus verlassen und anderswo Dienst suchen. Nun wußte die Mutter aber nicht, wie sie es anziehen sollte. Als Mädchen wollte sie es nicht anziehen, denn das paßte nicht zu ihrem Namen. So zog die Mutter es als Mann an, und das Mädchen machte sich auf den Weg, um Dienst zu suchen. Kaum war es aus dem Haus gegangen, als Petrus ihm begegnete und es in die Nähe eines Schlosses führte. Und das Mädchen ging darauf zu und trat an die Tür und klopfte an. Eine Dienerin kam heraus, und das Mädchen fragte, ob man einen Diener brauchen könne. Sogleich ging die Dienerin ins Haus, um sich zu erkundigen, ob man einen Diener brauche. Und man sagte ihr, er solle hereinkommen; da trat er ein, und da er der Königin gefiel, blieb er im Schloß als Diener.

Nach einiger Zeit mußte der König in den Krieg ziehen. Und in seiner Abwesenheit verliebte sich die Königin in Peter, denn sie hielt ihn für einen Mann. Und eines Nachts kam sie dreimal an das Bett von Peter, doch Peter sagte, nein, das könne nicht sein, sie sei eine Königin und er nicht mehr als ihr Diener. Da ließ die Königin dem König melden, sie brauche so schnell wie möglich einen kräftigen Mann. Und der König kam selber, und sie sagte zu ihm: «Peter muß getötet werden. Dreimal ist er an mein Bett gekommen, deswegen muß er getötet werden.» Dem König tat es leid, Peter zu töten, doch sagte er zur Königin, sie habe recht, man müsse ihn töten.

Darauf ließ der König Peter zu sich rufen und sagte ihm, daß er ihn töten müsse, doch daß er davon absehen wolle, falls er ihm einen Ring bringe, der ins Meer gefallen sei. Da ging Peter weinend fort und wußte nicht, was er tun sollte. Es erschien ihm aber Petrus und fragte ihn, warum er so traurig sei. Und als Peter ihm erzählte hatte, was ihm begegnet war, gab Petrus ihm eine kleine Pfeife und sagte: «Nimm diese Pfeife; damit gehst du ans Ufer des Meeres und spielst darauf, und ein kleiner Fisch wird mit dem Ring im Maul aus dem Wasser hervorkommen.» Und Peter ging mit der Pfeife los, und als er ans Ufer kam und anfing zu spielen, zeigte sich sogleich ein Fischchen mit dem Ring im Maul. Da ging Peter zum König und gab ihm den Ring. Doch der König sagte: «Damit ich dich nicht töte, mußt du mir noch meine stumme Tochter wiederbringen, die die Räuber entführt haben.»

Da zog der Jüngling ganz traurig ab und ging fort, zu sehen, ob er nicht wieder dem Petrus begegne. Und Petrus kam ihm auch entgegen und fragte ihn, warum er so traurig sei. Da erzählte Peter ihm, wie es ihm ergangen war, und Petrus sagte: «Darüber mach dir keine Sorgen. Du gehst ans Haus der Räuber und stellst dich vor die Tür. Wenn die Uhr zwölf schlägt, öffnen sich die Türen, und wenn sich die Schläge wiederholen, schließen sie sich wieder. Du gehst hinein und ergreifst die Stumme und trägst sie vor dem zweiten Schlagen heraus.» Und so tat Peter auch. Er ging hin und stellte sich an die Tür, und mit dem ersten Glockenschlag öffneten sich die Türen. Und er stürzte hinein und ergriff die Stumme und war wieder draußen, bevor die Schläge sich wiederholten. Und als die Türen sich schlossen, stieß die Stumme einen Schrei aus, und auf dem Weg stieß sie wieder einen Schrei aus, und als sie in das Schloß traten, noch einen. Und Peter führte sie hinein und übergab sie der Königin. Doch die Königin sagte, das nütze doch alles nichts, er müsse getötet werden. Der König aber sagte, er werde Peter nicht töten lassen, wenn er in derselben Nacht noch bis drei Uhr morgens drei Scheffel Weizen, drei Scheffel Gerste und drei Scheffel Hafer auseinanderlesen würde.

Peter ging fort und begann bitterlich zu weinen. Und es kam Petrus, der fragte ihn, warum er denn so weine. Da erzählte Peter ihm, was geschehen war. Und Petrus sagte: «Bitte um einen Stuhl, den soll man dir in die Kammer stellen, in die man dich einschließt, und dann legst du dich schlafen.» Und so tat Peter auch. Er bat um einen Stuhl und trug ihn in die Kammer, in die man ihn mit den drei Scheffeln Weizen, den drei Scheffeln Gerste und den drei Scheffeln Hafer einschließen wollte. Und als man ihn eingeschlossen hatte, legte er sich schlafen.

Und um halb zwei Uhr sah die Königin durch das Fenster, und als sie merkte, daß Peter immer noch nichts tat, wurde sie sehr froh, denn sie wußte, daß man ihn nun hinrichten würde. Und als die Uhr halb drei schlug, kam sie wieder, und als sie sah, daß Peter im Stuhl lag und schlief und noch nichts getan hatte, wurde sie noch froher, denn nun war es sicher, daß man ihn hinrichten würde. Und als die Uhr drei schlug, kam die Königin noch einmal, und da sah sie, daß das ganze Getreide ausgelesen war und Peter im Stuhl schlief. Da kamen auch die anderen, um zu sehen, ob Peter das ganze Korn ausgelesen hatte, und als sie sahen, daß alles geordnet war, staunten sie sehr.

Doch noch immer gab sich die Königin nicht zufrieden, und sie sagte, nein, man müsse ihn doch töten, und er solle sich selber den Strick um den Hals binden, um gehenkt zu werden. Und so stieg er auf das Galgengerüst. Und als er sich den Strick um den Hals knotete, erschien Petrus, und Peter sagte zu ihm: «Diesen löse ich nicht mehr.» Doch Petrus sagte: «Hab keine Angst; es wird dir nichts geschehen.» Und schon stellte sich der Henker auf der einen Seite auf und der König und die Königin auf der andern; da bat Peter, man möge ihn noch drei Worte reden lassen. Und man sagte ihm, das dürfe er, und da sagte er zu der Stummen:

«Sag, Anna, weswegen schriest du so laut,
als wir den Räubern von Granada entwichen?»

Und Anna, die Stumme, sagte:

«Weil meine Mutter dreimal an dein Bett kam geschlichen.»

Da wunderten sich alle sehr. Und Peter sagte:

«Sag, Anna, weswegen schriest du so laut,
als wir uns auf dem Weg zum Schloß befanden?»

Und die Stumme antwortete:

«Weil der heilige Petrus bei deiner Taufe Pate gestanden.»

Da wunderten sich alle noch mehr. Doch noch fehlte die dritte Frage, und Peter sagte:

«Sag, Anna, weswegen schriest du so laut,
als ich mit dir das Schloß betrat?»

Und sie antwortete:

«Weil deine Mutter ein Weib und keinen Mann geboren hat.»

Und so erstaunt waren alle, daß eine Zeitlang Stille herrschte. Und als der König schließlich die Sprache wiederfand, befahl er, die Königin zu töten, und dann heiratete er Peter, der ein sehr schönes Mädchen war. Und sie blieben dort und haben mich hierhergeschickt, damit ich dir die Geschichte erzähle.

25

Der Geist des Pfarrers

Eine Mutter wünschte sich sehnlichst einen Sohn. Und Gott schenkte ihr schließlich einen Sohn. Doch bei seiner Geburt wurde ihm geweissagt, daß er mit einundzwanzig Jahren gehenkt würde. Der Knabe wuchs heran, und sooft die Eltern daran dachten, was ihm bevorstand, wurden sie ganz traurig. Eines Tages fragte der Sohn seine Mutter, warum sie immer so traurig sei, und da erzählte sie ihm alles. Da sagte der Sohn zu seinen Eltern: «Dann will ich jetzt von euch fortgehen und hinaus in die Welt wandern.» Und die Mutter sagte: «Nein, mein Sohn, geh nicht fort von uns; man wird dich henken, und wir sehen dich nie wieder.» Doch er bat seine Mutter so inständig, daß sie ihm schließlich ein Meßbuch gab und sagte: «Lieber Sohn, nimm dieses Buch, und in jedem Dorf, in das du kommst, geh hin und höre die erste Messe!»

Und der Jüngling zog in die Welt hinaus. Und im ersten Dorf, in das er kam, fragte er: «Um wieviel Uhr ist hier die erste Messe?» – «Um die und die Stunde.» Gut; er hörte also in jedem Dorf, in das er kam, stets die erste Messe. Eines Tages nun, als er in einem Dorf dieselbe Frage stellte: «Um wieviel Uhr ist die erste Messe?», antwortete man ihm: «Lieber Mann, die erste Messe ist in diesem Dorf Punkt Mitternacht. Keiner weiß, wer sie spricht. Um die Stunde geht niemand aus unserm Dorf hin, um die Messe zu hören.» Da erzählte er ihnen, daß er die erste Messe hören müßte, weil seine Mutter ihm gesagt hatte, daß er in jedem Dorf, in das er käme, die erste Messe hören sollte.

Mitternacht rückte heran, und er begab sich ins Haus des Herrn Pfarrers, um sich die Kirchenschlüssel zu holen. Und da es Punkt Mitternacht war, fingen die Glocken an zu läuten, ohne daß man wußte, wer sie läutete. Und der Jüngling ging in die Kirche und öffnete die Tür und trat ein. Da sah er, wie sich von einem Grab die Platte hob und ein Skelett darunter hervorkam und in die Sakristei ging. Der Jüngling folgte ihm und half ihm beim Anlegen der Pfarrkleider. Und das Skelett begann, die Messe zu sprechen, und er half ihm dabei. Und als die Messe beendet war, ging er wieder in die Sakristei, und der Jüngling half ihm, die Gewänder abzulegen, und packte sie fort. Und das Skelett, das der Geist eines Pfarrers war, der auf die Welt kam, um für seine Sünden zu büßen, sagte zu ihm: «Geh und bring dem Herrn Pfarrer die Schlüssel. Du hast die Messe gehört und kannst nun unbesorgt gehen und dem Pfarrer alles erzählen, was du gesehen hast. Ich bin eine Seele gewesen, die büßen mußte; du hast mich von den Qualen erlöst. Von nun an werde ich dich beschützen, wo du auch immer bist.»

Der Jüngling ging darauf weg, um dem Pfarrer die Kirchenschlüssel zu bringen. Er erzählte ihm alles, was er gesehen hatte. Und am nächsten Tag verließ der Jüngling das Dorf und setzte seinen Weg fort und wanderte weiter.

Und es fehlten nur noch zwei Tage bis zu dem Zeitpunkt, an dem er gehenkt werden sollte. Da erschien ihm der Geist des Pfarrers und gab ihm einen Schimmel und eine Börse voll Geld und sagte zu ihm: «Geh jetzt nach Hause und fürchte nichts.» Und der Jüngling ritt auf dem Schimmel und mit der Geldbörse im Reisesack nach Hause. Und unterwegs traf er auf eine Schar Diebe, die gerade ihre Beute unter sich verteilten. Und er hörte sie sagen: «Soviel bekommst du; soviel bekommst du; soviel bekommt er; soviel bekomm ich.» Und da es Nacht war, überraschte er die Diebe, die entsetzt auseinanderstoben und ihr Geld zurückließen. Da nahm er das Geld und ritt weiter. Doch da sah er auch schon die Diebe hinter sich herkommen und hörte sie sagen: «Da ist er. Der da auf dem Schimmel hat uns das Geld gestohlen. Der ist es.» Und sie ergriffen ihn und knüpften ihn auf. Und das geschah gerade an dem Tag, an dem er einundzwanzig Jahre alt wurde. Und sie ließen ihn dort hängen und machten sich davon.

Doch kaum waren sie verschwunden, da kam der Geist des Pfarrers und band ihn wieder los. Und dann ritt er weiter nach Hause, wo er gut ankam und seinen Eltern alles erzählte, was ihm begegnet war.

26

Der Zwerg

Ein Student macht einem schönen Mädchen den Hof. Doch ihre Eltern verboten ihr den Verkehr mit ihm, weil er arm war.

Eines Nachts nun verabredete sich das Mädchen mit ihrem Freund und beschloß, das elterliche Haus zu verlassen und sich mit ihm in einer kleinen Kapelle zu vermählen, die oben auf einem Berg stand. Und zur abgemachten Stunde ging das Mädchen auf den Balkon und sah im Schatten einen Jüngling, der hielt ein Pferd am Halfter. Und da sie glaubte, es sei ihr Geliebter, sagte sie:

«Komm näher und nimm den Koffer.»

Der Jüngling nahm den Koffer, und das Mädchen ließ sich an einem Strick hinunter, stieg auf das Pferd und ritt gemeinsam mit dem Jüngling davon.

Sie wunderte sich sehr, daß ihr Geliebter kein Wort zu ihr sprach. Aber als es dämmerte, sah sie, daß der Jüngling gar nicht ihr Geliebter war, sondern ein fremder Bursche, der gerade in dem Augenblick an ihrem Haus vorbeigekommen war, als sie auf dem Balkon gestanden.

Da sagte sie zu ihm:

«Um Gottes willen bringt mich nicht weiter, laßt mich hier!»

Der Bursche hielt an, und sie setzte sich auf den Koffer. Bald kamen Hirten vorbei, die sagten:

«Was für ein wunderschönes Mädchen! Schön wie die Jungfrau Maria!»

Und sie nahmen es mit sich. Und im Dorf, in dem die Hirten wohnten, lebte ein Ehepaar, das hatte keine Kinder, und es nahm das Mädchen bei sich auf und behandelte es sehr gut; nicht einmal arbeiten durfte es. Doch es bestand darauf, mit den Hirtinnen der Gegend die Schafe zu hüten, und so verbrachte es die Tage bei der Herde.

Es gefiel ihr nicht in dem Dorf, weil alle Welt dort in Angst und Schrecken lebte wegen der Dinge, die sich im königlichen Schloß zutrugen. Jede Nacht mußte ein Untertan, der durch das Los dazu bestimmt wurde, in dem Gemach der Prinzessin schlafen und wurde am nächsten Morgen tot aufgefunden. Eines Tages fiel das Los auf die Familie, in der das Mädchen lebte, und als es davon hörte, sagte es:

«Ich will nicht, daß irgendjemand aus diesem Haus in dem Gemach der Prinzessin schläft. Ich werde selber hingehen!»

Und das Mädchen ging ins Schloß. Als der König es sah, sprach er:

«Ich gestatte nicht, daß ein so schönes Mädchen sterben soll. Es soll der in dem Gemach der Prinzessin schlafen, den das Los dazu bestimmt hat.»

Das Mädchen bat aber so inständig darum, daß der König schließlich ihrem Flehen nachgab. Sie legte sich in dem Gemach der Prinzessin schlafen, aber obwohl sie bald eine große Müdigkeit befiel, gelang es ihr, sich wach zu halten.

Und kurz nach Mitternach trat ein Zwerg in das Gemach, der stieß der Prinzessin hinter dem Ohr eine große Nadel in den Kopf. Und die Prinzessin schrie:

«Weh, man versengt mich! Weh, man verbrennt mich!»

Einen Augenblick schwieg sie, dann sagte sie zu dem Zwerg:

«Ich bitte dich bei Gott, töte das junge Mädchen nicht, das hier liegt!»

«Es bleibt mir nichts anderes übrig, als sie zu töten!»

«Bei Gott, töte sie nicht, denn sie ist so schön!»

Der Zwerg betrachtete sie und sagte:

«Ja, sie ist sehr schön; deswegen will ich sie auch erst töten, wenn es Tag wird.»

Und der Zwerg stieß die Nadel noch tiefer in den Kopf der Prinzessin und ging fort.

Da das Mädchen sich wach gehalten hatte, stand sie auf und folgte dem Zwerg. Er machte in einem Gemach halt und gann dort, Zettel zu schreiben. Dann las er sie und warf sie in einen Kessel.

Und jedesmal, wenn er die Zettel in den Kessel warf, schlugen blaue Flammen empor, und die Prinzessin schrie:

«Weh, man versengt mich! Weh, man verbrennt mich!»

Der Zwerg hörte auf zu schreiben und schlief ein. Da ergriff das Mädchen den Kessel und goß den Inhalt über ihn, daß er verbrannte. Als sie ihn getötet hatte, lief sie zu der Prinzessin und zog ihr die Nadel aus dem Kopf, und sogleich wurde sie gesund. Am nächsten Morgen kamen die Diener des Königs und wollten die Leiche des jungen Mädchens aus dem Gemach holen. Da sahen sie, daß es noch am Leben war.

Es dauerte nicht lange, so wußte man im ganzen Königreich, daß der Zwerg, der die Prinzessin bisher gemartert hatte, von dem Mädchen getötet worden war. Und die Nachricht kam auch dem Studenten zu Ohren, der das Mädchen im ganzen Land gesucht hatte. Und sobald er erfuhr, wo sie war, ging er zu ihr, und nach einigen Tagen heirateten sie.

Und an ihrem Hochzeitstag schenkte der König dem Mädchen große Reichtümer und erwies ihr große Ehren, und sie wurde glücklich mit ihrem Mann ihr Leben lang.

27

Die drei Hunde

Es waren einmal drei Witwen, die hatten jede einen Sohn. Sie waren aber arm und hatten nur wenig zu beißen; die eine lebte von drei Kühen, die andere von drei Schafen und die dritte von drei Schweinen. Jeden Tag trieben die drei Söhne das Vieh aufs Feld und gingen zusammen und aßen zusammen, doch gab es beim Essen immer Streit darüber, ob du mehr hast oder weniger als wir.

Das Essen war nicht gerade reichlich und bestand im allgemeinen nur aus Brot und Käse; der mit den Schafen und der mit den Schweinen waren die ärmsten und konnten nicht viel mitbringen; aber der mit den Kühen, der am meisten hätte mitbringen können, der hatte immer am wenigsten mit, seine Mutter wollte alles für sich haben und gab dem Burschen immer nur gerade so viel, daß er nicht verhungerte.

Eines Tages nun hatte er noch weniger als sonst, und als sie ihr Brot und den Käse zusammenlegten, waren die beiden anderen nicht damit einverstanden; und darüber, ob deine Mutter ein Geizkragen ist und dir viel mitgegeben hat oder dir wenig mitgegeben hat, begannen sie einen Streit miteinander und konnten sich nicht einig werden, so daß sie fast in eine Rauferei gerieten. Während sie noch zankten, kam zufällig ein Alter vorbei; den riefen sie an. Sobald er bei ihnen war, sagte der mit den Schweinen:

«Hört, guter Alter, jeden Tag nehmen wir unser Essen mit und legen es zusammen. Heut aber hat dieser so wenig mitgebracht und will es auch wieder zu unserem legen; hab ich nicht recht, daß unser Teil größer ist als seiner?»

«Nein, das finde ich nicht», antwortete der Alte, «die drei Essen sind fast gleich. Gebt mir als Almosen ein wenig von eurem ab, denn ich bin todhungrig, dann sind eure Teile gleich, und ihr braucht euch nicht mehr zu streiten.»

«Von meinem nichts», sagte der mit den Schweinen, «für uns ist nicht einmal genug da, und dann sollen wir Euch noch etwas abgeben ...!»

«Von meinem aber auch nicht», sagte der mit den Schafen, und die beiden langten nach ihrem Essen.

«Da, nehmt mein ganzes», sagte der mit den Kühen, «und ich will Euch noch dazu eine Kuh melken, wenn meine Mutter mich auch dafür schlägt.»

«Warum soll sie dich denn schlagen?»

«Na, bedenkt doch! Sie will natürlich, daß die Kühe die Euter voll haben, und sobald ich im Haus ankomme, untersucht sie sie und merkt sofort, wenn Milch fehlt. Die hat eine gute Nase.»

«Hör einmal, magst du Hunde leiden?»

«Natürlich mag ich die leiden», antwortete der Bursche.

«Dann will ich dir drei zeigen, die ich habe.»

Und gesagt, getan; der Alte pfiff, und es kamen drei wunderschöne Hunde herbeigelaufen.

«Donnerwetter, sind die aber schön!» sagte der Kuhhirt.

«Willst du sie gegen die Kühe tauschen?» sagte der Alte zu ihm.

«Um Himmels willen! Seid still!» antwortete der Bursche. «Eine tüchtige Tracht Prügel würde mich erwarten, wenn meine Mutter mich ohne die Kühe kommen sähe. Doch wirklich, die Hunde sind schön.»

«Dann hör, wenn du heut abend nach Haus kommst, sag es deiner Mutter, und wir wollen sehen, was sie dazu meint. Ich komme morgen wieder vorbei.»

Der Alte ging weg, und als es Abend wurde, trieben die drei Burschen ihr Vieh zusammen und gingen nach Haus.

«Wenn Ihr gesehen hättet», sagte der Kuhhirt, «was für wunderschöne Hunde ein Mann uns heute gezeigt hat! Wollen wir nicht die Kühe gegen sie tauschen?»

«Du verflixter Bursche!» sagte die Mutter. «Erst trinkst du die Milch von einer Kuh aus, und jetzt willst du die Kühe gegen drei Hunde tauschen? Wenn du noch einmal davon zu sprechen anfängst, hat dein letztes Stündlein geschlagen.»

Der Bursche begann aber, hartnäckig darauf zu bestehen, bis die Mutter die Geduld verlor und ihm einen Fußtritt versetzte, der es in sich hatte.

Am nächsten Morgen stand er auf, holte die Kühe heraus, nahm das Essen und ging weg. Kurz darauf kam der Alte zu ihm.

«Nun, hast du es deiner Mutter gesagt?»

«Allerdings, und eine Tracht Prügel hat es mich gekostet, daß ich meine Knochen noch jetzt fühle.»

«Das tut mir leid», sagte der Alte, «denn mit diesen Hunden würdest du alles bekommen, was du haben willst, und es würde dir niemals an Essen fehlen, denn sie wissen genau, woher sie es dir holen können.»

«Also gut, wir tauschen sie doch. Ich werde schon sehen, wie ich mit meiner Mutter fertig werde.»

Da rief der Alte die Hunde, die herbeikamen, und während er sie nacheinander dem Burschen zeigte, sagte er:

«Sieh, dieser heißt Sonne, dieser Mond und der da Morgenstern; willst du etwas haben, so brauchst du es ihnen nur zu befehlen, und sie bringen es dir.»

Der Alte nahm die Kühe und zog seines Weges, und der Bursche rief seine Hunde und ging nach Haus. Mitten auf dem Heimweg sprangen die Hunde plötzlich voraus und kamen vor ihm an. Sie liefen in das Haus, schnüffelten in allen Ecken herum und machten sich daran, alles zu zerstören; sogar den Docht der Lampen fraßen sie auf.

«Verflixte Schweinerei!» sagte die Mutter, als sie sah, was sie angerichtet hatten. «Dieser Lump von Sohn hat doch die Kühe gegen die verfluchten Hunde getauscht. Der soll nur kommen, heute hat sein letztes Stündlein geschlagen.»

Sie holte einen Stock hervor und wartete auf ihren Sohn. Als sie ihn kommen sah, sagte sie:

«Du Gauner, du Spitzbube, du schamloser Kerl! Sieh dir an, was du angestellt hast. Komm nur herein, ich will dir beibringen, was Hunde sind, komm nur ganz herein!»

Als der Bursche die Verwüstung sah, wußte er, daß es ihn teuer zu stehen kommen würde, wenn er einträte, und er sagte an der Tür: «Meine Sonne, mein Mond, mein Morgenstern, folgt eurem neuen Herrn.»

Sofort kamen die drei Hunde heraus, und die vier zogen aus dem Dorf und ließen die Mutter wutentbrannt darüber zurück, daß sie ihrem Sohn keine Tracht Prügel hatte geben können. Und die vier marschierten auf gut Glück los. Tag um Tag wanderten sie weiter, und wenn der Bursche Hunger hatte, befahl er den Hunden, ihm Essen zu holen, und sie brachten es ihm, ohne daß er sich weiter darüber Gedanken machte, woher sie es nahmen.

Nun hatten sie schon viele Meilen zurückgelegt, da trafen sie eines Tages, als sie über ein Gebirge wanderten, einen Mann, der kam gerade auf sie zu, und ihn fragte er:

«Woher kommt Ihr, Freund?»

«Ich komme aus Madrid», antwortete der Reisende.

«Und was gibt es Neues in Madrid?»

«Ach, dort herrscht großer Schrecken, denn vor einiger Zeit erschien ein Drache mit sieben Köpfen, der drohte, alles zu zerstören, wenn man ihm nicht täglich ein junges Mädchen gäbe. Von da an gab man ihm täglich eines, und nachdem der Drache es aufgefressen hatte, zog er sich zurück. Doch jetzt ist es soweit gekomen, daß nur noch die Tochter des Königs übrig ist, und auch die muß morgen ihr Leben lassen. Darum ist die ganze Stadt niedergeschlagen, denn übermorgen kann man ihm keine mehr geben, und dann werden alle von dem Drachen verschlungen.»

Der Mann ging fort, und der Kuhhirt zog seines Weges weiter, bis er am nächsten Morgen die Türme von Madrid erblickte. Bei seiner Ankunft erkundigte er sich, wo die Tochter des Königs sei und um welche Stunde der Drache hervorkomme. Dann ging er an den Ort, den man ihm genannt hatte; da sah er die Prinzessin, an einen Baum gefesselt, in wunderbarer Schönheit.

Sobald die Prinzessin den Burschen kommen sah, sagte sie, er solle weggehen, denn der Drache werden gleich erscheinen und ihn verschlingen.

«Habt keine Furcht», sagte er, «ich möchte dieses Ungeheuer gern einmal sehen und wissen, ob es wirklich so schrecklich ist, wie man sagt.»

Wieder bat die Prinzessin ihn, doch fortzugehen, und während sie noch miteinander sprachen, hörte man plötzlich ein fürchterliches Brüllen.

«Da kommt er», sagte die Prinzessin, «geht fort, wenn Euch Euer Leben lieb ist.»

Der Bursche kümmerte sich nicht darum. Schon hörte man den Drachen ganz nahe zweimal brüllen, und dann kam er, und er hatte sieben Köpfe, und er war furchtbar anzusehen.

Die arme Prinzessin erstarrte vor Entsetzen; da befahl der Kuhhirt seinen Hunden, sich vor sie zu stellen, und sagte ihr, sie brauche keine Angst zu haben.

Als der Drache sah, daß man ihm die Beute rauben wollte, stieß er ein Brüllen aus, das war noch lauter als vorher, und stürzte sich dann auf die Prinzessin. In diesem Augenblick sprach der Kuhhirt:

«Meine Sonne, mein Mond, mein Morgenstern,
Haltet dem Mädchen alles Unheil fern.»

Als die Hunde die Stimme ihres Herrn hörten, stürzten sie sich auf den Drachen und töteten ihn in einem Nu. Außer sich vor Freude, warf sich die Prinzessin in die Arme des Burschen und bat ihn, mit ihr in das Schloß zu gehen; doch er sagte, nein, sie solle allein gehen, denn er müsse seinen Weg fortsetzen.

Da zog die Prinzessin einen Ring vom Finger und gab ihn dem Burschen und sprach:

«Nehmt den Ring. Mein Vater gelobte, mich mit dem zu verheiraten, der mir das Leben retten würde. An dem Tag, an dem Ihr Euer Recht geltend machen wollt, tretet vor ihn hin; verzichtet Ihr aber auf das Recht, so schickt mir den Ring zurück, durch wen Ihr wollt; ich werde so lange warten.»

Die Prinzessin ging fort, und nachdem der Bursche dem Drachen die sieben Zungen herausgeschnitten und sie in ein Tuch gewickelt hatte, setzte er seinen Weg fort, ohne das Schloß zu betreten.

Die Prinzessin kam in das Schloß, und sofort verbreitete sich die Nachricht von dem, was geschehen war, und da die

Prinzessin sagte, sie kenne ihren Retter nicht, begab sich ein Neger, der die Prinzessin liebte und einer der ersten war, der davon erfuhr, eiligst an den Ort, wo der Drache lag. Er schnitt die sieben Köpfe ab und brachte sie ins Schloß und erklärte, daß er es gewesen sei, der den Drachen getötet habe, und daß er um die Hand der Prinzessin anhalte.

Dem König gefiel es gar nicht, seine Tochter einem Neger zu geben, doch hatte er es versprochen, und ein Königswort kann man nicht zurücknehmen. Sosehr die Prinzessin auch schwur und wieder schwur, daß dies nicht ihr Retter sei, setzte der König doch den Tag der Hochzeit fest und machte ihn überall bekannt.

Das alles kommt nun dem Kuhhirten zu Ohren; er rief seine Hunde und ging mit ihnen nach Madrid; er trat in ein Wirtshaus ein, um dort zu übernachten, doch da alles besetzt war, schickte man ihn in die Scheune.

Er erfuhr, daß man an jenem Abend im Schloß ein großes Fest veranstalte, und als er die Stunde für gekommen hielt, sagte er zu einem seiner Hunde:

«Meine Sonne, geh ins Schloß und hol das erste Gericht her, mit dem sie das Essen beginnen!»

Da eilte meine Sonne davon, und als der Hund in das Schloß kommt, geht er in die Küche und nimmt von allem, was ihm sein Herr gesagt, und lief in das Wirtshaus zurück.

Als der Koch dies bemerkte, bewaffnete er sich mit einem dicken Knüppel, doch es war schon zu spät, und er konnte nicht sehen, wohin der Hund entwischt war.

Danach befahl der Bursche meinem Mond, ihm von allem zu bringen, was es noch in der Küche gab.

Da dem Koch nun das Essen fehlte, das der Hund fortgetragen hatte, wußte er nicht, was er tun sollte, und während er noch rechnete und Anweisungen gab, sieht er plötzlich wieder einen Hund hereinkommen und alles mit sich nehmen, was er noch zubereitet hatte. Er ruft, man solle den Hund festhalten, aber – wupp! – war der verschwunden.

Der Koch war verzweifelt, denn die Stunde des Festmahls rückte heran, und er hatte nichts zubereitet noch die Zeit dazu. Und wer sollte dem König nun sagen, daß kein Essen da war?

Plötzlich hörte man überall Geschrei, und der Koch eilte hinaus, um zu sehen, was dies bedeute. Und was war geschehen? Der Kuhhirt hatte Morgenstern befohlen, die ganzen Nachspeisen zu holen, und der Hund hatte es getan und nichts übriggelassen; der Koch aber hatte vorher eine Wache aufstellen lassen, die sollte den Hund verfolgen, falls er wiederkäme. Da lief man nun dem Hund nach, und da man ihn nicht fassen konnte, schossen einige auf ihn, daß die Umgebung dröhnte. Doch anstatt den Hund zu treffen, flogen die Kugeln zurück und verwundeten die, die geschossen hatten, so daß die Straße in kurzer Zeit in ein Schlachtfeld verwandelt wurde. Von überall hörte man das Stöhnen und Jammern der verwundeten Soldaten. Der König und der Hof aber hatten von all dem nichts bemerkt, und da die Stunde des Festmahls gekommen war, befahl der König, das Essen aufzutragen. Nun blieb dem Koch nichts anderes übrig, als zu erzählen, was geschehen war. Die Prinzessin, die alles hörte, erklärte, man solle auf der Stelle die Hunde und den Herrn suchen und ihn ins Schloß bringen, sei es freiwillig oder mit Gewalt.

Überall eilen die Boten hin, und sie kommen in das Wirtshaus, wo der Kuhhirt und die drei Hunde waren; da sahen sie das Essen dort stehen und brauchten nicht mehr zu fragen, ob es die richtigen seien; und sie sagen zu dem Burschen, er solle auf Befehl des Königs mit den Hunden sofort ins Schloß kommen.

Sie kommen in das Schloß, und als sie den Festsaal betraten, sprangen die drei Hunde freudig auf die Prinzessin zu und begannen, den Neger anzuknurren. Der König fragte den Burschen: «Bist du der Herr dieser Hunde?»

«Ja, Majestät», antwortete er.

«Ja, weißt du denn gar nicht, daß sie uns das Essen fortgenommen haben?»

«Wenn sie es getan haben, so taten sie es auf meinen Befehl.»

«Aber, mein Lieber, wenn du Essen haben wolltest, hättest du es doch sagen können, man hätte es dir gern gegeben; aber du brauchtest doch nicht gleich alles zu nehmen, was es im Schloß gab. Wie kamst du nur auf diesen Gedanken?»

«Majestät, ich hatte genug zu essen, doch ich wollte, daß Seine Königliche Majestät mich rief, und ich habe es auf diese Weise erreicht.»

«Was willst du von mir?»

«Ich wollte Seiner Königlichen Majestät sagen, daß an der Festtafel ein Mann sitzt, der ein Recht für sich in Anspruch nimmt, das ihm nicht zukommt, und dieser Mann will sich mit der Prinzessin verheiraten.»

«Deine Anklage ist schwer», sagte der König, «ich gelobte, demjenigen meine Tochter zu geben, der uns von dem Drachen befreien würde, und dieser Mann hat es vollbracht.»

«Den Drachen habe ich getötet», sprach der Bursche.

«Das ist nicht wahr», schrie der Neger, «den Drachen tötete ich, und ich habe den Beweis erbracht.»

«Das stimmt», sagte der König, «er hat uns die Köpfe gebracht.»

Und der König befahl, die Köpfe zu bringen, und zeigte sie als Beweis.

«Seht nach, Königliche Majestät», sagte der Kuhhirt, «ob die Köpfe, die der Neger brachte, auch Zungen haben.»

«Wirklich», sagte der König, nachdem er sie untersucht hatte, «die Zungen sind herausgeschnitten.»

«Die Zungen», sagte der Neger, «schnitt ich heraus und warf sie fort.»

«Die Zungen schnitt ich heraus, als ich den Drachen mit Hilfe meiner Hunde tötete», sprach der junge Bursche, «und ich ließ das übrige liegen. Als Beweis dafür sind hier die Zungen.»

Alle Anwesenden waren geneigt, dem Burschen recht zu geben, der König aber zögerte. Da sagte der Kuhhirt:

«Es gibt noch einen anderen Beweis», und indem er sich an die Tochter des Königs wandte, sagte er: «Prinzessin, was gabt Ihr dem Drachentöter zur Erinnerung, als der Drache starb, und zum Beweis Eurer Errettung?»

«Ich gab ihm meinen Ring mit dem königlichen Wappen», antwortete die Prinzessin.

«Nun, hier ist der Ring», sagte der Kuhhirt und zeigte ihn vor; «jetzt mag Eure Königliche Majestät entscheiden.»

Der König wandte sich an die Wachen und sagte:

«Nehmt den Neger als falschen Thronjäger gefangen und werft ihn in einen Kerker, bis ich Weiteres befehle.»

Der Neger wollte sich verteidigen, als er alles verloren sah, doch gab man ihm nicht die Zeit dazu und band seine Ellbogen fest und brachte ihn in den Kerker.

Da befahl der Kuhhirt den Hunden, das Essen wieder herbeizubringen, das sie fortgetragen hatten, und man begann das Mahl. Jetzt nahm er den Platz des Negers ein zur großen Zufriedenheit der Prinzessin, des Königs und aller Gäste. Man feierte die Hochzeit, und der gute Kuhhirt, der an seine arme Mutter dachte, wie sie so allein und ohne Geld lebte, ließ sie zu sich rufen.

Indessen befahl der König, den Neger an vier wilde Fohlen zu binden, damit sie ihn auseinanderrissen. Das tat man, und als die Fohlen auseinanderliefen, fielen die Eingeweide des Negers auf den Boden.

Am selben Tag noch kam die Mutter des Jungverheirateten, und als sie an dem Platz vorbeikam und die Eingeweide sah, fragte sie, von wem sie seien. Man erzählte ihr die Geschichte von dem Neger, und da sich ihr Groll gegen ihren Jungen immer noch nicht gelegt hatte, hob sie das Herz des Negers auf und steckte es zu sich.

Sie trat in das Schloß, und nach dem Wiedersehen mit ihrem Sohn ging sie in sein Zimmer und zog das Herz heraus und legte es unter das Kopfkissen, auf die Seite, wo ihr Sohn schlief. Der Jungvermählte legte sich arglos zum Schlafen nieder, und am nächsten Morgen war er tot.

Niemand konnte verstehen, wie dies geschehen war, und die Prinzessin, die ihn sehr liebte, war untröstlich.

Man trug ihn zu Grabe, und die Hunde, die nicht von der Seite der Leiche wichen, folgten ihm dahin. Als sich alle zurückgezogen hatten, begannen die Hunde, die Erde wegzuscharren, und holten den Toten heraus. Dann verwandeln die Hunde sich in Engel, und der Bursche wird wieder lebendig. Sie erzählen ihm, was man ihm angetan hat, und sagen ihm, vor wem er sich in acht nehmen müsse.

«Wir sind drei Engel, die dich geleitet haben. Du bist jetzt glücklich, und wir können dich verlassen. Geh in dein Schloß und tu weiter Gutes, wie du es bisher getan hast.»

Die Engel segnen ihn und verschwinden; er kehrt in sein Schloß zurück, und alle sind sehr erstaunt. Er schickte seine Mutter nach Haus zurück und gab ihr zu essen ihr Leben lang. Und er lebte viele Jahre glücklich zusammen mit seiner Frau und seinen Kindern.

28

Das Mädchen ohne Arme

Es waren einmal ein Mann und eine Frau, die waren so arm, daß sie schließlich nicht einmal mehr zu essen hatten. Und die Frau war schwanger. Und eines Tages sagte die Frau: «Wenn doch einer käme und uns das Haus mit Korn füllte und uns Geld gäbe – und wäre es der Teufel selbst –, ich würde ihm geben, was ich zur Welt bringe.» Und schon war der Teufel da und füllte ihnen alles mit Korn und gab ihnen viel Geld, und sie hatten reichlich zu essen und waren sehr zufrieden.

Und die Frau brachte ein Mädchen zur Welt, ein wunderschönes kleines Mädchen, das vom Tag ihrer Geburt an fromm war wie eine Heilige. Kaum war sie geboren, da bekreuzigte sie sich und sagte: «Gesegnet sei die Jungfrau Maria! Gesegnet sei die Jungfrau Maria!» Und die Frau rief den Teufel und sagte ihm: «Seht nur, das Mädchen, das ich geboren habe, bekreuzigt sich immer und sagt: ‹Gesegnet sei die Jungfrau Maria!›» Und der Teufel antwortet: «Schlagt ihr die Hand ab, dann kann sie es nicht mehr tun.» Und die Frau ging zu dem Mädchen und schlug ihr die Hand ab. Da begann das Mädchen, sich mit dem Ellbogen, der ihr noch geblieben, zu bekreuzigen. Und die Frau ruft wieder den Teufel und sagt zu ihm: «Seht, ich habe dem Mädchen die Hand abgeschlagen, und jetzt bekreuzigt sie sich mit dem Ellbogen.» – «Dann schlagt ihr den ganzen Arm ab», sagt der Teufel. Und da schlug die Mutter dem Mädchen den ganzen Arm ab. Doch da begann das Mädchen, sich mit der Hand des linken Armes zu bekreuzigen. Und wieder ruft die Frau wieder den Teufel und sagt zu ihm: «Kommt und seht her. Ich hab dem Mädchen den ganzen Arm abgeschlagen, und jetzt bekreuzigt sie sich mit der Hand des linken Armes.» Und der Teufel sagt: «Auch diese Hand abschlagen!» Und die Mutter schlug sie ab, und darauf begann das Mädchen, sich mit dem Ellbogen des linken Armes zu bekreuzigen. Und noch einmal ruft die Mutter den Teufel und sagt ihm, daß das Mädchen sich mit dem Ellbogen des linken Armes bekreuzige. «Auch diesen Arm abschlagen!» sagt der Teufel. Und die Mutter schlug nun auch den ganzen Arm ab. Darauf nun bekreuzigte sich das Mädchen mit dem Armstumpf, der ihr noch blieb, und sagte wie vorher: «Gesegnet sei die Jungfrau Maria! Gesegnet sei die Jungfrau Maria!»

Als die Mutter sah, daß das Mädchen sich immer noch weiter bekreuzigte und nichts aß und nichts trank, rief sie den

Teufel und sagte es ihm. Und der Teufel antwortete ihr, sie solle das Mädchen in ein Zimmer einschließen und dort lassen, bis sie erwachsen sei; dann werde er sie holen. Und als sie älter und schließlich erwachsen war, holte der Teufel sie und brachte sie in sein Haus. Und sie traten in sein Haus ein, und er führte sie in sein Zimmer und sagte zu ihr: «Hier ziehst du dich aus und wartest, bis ich dich rufe.» Und der Teufel stieg in ein Zimmer, das höher lag. Indessen kam eine kleine Hündin, die dem Teufel gehörte, und das Mädchen begann mit ihr zu sprechen und sagte: «Kleine Hündin, du Feine, ruf Maria, die Reine! Kleine Hündin, du Feine, ruf Maria, die Reine!»

Doch da hörte das Mädchen auch schon den Teufel sagen: «Kommst du herauf, oder soll ich hinunterkommen?» Und das Mädchen antwortete ihm: «Mann, sei still! Ich bin dabei, mir die Bluse auszuziehen.» Und leise, ganz leise sagte sie zu der kleinen Hündin: «Kleine Hündin, du Feine, ruf Maria, die Reine! Kleine Hündin, du Feine, ruf Maria, die Reine!» Da sagt der Teufel wieder: «Kommst du herauf, oder soll ich hinunterkommen?» Und das Mädchen antwortet: «Mann, sei still, ich bin dabei, mir den Rock auszuziehen!» Und leise, ganz leise, sagte sie zu der kleinen Hündin: «Kleine Hündin, du Feine, ruf Maria, die Reine! Kleine Hündin, du Feine, ruf Maria, die Reine!» Und wieder sagt der Teufel, und jetzt mit lauter Stimme: «Kommst du herauf oder soll ich hinunterkommen?» Und wieder antwortet ihm das Mädchen: «Mann, sei still, ich bin dabei, mir den Unterrock auszuziehen!» Und wieder sagte sie zu der kleinen Hündin: «Kleine Hündin, du Feine, ruf Maria, die Reine! Kleine Hündin, du Feine, ruf Maria, die Reine!» Da wird der Teufel schließlich des Wartens überdrüssig, und er schreit: «Nun ist es aber genug! Nun laß ich mich nicht weiter zum Narren halten! Jetzt komme ich hinunter, und zwar sofort.» Und er kam hinunter und nahm das Mädchen in seine Arme und wollte sie in sein Zimmer tragen. Und als das Mädchen sich in den Armen des Teufels sah, da bekreuzigte sie sich mit dem Armstumpf und sagte:

«Gesegnet sei die Jungfrau Maria! Gesegnet sei die Jungfrau Maria! Ach, mein Gott! Ach, Heilige Jungfrau Maria!» Und in diesem Augenblick erschien die Jungfrau Maria, und als der Teufel sie erblickte, da ließ er das Mädchen fallen, und sie fiel in einen Dornbusch und tat sich nicht weh.

Und dort lag das Mädchen, als gerade der König und seine Soldaten von der Jagd zurückkamen. Und die Hunde des Königs witterten sie und begannen zu schnüffeln und schnüffelten und schnüffelten, bis die Soldaten ihnen folgten und das Mädchen im Dornbusch fanden. Und sie gingen hin zum König und sagte ihm, daß ein wunderschönes Mädchen ohne Arme in einem Dornbusch läge. Und der König ging hin, um sie sich anzusehen, und als er sah, wie schön sie war, nahm er sie mit sich in sein Schloß. Und ohne jemandem ein Wort davon zu sagen, brachte er sie in sein Zimmer und befahl den Dienern, ihm immer das Beste von dem Essen zu bringen, das seine Hunde bekamen. Und die Diener murrten bald darüber und sagten: «Ach, wie langweilig, ihm jeden Tag immer das Beste von dem Hundeessen heraussuchen zu müssen.» Und das hatte der König befohlen, weil er das Essen immer dem Mädchen hinbrachte.

Schließlich sagte der König zu seiner Mutter, er wolle heiraten und habe schon eine Braut gefunden. Und als er seine Mutter in das Zimmer führte und ihr die Braut zeigte, da wunderte sich die Mutter sehr und fragte ihn, was er sich denn dabei denke, eine Frau ohne Arme heiraten zu wollen, die doch nicht einmal ihre Kinder aufziehen könne. Doch der König antwortete ihr, das sei ihm ganz gleich, und er wolle sie auf alle Fälle heiraten. Und so wurde die Hochzeit gefeiert, und der König heiratete das Mädchen ohne Arme.

Und nach einigen Monaten mußte der König in den Krieg ziehen, und er ließ seine Frau schwanger zurück. Und während der König noch im Krieg war, brachte seine Frau zwei Kinder zur Welt, die waren so schön wie zwei Sterne. Und man schrieb dem König, daß seine Frau zwei Kindern, so schön wie zwei Sterne, das Leben geschenkt hätte und daß er doch bald zurückkommen möchte. Doch der Teufel faßte den Brief ab und schrieb darin, die Königin hätte zwei Hunde zur Welt gebracht. Und der Brief kam an, und als der König ihn gelesen hatte, sagte er: «Es sei mit Gott! Wenn meine Frau zwei Hunde geboren hat, soll sie sie aufziehen, bis ich zurückkomme.» Und er schrieb einen Brief, in dem er sagte, daß, wenn seine Frau zwei Hunde geboren habe, man sie aufziehen solle, bis er zurückkomme. Doch der Teufel faßte auch diesen Brief ab und schrieb darin, daß, wenn die Frau zwei Hunde geboren habe, man sie beide töten solle, da sie sonst die Mutter totbeißen würden.

Als die Mutter nun den Brief erhielt, konnte sie nicht verstehen, was das alles heißen sollte, doch da darin stand, ihre Kinder sollten getötet werden, begann sie bitterlich zu weinen und sagte zu ihrer Schwiegermutter: «O weh! Meine Kinder töten, nein! Ach, mein Gott, das laß ich nicht zu!» Und sie bat ihre Schwiegermutter, ihr zwei Reisesäcke zu machen, um ihre beiden Kinder da hineinzustecken, denn sie wollte mit ihnen in die Welt hinausziehen. Und man machte ihr zwei Reisesäcke und steckte ihre Kinder hinein. Und sie bat, man möchte ihr die Säcke um die Schultern binden, und dann zog sie mit den beiden kleinen Kindern in die Welt hinaus.

Und als sie schon eine lange Strecke zurückgelegt hatte, bekamen die Kinder Durst und fingen an zu weinen und sagten: «Ach, Mutter, Wasser! Ach, Mutter, Wasser!» Und die Königin weinte auch und sagte zu ihnen: «Ach, meine lieben kleinen Kinder, hier ist kein Wasser! Und selbst wenn hier etwas wäre, könnte ich es euch doch nicht geben.» Und die Kinder weinten bitterlich und die Mutter mit ihnen. Da trafen sie ein altes Väterchen und Mütterchen, das waren der heilige Josef und die Jungfrau Maria. Und die Jungfrau fragte, was geschehen wäre, warum sie und die beiden Kinder so weinten. Und die Königin erzählte ihr, daß die beiden

Kinder Durst hätten und sie ihnen kein Wasser geben könnte. Da sagte die Jungfrau: «Sieh, dort stehen zwei Felsen; zwischen ihnen wirst du Wasser finden.» Und die Mutter ging mit ihren beiden Kindern dorthin und fand Wasser. Und sie beugte sich weit hinab, damit die Kinder das Wasser trinken konnten. Und sie beugte sich so weit hinab, daß die Kinder aus den Reisesäcken herausfielen. Da stürzte sie sich auf sie, um sie zu fassen, und in diesem Augenblick wuchsen ihr die Arme wieder, und sie ergriff die Kinder.

Bald danach brach ein fürchterliches Unwetter los; das schickte der Teufel, der sie immer noch peinigen wollte. Aber die Jungfrau und der heilige Josef sagten ihr, sie brauche sich nicht zu fürchten, sie solle nur weitergehen, es werde ihr nichts geschehen. Und die Königin, die nun ihre beiden Arme wiederhatte, ging weiter, und sie schritt mit ihren beiden Kindern rüstig voran und ging auf ein Licht zu, das sie vor sich sah. Und sie kamen an ein Haus, in dem hielt sich der König, ihr Gemahl, mit seiner Truppe auf. Und sie klopfte an die Tür, und ein Soldat kam und öffnete ihr, und sie sagte zu ihm: «Hört, könnt ihr mich und mein beiden Kinder diese Nacht bei euch beherbergen?» Und der Soldat sagte, sie möchte hereinkommen. Und sie kam herein mit ihren beiden Kindern in den Reisesäcken. Und man meldete dem König und sagte, eine Frau sei gekommen mit zwei Kindern so schön wie zwei Sterne. Und der König ging zu ihr, um sie sich anzusehen, und sobald die Kinder ihn erblickten, sagten sie: «Du bist mein Papa! Du bist mein Papa!», und der König näherte sich der Frau, um sie zu betrachten. Und er sah sie an und sah sie immer wieder an und sagte endlich: «Wenn Ihr keine Arme hättet, würde ich sagen, Ihr seid meine Frau, die ich zurückließ, als ich in den Krieg zog.» Und sie antwortete: «Das bin ich, und diese Kinder sind deine Söhne.» Und dann erzählten sie sich, wie alles gekommen war. Und der König umarmte sie und seine Kinder, und es herrschte Glück und Freude. Und am nächsten Tag zogen alle in das Schloß des Königs.

29

Der geizige Reiche

Es war einmal ein reicher Mann, der war sehr geizig, und je mehr Geld er besaß, desto mehr wollte er haben. Und immer wieder verkaufte er dem Teufel seine Seele, um immer mehr Geld von ihm zu bekommen. Als er schließlich alt war und sein Ende kommen fühlte, klopfte eines Tages ein Armer an seine Tür und bat ihn um einen Scheffel Korn. Und der geizige Reiche sagte zu ihm: «Wenn du mir das Versprechen gibst, wenn ich gestorben bin, bei meiner Leiche drei Nächte Wache zu halten, gebe ich dir zehn Scheffel statt einen.» Der Arme verspach es ihm, und er gab ihm die zehn Scheffel Korn. Und der Arme kehrte nach Hause zurück und gab seinen Kindern Brot, und dem Reichen verzieh Gott.

Kurz darauf starb der geizige Reiche; der Arme vergaß sein Versprechen nicht und ging hin, um drei Nächte bei ihm zu wachen. Die ersten beiden Nächte geschah nichts. Er betete die ganze Nacht für das Seelenheil des Toten, und am frühen Morgen, als es anfing zu dämmern, ging er in Frieden nach Haus. Doch in der dritten Nacht, als er gerade um Mitternacht den Rosenkranz betete, trat plötzlich ein Soldat aus einer Wand hervor. Das war Gott, der wollte dem Armen bei der Leichenwache helfen. Und der Soldat sagte zu dem Armen: «Was machst du hier?» Der Arme antwortete: «Seht, Herr, ich wache bei diesem Toten, denn er gab mir einmal Almosen für meine Familie, und ich versprach ihm dafür, nach seinem Tod drei Nächte bei seiner Leiche zu wachen.» Und der Soldat sagte zu ihm: «Gut, dann wollen wir zusammen wachen.»

Und bald darauf kam der Teufel und sagte: «Hierher mit dem Toten; mir gehört er!» Und der Soldat antwortete ihm: «Wir geben ihn dir nicht.» Und wieder sagte der Teufel: «Hierher mit dem Toten; mir gehört er! Er hat mir seine Seele verkauft.» Und darauf sagte der Soldat zu ihm: «Wir geben ihn dir, wenn du uns dieses Faß voll Geld füllst.» Und der Teufel sagt: «Gut, wartet auf mich; ich hole Geld.» Und der Teufel ging fort, um Geld zu holen. Indessen schlug der Soldat dem Faß den Boden aus und hängte es an einen Baum, der an einem Abgrund stand. Da kehrte der Teufel auch schon mit zwei Säcken voll Geld zurück und machte sich daran, sie in das Faß zu schütten; doch da alles in den Abgrund fiel, blieb das Faß leer. Darauf sagte der Teufel: «Ich hole mehr.» Und er ging fort und kam mit einer Karre voll zurück und schüttete alles in das Faß; doch wurde es immer noch nicht voll. Und da brachte er noch eine Karre voll und schüttete das auch alles in das Faß hinein, doch füllte es sich wieder nicht. Und so brachte er eine nach der anderen, aber das Faß wurde nicht voll. Die ganze Nacht tat er das, bis es anfing zu dämmern, und er sich eiligst von dannen machen mußte. Und so hatte der geizige Reiche seine Seele gerettet durch das Almosen, das er gegeben hatte.

30

Peters drei Geschenke

Es waren einmal zwei Brüder, Peter und Hans. Und eines Tages zogen sie in die Welt hinaus, um sich ihr Brot selber zu verdienen. Sie kamen an eine Wegkreuzung, und Peter sprach zu seinem Bruder:

«Wir wollen uns hier trennen; du gehst diesen Weg und ich den dort. Und am Sonntag wollen wir uns hier wieder treffen und sehen, ob wir einen Brotherrn gefunden haben.»

Sie trennten sich. Und als Peter einen Berg hinaufging, begegnete ihm ein Herr, der fragte ihn, ob er sein Diener werden und mit ihm gehen wolle; er brauche ihm nur drei Tage zu dienen, dann würde er ihn für immer reich machen.

Peter nahm den Vorschlag an, und der Herr führte ihn in eine Höhle und zeigte ihm eine Kerze, die brannte auf einem Stein, und er sagte:

«Wenn die Kerze sich fortbewegt und auf das Bett zugeht, dann folgst du ihr und legst dich schlafen.»

Und der Herr verschwand.

Als die Kerze sich dem Bett näherte, folgte Peter ihr und legte sich hin. Kurz darauf hörte er ein lautes Getöse und bekam große Angst. Und Peter sagte:

«Sobald es hell wird, gehe ich wieder fort; dies hält kein Mensch aus.»

Als es heller wurde, erschien der Herr und gab ihm einen Eierkuchen und eine Flasche Wein. Und Peter sagte:

«Ich geh fort; das Getöse, das hier gestern abend war, ist nicht auszuhalten.»

«Wie du willst», sagte der Herr; «aber wenn du fortgehst, bezahle ich dir nichts für die Nacht, die du hier verbracht hast.» Peter aß den Eierkuchen, trank den Wein und sagte:

«Tja, wenn man so ißt und Ruhe hat wie jetzt, kann man in dieser Höhle schon leben.»

Die Nacht kam, und der Herr ließ Peter bei der brennenden Kerze wie das vorige Mal. Kaum hatte er sich niedergelegt, da hörte er das Getöse und sagte:

«Sobald es hell wird, mache ich mich fort von hier; dies hält kein Mensch aus.»

Es wurde hell, und der Herr gab Peter einen Eierkuchen und eine Flasche Wein. Und Peter sagte zu ihm:

«Ich gehe fort; dies ist nicht zu ertragen.»

«Wenn du fortgehst, gebe ich dir nichts für die beiden Nächte, die du hier verbracht hast. Übrigens fehlt dir ja auch nur eine Nacht, um reich zu werden.»

Peter begann, vom Eierkuchen zu essen und den Wein zu trinken, und dann sagte er:

«Wenn man gut ißt und Ruhe hat, kann man hier schon leben.»

Als es dunkel wurde, geschah dasselbe wie in den vorigen Nächten, er folgte der Kerze und legte sich zu Bett. Und da hörte er das Rasseln von Ketten und eine Stimme, die sagte:

«Weh, ich falle!»

Und sie sagte so oft «Weh, ich falle!», daß Peter schließlich sprach:

«Fall mit tausend Teufeln!»

Und es fielen die Beine eines Mannes herunter.

«Weh, ich falle!» wiederholte die Stimme.

«Fall mit dem heiligen Johannes!»

Und es fiel der Rumpf herunter.

«Weh, ich falle!»

«So fall, fall, fall schon alles, was noch fehlt!»

Und es fiel der Kopf herunter. Diese Teile des menschlichen Körpers taten sich zusammen und bildeten zusammen einen Herrn, das war derselbe, der Peter in die Höhle geführt hatte. Und der Herr sagte:

«Dadurch, daß du den Mut hattest, hier drei Nächte zu verbringen, hast du mich gerettet. Jetzt will ich dir drei Geschenke geben, die es auf der ganzen Welt nicht zum zweiten Male gibt.

Nimm diesen Gürtel! Daraus kannst du so viel Geld holen, wie du willst, und soviel du auch herausholst, er wird nie leer werden.

Nimm dieses Schwert! Mit ihm wirst du alle besiegen, mit denen du kämpfen mußt.

Nimm diese Decke! Du brauchst nur zu sagen: ‹Decke dader dahin!›, und schon bist du dort, wo du hinwillst.»

Peter zog sehr zufrieden mit seinen drei Geschenken los und ging an die Wegkreuzung, wo er sich mit seinem Bruder treffen wollte, und fragte ihn:

«Hast du einen Herrn, Hans?»

«Ja! Und du?»

«Ich hatte ihn und bin wieder weg von ihm.» Und er zeigte ihm den Gürtel mit dem Geld. Und Hans fragte ihn:

«Wem hast du den gestohlen?»

«Ich habe ihn nicht gestohlen; ich verdiente ihn mir, doch weiß ich nicht, bei wem.»

Und dann holte Peter Geld aus dem Gürtel heraus und gab es seinem Bruder. Und er gab ihm so viel, daß Hans sich ein Schloß bauen und Ländereien und viele Viehherden kaufen konnte.

Peter reiste auf der Decke von Ort zu Ort und gab mit vollen Händen Geld aus. Und es kam dem König zu Ohren, daß Peter den Gürtel, das Schwert und die Decke hatte, und da ließ er ihn in sein Schloß rufen. Er ging hin, und der König sagte zu ihm:

«Wenn du mir die drei Dinge gibst, die du hast, geb ich dir meine Tochter zur Frau.»

Peter, der merkte, daß der König nur eine Tochter hatte, sprach bei sich:

«Ich kann ihm die Sachen ruhig geben, denn seine Tochter wird sie wieder erben, und so kommen sie zurück, und wir haben sie alle bei uns zu Haus.»

Er überreichte dem König alle drei, doch die Tochter bekam er nicht. Als Peter sich genarrt sah, ging er hin, wo ihn niemand kannte. Und er trat als Gärtner in das Haus eines Herrn ein. Peter machte seine Arbeit sehr gut; und es kam die Zeit der Ernte, und sein Herr sagte zu ihm:

«Iß nicht von diesen Birnen oder von den Pfirsichen da; von den anderen Früchten kannst du soviel essen, wie du willst.»

Und Peter sagte:

«Warum will mein Herr nicht, daß ich diese Birnen koste? Ich will doch eine versuchen.»

Er aß sie, und es wuchs ihm ein Horn. Als er sich mit dem Horn sah, sprach er:

«Hörner hab ich ja nun; was kann mir noch Schlimmeres widerfahren? Ich will sehen, wie das ausgeht, und einen Pfirsich nehmen.»

Er aß ihn, und da verschwand das Horn. Darauf sprach er: «Das ist etwas für mich!»

Peter hatte eine Braut, die war Näherin, und er sagte ihr, sie solle ihm zwei kleine Säcke nähen. In den einen steckt er ein Dutzend Birnen und in den anderen ein Dutzend Pfirsiche, und dann bat er seinen Herrn um die Abrechnung. Und von dem Geld, das er ihm gab, kaufte er sich einen Ärztemantel und packte ihn in den Koffer.

Und er ging in das Schloß des Königs, um dort das Dutzend Birnen zu verkaufen. Da sie ausgezeichnet aussahen, kaufte man sie ihm ab und brachte sie noch am selben Tag auf die Tafel. Die königliche Familie aß davon, und da wuchsen ihr furchtbare Hörner.

Als die Diener den Tisch abräumten, sahen sie den König, die Königin und die Prinzessin mit den angewachsenen Hörnern.

Nun kamen Ärzte von hier und von dort, aber niemand konnte von den Köpfen der königlichen Familie diese Gewächse entfernen.

Peter zog den Ärztemantel an, ging ins Schloß und sagte, er verpflichte sich, die Kranken zu heilen. Man führte ihn vor den König, er untersuchte gründlich dessen Kopf und fragte:

«Warum haben die Ärzte denn nicht die Hörner an dem Tag entfernt, an dem sie entstanden sind? Jetzt sind sie schon hart, und es ist nicht leicht, sie zu entfernen. Doch trotzdem verpflichte ich mich, sie wegzubringen, wenn Ihr mir dafür einen Gürtel gebt, den Ihr besitzt.»

«Fordere, soviel du willst», sagte der König, «aber den Gürtel geb ich dir nicht.»

«Dann behaltet den Gürtel und Eure Hörner.»

Da sagte die Königin zum König:

«Zu sehr hängst du am Geld. Willst du lieber wie ein Hirsch herumlaufen als den Gürtel entbehren?»

Der König gab ihm den Gürtel. Und Peter bat um ein Glas Wasser und legte den Pfirsich hinein. Mit dem Wasser benetzte er die Hörner, und den Pfirsich gab er in kleinen Stücken dem König zu essen, und die Hörner verschwanden.

Danach besah er die Hörner der Königin und sagte zu ihr:

«Ich entferne sie Euch, wenn der König mir ein Schwert gibt, das er besitzt.»

Der König antwortete ihm, daß er ihm das Schwert nicht gebe, denn das sei seine einzige Waffe. Und die Königin sagte:

«Wo du keine Hörner mehr hast, willst du, daß ich meine behalte?»

Und der König gab ihm das Schwert, und Peter machte bei der Königin dasselbe wie beim König und entfernte ihr die Hörner. Da trat die Prinzessin weinend herein und flehte Peter an, er möge sie um Gottes willen doch auch von den Hörnern befreien.

«Ich entferne sie dir», sagte Peter, «doch um sie loszuwerden, mußt du dich im Hof auf eine Decke setzen, die dein Vater hat.»

Die Prinzessin breitete die Decke im Hof aus und setzte sich darauf. Und Peter setzte sich an ihre Seite und sagte:

«Decke, runter nach Rom!»

Und in einem Husch waren sie in Rom. Dort sagte Peter zu der Prinzessin:

«Wenn du mich heiratest, nehme ich dir die Hörner weg.»

Sie willigte ein. Da gab Peter ihr einen Pfirsich zu essen, und die Hörner waren nicht mehr zu sehen. Dann heirateten sie und gingen in das Schloß, das sein Bruder Hans gebaut hatte, und lebten dort. Und eines Tages fragte Hans:

«Peter, wie hast es nur angestellt, die Tochter des Königs zu rauben?»

«Ich setzte mich auf eine Decke, die ich habe, und sagte: ‹Decke, runter nach Rom!›»

Hans beneidete seinen Bruder und bekam schnell heraus,

wo er die Decke aufbewahrte. Er nahm sie und setzte sich darauf. Und anstatt zu sagen: «Decke, runter nach Rom!», sagte er: «Decke, rundherum!»

Und sogleich wurde er im Kreis herumgewirbelt und stieß sich an allen Ecken und Kanten, bis ihm in den Sinn kam, zu sagen: «Decke, zu meinem Bruder Peter!»

Und er langte zu Hause an. Und er verspürte nie wieder Neid auf seinen Bruder. Und die drei lebten glücklich zusammen.

31
Die drei Ratschläge

Es waren einmal ein Mann und eine Frau, die waren sehr arm und fanden nirgends Arbeit. Da ging der Mann in ein anderes Dorf, um Arbeit zu suchen, und ließ seine Frau schwanger zurück. Die Arme versuchte nun, als Waschfrau ihr Brot zu verdienen. Und da der Mann nicht schrieb und auch nichts von sich hören ließ, glaubte die Frau, daß er nicht mehr zurückkäme. Sie brachte einen Sohn zur Welt, und als der alt genug war, studierte er fleißig und wollte Pfarrer werden.

Der Mann fand indes Arbeit im Hause eines guten Herrn und diente ihm viele Jahre. Nach zwanzig Dienstjahren sagte er seinem Herrn, er wollte nach Hause zurückkehren und seine Frau und das Kind sehen, das er vielleicht habe. Und der Herr sagte darauf zu ihm: «Warum hast du mir denn nicht erzählt, daß du eine Frau hast? Hast du auch Kinder?» Und der Mann antwortete: «Herr, das weiß ich nicht. Als ich fortzog, ließ ich meine Frau schwanger zurück, und so weiß ich nicht, ob ich ein Kind habe oder nicht.» Und der Herr sagte zu ihm: «Es dünkt mich gut, daß du deine Frau aufsuchen willst.» Und er holte ein Brot hervor und sagte:

«Nimm dieses Brot und teile es, wenn dir eine sehr große Freude widerfährt. Und ich will dir auch noch drei Ratschläge geben; erstens: Weiche nie vom Pfade ab, sondern geh immer den geraden Weg; zweitens: Wenn du in ein Gasthaus gehst, so frage nicht nach Dingen, die dich nichts angehen; und drittens: Wenn dir in den Kopf kommt, etwas Schlechtes zu tun, so bedenk es vorher dreimal.»

Nun gut; er nahm also Abschied von seinem Herrn und schlug den Weg nach seinem Dorf ein. Und als er eine kurze Strecke gewandert war, traf er auf drei Reisende, die sagten zu ihm: «Wohin geht Ihr?» Und er antwortete: «Ich will in jenes Dorf dort.» – «Das trifft sich ja gut», sagten sie, «dann können wir alle zuammen gehen.» Und bald darauf sagte einer von ihnen: «Laßt uns jenen Pfad nehmen, dann sind wir schneller dort.» Doch er sagte: «Ich gehe diesen geraden Weg weiter, und wenn ich eher eintreffe als ihr, bestelle ich schon für uns alle das Essen im Wirtshaus.» Und die drei schlugen den Seitenpfad ein, und er ging geradenwegs weiter. Und er kam als erster im Wirtshaus an und sagte dem Wirt, er möchte Essen für vier bereiten, denn die drei anderen kämen gleich nach. Und während er sich noch am Feuer wärmte, stürzten plötzlich die drei herein und sagten: «Ihr tatet gut daran, daß Ihr nicht mit uns den Pfad eingeschlagen habt, denn eine Schar Räuber hat uns überfallen und uns das ganze Geld, das wir bei uns hatten, gestohlen.» Da sagte er: «Als gut hat sich der erste Rat meines Herrn erwiesen.» Und sie begannen zu essen, und er bezahlte dann die Rechnung. Und am nächsten Morgen machten sie sich nach dem Frühstück wieder auf den Weg.

Und am Nachmittag kam er wieder an ein Wirtshaus, wo er um Unterkunft für die Nacht bat. Man sagte ihm, er solle hereinkommen. Und er ging hinein, und man brachte ihm das Essen. Und nach dem Essen fragte er: «Wo dachtet Ihr, daß ich schlafen soll?» Und der Wirt antwortete ihm: «Auf einer dieser Bänke könnt Ihr schlafen.» Er sagte nichts darauf und legte sich hin. Und um Mitternacht kam der Wirt mit einem Mann herein, der bestand fast nur aus Haut und Knochen; in einer Hirnschale stellte der Wirt ihm das Essen hin, und zu trinken reichte er ihm in einer anderen Hirnschale. Das alles sah er genau, doch schwieg er, denn er dachte an den zweiten Ratschlag seines Herrn. Und nach einiger Zeit fragte ihn der Wirt: «Schlaft Ihr?» – «Nein», antwortete der Mann. «Habt Ihr gesehen, mit wem ich hereingekommen bin?» – «Ja, ich habe alles gesehen.» – «Und warum habt Ihr nichts gesagt?» – «Weil ich mich nicht um Dinge kümmere, die mich nicht betreffen noch angehen.» Da sagte der Wirt: «Jetzt will ich Euch einmal etwas erzählen. Hierher führen wir immer die Leute; und wenn einer fragt, warum ich diesen dürren Alten hereinbringe und ihm in einer Hirnschale zu essen und in einer anderen zu trinken gebe, so töten wir ihn und schmeißen ihn dort in den Keller.» Und der Wirt zeigte ihm den Keller, der war voller Leichen. Da wünschte er sich weit weg von diesem Wirtshaus. Endlich wurde es Tag; man gab ihm das Frühstück, und er bedankte sich bei dem Wirt und machte sich eilig davon.

Er erreichte sein Dorf und fragte gleich nach seiner Frau. Man sagte ihm: «Dort, im Haus des Herrn Pfarrers, wohnt die Frau.» Und sogleich dachte er: ‹Wie ist denn das nur möglich, daß meine Frau im Haus des Pfarrers wohnt?› Und er ging hin und bat um Unterkunft für die Nacht; man sagte ihm, er solle hereinkommen. Und abends riefen die beiden ihn zum Essen, und er aß mit ihnen. Und da sie ihn nicht erkannten, sagte er nichts. Nach dem Essen gingen die beiden schlafen. Und seine Frau und der Pfarrer verschwanden in demselben Zimmer, und da denkt er: ‹Nun sieh einer an, meine Frau geht mit dem Pfarrer schlafen!› Und die Versuchung packte ihn, in das Zimmer einzudringen und die beiden zu töten. Da fiel ihm der dritte Rat seines Herrn ein, und er sprach bei sich: «Nein, ich will lieber zu Bett gehen.» Doch er konnte nicht schlafen, und nach einem Augenblick stand er wieder auf und sagte: «Nein, ich will sie aufsuchen und sie beide töten.» Da dachte er wieder an den Rat und legte sich hin. Und eine kleine Weile schlief er auch. Aber dann erwachte er plötzlich wieder und sagte: «Jetzt will ich sie aber doch töten!» Und er stand auf und wollte schon losgehen, da sagte er: «Nein, mein Herr hat gesagt, bevor ich etwas Böses tue, soll ich es dreimal bedenken.» Und wieder legte er sich hin. Und dann schlief er auch ein, und als er aufwachte, war es Tag.

Er stand auf und ging in das Eßzimmer und hörte seine Frau zu dem Pfarrer sagen: «Komm zum Essen, mein Sohn, das Frühstück steht auf dem Tisch.» Und als der Pfarrer ihn sah, sagte er zu ihm: «Kommt und eßt mit uns, lieber Herr.» Da ging der Vater zu ihm hin und umarmte seinen Sohn und sagte: «Ich bin dein Vater.» Und zu der Frau sagte er: «Ich bin dein Mann.» Und dann erzählte er ihnen alles, was ihm auf dem Weg begegnet war, und seiner Frau gab er das Brot, das er von seinem Herrn hatte und teilen sollte, wenn ihm eine große Freude widerführe. Und seine Frau teilte es, und da fielen eine Menge Goldtaler auf den Boden.

32

Die gefräßige Frau

Es waren einmal ein Jäger, der brachte immer alles, was er erlegte, von der Jagd mit nach Hause, Kaninchen wie Rebhühner. Und seine Frau war sehr gefräßig. Sie kochte die Beute und aß stets alles allein auf und warf nur die Knochen in den Topf und sagte dann zu ihrem Mann, die Katze habe das Fleisch aufgefressen. Und so bekam der arme Mann immer nur die Brühe aus dem Topf.

Eines Tages nun, als er wieder aufs Feld ging, begegnete

ihm eine Hexe, die sagt zu ihm: «Hör mal, weißt du eigentlich, daß deine Frau und nicht die Katze jeden Tag das Fleisch aufißt? Sieh hier, heute abend nimmst du diese drei Bohnen mit nach Haus und legst eine davon in die Küche, die andere auf den Flur und die dritte an den Hauseingang.»

Und der Jäger nahm die drei Bohnen und ging auf die Jagd. Diesmal schoß er zwei Rebhühner und brachte sie nach Haus. Und er gab sie seiner Frau und sagte, er wollte noch einen kleinen Spaziergang machen, während sie das Essen bereitete. Und dann ging er hin und nahm die Bohnen und legte sie hin, wo die alte Hexe ihm gesagt hatte, eine in die Küche, eine auf den Flur und die dritte an den Hauseingang. Darauf ging er zur Tür und versteckte sich dahinter, um zu sehen, was geschehen würde.

Und die Frau bereitete die Rebhühner und kochte sie. Und dann begann sie, in der Küche davon zu essen. Da sagte die Bohne:

«Und das ißt sie alles und ohne ihren Mann?
Sag ich's ihm nicht, der Teufel mich holen kann!»

Da erschrak die Frau und ging auf den Flur hinaus. Und wieder machte sie sich an das Essen. Da sagte die zweite Bohne:

«Und das ißt sie alles und ohne ihren Mann?
Sag ich's ihm nicht, der Teufel mich holen kann!»

Da erschrak die Frau noch mehr und rührte sich eine Zeitlang nicht. Doch sie war so gefräßig, daß sie sagte: «Was kann mir schon passieren? Ich ess' am Eingang weiter.» Und sie ging an den Hauseingang, um dort zu essen, aber als sie anfing, sagte die dritte Bohne:

«Und das ißt sie alles und ohne ihren Mann?
Sag ich's ihm nicht, der Teufel mich holen kann!»

Nach alledem nun konnte die Arme nicht weiteressen, und sie ging hin und warf das ganze Fleisch in den Topf. Und der

Mann, der alles gesehen hatte, kam und aß an dem Abend viel Fleisch. Und von der Zeit an aß seine Frau nie mehr allein das Fleisch auf.

33

Der weiße Papagei

Nun also: Es war einmal ein reicher Graf, der liebte ein junges Mädchen, das war arm, aber wunderschön, und er liebte sie so sehr, daß er sie heiratete. Es geschah aber, daß bald darauf ein Krieg ausbrach und der Graf fortmußte. Da gab er die Gräfin, die schwanger war, in die Obhut eines Haushofmeisters, dem er sehr vertraute, und beauftragte ihn damit, ihn zu benachrichtigen, sobald die Gräfin ein Kind geboren habe.

Der Graf brach auf, und der Haushofmeister, der in seine Herrin verliebt war, erklärte ihr bald darauf, wie sehr er sie liebe. Doch die Gräfin wies ihn empört ab und drohte, es ihrem Gatten zu erzählen, wenn er sie weiter belästige.

Als der Haushofmeister sich so von ihr zurückgestoßen sah, verbarg er seinen Zorn und beschloß, sich zu rächen. Die Zeit verstrich, und die Gräfin brachte einen Knaben und ein Mädchen zur Welt. Beide hatten einen Stern auf der Stirn.

Da schrieb der Haushofmeister dem Grafen und sagte ihm, daß er schon seit längerer Zeit den Argwohn habe, daß die Gräfin in engeren Beziehungen zu einem Negersklaven stehe, doch daß er dies seinem Herrn nicht eher habe schreiben wollen aus Furcht, vielleicht zu irren. Unglückseligerweise habe sich sein Argwohn aber jetzt als wahr erwiesen, da die Gräfin einen Negerjungen und ein Negermädchen zur Welt gebracht habe, wie der Graf selber sehen könnte, wenn er aus dem Krieg zurückkäme.

Als der Graf den Brief gelesen hatte, wollte er sogleich auf seine Burg eilen; doch da er das Heer nicht verlassen konnte und zornig war und dem Haushofmeister so sehr vertraute, daß er alles glaubte, was dieser ihm schrieb, befahl er, den Neger und die Kinder zu töten und die Gräfin einzukerkern.

Doch der Haushofmeister wagte nicht, die Kinder zu töten, und er ließ einen gläsernen Kasten machen; da legte er sie hinein und warf sie in den Fluß. Dann ließ er die Gräfin einkerkern und entschuldigte sich damit, daß sein Herr dies befohlen habe.

Nun geschah es, daß ein alter Mann, der dort gerade fischte, sah, wie etwas Glänzendes, einem Kasten Ähnliches flußabwärts trieb. Er wollte wissen, was es sei, und als er das Netz auswarf, zog er den Kasten heraus und staunte nicht wenig, als er die wunderschönen Kinder darin erblickte. Er brachte sie nach Haus, und mit seiner Frau zusammen zog er nun die Kinder auf, so gut er konnte, und band ihnen ein Tuch um die Stirn, damit die Sterne, die sie hatten, nicht die Aufmerksamkeit hervorriefen. Als die Kinder größer wurden, befahl er ihnen, auf die Frage, weswegen sie die Binde trügen, zu antworten, sie hätten eine Wunde.

Da die armen Leute schon sehr alt waren, starben sie nach einigen Jahren und hinterließen den Kindern das wenige, was sie besaßen. Sie hatten ihnen anvertraut, wie sie sie gefunden hatten, und ihnen geraten, die Binde nicht eher abzunehmen, bis sie wüßten, wer ihre Eltern seien. Denn die wären sicherlich reich, nach den Tüchern zu urteilen, in die sie gewickelt waren und die sie in dem gläsernen Kasten, in dem die Kinder gelegen hätten, aufbewahrten.

Nun gut; obwohl der Graf, der schon lange Zeit aus dem Krieg zurückgekehrt war, nichts argwöhnte, so war doch dem Haushofmeister nicht ganz wohl zumute, und er stellte dauernd Nachforschungen nach den Kindern an. Und da er ahnte, daß es die mit der Binde waren, obwohl sie für die Kinder des Fischers galten, befahl er einer Alten, sie aus der Welt zu schaffen.

Die Alte, die eine Hexe und zu allem fähig war, wenn man sie gut bezahlte, paßte die Gelegenheit ab, als die Schwester allein war, und kam ans Haus.

«Guten Tag, liebes Mädchen. Was macht denn dein Brüderchen?»

«Er ist nicht zu Haus, er ist nach draußen gegangen.»

«Ei, was für ein wunderschönes Haus hast du.»

«Wollt Ihr es sehen? Kommt nur herein.»

Die Alte, der das nur recht war, ließ sich nicht weiter bitten und trat ein. Das Mädchen zeigte ihr alles, und als die Alte den Hof sah, sagte sie:

«Dieser Hof ist sehr schön, aber es fehlt eine Quelle mit Silberwasser darin. Wenn dein Brüderchen will, so braucht er nur da und da hinzugehen und aus einer Quelle, die sich dort befindet, einen kleinen Krug voll Wasser zu holen und es hier auf den Hof zu gießen, dann wird sogleich eine Quelle entstehen.»

Die Alte ging fort, und kaum war der Bruder gekommen, erzählte das Mädchen ihm, was die Alte ihr gesagt hatte, und bat ihn, das Wasser zu holen, denn sie wollte so gern eine Quelle haben.

«Geh mir weg mit diesem Unsinn!» sagte der Knabe. «Was brauchen wir so etwas? Ich gehe nicht dahin.»

Doch das Mädchen brach in Weinen aus, und da er sie sehr liebte, versprach er schließlich, ihr einen Krug voll Wasser zu holen. Der Knabe brach auf und ging nach dem Ort, den die Alte genannt hatte, und mitten auf dem Weg traf er ein altes Väterchen, das sprach zu ihm:

«Hör, Knabe, wer will dir so bös, daß er dich hierherschickt?»

«Ihr müßt wissen», antwortete der Knabe, «daß ich dahinten hingehen will, denn eine Alte hat meiner kleinen Schwester gesagt, daß dort eine Quelle mit Silberwasser ist und, wenn man davon einen Krug voll holt und das Wasser in den Hof unseres Hauses gießt, dort auch eine Quelle entsteht.»

«Nun hör, das alles ist wahr, aber um das Wasser zu holen, muß man viele Gefahren bestehen, denn die Quelle wird von einem Löwen bewacht. Bevor du eintrittst, betrachte ihn dir genau: wenn er die Augen geschlossen hat, nähere dich nicht, hat er sie aber offen, so schläft er. Dann hol das Wasser und springe fort, bevor er erwacht, denn er hat einen sehr leichten Schlaf.»

Nun also, der Knabe erreichte den Ort, den man ihm genannt hatte, und als er sah, daß der Löwe seine Augen geöffnet hatte, tat er so, wie der Alte ihn geheißen hatte, und holte seinen Krug voll Wasser. Als er dann zu Hause ankam, goß er das Wasser auf den Hof, und sogleich entstand eine große Quelle mit Silberwasser, die war wunderschön, und es war eine Lust, sie anzusehen. Da war die Schwester außer sich vor Freude.

Am nächsten Tag kam die Alte wieder und fragte:

«Und was macht dein Brüderchen?»

«Er ist nicht hier, doch kommt herein und seht die schöne Quelle, die wir haben.»

Die Alte trat ein, und als sie die Quelle erblickte, biß sie sich vor Wut auf die Lippen, und als sie hörte, wie der Knabe der Falle entkommen war, sagte sie:

«Höre, es gibt da noch eine kleine Eiche, deren Eicheln aus Silber und deren Eichkelche aus Gold sind. Wenn dein Bruder einen kleinen Zweig davon herbringt und ihn auf den Hof legt, so wird daraus eine prächtige Eiche entstehen.»

Die Alte ging fort, und kaum war der Bruder zurückgekehrt, erzählte die Schwester ihm, was sie ihr gesagt hatte, und bat ihn, er sollte doch hingehen und einen kleinen Zweig abschneiden.

«Nein», sagte der Bruder, «ich gehe nicht, denn wir wissen nicht, was mir dabei zustoßen kann.» Aber die Schwester brach in Weinen aus, und da versprach er, wieder hinzugehen.

Er brach auf, und unterwegs traf er den Alten, der fragte

ihn, wohin er gehe. Da erzählte er ihm alles, und der Alte antwortete:

«Nimm dieses Pferd, steig auf und reite zur Eiche. Bevor du absteigst, betrachte dir die Schlange, die sie bewacht. Hält sie den Kopf versteckt, so schläft sie; dann schneide den Zweig ab und eile hinweg.»

Er stieg auf das Pferd und tat alles, wie der Alte ihm gesagt hatte: die Schlange hatte den Kopf versteckt, da schnitt er den Zweig ab und stürzte davon. Er kam zu Hause an, und sobald er ihn auf den Hof legte, entstand eine prächtige Eiche, um die ihn alle beneideten.

Als die Alte wiederkam und die Eiche sah, begann sie, innerlich vor Wut zu kochen, und sprach bei sich: «Wir wollen doch sehen, ob du noch einmal entkommst.»

«Höre», sagte sie zu dem Mädchen, «jetzt, wo du die Quelle und die Eiche hast, fehlt dir noch ein Papagei. Ich weiß einen, der ist weiß und sehr wertvoll, und wer ihn fängt, wird sein Leben lang reich sein. Wenn dein Bruder dir auch den noch bringt, werdet ihr immer glücklich sein.»

«Gut, ich werde es ihm sagen», antwortete die Schwester.

Die Alte ging fort, und als der Bruder kam, erzählte sie ihm alles und bat ihn, er sollte doch den Papagei holen; aber der Bruder wollte es nicht und sagte, daß diese Launen ihm am Ende teuer zu stehen kommen würden. Doch das Mädchen weinte und bat so sehr, daß der Bruder schließlich sagte:

«Gut, ich will dir den Gefallen tun und ihn holen, doch unter der Bedingung, daß es das letzte Mal ist, daß du mich um solche Dinge bittest.»

Das Mädchen versprach es ihm, und er machte sich auf die Suche nach dem Papagei. Mitten auf dem Weg begegnete ihm wieder das alte Väterchen, das ihn fragte, wohin er gehe. Da erzählte er es ihm, und der Alte antwortete:

«Höre, du mußt tun, was ich dir sage: Du kommst an einen herrlichen Garten, dort wirst du auf den Bäumen viele Vögel sehen. Komm keinem zu nahe, sondern warte ein

Weilchen, denn dann wird ein sehr schöner weißer Papagei hervorkommen, der sich auf einem runden Stein niederläßt und sich etliche Male im Kreise herumdreht und sagt: ‹Ist keiner da, der mich greift? Ist keiner da, der mich packt? Nun, wenn keiner mich leiden mag, so soll man mich lassen, so soll man mich lassen.› Dann wird er den Kopf unter den Flügel stecken, und du kannst ihn greifen. Aber greif ihn nicht vorher, denn dann entkommt er, und du wirst in einen Stein verwandelt und mußt dableiben wie alle die, die vor dir hingegangen sind.»

Nun also, der Knabe ging hin, und als er da war, fand er einen Garten, der war voller Bäume, um die viele schöne Vögel flatterten, und unten auf der Erde sah man Statuen aus Stein. Nachdem er dies alles eine Weile betrachtet hatte, sah er einen weißen Papagei hervorkommen, der war so schön, wie es keinen zweiten gab. Er flog auf einen runden Stein, der in der Mitte stand, und ließ sich dort nieder, schüttelte sich und sagte:

«Ist keiner da, der mich greift? Ist keiner da, der mich packt? Nun, wenn mich keiner leiden mag, so soll man mich lassen, so soll man mich lassen.»

Und er begann, sich etliche Male im Kreise herumzudrehen, und dann steckte er den Kopf unter den Flügel. Da der Knabe fürchtete, daß er ihm entkommen könnte, faßte er ihn an, bevor er den Kopf ganz versteckt hatte, und so geschah es, daß der Papagei ihn sah und fortflog und der Knabe in einen Stein verwandelt wurde.

Als das Mädchen merkte, daß ihr Brüderchen nicht zurückkam, fürchtete sie, daß ihm ein Unglück zugestoßen war, und sie begann zu weinen und sprach sich selber die Schuld zu an dem, was ihrem Bruder widerfahren war. Und als die Alte kam und sie besuchte, fand sie das Mädchen in Tränen aufgelöst. Sie erzählte ihr, daß ihr Bruder nicht zurückgekehrt und ihm sicherlich ein Unglück zugestoßen sei. Die Alte verbarg ihre Freude und tröstete sie und sagte, sie solle sich keinen Kummer machen, es sei ihm sicherlich nichts geschehen.

«Es ist gut möglich», sagte sie, «daß er ganz entzückt von dem Schönen dort ist und noch nicht wieder fortgehen mag. Das Beste, was du tun kannst, ist, selbst hinzugehen und nachzusehen, was geschehen ist, und deinen Bruder zu holen; vielleicht hat er auch nur den Weg vergessen.»

Nun, die Alte überredete also das Mädchen endlich, das sehnlich etwas über ihren Bruder wissen wollte, und so brach sie auf, um ihn zu suchen. Sie ging weiter und immer weiter, bis sie auf dem Weg denselben Alten sah, den ihr Bruder getroffen hatte.

«Wer will dir so bös, Mädchen, daß er dich hierherschickt?»

«Ach, Herr, ich bin auf der Suche nach meinem Brüderchen, das hier vorbeigegangen ist, um einen Papagei zu holen, und der noch nicht wieder zurückgekommen ist.»

«Nun, höre denn, dein Bruder ist in einen Stein verwandelt, weil er nicht getan hat, was ich ihm sagte. Doch sei nicht traurig darüber, denn du kannst ihn retten, aber du mußt tun, was ich dir sage.»

«Gut, ich werde es tun.»

«Sieh, du mußt hier entlanggehen; dann kommst du an einen Garten, wo dein Bruder ist, und wenn du einen schönen weißen Papagei hervorkommen siehst, der sagt: ‹Ist denn keiner da, der mich greift? Ist keiner da, der mich packt?›, dann wartest du, bis er zu sprechen aufhört und sich nicht mehr im Kreise herumdreht; dann wird er den Kopf unter dem Flügel verstecken. Dies ist der Vogel, den du suchst. Warte, bis er ganz stillesteht, und wenn du siehst, daß er den Kopf unter dem Flügel hat, dann leg Hand an ihn und pack fest zu. Paß aber auf, daß du ihn nicht vorher greifst, denn dann wird dir dasselbe widerfahren wie deinem Bruder.»

Das Mädchen ging also los, nachdem sie sich bei dem Alten bedankt hatte, und ging dahin, wo der Garten war, und obwohl sie dort so viele schöne Dinge sah, kümmerte sie sich nicht darum. Da sah sie den weißen Papagei hervorkommen, der setzte sich auf den runden Stein, der von Statuen umgeben war, und schüttelte sich und sagte:

«Ist keiner da, der mich greift? Ist keiner da, der mich packt? Nun, wenn mich keiner leiden mag, so soll man mich lassen, so soll man mich lassen.»

Und er begann, sich etliche Male im Kreise herumzudrehen, bis er müde wurde. Dann steckte er den Kopf unter den Flügel und blieb ruhig. Da faßte ihn das Mädchen, das ihn genau beobachtet hatte, an und griff ihn.

In diesem Augenblick begannen alle die steinernen Statuen, die auf dem Hof standen, sich zu bewegen und Leben zu bekommen, des es waren lauter Herren, die versucht hatten, den Papagei zu fangen, und ihn nicht bekommen hatten. Unter ihnen war der Bruder und auch der Vater der Kinder, den sie nicht kannten. Alle bedankten sich bei dem Mädchen, das sie aus der Verzauberung erlöst hatte, und die Geschwister luden die Herren ein, bei ihnen zu essen.

Sie nahmen die Einladung an und kamen zu den beiden ins Haus. Während man das Essen bereitete, erzählte der Bruder den Gästen seine Geschichte und erklärte, daß er und seine Schwester nicht wüßten, wer ihre Eltern seien, doch daß sie die Hoffnung hätten, sie eines Tages zu finden, denn sie besäßen noch den kleinen gläsernen Kasten, in den man sie gelegt hatte, und die Tücher, in die sie gewickelt waren. Auf Bitten der Gäste holte er die Tücher hervor, und nicht wenig staunte der Graf, als er sein Wappenschild darin gestickt sah. Der wußte natürlich nicht, was er von all dem denken sollte, und er hätte wohl gewünscht, daß dies seine Kinder wären. Aber da der Haushofmeister ihm versichert hatte, daß die Gräfin zwei Negerkinder zur Welt gebracht hatte, wußte er nicht, was er sagen und was er denken sollte. Da kam das Mädchen und bat die Gäste zum Essen. Der Graf, der ganz und gar in seine Gedanken vertieft war, aß nichts, und der Papagei, der sich immer bei dem Mädchen aufhielt, wandte sich an den Grafen und sagte:

«Sehr nachdenklich bist du, Graf. Wenn du wissen willst, was wahr an dem ist, was du denkst, so hol deine Frau aus dem Kerker hervor. Sie wird sagen können, wer ihre Kinder sind.»

Der Graf ging nach Hause und befahl, die Gräfin herauszuholen, die ihm alles erzählte, was geschehen war, und sagte, daß man ihre Kinder an den Sternen erkennen könne, die sie auf der Stirn hätten.

Und der Graf, der an die Tücher der Kinder dachte und an die Binde, die sie um die Stirn trugen, und an das, was der Papagei ihm gesagt hatte, ließ sie auf die Burg kommen.

Sobald die Gräfin die Kinder erblickte, erkannte sie sie, nahm ihnen die Binden ab und zeigte die Kinder dem Grafen, der sie außer sich vor Freude umarmte. Nun war er überzeugt von der Gemeinheit, die der Haushofmeister begangen hatte, und befahl, ihn zu töten. Die Alte, die erfahren hatte, was geschehen war, fürchtete, daß ihrer dasselbe harre, und suchte das Weite.

Der Graf und die Gräfin lebten glücklich ihr Leben lang mit ihren Kindern, die sich niemals von ihrem weißen Papagei trennten.

34

Der Zaubermeister

Es war einmal ein junger Bursche, dessen Eltern beschlossen, ihn nach Salamanca zu bringen und bei einem Zaubermeister in die Lehre zu geben.

Als der Vater des Burschen den Meister fragte, wieviel er für die Ausbildung seines Sohnes haben wollte, antwortete er:

«Kommt in einem Jahr wieder her und holt Euren Sohn; wenn Ihr ihn erkennt, will ich nichts von Euch haben, sonst aber behalte ich ihn für immer.»

«Den Vorschlag nehme ich an.»

Und der Vater sprach bei sich:

«Wie sollte ich meinen Sohn nicht wiedererkennen?»

Als das Jahr verstrichen war, machte der Vater sich auf den Weg, um seinen Sohn zu holen. Unterwegs stieß er auf eine Alte, die fragte ihn, was er dort suche.

Der Vater erzählte ihr alles. Da sagte die Alte:

«Wenn du in das Haus des Zaubermeisters kommst, werden dir viele schwarze Hunde bellend entgegenspringen; derjenige, der dir am nächsten kommt, ist dein Sohn.»

Und so, wie die Alte gesagt hatte, geschah es. Der Vater sah sich von schwarzen Hunden umringt, die ihn wütend anbellten. Und der Zaubermeister fragte ihn:

«Welcher von diesen Hunden ist Euer Sohn?»

«Dieser hier, der mir am nächsten ist.»

«So nehmt ihn mit Euch, Ihr wißt schon mehr als ich.»

Der Vater und der Sohn verließen sehr zufrieden das Haus des Zaubermeisters, und als sie über die Straße gingen, sprach der Bursche zu seinem Vater:

«Ich will mich jetzt in eine Taube verwandeln und ein wenig über diesem Dorf hin und her fliegen.»

Und das tat er. Und am nächsten Tag ging der Bursche mit seinem Vater auf das Feld. Dort sah er zwei Jäger, und er sagte:

«Ich will mich jetzt in einen Windhund verwandeln und einen Hasen fangen. Dann werden die Jäger mich kaufen wollen; verlang für mich hundert Dukaten. Doch ist bei dem Kauf das Halsband nicht eingeschlossen, denn wenn Ihr das mit verkauft, werde ich mein Leben lang ein Hund bleiben müssen.»

Die Jäger kamen und kauften den Windhund. Und nach einer halben Stunde verwandelte er sich in einen Menschen.

Als die Jäger merkten, daß der Windhund verschwunden war, begannen sie überall zu suchen und fragten den Burschen:

«Habt Ihr hier einen Windhund vorbeilaufen sehen?»

«Ja! Dort läuft er doch! Dort läuft er doch!»

Und der Bursche zeigte in die entgegengesetzte Richtung des Weges, auf dem er und sein Vater gingen.

Danach besuchten sie einen Markt, und der Bursche sprach:

«Vater, ich will mich jetzt in ein Pferd verwandeln, das Ihr verkaufen sollt; aber ohne den Zügel, denn wenn Ihr den mit verkauft, werde ich mein Leben lang ein Pferd bleiben.»

Als der Vater das Pferd verhandeln wollte, erschien plötzlich der Zaubermeister verkleidet und fragte nach dem Preis. Der Vater nannte ihn. Doch bevor er «ohne den Zügel» dabei gesagt hatte, war der Meister schon auf das Pferd gestiegen und in schnellem Galopp davongeeilt.

Sobald er zu Hause ankam, sagte er zu den Dienern:

«Führt dieses Pferd in einen Wald und gebt ihm dort so viele Hiebe, bis es stirbt.»

Als sie beim Durchhauen waren, kam die Alte, die vorher den Vater des Burschen getroffen hatte, und sprach zu ihnen:

«Armes Pferd! Wie könnt ihr nur den Mut haben, es so zu quälen? Nehmt ihm den Zügel ab, damit es sich ein wenig verschnauft.»

Sie nahmen den Zügel ab, und das Pferd verwandelte sich in eine Forelle. Da verwandelte sich der Zaubermeister in eine Schlange und verfolgte sie im Fluß.

Als die Forelle ihren Verfolger ganz nahe sah, verwandelte sie sich in eine Taube und flog hoch in die Luft.

Sogleich verwandelte sich die Schlange in einen Raben und flog hinter ihr her. Doch die Taube schlüpfte durch das Fenster eines Schlosses und machte halt in einem Gemach, in dem ein Edelfräulein auf Befehl ihres Vaters hinter sieben Schlössern eingeschlossen war. Dort nahm die Taube menschliche Gestalt an.

Das Edelfräulein war über das Erscheinen des Burschen sehr froh. Und als die Dienerinnen ihr das Essen brachten, steckte sie den Burschen, der sich in einen Ring verwandelt hatte, an ihren Finger und ließ die Hälfte des Essens für ihn übrig; das aß er, als sie allein waren.

Und wenn sie hinausging und einen Spaziergang machte, nahm sie ihn als Ring mit sich, denn anders konnte sie ihn nicht mit sich führen, weil sie stets von Wärterinnen begleitet wurde. Und sie küßte den Ring immerzu.

Nach kurzer Zeit sah das Edelfräulein von Tag zu Tag müder und bleicher aus. Da ließ der Vater die beiden Ärzte der Gegend zu sich rufen, und alle sagten, seine Tochter sei schwanger.

Der Vater wollte es nicht glauben und ließ andere Ärzte zu sich kommen. Unter ihnen war auch der Zaubermeister, und der sagte:

«Ich bin ein berühmter Arzt; wenn Ihr mir den Ring gebt, den Eure Tochter trägt, heile ich die Krankheit, an der sie leidet.»

Der Vater setzte seine Tochter in Kenntnis von dem, was der Arzt ihm gesagt hatte. Und sie erzählte es wiederum dem Burschen. Der sprach:

«Wenn du ihm den Ring gibst, läßt du ihn auf den Boden fallen und sagst: ‹Der Teufel behüte den Ring!› Dann wird er in zwölf Stücke zerbrechen. Auf eines von ihnen mußt du sofort deinen Fuß setzen.»

Das Edelfräulein tat, wie der Bursche ihr gesagt hatte. Kaum hatte der Zaubermeister die zwölf Teile des Ringes erblickt, ließ er zwölf Küken erstehen, damit jedes einen Teil aufpickte. Da das junge Mädchen aber eines unter ihrem Fuß festhielt, bekam das eine Küken nicht den Teil, der ihm zustand, und starb.

Und das Küken, das starb, war der Zaubermeister. Nach einigen Tagen heiratete der Bursche das Edelfräulein, und sie wurden beide glücklich.

35
Die Waschfrau

Nun, hört: Es waren einmal eine Mutter und eine Tochter, die verdienten ihr Brot damit, daß sie die Wäsche für ihre Nachbarinnen wuschen. Die Tochter war sehr schön, und der Mutter tat es leid, daß sie waschen mußte, aber da sie nicht wußte, wovon sie sonst leben sollten, sah sie es mit an, daß das Mädchen ihr half. Und wenn sie mit der Wäsche fertig waren, gingen sie hinaus und sammelten Reisig, das sie nach Hause trugen, um die andere Wäsche zu kochen. Eines Tages, als sie noch bei der Wäsche waren, ging der Krämer vorbei, blieb stehen und sagte:

«Donnerwetter, wie riecht es hier nach Chinarinde!»

Er blickte um sich und sah, daß der Geruch, auf den er aufmerksam geworden war, von dem Holz kam, das man verbrannte. Er trat in das Haus ein und sagte:

«Was macht ihr denn da, liebe Nachbarinnen?»

«Was sollen wir schon machen! Wir plagen uns zu Tode, um nicht Hungers zu sterben. Den Armen bleibt nichts anderes übrig, als zu arbeiten, wenn sie essen wollen.»

«Wer hat euch das Holz gebracht?»

«Wir holen es selber, denn wenn wir es kaufen müßten, würde uns das Wäschegeld für das Holz draufgehen.»

«Sag mir doch: Gibt es da noch mehr von diesem Holz?»

«Ja, Herr, sehr viel.»

«Gut, wenn ihr wollt, braucht ihr nicht mehr zu waschen. Ihr müßt nur jeden Tag ein Bündel von diesem Reisig sammeln und es zu mir bringen. Ich bezahle euch so viel dafür, daß ihr nicht mehr als eure eigene Wäsche zu waschen braucht.»

Und so geschah es. Mutter und Tochter gingen jeden Tag hinaus und sammelten ein Bündel Reisig; dann brachten sie es dem Krämer, ohne zu wissen, daß es Chinarinde war, und der bezahlte ihnen dafür das, was er für richtig hielt. Und sie waren sehr zufrieden.

Eines Tages, als sie draußen waren, ging die Tochter ein wenig vom Weg ab und verirrte sich im Wald; und als sie zufällig einen Zweig abbrach, öffnete sich plötzlich die Erde, und es kam ein großer Neger heraus, der blieb stehen und betrachtete sie. Sie erschrak und wollte fliehen, doch als der Neger sah, wie schön sie war, faßte er sie am Arm und zog sie mit sich in die Erde.

Als die arme Mutter ihr Kind vermißte, begann sie laut zu rufen und durchsuchte alles weit und breit. Doch soviel sie auch suchte, sie konnte das Mädchen nicht finden und mußte ohne sie traurig nach Haus gehen. Sicherlich hatte ein wildes Tier sie gefressen.

Nun wollen wir sehen, was mit der Tochter indessen geschah: Als sie die Hände des Negers fühlte, wurde sie ohnmächtig, und wie sie wieder zu sich kam, befand sie sich in einem prunkvoll eingerichteten Saal. Der Neger, der dort war, sagte ihr, sie solle nicht weinen, denn er werde ihr kein Leid antun, im Gegenteil, sie solle hier die Herrin sein und sie brauche nichts weiter zu tun als befehlen. Wenn sie nur brav sei, würde sie auch glücklich werden.

Das Mädchen begann zu weinen und fragte, was aus ihrer Mutter ohne sie werden sollte, sie sei doch schon alt und werde Hungers sterben. Der Neger antwortete, sie brauche sich darüber keine Gedanken zu machen, denn der, der ihr zu essen gebe, würde schon dafür sorgen, daß es auch ihrer Mutter an nichts fehle.

Da es keinen anderen Ausweg gab, blieb sie, wo sie war, und da sie merkte, daß man sie gut behandelte und sie alles hatte, ergab sie sich allmählich in ihr Schicksal; und als sie eines Tages durch die Gemächer ging, sah sie, daß sie sich in einem wunderbaren Palast befand, in dem es alles gab, was man sich nur wünschen konnte.

Der Neger deckte zur gewohnten Stunde den Tisch, und zum Schlafen hatte sie ein Gemach mit einem herrlichen Bett. Wenn sie nachmittags spazierengehen wollte, so lustwandelte sie in einem Garten, in dem die verschiedensten Vögel und Blumen waren. So verstrich die Zeit, ohne daß sie jemand anders als den Neger sah. Nur nachts, wenn sie das Licht ausgelöscht hatte, legte sich jemand zu ihr, der wieder fortging, bevor es Tag wurde, so daß sie ihn niemals sehen konnte. Sie wußte nur, daß der, der mit ihr schlief, ein Mann war.

Aber dann, als sie sich schwanger fühlte, sehnte sie sich nach ihrer Mutter, und sie sagte es dem Neger, der der einzige war, mit dem sie sprechen konnte; doch der Neger erklärte ihr, sie dürfe nicht fortgehen. Sie bat nun so sehr, daß der Neger schließlich sagte, es sei gut, sie solle gehen, doch nur unter der Bedingung, daß sie nicht mehr als vierundzwanzig Stunden fortbleibe und niemandem erzähle, was hier geschehe, soviel man sie auch fragen möge; sollte sie es dennoch tun, würde es ihr Verderben sein.

Sie versprach alles, und dann brachte sie der Neger an die Stelle, wo sie damals den Zweig abgebrochen hatte.

Sie machte sich auf den Weg und kam zu Hause an, wo die Mutter vor Freude außer sich geriet, als sie ihre Tochter wiedersah. Doch die erklärte, daß sie nur für vierundzwanzig Stunden gekommen sei und daß sie dann unter allen Umständen wieder fortgehen müsse, denn sie sei nur hier, um die Mutter einmal wiederzusehen. Die Mutter fragte sie, wo sie denn so lange gewesen sei, doch sie antwortete, dies könne sie nicht sagen, es sei ein Geheimnis, und sie könne ihr nur sagen, daß sie sehr gut aufgehoben sei und es ihr an nichts fehle.

Dann kam die Großmutter, die war sehr alt und umarmte sie wieder und wieder und stellte ihr immer neue Fragen, doch antwortet sie ihr ebenso wie ihrer Mutter. Da die Alten ja aber nun einmal so beharrlich sind, drang die Großmutter mit Fragen so sehr in sie, daß ihr das Mädchen schließlich alles erzählte, was sie erlebt hatte.

«Hör, mein Kind», sagte die Großmutter, «nimm diese kleine Kerze und dieses Streichholz. Wenn du merkst, daß er eingeschlafen ist, zünde die Kerze an, damit du sehen kannst, ob der Neger oder ein anderer bei dir schläft.»

Nun, so geschah es. Sie nahm ihre kleine Kerze und ihr Streichholz, steckte es in die Tasche und machte sich auf den Weg nach dem Schloß. Als sie im Wald an den Platz kam, griff sie nach dem Zweig; sogleich kam der Neger heraus, der sie anfaßte und hineinzog. In ihrem Zimmer fragte der Neger sie, ob man ihr irgendeinen Rat gegeben habe. Sie aber antwortete, nein, man habe ihr nichts gesagt.

«Hör», sagte der Neger zu ihr, «wenn du einen Rat bekommen hast, sag ihn mir, denn ich weiß, ob du ihn befolgen darfst oder nicht. Nicht lange dauert es mehr, und du bist gerettet; wenn du ihn mir aber nicht sagst und es etwas ist, was du nicht tun darfst, und du es doch tust, so muß ich dich töten, wie ich schon andere getötet habe, die vor dir hier gewesen sind.»

Das Mädchen versicherte ihm: nein, und legte sich schlafen. Um Mitternacht aber, als sie merkte, daß der, der bei ihr lag, eingeschlafen war, zog sie ihr Hölzchen heraus und steckte ihre Kerze an; da sah sie einen wunderschönen Jüngling neben sich liegen, der herrlich anzusehen war. Da er auf dem Rücken lag, bemerkte sie, daß er auf seiner Brust einen Spiegel trug, und sie beugte sich über ihn, um hineinzuschauen. Da sah sie einen großen Saal, in dem sechs Frauen an einer Ausstattung für ein kleines Kind nähten und stickten. Sie betrachtete dies Bild voller Entzücken, und sie bemerkte nicht, daß ein Wachstropfen an der Kerze entlanglief und auf die Brust des Jünglings fiel, der von der Hitze des Tropfens erwachte und ausrief:

«Weh, Unglückselige, nun hast du meine Verzauberung erneuert!»

Und mit diesen Worten verschwand er, und sie war allein. Da hörte man eine Stimme, die rief:

«Töte sie, Neger! Töte sie, Neger!»

Der Neger kam herein, um sie zu töten, und sie brach in Weinen aus und sagte, sie habe das getan, weil ihr Großmütterchen es ihr gesagt habe, doch man möchte ihr verzeihen, denn sie wolle es nie wieder tun. Der Neger, der sie gern hatte, bekam Mitleid mit ihr, und er sprach:

«Hab ich dir nicht gesagt, du solltest mir erzählen, wenn man dir einen Rat gegeben hat? Hättest du es getan, so wärst du jetzt nicht in dieser Lage. Ich müßte dich töten, doch tu ich es nicht: was du unter deinem Herzen trägst, bewahrt dich davor; aber hier kannst du auch nicht bleiben, du mußt fortgehen. Nimm diese beiden Knäuel Garn, und wenn du hinausgehst, befestige das eine Ende an dem Zweig, den du abbrechen wolltest, und dann mach dich auf den Weg, und da, wo der Knäuel zu Ende ist, verbringst du die Nacht. Am nächsten Tag knüpfe das Ende an den anderen Knäuel, und mach dich auf den Weg, und wo das Garn zu Ende ist, dort verbringst du wieder die Nacht.»

Nun also, das arme Mädchen nahm ihre beiden Knäuel und befestigte beim Hinausgehen den einen an dem Zweig, den der Neger ihr genannt hatte, und machte sich auf den Weg und ging weiter und immer weiter, und da das Garn sehr lang war, brach die Nacht herein, bevor sie das Ende hatte; und es blieb ihr nichts anderes übrig, als sich auf das Gras hinzulegen und dort zu schlafen. Als der Morgen dämmerte, knüpfte sie beide Knäuel zusammen und setzte ihren Weg fort und bat den lieben Gott, er möchte sie doch eine Hütte oder ein Haus finden lassen, wo sie die Nacht verbringen könnte, damit sie nicht wieder auf freiem Feld schlafen müsse. Als der Knäuel zu Ende war, stand sie gerade einem Gebäude gegenüber, das wie ein Schloß aussah. Und sie trat ein und erfuhr, daß dies das Sommerschloß der Königin sei, die sich dort für eine Zeitlang niedergelassen hatte. Sie bat, man möchte die Königin fragen, ob sie ihr erlauben würde, die Nacht im Schloß zu verbringen, um nicht auf freiem Feld schlafen zu müssen, denn sie sei krank. Die Königin sagte ja und befahl, ihr ein gutes Abendessen und ein schönes Bett zum Schlafen zurechtzumachen.

Am nächsten Tag, als die Königin sah, wie schön und bescheiden sie war, und ihren Zustand erkannte, hatte sie Mitleid mit ihr und sagte ihr, sie solle nicht eher von hier fortgehen, bis sie das Kind zur Welt gebracht habe. Da das arme Mädchen kein Zuhause hatte, bedankte sie sich bei der Königin und blieb bei ihr, doch wußte sie nicht, wie sie alles wiedergutmachen sollte, was die Königin für sie tat.

Die Zeit verstrich, und sie gebar einen Knaben, der war so schön, daß es nicht zu beschreiben war. Die Königin hatte sie sehr ins Herz geschlossen, und wenn sie davon redete, wegzugehen, um ihr nicht lästig zu fallen, sagte sie immer wieder, daran dürfe sie nicht denken, auf keinen Fall dürfe sie von ihr gehen, um so weniger, da der Knabe mit einem Sohn von ihr, der verzaubert sei, eine so große Ähnlichkeit habe, daß sie ihn immer vor sich zu sehen glaube, wenn sie das Kind anschaue.

Als das Mädchen sah, wie gern die Königin sie hatte, mochte sie ihr nicht mehr widersprechen und gab nach, und so verging die Zeit, und die beiden wurden von Tag zu Tag immer bessere Freunde.

Jeden Nachmittag, wenn sie gegessen hatten, nahm die Königin das junge Mädchen beim Arm, und sie gingen hinunter in den Garten. Und bei ihrem Spaziergang bemerkte sie, daß immer eine Taube heranflog und das Mädchen umkreiste. Eines Tages, als sie nicht in den Garten gingen, öffneten sie ein Fenster, und kurze Zeit darauf flog die Taube herein und an die Wiege des Kindes, auf der sie sich niedersetzte.

Das Mädchen stand auf und kam näher, um sie wegzuscheuchen; aber da sie sah, daß sie ruhig sitzen blieb, ging sie zu ihr, ergriff sie und sagte zu der Königin:

«Seht nur, welch schöne Taube.»

Die Königin nahm sie und begann, sie zu streicheln, doch als sie mit der Hand über ihren Kopf strich, bemerkte sie eine kleine Geschwulst und fragte:

«Weh! Was hat sie denn hier am Kopf?»

Das junge Mädchen nahm die Taube, und als sie die Federn auseinandermachte, sah sie, daß es eine Stecknadel war. Sie zog sie heraus, und dabei verwandelte sich die Taube in einen Jüngling, und in was für einen Jüngling! Als die Königin ihn sah, stieß sie einen Schrei aus und umarmte ihn mit den Worten:

«Hier ist mein Sohn, von dem ich dir sagte, daß er verzaubert sei.»

«Ja, das bin ich», sagte der Prinz, «und dies ist meine Frau und mein Kind.»

«Nicht ohne Grund sagte ich, daß er dir ähnlich ist», sprach die Königin.

Der Prinz umarmte seine Frau und seinen Sohn und sprach:

«Diese Nadel war der Wachstropfen, den du auf mich fallen ließest, weil du mich vor der Zeit sehen wolltest, und es war nötig, daß du sie herauszogst, um meine Verzauberung, die sich verlängert hatte, zu beenden.»

Da trat der Neger ein, er brachte in einigen Körben die Ausstattung für das Kind, die das Mädchen schon in dem Spiegel gesehen hatte, den der Prinz in jener Nacht auf seiner Brust trug und an der damals sechs Frauen gestickt hatten; und dies alles war für ihren Sohn bestimmt. Dann heirateten sie und lebten sehr glücklich mit ihrem Kind und anderen Kindern, die sie noch bekamen.

36

Hans Einundeinhalb

Es war einmal ein Soldat, der hieß Einundeinhalb. Man gab ihm die Ration von sieben Soldaten zu essen, und er war immer noch hungrig. Eines Tages rief ihn der Hauptmann zu sich und sagte zu ihm:

«Wie kommt es nur, daß du niemals satt wirst?»

«Als meine Mutter einmal eine Pfanne mit Maisbrei für mich machte, sagte ich ihr, es lohnte sich gar nicht für mich, damit erst anzufangen. Und meine Mutter antwortete: ‹Herrgott, Junge! Du wirst auch nie satt.› Und seit jenem Tage bin ich nie mehr satt geworden.»

Hans Einundeinhalb war sehr tapfer, deswegen verliebte sich die Tochter des Königs in ihn. Der König ließ ihn zu sich rufen und sagte:

«Bist du der tapfere Soldat?»

Hans Einundeinhalb antwortete nicht. Da fragte der König die Prinzessin:

«Ist dies der Soldat, in den du dich verliebt hast?»

«Ja; ich habe mich in ihn verliebt, weil er so tapfer ist.»

«Geh du einmal hinaus», sprach der König zu der Prinzessin, «denn ich will es gleich in Ordnung bringen: Hör, Hans Einundeinhalb, du mußt in ein Schloß gehen, das in den Felsen von Armenien liegt, und mir etwas herbringen, das beweist, daß du dort gewesen bist.»

Hans Einundeinhalb machte sich auf die Wanderung nach den Felsen von Armenien, und unterwegs begegnete ihm eine Frau, die sagte zu ihm:

«Wohin gehst du, guter Freund?»

«Das kann ich Euch nicht sagen.»

«Gib mir deine rechte Hand», sagte die Frau.

Hans gab ihr seine Hand, und die Frau steckte ihm einen Ring an den Mittelfinger und sagte zu ihm:

«Wenn du etwas willst, so reibe diesen Ring!»

Hans Einundeinhalb wanderte weiter, und in einem Dorf trat er in eine Schmiede, in der arbeiteten ein Schmied und ein Geselle. Und er sagte:

«Guten Tag, Schmied. Ich will mir eine Zange schmieden, die zwei Zentner wiegt.»

Und in einer Viertelstunde hatte er sie geschmiedet. Als er aus der Schmiede heraustrat, rieb er den Ring, und da verwandelte er sich in einen großen Vogel; er nahm die Zange in den Schnabel und flog davon. Die Bewohner jenes Dorfes erschraken sehr, als sie den großen Vogel über ihren Köpfen fliegen sahen.

Er erreichte die Felsen von Armenien und nahm wieder menschliche Gestalt an. An dem Tor des Schlosses stand ein Mann, der fragte ihn:

«Weswegen kommst du hierher?»

Da öffnete der oberste Teufel das Tor, und Hans Einundeinhalb ging auf ihn zu, packte ihn mit der Zange, rieb den Ring, verwandelte sich wieder in einen Vogel und flog mit dem Teufel davon. Er kam zu dem König und sagte zu ihm:

«Hier ist der Beweis, den ich dir aus dem Schloß der Felsen von Armenien mitgebracht habe.»

«Wie hast du es nur angestellt, diesen Herrn hierherzubringen?» sagte der König.

«Die Welt lehrt viel», antwortete ihm Hans Einundeinhalb.

«Wie bist du in das Schloß von Armenien hineingekommen?»

«Ich trat nicht ein; ich hatte das Glück, den, der mir das Tor öffnete, mitnehmen zu können.»

«Gut, laß ihn jetzt los.»

Hans Einundeinhalb öffnete die Zange, und der Teufel entschlüpfte in die Luft. Da nahm Hans Einundeinhalb die Zange wie ein Gewehr in die Hände und pflanzte sich vor dem König auf. Der fragte ihn:

«Wer hat dir diese Zange gegeben?»

«Ich machte sie in einer Viertelstunde.»

Der König befahl vier Soldaten, Hans Einundeinhalb in eine Bütte voll warmen Wassers zu stecken und ihm die Rußflecken zu entfernen, die ihm der Teufel auf der Reise gemacht hatte.

Nachdem sie ihn gut gewaschen hatten, gab der König ihm ein Gewand und sagte zu ihm:

«In meinem Lustgarten habe ich zweihundert Tauben; ich will, daß du sie mir hierherbringst, in den Hof meines Schlosses.»

Hans Einundeinhalb ging in den Garten, rieb den Ring und sagte:

«Hierher die Tauben.»

Da kamen sie alle: einige setzten sich auf seinen Kopf, andere auf seine Schultern; wieder andere flogen um ihn herum. Er zog mit ihnen los, und als er so durch die Straßen ging, blieb das Volk stehen und staunte über die vielen Tauben, die ihn umgaben. Und er trat mit ihnen in das königliche Schloß, und der König sagte zu ihm:

«Laß die Tauben hier. Jetzt kannst du einige Tage ausruhen.»

Am nächsten Tag machte Hans Einundeinhalb einen Spaziergang, und unterwegs sprach er bei sich:

«Wenn der König glaubt, daß ich das ganze Jahr sein Dienstmann sein werde, so irrt er sich.»

Dann rieb er den Ring und sagte:

«Hierher die Prinzessin!»

Die Prinzessin kam, und sie machten sich zusammen auf und davon und verheirateten sich in einem anderen Reich. Der Vater der Prinzessin schrieb dem König jenes Landes und bat ihn, Hans Einundeinhalb zu töten, und sagte ihm, er solle dabei vorsichtig zu Werke gehen, denn es handle sich um den tapfersten Soldaten der Welt.

Da rief jener König alle Schuster der Stadt zusammen und

befahl ihnen, einen großen Mann aus Pech zu machen und ihn an das Meeresufer zu bringen und dort so aufzustellen, daß ihn bei Flut das Wasser überspülte.

Die Schuster machten den Mann aus Pech und stellten ihn an das Ufer des Meeres und befestigten ihn dort mit einigen Pfählen, die er an den Fußsohlen hatte.

Da rief der König Hans Einundeinhalb und sagte zu ihm:

«Ist es wahr, daß du niemals einen Mann gefunden hast, der so tapfer ist wie du?»

«Niemals.»

«Nun, hier ist einer, der sich mit dir messen will.»

«Wo ist er? Er soll herkommen, und alle Soldaten sollen sich aufstellen, denn vor ihnen allen will ich mit diesem Tapferen kämpfen.»

Hans Einundeinhalb gab der Prinzessin den Ring und ging an das Ufer des Meeres. Der König war am Strand bei der in Reih und Glied aufgestellten Truppe und sagte zu Hans Einundeinhalb:

«Hier ist der Mann, der mit dir kämpfen will.»

Das Wasser stieg gerade an und reichte dem Mann aus Pech bis zu den Knien. Hans Einundeinhalb ging auf ihn zu und sagte zu ihm:

«Bist du der tapferste Mann in diesem Reich?»

Und er versetzte ihm einen Faustschlag ins Gesicht, da klebte seine Hand an ihm fest. Er wiederholte den Schlag mit der anderen Hand, und sie blieb auch kleben. Da stieß er ihn mit dem Knie in den Bauch, und die beiden fielen ins Wasser, und eine Welle riß sie mit sich fort. Da rieb die Prinzessin den Ring und sagte:

«Zu meinem Vater!»

Und sie kehrte in ihr Reich zurück.

37
Der Kopf der Toten

Es war einmal eine Magd, die diente in einem Dorf, und sie diente dort viele Jahre und sparte viel Geld zusammen; da wollte sie wieder in ihr Dorf zurückkehren und ihre Eltern aufsuchen. Und sie ging hin zu ihrer Nachbarin, die sie gut kannte, und sagte: «Weißt du, ich möchte wieder in mein Dorf zurückgehen und meine armen Eltern aufsuchen, doch habe ich Angst, allein zu gehen, denn ich habe viel Geld gespart, und das könnte man mir auf dem Weg rauben.» Da geht die Nachbarin zu ihrem Mann, der Gastwirt war, und erzählt ihm gleich alles. Und der Wirt sagt: «Sag ihr, sie soll nicht allein gehen, denn sicherlich wird man die Arme überfallen. Sie soll sich jemanden suchen, der mit ihr geht.» Da sagt die Frau: «Du, hör mal, die arme Kleine ist doch unsere Freundin; du selber könntest eigentlich mit ihr gehen.» Er sagte, er sei einverstanden und werde sie begleiten, wenn sie es wollte.

Am nächsten Tag nun ging die Nachbarin zu dem Mädchen hin und sagte zu ihr: «Du, ich hab meinem Mann erzählt, was du tun willst, und der sagt, du sollst lieber nicht allein gehen, denn man kann dich leicht auf dem Weg überfallen. Und da hab ich zu ihm gesagt: ‹Du selbst kannst ja mit ihr gehen›, und er hat gesagt, daß er einverstanden sei und mit dir gehen wolle, wenn du es wünschst.» Und da sie gute Nachbarn und Freunde waren, sagte das Mädchen darauf, ja, sie werde sehr gern mit ihm gehen. Und dann steckte sie ihr ganzes Geld in eine Tasche in ihrem Haarwulst.

Sie brachen auf, und es dauerte nicht lange, da überkam den Wirt die Versuchung, sie zu ermorden und ihr das Geld fortzunehmen. Und als sie an der Stelle waren, von der er selber gesagt hatte, daß sie gefährlich sei, packte er sie und ermordete sie, schnitt ihr den Kopf ab und nahm das Geld.

Dann kehrte er nach Haus zurück und erzählte alles seiner Frau. Und sie sagte: «Ach mein Gott, wie konntest du nur den Mut haben, ein armes Mädchen zu töten, das unsere Nachbarin war!» Doch er antwortete nur: «Eine böse Versuchung.»

Danach hörte der Wirt immer, wenn er aus dem Haus ging, eine Stimme zu sich sagen: «Das sollst du büßen! Das sollst du büßen!» Und der Arme blickte nach allen Seiten, doch sah er nichts. Und voll Entsetzen kehrte er jedesmal wieder um und erzählte es seiner Frau. Die sagte schließlich: «Wenn du die Stimme wieder hörst, so frage: ‹Wo?›

Als er am nächsten Tag das Haus verließ, hörte er wieder die Stimme sagen: «Das sollst du büßen! Das sollst du büßen!» Und da fragte er die Stimme: «Wo?» Und die Stimme antwortete: «In Sevilla! In Sevilla!» Und entsetzter denn je lief er zu seiner Frau und sagte: «Die Stimme hat mir geantwortet und hat gesagt: ‹In Sevilla.›» Darauf sagte seine Frau: «Nun, wenn du also nicht nach Sevilla gehst, entkommst du der Strafe.»

Als er einige Monate später wieder aus dem Haus ging, verfolgte ihn die Stimme nicht mehr. Und bald hatte er alles vergessen. Eines Tages kamen zwei Herren in das Dorf, die fragten, ob jemand sie nach Sevilla begleiten könnte, sie würden täglich einen Taler und Verpflegung zahlen. Und die Frau sagte zum Wirt: «Geh und such jemanden, der diese Herren begleitet.» Und er antwortete: «Lieber gehe ich selber, statt jemand anders zu suchen; denn sie bezahlen sehr gut.» Und so machte er sich mit den beiden Herren auf den Weg nach Sevilla.

Sie kamen in Sevilla an, und zur Mittagsstunde sagte einer der beiden Herren zum anderen: «Was willst du heut essen? Magst du Kalbskopf?» Und der andere antwortete: «Wie du willst. Ich mag alles.» Und da schickten sie den Wirt auf den Markt, um zum Mittag einen Kalbskopf zu kaufen. Und der Wirt ging hin, um den Kalbskopf zu kaufen. Und er kam auf den Markt und suchte einen aus und faßte ihn an den Ohren und nahm ihn unter seinen Mantel. Und auf seinem Rückweg kommen zwei Polizisten auf ihn zu und sagen: «Wohin gehst du, und was hast du unter dem Mantel?» Und er antwortet: «Ich will ins Wirtshaus gehen und zwei Herren einen Kalbskopf bringen.» Sie sagten, er solle ihn einmal vorzeigen. Und als er ihn unter seinem Mantel hervorzog, um ihn zu zeigen, da sah er, daß er statt der Ohren Haare in seiner Hand hielt und statt des Kalbskopfes, den er gekauft, den Kopf des Mädchens, das er ermordet hatte.

Da nahmen die Polizisten ihn fest und sagten: «Komm mit uns ins Gefängnis, denn du bist ein Mörder!» Und er sagte: «Ich bitte euch, laßt uns erst zu meinen beiden Herren gehen, die mich auf den Markt geschickt haben.» – «Gut, gut», sagten die Polizisten. Und sie gingen mit ihm in das Wirtshaus, doch da waren die beiden Herren verschwunden; keiner wußte, wohin, und niemand konnte sagen, weswegen. Darauf sagten sie: «Du bist ein Mörder und ein Lügner. Ins Gefängnis mit dir!» Und sie brachten ihn ins Gefängnis, und nach einigen Tagen wurde er verurteilt, und der Richter befahl, ihn zu henken. Und so büßte er sein Verbrechen.

38

Der Teufel als Lehrer

Es war einmal eine Mutter, die hatte drei Töchter, die sie jeden Morgen in die Schule brachte. Und der Teufel machte sich zum Lehrer, und eines Tages verliebte er sich in die Kleinste. Nun gut; das Kind wuchs auf, und je größer es wurde, desto mehr verliebte sich der Teufel in das Mädchen.

Und da er kein Mittel wußte, sie zu entführen, ging er hin und machte einen gläsernen Sarg und einen Schlafring. Und als das Mädchen eines Tages beim Spielen war, kam er zu ihr und packte sie und steckte ihr den Schlafring an den Finger, und sogleich schlief das Mädchen ein. Da nahm der Teufel sie und legte sie in den gläsernen Sarg und ging ans Meer und warf sie hinein.

Und es fischten dort gerade der Königssohn und ein Fischer. Und sie sahen einen Kasten ins Meer fallen. Da befahl der Königssohn dem Fischer, das Boot eiligst dorthin zu lenken, und da fanden sie den gläsernen Sarg. Sie trieben ihn ans Ufer, wo sie ihn an Land ziehen konnten. Und sie sahen das schöne Mädchen darin liegen. Sie berührten sie, sie rüttelten sie, doch sie bewegte sich nicht. Da nahm der Königssohn ihr den Ring ab, und sofort war sie wach. Und da sie sich mit ihnen allein sah, fing sie an zu weinen. Da steckte er ihr den Ring an den Finger, und wieder schlief sie ein. Ohne seinen Eltern etwas davon zu sagen, brachte der Königssohn sie nun ins Schloß und trug sie auf sein Zimmer. Und dort behielt er sie, und es wußte keiner etwas davon.

Und während vorher die Diener jeden Tag sein Zimmer ausgefegt hatten, nahm er von jener Stunde an den Schlüssel stets mit sich, so daß niemand zu ihm hineinkommen konnte. Eines Tages aber hatte er die Schlüssel vergessen, und da sagten seine Schwestern: «Nun können die Diener in sein Zimmer gehen und dort ausfegen.» Und die beiden gingen in das Zimmer und sahen den gläsernen Sarg und das schöne Fräulein darin. Und da die Neugier nun einmal groß ist, so trat die Älteste heran und zog dem Mädchen den Ring vom Finger; sogleich erwachte es. Da warfen sie schnell den Ring hin und flohen aus dem Zimmer.

Und als der Königssohn unterwegs seine Hand in die Tasche steckte, da merkte er, daß der Schlüssel zu seinem Zimmer fehlte, und er sagte: «Jetzt bin ich entdeckt.» Sofort kehrte er um, doch da hatten seine Schwestern den Eltern schon erzählt, was sie gesehen hatten. Und als er zu Hause ankam, riefen sie ihn zu sich und fragten ihn, wozu er das

Mädchen in seinem Zimmer habe. Da erzählte er ihnen, wie er sie gefunden hatte, und daß er sie dort habe, weil sie seine Frau werden solle. Doch sie sagten, nein, er dürfe sie nicht heiraten, denn man kenne weder ihre Herkunft noch sonst etwas von ihr. Er aber antwortete, das mache ihm nichts aus, er liebe sie und wolle sie heiraten. Und er heiratete das Mädchen.

Nach einigen Monaten wurde der König krank und starb; da wurde der Königssohn König, und das Mädchen, seine Frau, wurde Königin. Und bald darauf mußte er fort und in einem anderen Reich regieren, und er ließ seine Frau schwanger zurück. Und die Königin brachte einen sehr schönen Knaben zur Welt. Eines Tages, als die Großmutter aus dem Zimmer gegangen war, um der Königin, die noch zu Bett lag, eine Suppe zu bringen, kam der Teufel herein und sagte zur Königin: «Maria, du sagst mir, was du sahst, oder gibst mir, was du gebarst.» Und das Mädchen antwortete: «Ich sage dir nicht, was ich sah, noch geb ich dir, was ich gebar.» Da riß der Teufel ihr den Knaben aus den Armen und erwürgte ihn und fraß ihn auf und beschmierte ihr die Lippen mit dem Fleisch und dem Blut, damit man sagen sollte, sie hätte ihren Sohn gegessen.

Da kommt die Großmutter wieder herein und fragt nach dem kleinen Knaben. Die Königin antwortet nichts darauf. Doch die Großmutter sieht das Blut und das Fleisch des Kindes an ihren Lippen, und sie sagte: «Weh, Unselige, hast du deinen Sohn gegessen?» Die junge Mutter wand sich vor Schmerz und Trauer, doch sagte sie kein Wort. Und die Großmutter, die glaubte, sie hätte ihren Sohn aufgegessen, überhäufte sie mit Schimpfworten. Und sie antwortete nichts.

Und es kam der König wieder zurück, und alle gingen ihm zum Empfang entgegen, nur seine Frau, die Königin, nicht. Vor Schmerz und Trauer konnte sie ihrem Mann zum Empfang nicht froh entgegentreten. Und die Großmutter sagte zum König: «Eine schöne Frau hast du dir ausgesucht, mein

Sohn! Sie hat einen Knaben geboren und ihn aufgegessen.» Und dann erzählte sie ihm, wie alles gekommen war. Und der König sagte zu seiner Mutter: «Was können wir ihr schon antun? Aus ihrem Leib kam es, in ihren Leib ist es wieder zurückgekehrt.» Und dann ging der König zu seiner Frau. Weinend vor Schmerz warf sie sich in seine Arme, doch sagte sie ihm nicht, was geschehen war. Und sie lebten weiter zusammen wie vorher.

Doch als sie wieder schwanger war, mußte der König wieder fort und in einem anderen Reich regieren. Und während der König fern war, gebar sie ihm nun eine sehr schöne Tochter, die das lebendige Abbild ihrer Mutter war. Und wenn sie sich vorher schon alle wie verrückt um den Knaben hatten, so hatten sie sich jetzt noch viel verrückter um das Mädchen. Und Tag und Nacht pflegten sie Mutter und Kind, und immer wieder sagte die Großmutter: «Nein, diese wird sie nicht essen.» Doch der Teufel kam wie das vorige Mal, und es gelang ihm einzudringen, als die Königin mit der Kleinen allein war, und er sagte wieder zu ihr: «Maria, du sagst mir, was du sahst, oder gibst mir, was du gebarst.» Und wie das vorige Mal antwortete die Mutter: «Ich sage dir nicht, was ich sah, noch geb ich dir, was ich gebar.» Da riß der Teufel ihr die Kleine aus den Armen und erwürgte sie und fraß sie auf. Und wieder beschmierte er die Lippen der Mutter mit Fleisch und Blut. Und vor Schmerz darüber wurde die arme Mutter ohnmächtig.

Und die Großmutter kam herein, und als sie sie sah, begann sie laut zu schreien. Und zur Mutter sagte sie: «Unselige, du hast wieder dein Kind gegessen!» Und sie überhäufte sie jetzt mit noch schlimmeren Vorwürfen als vorher. Doch die Mutter sagte kein Wort darauf. Und wieder kam der König in sein Reich zurück, und alle gingen ihm zum Empfang entgegen, nur seine Frau nicht. Und sofort erzählte ihm seine Mutter, daß seine Frau ein sehr schönes Mädchen zur Welt gebracht und es wieder gegessen habe wie vorher den Knaben. Und sie sagte, es sei eine Schande für das Schloß, wenn sie weiter dort bleibe, und er müsse sie von sich stoßen. Der König antwortete seiner Mutter, daß er das im Augenblick nicht tun könne, er müsse erst auf einen Jahrmarkt gehen, und man solle bis zu seiner Rückkehr mit allem warten; danach werde er dann ihren Wunsch erfüllen. Und er ging zu seiner Frau, die noch krank vor Schmerz und Qual im Bett lag. Und er fragte sie, warum sie ihre Kinder aufgegessen habe, doch sie antwortete darauf kein Wort. Da sagte der König, daß er sie töten lassen werde, wenn sie ihm das weiterhin verschweige, und sie sagte, für nichts in der Welt werde sie ihm das erzählen, lieber wolle sie sterben. Der König sagte: «Gut, man muß sie lassen. Wenn ich zurückgekommen bin, wollen wir sehen, was wir mit ihr machen.»

Und am Tage seiner Abreise fragte er seine Schwestern, was er ihnen vom Jahrmarkt mitbringen sollte. Und die älteste sagte, er möchte ihr ein blaues Kleid mit Steinen mitbringen, und die jüngere wünschte sich ein grünes mit Steinen. Und er ging zu seiner Frau, der Königin, und fragte sie, was er ihr mitbringen sollte. Und sie antwortete: «Ich, ich wünsche mir einen Schmerzensstein und ein Liebesmesser von dir.»

Und der König brach auf. Und unterwegs sagte er: «Warum hat mich wohl meine Frau um einen Schmerzensstein und ein Liebesmesser gebeten?» Und er kam auf den Jahrmarkt und fand sogleich, was seine Schwestern sich von ihm wünschten. Doch den Schmerzensstein und das Liebesmesser konnte er nirgends finden, sosehr er auch danach suchte. Und er machte sich auf den Rückweg zum Schloß. Doch bevor er dort ankam, begegnete ihm der Teufel, der schrie: «Hier der Schmerzensstein und das Liebesmesser! Hier der Schmerzensstein und das Liebesmesser!» Und der König hielt an und sagte: «Heda, mein Herr! Wieviel wollt Ihr für den Schmerzensstein und das Liebesmesser haben?» Und der Teufel antwortete: «Zweitausend Taler.» Und der

König gab ihm die zweitausend Taler und sagte: «Nehmt hin! Gesegnet sei die Stunde, in der ich diese Sachen, um die mich meine Frau bat, gefunden habe.» Und der Teufel gab ihm den Schmerzensstein und das Liebesmesser, und der König zog zufrieden weiter.

Und als er in das Schloß kam, gingen ihm seine Schwestern zum Empfang entgegen und freuten sich sehr über die Geschenke, die er ihnen mitbrachte. Und da seine Frau nicht heruntergekommen war, fragte er seine Schwestern, warum sie nicht heruntergekommen sei, und sie sagten ihm, daß sie krank zu Bett liege. Da ging er zu ihr hinauf und sagte: «Hier hast du, um was du mich gebeten hast, den Schmerzensstein und das Liebesmesser.» Und sie nahm beides an sich, ohne ein Wort zu erwidern. Sie schien aber weder froh deswegen noch unzufrieden. Sie blieb so traurig wie vorher und verbissen in ihren Schmerz. Und dann sagte sie ihm, er möchte sie allein lassen. Und als sie sagte, er möchte sie allein lassen, argwöhnte er etwas und tat so, als ob er hinausginge, schlug die Tür zu und versteckte sich unter dem Bett.

Und da sie glaubte, er sei hinausgegangen, nahm sie den Schmerzensstein und das Liebesmesser und legte beides auf den Tisch. Und sie stand auf und nahm einen Stuhl und setzte sich an den Tisch und begann zu sprechen und sagte: «Schmerzensstein, Liebesmesser, ist es wahr, daß sich mein Lehrer, als ich noch zur Schule ging, in mich verliebte und er mich in einen gläsernen Sarg legte und mich ins Meer warf, weil ich ihn nicht wiederliebte?» Und der Schmerzensstein und das Liebesmesser sagten: «Ja, ja, das ist wahr.» Und der Stein brach vor Schmerz entzwei, als er ja sagte. Und dann sagte das Mädchen: «Schmerzensstein, Liebesmesser, ist es wahr, daß der Königssohn mich aus dem Meer zog und mich rettete und mich mit in sein Schloß nahm und mich heiratete?» Und der Stein und das Messer antworteten: «Ja, ja, das ist wahr.» Und der Stein brach immer weiter vor Schmerz entzwei, als er ja sagte. Darauf sagte das Mädchen: «Schmerzensstein, Liebesmesser, ist es wahr, daß ich einen Knaben vom König bekam und der Lehrer erschien und ihn mir wegriß und ihn aufaß und mir die Lippen mit Fleisch und Blut beschmierte, damit alle glauben sollten, ich selbst hätte ihn aufgegessen?» Und der Stein und das Messer antworteten wieder: «Ja, ja, das ist wahr.» Und immer weiter brach der Stein vor Schmerz entzwei. Und da sagte das Mädchen: «Schmerzensstein, Liebesmesser, ist es wahr, daß der König danach wieder fortgehen mußte und mich schwanger zurückließ und ich ein Mädchen bekam und mir der Teufel dieses wiederum wegriß und es aufaß und mir wieder die Lippen mit Fleisch und Blut beschmierte, damit alle glauben sollten, ich selbst hätte es gegessen?» Und der Stein und das Messer antworteten: «Ja, ja, das ist wahr.» Und beim Jasagen brach der Stein in tausend Stücke. Und zum letztenmal sagte das Mädchen: «Schmerzensstein, Liebesmesser, ist es wahr, daß meine Schwiegermutter dem König sagte, ich hätte meine Kinder gegessen und er sollte mich aus dem Schloß werfen?» Und auch diesmal antworteten der Stein und das Messer: «Ja, ja, das ist wahr.» Und da brach der Stein vor Schmerz ganz und gar entzwei.

Und dann nahm das Mädchen das Liebesmesser in die Hand und sprach: «Wenn der Stein vor Schmerz bricht, wie soll da mein Herz nicht brechen?» Und sie setzte schon das Liebesmesser an, um es sich in das Herz zu stoßen; da eilte der König aus seinem Versteck hervor und hielt sie davon zurück. Nun verstand der König, wie alles gekommen war. Und er bat seine Frau, sie möchte ihren Schmerz vergessen und mit ihm zusammen wieder glücklich sein.

39

Die drei Kleider

Es waren einmal ein Mann und eine Frau, die waren schon sehr alt und hatten keine Kinder. Und die Frau betete zum heiligen Antonius und bat ihn, er möchte ihr eine Tochter schenken, die weiß, schwarz und rosig sei; weiß das Gesicht, schwarz das Haar und rosig die Haut. Und der heilige Antonius schenkte ihr die Tochter, doch bei der Geburt starb die Mutter, und der Alte wurde Witwer.

Und in der Sterbestunde hatte die Frau ihrem Mann gesagt, er solle sich nur mit einer jungen Frau wiederverheiraten, die ihr ähnlich sei, und da mit der Zeit die Tochter ihr sehr ähnlich wurde, gedachte der Vater, diese zu heiraten. Und er war so verliebt in seine Tochter, daß er ihr eines Tages sagte, sie solle seine Frau werden. Und das Mädchen ging darauf zu einer Nachbarin und erzählte es ihr, und die Nachbarin sagte: «Sag deinem Vater, daß du dich nur dann mit ihm verheiratest, wenn er dir drei Kleider schenkt, ein Sonnenkleid, ein Mondkleid und ein Sternenkleid.»

Und der Vater machte sich auf die Suche nach den drei Kleidern, und in Rom endlich fand er sie und brachte sie seiner Tochter. Da ging das Mädchen zu einer alten Zauberin und erzählte ihr das, und die Zauberin sagte ihr, sie solle die Kleider einpacken und in die Welt hinausziehen und sich selbst das Brot verdienen. Da zog das Mädchen mit ihren drei Kleidern in die Welt hinaus. Und als sie einen Tag und eine Nacht lang gewandert war, begegnete ihr im Walde dieselbe alte Zauberin, die gab ihr ein Pelikankleid und sagte zu ihr: «Nimm dieses Pelikankleid, und zieh es an, und geh auf jenes Feld, und setz dich dort an die Quelle; der König wird vorbeikommen, wenn er von der Jagd zurückkehrt. Er wird dir nichts antun. Wenn er kommt, laß dich von ihm gefangennehmen.»

Und das Mädchen ging dorthin, und bald darauf kam der König mit seinen Jagdgesellen von der Jagd vorbei. Und sie nahmen den kleinen Pelikan gefangen und brachten ihn aufs Schloß.

Und da der König schon erwachsen war, sagte seine Mutter zu ihm, er solle doch heiraten. Er antwortete, er werde sich schon eine Braut suchen, er habe noch keine Eile. Doch bald darauf ging seine Mutter wieder zu ihm und sagte: «Gib einen der nächsten Abende einen Ball von ein bis drei Uhr, damit alle Mädchen kommen; dann suchst du dir dort eine Frau aus.» Und der Sohn antwortete, er sei damit einverstanden, und man traf die Vorbereitungen für den Ball. Und als der Königssohn auf den Ball gegangen war, fragte der kleine Pelikan, ob er auch auf den Ball gehen dürfe. Und die Mutter sagte, er solle nur gehen, wenn er Lust habe. Und der kleine Pelikan ging hin und zog das Pelikankleid aus und das Sonnenkleid an und ging auf den Ball. Und als das Mädchen auf den Ball kam, gingen alle ihr zum Empfang entgegen, denn sie war in ihren Sonnenkleid so wunderschön. Der Königssohn erkannte sie nicht und eilte auf sie zu und holte sie zum Tanz und begann mit ihr zu reden und fragte sie, ob sie seine Frau werden wolle. Doch sie sagte, nein, sie sei noch sehr jung, ihr Papa wolle das nicht. Und die ganze Nacht tanzte er mit ihr und schenkte ihr ein Armband. Und bevor der Ball zu Ende war, sagte sie, sie könne den Luftzug aus dem einen Fenster nicht vertragen, und während er zum Fenster eilte, entwischte sie und ging nach Haus, ohne daß jemand sie sah. Und sogleich brach auch der Königssohn auf und fragte überall, wohin sie gegangen sei, doch niemand konnte es ihm sagen.

Und der kleine Pelikan ging zur Königinmutter und erzählte ihr alles, was auf dem Ball geschehen war. Er erzählte ihr, daß auf dem Ball ein Mädchen in einem Sonnenkleid gewesen war, das sei so schön wie kein anderes in der ganzen Welt, und mit ihr habe der König die ganze Nacht getanzt und ihr ein Armband geschenkt. Und als der König zurückkam, fragte ihn seine Mutter, ob es wahr sei, was der kleine Pelikan ihr erzählt habe, und er sagte ja und erklärte, daß er den nächsten Abend noch einen Ball geben wolle, um zu sehen, ob das Mächen wiederkomme.

Und am zweiten Abend ging der Pelikan wieder zum Ball, dieses Mal im Mondkleid, und das Mädchen war noch schöner als am Abend vorher. Und wieder tanzte der König die ganze Nacht mit ihr und fragte sie, ob sie seine Frau werden wolle. Doch wieder sagte sie, nein, das könne nicht angehen, denn sie sei noch sehr jung, und ihr Vater wolle das nicht. Und der König fragte sie, ob sie singen könne, und sie sagte ja. Da baten alle, sie möchte doch etwas singen, und sie sang ein Lied und sang es so schön, daß der König sich nun noch mehr in sie verliebte. Und diesmal schenkte der König ihr einen goldenen Ring. Und bevor der Ball zu Ende war, sagte das Mädchen, sie möchte einen Augenblick hinausgehen, und sie ging aus der Tür und verschwand, ohne daß man sie sah. Und alle machten sich auf die Suche nach ihr, und als sie sah, daß sie näher kamen, zog sie schnell ihr Pelikankleid an und stellte sich an die Treppe. Und dort sah sie der König und gab ihr einen Fußtritt und sagte ihr, sie solle sich gefälligst nach Haus scheren, denn er glaubte, es sei der kleine Pelikan, der dort Unfug treibe. Und sie kamen im Schloß an, und der kleine Pelikan erzählte der Königin alles, was an dem Abend geschehen war. Er erzählte ihr, daß das Mädchen wieder dort gewesen sei, diesmal in einem Mondkleid und schöner noch als vorher, und daß der König die ganze Nacht mit ihr getanzt und ihr einen goldenen Ring geschenkt habe. Und der König setzte für den folgenden Abend noch einen Ball an.

Und am dritten Abend zog das Mädchen das Pelikankleid aus und das Sternenkleid an, das war das schönste von den dreien, und darin sah sie noch viel schöner aus als vorher. Und sie ging auf den Ball und tanzte den ganzen Abend mit dem König. Und wieder fragte er sie, ob sie nicht seine Frau werden wolle, doch immer wieder sagte sie, nein, das könne nicht angehen, denn sie sei noch sehr jung, und ihr Papa wolle das nicht. Und am dritten Abend schenkte der König ihr ein Paar kostbare Ohrringe. Und als der Ball zu Ende ging, sagte das Mädchen: «Ich muß gehen, ich muß gehen, schon höre ich die Glöcklein der Droschke, und wenn mein Vater merkt, daß ich so spät noch hier bin, schlägt er mich.» Und ging hinaus und verschwand. Und wieder kam der kleine Pelikan zurück und erzählte der Königinmutter, wie es auf dem Ball gewesen war. Er erzählte ihr, daß das Mädchen in einem Sternenkleid erschienen sei, das habe noch viel schöner als die beiden anderen ausgesehen, und daß der König den ganzen Abend wieder mit ihr getanzt und ihr ein Paar Ohrringe geschenkt habe.

Und da der König sie danach nicht mehr wiedersah, wurde er krank und mußte zu Bett liegen und wollte nicht einmal essen. Und der kleine Pelikan machte sich daran und bereitete drei Pasteten, und in jede Pastete legte er eines der Geschenke des Königs, und er ging zu der Königinmutter und gab ihr eine davon, damit sie sie dem König bringe. Und die Königinmutter ging zu dem König und gab ihm die Pastete mit dem Armband. Und als er sie anschnitt, fand er das Armband; da wurde er wieder froh und sagte zu seiner Mutter: «Mutter, wer hat diese Pastete gemacht?» Und die Mutter antwortete ihm, daß der kleine Pelikan sie für ihn gemacht habe, damit er etwas äße, und daß er noch zwei weitere habe. Und er sagte: «Bringt sie her!» Und da brachte sie dem König die beiden anderen, und als er sie anschnitt, fand er den Ring und die Ohrringe darin. Und da rief er aus: «Mutter, dies bringt mich wieder zum Leben! Sagt dem kleinen Pelikan, er soll sofort hereinkommen!» Und als die Mutter hinausging, um ihn zu holen, kam das Mädchen schon herein in ihrem Sternenkleid. Und sofort erkannte er sie wieder und sagte zu seiner Mutter, das sei seine Frau. Und sie heirateten und wurden sehr glücklich.

40

Die Leber des Toten

Es waren einmal ein Mann und eine Frau, die lebten in der Nähe des Friedhofs und hatten nichts zu essen. Und eines Abends ging die Frau hin und grub eine Leiche aus und schnitt die Leber heraus und briet sie. Und als der Mann kam, stellte sie sie ihm mit Kartoffeln auf den Tisch.

Sie aßen sie auf, und es geschah nichts Besonderes. Und nach dem Essen legten sie sich schlafen. Und als sie im Bett lagen, hörte man eine Stimme, die sagte:

«Meine Leber will ich holen,
die du mir gestohlen.»

Und die Frau schrie:

«Weh, lieber Mann, wer mag da stehn?»

Und der Mann antwortete:

«Sei still, liebes Weib, er wird schon gehn.»

Doch da sprach die Stimme:

«Ich geh nicht von hier,
an der Zimmertür bin ich, ganz nahe bei dir.»

Und noch entsetzter schrie die Frau zu ihrem Mann:

«Weh, lieber Mann, wer mag da stehn?»

Und wieder sagte der Mann zu ihr:

«Sei still, liebes Weib, er wird schon gehn.»

Und die Stimme antwortete:

«Ich geh nicht von hier,
unterm Bett bin ich jetzt, ganz nahe bei dir.»

Da klammerte die Frau sich an ihren Mann und schrie wieder:

«Weh, lieber Mann, wer mag da stehn?»

Und wieder antwortete der Mann:

«Sei still, liebes Weib, er wird schon gehn.»

Da sprach die Stimme:

«Ich geh nicht von hier,
auf dem Bett bin ich jetzt, ganz nahe bei dir.»

Fast wahnsinnig vor Schrecken, schrie da die Frau wieder:

«Weh, lieber Mann, wer mag da stehn?»

Und der Mann sagte zu ihr:

«Sei still, liebes Weib, er wird schon gehn.»

Da aber sprach die Stimme:

«Ich geh nicht von hier,
an deinen Haaren schleif ich dich mit mir.»

Und da packte der Tote die Frau an den Haaren und schleppte sie mit auf den Friedhof und tötete sie und nahm ihr die Leber heraus und setzte sie sich ein und begrub sich wieder.

41

Königin Rose oder der kleine Thomas

Es war einmal ein König. Er hatte einen kleinen Sohn von vierzehn Jahren, der hieß Thomas. Jeden Nachmittag machte die königliche Familie einen Spaziergang an einen Ort, der wurde die «Quelle im Sand» genannt. Am Wegesrand standen drei weiße Knospen, und eines Tages, als die Königin nicht fortgehen mochte, hatten sich die Knospen geöffnet, und der König pflückte eine Rose ab, um sie der Königin mitzubringen. Sie legte sie in eine Handschuhschachtel auf den Nachttisch, der in einem Zimmer vor dem Schlafgemach stand. Um Mitternacht hörte der König plötzlich mehrere Male sagen: «König, öffne mich!»

«Rufst du mich, Isabella?» fragte er die Königin.

«Ich? Nein!»

«Aber man hat mich doch gerufen!»

«Ich nicht. Laß mich schlafen!»

Die Neugierde des Königs wurde schließlich so groß, daß er die Königin fragte, wo sie die Rose gelassen habe, und sie sagte es ihm. Als sie wieder eingeschlafen war, stand er auf, öffnete die Schachtel, und hervor kam eine Prinzessin, die hieß Königin Rose und sagte ihm, sie wolle jetzt seine Gemahlin sein, denn die andere wäre es lange genug gewesen, und die sollte er töten. Doch der König wollte nicht.

«Du mußt es tun, es gibt gar keinen Ausweg; wenn du es nicht tust, mußt du selber sterben.»

«Und wie wollen wir sie denn töten?»

«Ich fasse sie an den Füßen und du am Kopf.»

Das tat dem König in der Seele leid, und er entschloß sich, seiner Frau die Augen auszureißen, und steckte sie in seine Tasche; die Leblose warf er in den Keller. Dann legten sich die beiden zu Bett, und als am nächsten Tag der kleine Thomas kam, um seiner Mutter guten Morgen zu sagen, blieb er nachdenklich stehen und sagte:

«Das ist nicht meine Mutter.»

«Ich bin deine Mutter, und du hast mich zu achten; tust du es nicht, töte ich dich.»

Als sie aus dem Zimmer ging, sagte sie zur Dienerschar, sie sei Königin Rose und jeder, dem sein Leben lieb sei, habe sie zu achten. Indessen hörte der kleine Thomas nicht auf, um seine Mutter zu weinen. Eines Tages, als er wieder so traurig in seinem Zimmer saß, vernahm er unter der Erde Wehklagen. Er ging darauf zu und hörte durch das Gitter eines Kellers, wie seine Mutter ihn rief und zu ihm sagte:

«Mein Sohn, wo bist du nur, daß ich dich nicht sehen kann? Bring mir ein Stückchen Brot, wenn es auch noch so hart ist, damit meine Kräfte mich nicht verlassen. Wirf es nur hier durch!»

Als Königin Rose erfuhr, daß man der anderen zu essen gab, wurde sie fuchsteufelswild und schlug die Dienerin, die es getan hatte. Alle fürchteten Königin Rose sehr, auch der König. Voller Zorn sagte sie eines Tages zum kleinen Thomas:

«Hör, Knabe, ich bin sterbenskrank, und du mußt mir Wasser aus der ‹Quelle im Sand› holen.»

Das Kind nahm ein Pferd und einen Krug und ritt los. Unterwegs traf es einen Alten, der sagte zu ihm:

«Kleiner Thomas, wohin gehst du?»

«An die ‹Quelle im Sand›, um Wasser zu holen.»

«Hör, das mußt du im Trab holen, ohne anzuhalten und dich umzudrehen, wenn man dich auch ruft oder nach dir greift oder dir ein Lasso um den Hals wirft.»

Als er dort im Trab anlangte, kamen einige Frauen auf ihn zu und sagten: «Kleiner Thomas, sieh einmal her, nimm dies!» Und sie wollten ihm ein Lasso um den Kopf werfen.

Er aber nahm einen Fuß hinunter, schöpfte im Trab das Wasser, und ohne sich darum zu kümmern, was sie ihm sagten, oder anzuhalten, erreichte er das Schloß. Königin Rose, die ihn nicht mehr zurückerwartete, wurde fuchsteufelswild, und zornig sprach sie zu ihm:

«Du mußt mir jetzt drei Zitronen von der ‹Quelle im Sand› holen.»

Der kleine Thomas ging los, und es geschah ihm dasselbe wie beim erstenmal. Da wurde die Königin noch wilder, denn sie hatte ihm den Auftrag nur gegeben, damit er dort verzaubert würde, aber das gelang ihr nicht. Sie schickte ihn nun zum drittenmal wegen drei Apfelsinen aus. Vor seinem Aufbruch ging der kleine Thomas zu seiner Mutter, um sie noch einmal wiederzusehen, falls er nicht zurückkehren würde.

Dann machte er sich auf den Weg, und wieder begegnete er dem Alten, und wieder ereignete sich das gleiche wie die beiden vorigen Male. Da warf Königin Rose ihn aus dem Schloß, und weinend bat der kleine Thomas eine Dienerin, Sorge für seine Mutter zu tragen.

Er brach auf und wanderte und wanderte immer weiter, bis er einen Alten traf, der sprach zu ihm:

«Kleiner Thomas, ich weiß alles, was dir geschehen ist. Sieh her!»

Er strich ihm mit der Hand über das Gesicht, das sich veränderte; er kleidete ihn als Engel an und verwandelte sein Haar in viele kleine Löckchen. Dann gab er ihm folgenden Auftrag:

«Wir gehen jetzt in ein Schloß, in dem befinden sich zwei Frauen, die werden zu mir sagen: ‹Laßt das Kind doch eine Weile hier, wir wollen ihm das Schloß zeigen.› – Das sind die beiden Schwestern der Königin Rose. – Du mußt dann sagen: ‹Geht nur, Papa; laßt mich hier!› – Ich laß dich dann ungefähr zwei Stunden bei ihnen. Sie werden dir alles zeigen, außer einem Gemach, das verschlossen ist. Besteh darauf, daß man es dir zeigt, und wenn du drinnen bist, mach, was du willst.»

Es geschah alles so, wie der Alte ihm gesagt hatte, und als die Frauen ihm den Garten zeigten, sagten sie zu ihm:

«Hier warten wir auf einen kleinen Knaben, der Thomas heißt. Den wollen wir töten und ihn an einem Stock aufhängen. Willst du ihn sehen?»

«Ja, sicher!»

Schließlich gelangten sie an das verschlossene Zimmer, und er bat so sehr um Einlaß, daß sie ihn eintreten ließen. Es war ganz voll schwarzer Tücher, und drei brennende Kerzen standen darin. Der kleine Thomas fragte die Frauen, die an der Tür stehenblieben, was das bedeute. Und die eine antwortete:

«Die Kerzen dort sind unser Leben; das hier ist meines, daneben das meiner Schwester und das letzte das der Königin Rose. Wenn die Kerzen auslöschen, ist unser Leben beendet.»

Da ergriff der Knabe die beiden Kerzen, die ihm am nächsten standen, und sagte:

«Und ich bin der kleine Thomas.» Er pustete sie aus, und im selben Augenblick sanken die beiden Frauen tot um. Dann nahm er die dritte Kerze, die noch brannte, und ging nach draußen, wo er den Alten traf.

«Jetzt wollen wir ins Schloß deines Vaters gehen, mein Sohn. Ich habe das alles gemacht, um zu sehen, was du tun würdest.»

Sie kamen an das Schloß, und der kleine Thomas ließ seinen Vater ans Tor rufen und sagte zu ihm:

«Welches Leben liebt Ihr mehr, das meiner Mutter oder das jener Frau dort?»

«Das deiner Mutter.»

«Dann pustet diese Kerze aus!»

Als der König das tat, gab es einen Knall, und Königin Rose war verschwunden. Dann ging der Alte mit ihnen in den Keller, erbat vom König die Augen und strich mit seiner Hand über das Gesicht der blinden Königin, die wieder sehend wurde. Dann sagte der Alte, daß er der heilige Josef sei; ihm war die Königin immer besonders ergeben gewesen. Der König bat auf den Knien um Verzeihung, und die Königin sagte, er habe keine Schuld an dem, was geschehen sei. Sie gingen ins Schloß und überhäuften die Dienerin, die die Königin gepflegt hatte, mit vielen Geschenken. Der gute Alte erteilte allen seinen Segen, herzte den kleinen Thomas, und über allen war der Friede und die Gnade Gottes.

42
Die drei Nachbarn

In einem Dorf lebten einmal drei Nachbarn, die galten allgemein für sehr fromm. Der eine gab den Armen Unterkunft und den Hungrigen Essen, der andere sammelte Geld ein, um für die armen Seelen beten zu lassen, und der dritte hörte jeden Tag die Messe.

Eines Tages gingen die drei auf die Jagd, um Wölfe zu schießen, und unterwegs stritten sie darüber, wer von ihnen vor Gott die größten Verdienste habe. Und da sie nicht einig darüber wurden, beschlossen sie, einen Klügeren als sie um das Urteil zu bitten.

Und während sie noch darüber sprachen, sahen sie einen Herrn zu Pferde auf sich zukommen, und als er nahe bei ihnen war, sagte einer der drei:

«Lieber Herr, hört uns doch einen Augenblick an! Wir streiten uns gerade über etwas, bei dem jeder von uns glaubt, recht zu haben. Wollt Ihr uns die Zweifel nehmen? Gott, unser Herr, wird es Euch vergelten.»

«Wenn ich es kann, will ich gern tun, was ihr wollt. Um was handelt es sich?»

Und der Älteste von den dreien erklärte ihm die Ursache des Streites. Und der Herr antwortete:

«Steigt auf den Berg hinauf, und schlagt jeder einen anderen Weg ein. Da, wo euch die Nacht überrascht, legt euch nieder. Und wenn der Morgen dämmert, geht denselben Weg zurück. Ich erwarte euch hier, um jedem von euch allein und im geheimen die Verdienste zu sagen, die eure frommen Taten in sich schließen.»

Sie machten sich auf den Weg und stiegen höher und immer höher hinauf, und der, der den Armen half, stand gerade bei einer Höhle, als die Dunkelheit hereinbrach, und er ging hinein. Sogleich wurde es hell, und es erschien eine Hand, die ihn in einen Raum führte und ihm gut zu essen gab und ihm ein schönes Bett zeigte.

Und der, der für die armen Seelen sammelte, stand an einem schwarzen Felsen, als die Dunkelheit hereinbrach, und die ganze Nacht krochen Tiere um ihn herum. Und der, der jeden Tag die Messe hörte, stand unter einem Baum, als die Dunkelheit hereinbrach, und sprach bei sich: «Ich will auf den Baum steigen, damit mich nicht die Wölfe fressen.»

Er stieg hinauf, und sogleich bedeckte sich der Baum mit Blüten, die dufteten angenehm und waren lieblich zu riechen. Und am nächsten Morgen, bevor er von dem Baum hinunterstieg, füllte er seine Taschen mit diesen Blüten.

Die drei Nachbarn kamen an den Platz zurück, an dem der Herr sie erwartete; und der in der Höhle geschlafen hatte, erzählte, was er dort erlebt hatte. Und der Herr sagte:

«Die Hand, die dich in der Höhle schützte, ist die Hand der Barmherzigkeit, die du den Armen gegenüber ausübst.»

«Ich, Herr», sagte der, der an dem schwarzen Felsen geschlafen hatte, «war die ganze Nacht von Kriechtieren umgeben.»

«Die Tier, die dich umkrochen haben, sind deine Sünden. Den größten Teil des Geldes, das du für die Seelen einsammelst, wenn du bei der Messe mit der Büchse zu den Frommen gehst, gibst du für Tabak und Wein für dich aus. Wenn du das Geld nicht zurückgibst, wirst du in Todsünde sterben.

Und du, was hast du erlebt?»

«Ich schlief auf einem Baum, der war mit Blüten übersät. Ihr sollt sie sehen, denn ich habe hier eine Menge davon mitgebracht.»

Er steckte seine Hände in die Taschen, aber da fand er nur noch eine einzige Blüte darin.

«Diese Blüte», sagte der Herr, «stellt die einzige Messe dar, der du andächtig gelauscht hast; bei den anderen warst du nicht mit den Gedanken dabei, denn du vertriebst dir die Zeit damit, die Frauen zu betrachten, und kümmertest dich um Dinge, die dich nichts angingen.»

Der Herr bestieg sein Pferd und ritt den Berg hinauf und ließ die drei Nachbarn in Gedanken über den Richterspruch zurück, den ihr Streit nach sich gezogen hatte.

43

Der Diamantenvogel

Nun, es waren also einmal zwei Freunde, die waren Goldschmiede und sehr reich. Aber einer von ihnen hatte Unglück und verlor sein Vermögen. Er wandte sich an den anderen um Hilfe, doch der war geizig und sagte ihm, er könne ihm nichts geben, denn er habe zwei Söhne und brauche das wenige, was er habe, für sie.

Als der Arme sich nun so ganz ohne Mittel sah, bewarb er sich um den Wachtposten eines Geheges, und als er ihn bekommen hatte, zog er sich dorthin zurück. Da er gern jagte, nahm er stets seine Flinte mit sich und erlegte Wild für seine Mahlzeiten, denn das erlaubte ihm sein Herr. Eines Tages sah er einen Vogel, der leuchtete in so schönen Farben, daß er ihn gerne gefangen hätte. Er lud seine Flinte mit Schrot, schoß ab und hatte das Glück, ihn zu treffen, ohne ihn schwer zu verletzen. Er sperrte ihn in einen Käfig ein, und als er ihm nun am nächsten Tag etwas zum Fressen brachte, da sah er in dem kleinen Nest, das er ihm gemacht hatte, einen wunderbar glänzenden Stein, den er als Goldschmied sogleich als Diamant erkannte. Er konnte sich nicht erklären, wie der dahin gekommen war; doch als er am nächsten Tag wieder einen fand und danach wieder einen, begriff er, daß der Vogel täglich statt Eiern Diamanten legte. Er brachte sie zum Goldschmied, der sie ihm abkaufte und für jeden Stein sechstausend Groschen gab.

Als er das Geld hatte, gab er den Wachtposten auf und zog wieder ins Dorf, und da der Vogel ihm weiterhin Diamanten schenkte, wurde er bald reich. Der Goldschmied, der sehr neidisch war, wollte wissen, woher er die Diamanten bekam, doch sein Freund wollte es ihm nicht sagen; da beschuldigte er ihn des Diebstahls und drohte, ihn bei Gericht als Dieb anzuzeigen. Darüber wurde der Vogelbesitzer sehr empört, und um ihm zu beweisen, daß sie nicht gestohlen waren, erzählte er ihm, was er erlebt hatte.

Der Goldschmied aber schlug vor, ihm den Vogel zu verkaufen, doch der Freund sagte nein; aber er fürchtete schließlich, daß der Goldschmied ihm eines Tages einen bösen Streich spielen würde, und da der inzwischen reich geworden war, sagte er, er wolle den Vogel gegen das Haus und die Werkstatt mit allem, was sich darin befinde, eintauschen.

Und da der Goldschmied hoffte, durch die Diamanten des Vogels bald noch reicher als der andere zu werden, willigte er ein. Er unterschrieb den Vertrag, überließ ihm sein Haus und seine Werkstatt und nahm dafür den Vogel.

Die ersten Diamanten, die er in dem Käfig fand, verkaufte er und kaufte sich dafür ein Haus, in dessen Garten er einen großen Vogelkäfig stellen ließ. Als der Goldschmied nun eines Tages den Vogel betrachtete, der sich plusterte und mit seinen Flügeln schlug, sah er unter dem einen Flügel eine Inschrift. Er nahm den Vogel heraus, um nachzusehen, was darauf stand, und er las: «Wer meinen Kopf ißt, wird König werden.» Er hob den anderen Flügel hoch, da sah er noch eine Inschrift, darauf stand: «Wer mein Herz ganz hinunterschluckt, ohne es zu zerkauen, wird jeden Morgen unter seinem Kopfkissen eine Börse voll Gold finden.»

Der Goldschmied, der, wie ich schon sagte, geizig und habgierig war, geriet außer sich vor Freude und sprach:

«Dies ist mehr wert als die Diamanten; am besten wäre es

nun, den Vogel zu töten. Dann esse ich den Kopf und das Herz und werde König werden und reich sein wie kein anderer in der Welt.»

Und gesagt, getan: Er nahm den Vogel, tötete ihn und gab ihn der Köchin zum Braten mit den Worten:

«Merke dir, daß ich dir die Haut bei lebendigem Leib abziehe, wenn du ihn anbrennen läßt oder wenn irgend etwas daran fehlt.»

Nun also, die Köchin briet den Vogel und stellte ihn beiseite für die Mahlzeit. Dann ging sie aus der Küche. In der Zeit kamen die Söhne des Goldschmiedes von draußen herein, und da sie Hunger hatten und den gebratenen Vogel entdeckten, schnitt der älteste den Kopf ab und aß ihn auf, und der jüngste nahm das Herz heraus, um es zu essen. Doch in dem Augenblick kam die Köchin herein, und da schluckte er es schnell ganz hinunter, damit sie ihn nicht kauen sah und es nicht seinem Vater sagte. Die Köchin merkte es nicht, und als ihr Herr um den Vogel bat, nahm sie die Platte und trug sie hinein. Als erstes suchte der Goldschmied das Herz und den Kopf, doch soviel er den Vogel auch hin und her wendete, konnte er sie nicht finden. Voller Wut rief er die Köchin herbei und fragte sie nach dem Kopf und dem Herzen, doch die arme Frau erklärte, daß sie es nicht aufgegessen habe.

«Hab ich dir nicht gesagt, daß ich dir bei lebendigem Leib die Haut abziehe, wenn irgend etwas fehlt? Du hast es aufgegessen, und jetzt wirst du entweder auf der Stelle Herz und Kopf von dir geben oder sterben.»

Er holte einen Stock und begann damit auf die arme Frau loszuhauen; die brach in ein fürchterliches Geheul aus und schwur beim Himmel und allen Heiligen, daß sie es nicht genommen habe.

Auf die Schreie der Köchin liefen die Söhne herbei; und als sie ihren Vater so in Zorn sahen, mischten sie sich ein und fragten ihn, was denn geschehen sei, daß er die Frau so schlage.

«Wegen ihrer Naschhaftigkeit schlage ich sie», sagte der Vater, der Reich und Geld dahinfahren sah, «ich gab ihr den Vogel zum Braten und befahl ihr aufzupassen, daß nichts daran fehle, und nun hat sie den Kopf und das Herz aufgegessen.» Als die Söhne das hörten, wollten sie nicht, daß die arme Frau ihretwegen bestraft wurde, und sie sagten:

«Wenn es sich so verhält, habt Ihr kein Recht, sie zu schlagen, denn sie ist es nicht gewesen, sondern wir; wir kamen in die Küche, als sie gerade nicht da war, und da haben wir den Kopf und das Herz gegessen.»

«Wenigstens nicht ganz so schlimm, wie ich dachte», sagte der Vater, der sah, daß an der Sache nichts mehr zu ändern war und daß, wenn nicht er, so doch einer seiner Söhne König werden würde, und dem der Gedanke kam, daß er ja auf den anderen Sohn aufpassen könnte, ihm nichts zu sagen brauchte und selber jeden Morgen die Börse mit Gold unter dessen Kopfkissen hervorholen könnte. So beruhigte er sich allmählich und erkundigte sich, wer das Herz hinuntergeschluckt habe; er hörte, daß es der Jüngere gewesen sei.

Und dabei ließ er es; er sagte seinen Söhnen nichts, und am nächsten Morgen ging er an das Bett des Jüngeren und fand unter dem Kopfkissen eine Börse mit Gold. Von da ab holte er jeden Morgen die Börse, ohne daß der Sohn etwas merkte.

Nun, eines Tages lud ein Freund die Söhne, die inzwischen erwachsen waren und gern jagten, zu sich auf ein Gut ein, wo es viele Kaninchen gab.

Der Vater war dagegen, aber der Freund bat so inständig darum, daß ihm nichts anderes übrigblieb, als seine Söhne ziehen zu lassen; doch er trug ihnen auf, nicht zu lange fortzubleiben.

Sie kamen auf dem Gut an, und am frühen Morgen zogen sie auf die Jagd, und als sie gegen Abend zurückkehrten, gab eine Magd dem jüngsten der Brüder eine Börse und sagte:

«Nehmt diese Börse! Ihr habt sie heut morgen unter dem Kopfkissen vergessen.»

«Die Börse gehört mir nicht», sagte der Jüngling.

«Doch, Herr», beharrte die Magd, «als ich Euer Bett machte, fand ich sie, und sie gehört Euch.»

Der Jüngling glaubte, daß man Scherz mit ihm treiben wollte, und er sagte: «Gut, wenn sie mir gehört, so behalte sie; ich schenke sie dir.»

Die Magd strahlte vor Vergnügen, und wenn man sie gefragt hätte, wer der liebe Gott sei, so hätte sie auf den jungen Herrn gezeigt.

Der Jüngling ging zu Bett; als er lag, rauchte er noch eine Zigarre, und weil er nicht noch einmal aufstehen mochte, legte er die Zigarrentasche unter das Kopfkissen. Als er am nächsten Morgen erwachte und die Tasche hervorholen wollte, sah er die Börse mit Gold. Er glaubte, daß man noch weiter Scherz mit ihm trieb, und nahm sie an sich, um zu sehen, ob man sie zurückfordern würde; doch niemand sagte ihm etwas, und als er am folgenden Tag wieder solch eine Börse fand, meinte er, es sei dieselbe, und er sah nach, ob man ihm die vorige weggenommen habe; aber sie war auch noch da. Und da er jeden Tag eine neue Börse fand, wurde er aufmerksamer, denn dies konnte kein Scherz mehr sein.

«Aha», sprach er bei sich, «das ist etwas anderes. Ohne Zweifel ist deswegen mein Vater jeden Morgen in mein Zimmer gekommen, um meine Kissen aufzuschütteln, bevor ich aufstand, und daher wollte er auch nicht, daß ich hier meinen Freund besuche. Ich muß jetzt herausbekommen, was es mit der Börse auf sich hat.»

Sie verbrachten auf dem Besitz noch einige Tage und kehrten dann nach Haus zurück.

Als sie dort angelangt waren, rief der jüngere Sohn seinen Vater und seinen Bruder zu sich und sagte:

«Vater, ich habe bemerkt, daß sich jeden Morgen beim Aufstehen unter meinem Kopfkissen eine Börse voll Gold befindet; Ihr werdet es wissen, und ich wünsche, daß Ihr mir die Ursache davon sagt.»

Da blieb nun dem Vater nichts anderes mehr übrig, und er mußte die ganze Geschichte mit dem Vogel erzählen, und er sagte seinem jüngsten Sohn, daß er jeden Tag die Börse finde, weil er damals das Herz hinuntergeschluckt habe, und daß sein Bruder zum König bestimmt sei, weil er den Kopf gegessen habe.

Diese Nachricht machte die beiden Brüder ganz glücklich, und der jüngste, der seinem Vater sein ganzes Geld gab, sagte:

«Mit diesem Geld und dem, was Ihr schon habt, wird es Euch Euer Leben lang an nichts mehr fehlen. Ich möchte jetzt in die Welt hinausgehen und so viele Länder sehen, wie ich nur kann.»

Der Vater versuchte, ihn davon abzubringen, aber er erklärte, nein, er wolle losgehen und würde erst dann zurückkommen, wenn er des Reisens müde sei. Der Bruder sagte, er wolle ihn begleiten, und darüber freute er sich, denn so brauchte er nicht allein zu sein.

Der Vater bereute, die Geschichte von dem Vogel erzählt zu haben, doch da jetzt nichts mehr daran zu ändern war, mußte er sich mit dem Entschluß seiner Söhne abfinden und sie ziehen lassen, und er gab ihnen seinen Segen und bat sie, bald zurückzukehren, denn er wollte nicht sterben, ohne sie wiedergesehen zu haben.

Die beiden machten sich auf den Weg, und als sie viele Meilen zurückgelegt hatten, sahen sie eines Morgens eine Staubwolke und das Aufblitzen vieler Waffen, die ihnen entgegenkamen. Bald darauf erkannten sie, daß es ein Regiment Soldaten war, die auf sie zukamen und haltmachten; dem ältesten Bruder näherten sich einige Pagen, die reichten ihm auf einem Kissen eine Krone und die königlichen Insignien dar und sagten ihm, sie machten ihn zum König; sie hätten ihn in seinem Haus aufsuchen wollen und nun die Hälfte des Weges gespart, da er ihnen entgegengekommen sei.

Da der Vater den beiden Brüdern die Geschichte von dem

Vogel erzählt hatte, waren sie von all diesem nicht überrascht. Der Älteste nahm die Krone an und stellte sich an die Spitze der Truppe, sein Bruder an seine Seite, und so setzten sie den Weg fort, bis sie die Hauptstadt des Landes erreichten, wo sie mit großem Jubel empfangen wurden.

Der jüngere Bruder blieb dort, solange die Festlichkeiten dauerten; doch als sein Bruder den Thron bestiegen hatte, sagte er, er wolle weiterreisen. Der König bat ihn zu bleiben und versprach ihm den ersten Posten in seinem Reich und die Heirat mit einer Prinzessin; aber der andere erwiderte, nein, er sehne sich danach, noch andere Länder kennenzulernen, und was die Heirat anbeträfe, so wolle er, da er Geld genug habe, nicht eine Prinzessin heiraten, sondern eine schöne Frau, die ihm gefalle.

Nun gut, mein Bursche zog also los, und er ging weiter und immer weiter und durchwanderte die ganze Welt, und die schönste Frau, die er fand, war eine Waise, die lebte mit ihrer Tante zusammen, und beide waren sehr arm. Er hielt um ihre Hand an, und obwohl er ihnen nicht sagte, was er war, willigten sie in die Heirat ein, denn er war ein hübscher Bursche, und sie sahen, daß es ihm an nichts fehlte. Und er heiratete das junge Mädchen.

Und sie lebten eine Zeitlang glücklich zusammen. Da es ihm niemals an Geld fehlte, so fehlte es auch nicht an Leuten, die herausbekommen wollten, woher er kam, denn man sah ihn niemals arbeiten. Er sagte immer, er habe seine Güter anderswo und bekäme von dort die Einkünfte. Die Bekannten gaben sich damit zufrieden; aber die Tante der jungen Frau, die sehr habsüchtig war und niemals jemanden sah, der Geld brachte, versuchte mit allen Mitteln zu erfahren, woher er es bekomme, und da es ihr nicht gelang, beauftragte sie ihre Nichte damit.

Die junge Frau, die auch neugierig war, fragte ihn danach; er versuchte sich herauszureden, doch drang sie mit Bitten so sehr in ihn, daß er ihr schließlich die Geschichte mit dem Vogel erzählte und sagte, daß er jeden Morgen unter seinem Kopfkissen eine Börse mit Gold finde, wodurch sie immer das hätten, was sie zum Leben brauchten; doch beschwöre er sie, es niemandem zu erzählen, denn das könne ihnen nur zum Schaden gereichen.

Die Frau versprach es, doch kaum war der Mann fortgegangen, lief sie zu ihrer Tante und erzählte ihr alles; die gab ihr ein Pulver und sagte, sie solle es ihrem Mann in den Wein schütten, dann würden sie herausbekommen, ob das alles wahr sei.

Und so geschah es. Als er zum Essen kam, schüttete die Frau das Pulver in den Wein, ohne daß er es bemerkte, und er trank ihn ohne Argwohn aus.

Bald danach überkam ihn eine große Müdigkeit, und er wollte sich niederlegen; doch bevor er ins Bett ging, wurde ihm so schlecht, daß er alles ausbrach, was er im Magen hatte.

Dann legte er sich schlafen. Indessen machte sich die habsüchtige Alte daran und durchstöberte, was er ausgebrochen hatte, und als sie das Herz des Vogels fand, wusch sie es und schluckte es ganz hinunter.

Als er nun am nächsten Morgen aufstand und unter dem Kopfkissen nachsah, fand er nichts. Er fragte seine Frau, ob sie die Börse weggenommen habe, doch sie antwortete: «Nein.» Und da er an den folgenden Tagen auch nichts vorfand, begann er mißtrauisch zu werden und schalt mit seiner Frau. Da mischte sich die Tante in den Streit und warf ihn wie ein Stück Dreck hinaus und erklärte, das sei ihr Haus und ihm gehöre nichts davon.

«Altes Weib», sprach er bei sich, «wenn du mich auf die Straße wirfst, so tust du es nicht, weil du mir die Börse weggenommen hast, denn dann würdest du keine weiteren bekommen, sondern weil meine Frau, die das vom Herzen weiß, es dir gesagt hat und du etwas angestellt hast, um es zu bekommen.» Er fragte die Magd, und die erzählte ihm, daß er an dem Tag, an dem ihm schlecht geworden war, gebrochen habe und daß die Alte nicht gewollt habe, daß jemand anderes als sie selbst es saubermachte. Da wußte er, was geschehen war, und er sagte:

«Aha, was ich vermutet habe: Da hat diese verflixte Tante es doch so weit gebracht, daß ich das Herz ausspucken mußte. Sie hat es hinuntergeschluckt, und es ist sicher, daß sie jetzt immer die Börse hat; deswegen werfen sie mich nun auch auf die Straße. Doch habt keine Angst, ihr werdet nicht zuletzt lachen.»

Da ging mein Bursche hinaus und ging weiter und immer weiter ohne ein bestimmtes Ziel. Er kam an eine Quelle, trank daraus, setzte sich dort nieder, um ein wenig auszuruhen, und da er Hunger bekam und keinen Bissen bei sich hatte, sah er sich nach etwas zu essen um.

Er bemerkte einen Feigenbaum, der hatte einige sehr schöne Früchte. In der Not frißt der Teufel Fliegen, und so kletterte er schnurstracks auf den Feigenbaum, pflückte eine Feige ab und aß sie auf; doch kaum hatte er sie gegessen, da verwandelte er sich in einen Esel. Und als er sich so sah, war er ganz verzweifelt, daß er auf den Baum gestiegen war, und es war ihm so schrecklich zumute, daß er sich auf den Boden warf und nicht wußte, was er nun beginnen sollte. Obwohl seine Gestalt verändert war, quälte ihn der Hunger noch weiter. Da stand er auf und begann, Gras zu fressen, und nach kurzer Zeit sah er mit Befriedigung, daß er seine ursprüngliche Gestalt wiedererlangte.

«Kein Übel ist so groß, daß nicht doch noch etwas Gutes daraus erwächst», sprach er bei sich, «dank dieser Verwandlungen, die mich in so großen Schrecken versetzt haben, sollen mir die Feigen jetzt als Rache dienen.»

Da pflückte er drei der schönsten Feigen, die an dem Baum waren, und ging damit ins Dorf.

Er machte jemanden ausfindig, den er beauftragte, in sein Haus zu gehen und dort die Feigen zu verkaufen. Als die

Tante die wunderschönen Feigen sah, gab sie, was man dafür verlangte, schenkte eine ihrer Nichte, die andere der Magd und aß selber die dritte auf.

Nach kurzer Zeit kam der Bursche in das Haus und sah alle drei in Esel verwandelt; er schloß sie in den Stall ein und gab acht, daß dort kein Gras war. Dann lud er den Bader ein, am nächsten Tag mit ihm auf die Jagd zu gehen. Der Bader nahm die Einladung an, und am nächsten Morgen, nachdem er den Eselinnen das Geschirr und jeder einen Maulkorb angelegt hatte, damit sie draußen kein Gras fressen könnten, ließ er den Bader auf die Magd steigen und belud die Tante mit der ganzen Jagdausrüstung. Dann zogen sie aus dem Dorf.

Da die Tante schon alt war und außer der Last auch noch ihn selbst zu tragen hatte, konnte sie nicht recht gehen, doch mit einem derben Knüppel, den er sich zurechtgemacht hatte, haute er auf sie los, daß ihr die Knochen im Leibe krachten; da raffte sich die Alte noch einmal auf, und sie erreichten den Ort der Jagd; aber als sie dort ankamen, war sie schon halb tot vor Anstrengung, und da sie Durst hatte, führte er sie an eine Quelle; da nahm sie einen solchen Riesenschluck, daß ihr übel wurde und sie alles, was sie im Magen hatte, ausbrechen mußte. Danach konnte sie sich nicht mehr auf den Beinen halten und fiel nieder. Er suchte unter dem, was sie ausgespuckt hatte, und fand das Herz; er nahm es auf, wusch es gut ab und schluckte es hinunter und sagte: «Wir wollen sehen, ob die es mir je wieder wegnimmt.»

Und während der Bader jagte, nahm er den Eselinnen die Maulkörbe ab, damit sie Gras fressen konnten und ihre ursprüngliche Gestalt wiedererlangten; dann ging er fort und ließ sie allein, und bis heute hat man nichts mehr von ihm erfahren. Als der Bader von der Jagd kam, fand er weder den Nachbarn noch die Eselinnen und mußte zu Fuß nach Haus zurückgehen. Als er im Dorf ankam, ging er zu seinem Jagdfreund, wo er hörte, daß die Alte im Sterben lag.

Da erzählte die Magd ihm alles, was geschehen war, doch hütete sie sich zu sagen, daß sie die Eselin gewesen, auf der er zur Jagd geritten war.

Und was nun den Sohn des Goldschmiedes angeht, so zog er an den Hof seines Bruders, an den er auch seinen Vater rufen ließ; dort blieben sie zusammen in Liebe, einträchtig und froh ihr Leben lang.

44

Die Prinzessin als Äffin

Es war einmal ein König, der hatte drei Söhne. Und er sagte ihnen, sie sollten in die Welt hinausziehen und ihm etwas Schönes bringen, und wer das Schönste fände, sollte die Krone erben. Und die Söhne fragten ihn, was er denn haben wollte, und er antwortete, sie sollten ihm ein sehr kostbares Tuch suchen.

Und die drei zogen aus. Zuerst ging der älteste fort und bald darauf der zweite. Zuletzt zog der jüngste seines Weges und kam an ein Schloß, in dem viele Affen lebten. Er klopfte an das Tor, und es kam eine alte Äffin heraus und fragte ihn, was er suche. Da erzählte er ihr, daß sein Vater demjenigen seiner drei Söhne die Krone vermachen wollte, der ihm das kostbarste Tuch brächte, und daß er deswegen in die Welt hinausgezogen sei, um das kostbarste Tuch, das es gäbe, zu suchen und ihm zu bringen. Da rief die alte Äffin eine andere Äffin und sagte zu ihr: «Hör, du, laß das Tuch herbringen, mit dem die Pfannen gereinigt werden.» Und es kam eine häßliche Äffin die Treppe herunter und brachte das Tuch, womit die Pfannen gereinigt werden, und sie gab es der alten Äffin. Und die Alte wickelte es in schmierige und häßliche Lumpen und überreichte es dem Jüngling. Ohne ein Wort darauf zu sagen, nahm er es und ging damit fort. Doch da es ein häßliches, altes Tuch war und voller Flecken, schämte er sich, es mitzubringen.

Und er kam im Haus seines Vaters an. Und als er eintrat, fand er schon seine älteren Brüder dort, und jeder hatte ein sehr schönes Tuch mitgebracht. Und der Vater sagte zu ihm: «Nun, mein Sohn, zeig, was du mitgebracht hast. Du siehst, was für schöne und kostbare Tücher deine Brüder gefunden haben.» Und als der jüngste daran dachte, wie häßlich und fleckig das Pfannentuch war, das ihm die Äffin gegeben hatte, wollte er es nicht zeigen. Doch nach langem Bitten schließlich holte er sein Paket heraus und wickelte es aus. Und er fand ein Tuch darin, wie es kostbarer nicht sein konnte. Die Flecken auf dem Tuch waren schöne Blumen und Vögel. Als der Vater es sah, sprach er: «Die Krone hat mein jüngster Sohn verdient, er soll mein Erbe sein.» Doch die beiden anderen Brüder waren nicht damit einverstanden und sagten zu ihrem Vater: «Dies genügt noch nicht, Vater. Wir wollen jetzt noch etwas anderes suchen.» Und der Vater antwortete, es sei gut, sie sollten ausziehen und etwas anderes sehr Schönes bringen. «Was sollen wir Euch bringen?» sagten sie. Und er antwortete: «Ich will sehen, wer mir die schönste Waschschüssel bringt. Wer die findet, bekommt die Krone.»

Gut, die drei Brüder brachen auf und zogen wieder in die Welt hinaus, um die schönste Waschschüssel zu suchen. Und zuerst gingen die beiden ältesten Brüder fort, jeder seines Weges. Und zuletzt zog der jüngste aus und ging schnurstracks ins Schloß der Affen. Und als die alte Äffin ihn kommen sah, sagte sie: «Nun sieh einer an, da seid Ihr ja schon wieder!» Und der Jüngling sprach: «Ja, ich komme schon wieder, denn meine Brüder sind nicht einverstanden, und da hat mein Vater uns aufgefordert, die schönste Waschschüssel zu suchen. Wer die findet, soll die Krone bekommen.» Und die alte Äffin rief eine andere Äffin herbei und sagte zu ihr: «Hör, du, laß dir das Gefäß bringen, aus dem die Hühner

Wasser trinken.» Man brachte es, und es war ganz schmutzig und voller Mist. Und die Äffin nahm es und wickelte es in häßliche und dreckige Lappen und gab es dem Jüngling. Da bedankte er sich bei ihnen und zog heim.

Er kam im Haus seines Vaters an. Die beiden älteren Brüder waren schon da. Und der Vater ging ihm zum Empfang entgegen und sprach: «Nun, lieber Sohn, laß die Schüssel sehen, die du mir mitgebracht hast. Sieh, hier sind die beiden, die deine Brüder mitgebracht haben. Schau sie dir an, wie schön sie sind!» Und als er sah, wie schön sie waren, schämte er sich beinahe, das Gefäß herauszuholen, das ihm die Affen gegeben hatten. Doch schließlich wickelte er sein schmutziges Paket aus und zog eine Schüssel hervor, die an Schönheit unvergleichlich war. Und sobald der Vater sie erblickte, sagte er: «Du sollst die Krone tragen, mein Sohn, denn solch eine Schüssel wie diese gibt es nicht noch einmal.» Doch immer noch waren die beiden älteren Brüder nicht damit einverstanden, und sie sagten zu ihrem Vater: «Vater, laßt uns noch einmal gehen. Was sollen wir Euch bringen?» Und der König sprach: «Nun gut, so geht noch einmal. Jetzt will ich, daß mir jeder seine Braut zeigt. Und wer die edelste und schönste Braut bringt, soll die Krone tragen, und seine Frau soll Königin werden.»

Da zogen die drei Brüder aus, um die Braut zu suchen. Zuerst gingen die beiden ältesten Brüder fort, und jeder nahm seinen Weg wie vorher. Und betrübt brach der jüngste auf, denn er dachte an das, was er suchen sollte. Und er sprach bei sich: «Soll ich in das Haus der Äffinnen gehen?» Weil er aber die ersten beiden Male soviel Erfolg gehabt hatte, beschloß er zuletzt, wieder in das Schloß der Äffinnen zu gehen. Und er kam an das Tor und klopfte an. Und die alte Äffin kam heraus und sagte zu ihm: «Was seh ich? Da seid Ihr ja schon wieder!» – «Ja», sagte er, «ich bin wieder hergekommen, denn mein Vater und meine Brüder sind immer noch nicht zufrieden. Und dabei habe ich ihnen doch das schönste

Tuch und die kostbarste Waschschüssel gebracht! Jetzt will mein Vater sehen, wer die edelste und schönste Braut bringt, und wer sie findet, soll die Krone bekommen, und sie soll Königin werden.» Da ging die alte Äffin fort und sprach mit den anderen Äffinnen und kam mit einer häßlichen und kahlköpfigen und zerlumpten Äffin zurück, die schrecklich anzusehen war, und sie sprach zu dem Jüngling: «Hier hast du deine Braut.» Er sagte nichts darauf. Und dann setzte man die beiden in eine Kiste, und die alte Äffin sagte, sie sollten nicht miteinander sprechen und die Kiste nicht verlassen, bevor sie das Schloß des Königs erreicht hätten. Und man rief sechs Äffinnen herbei, die sollten die Kiste ziehen und zum Schloß des Königs gehen. Und mit ihnen gingen auch noch zehn Äffinnen zu Fuß.

Und als sie sich dem Schloß näherten, öffnete sich die Kiste, und der Jüngling sah seine Braut, die hatte sich in eine wunderschöne Prinzessin verwandelt. Und als er um sich sah, da war die Kiste eine herrliche Karosse geworden, die von sechs Schimmeln gezogen und von zehn Brautjungfern begleitet wurde. Und der König, der ihm zum Empfang entgegenging, sagte beim Anblick der Prinzessin: «Mein Sohn, du bekommst die Krone, und die Prinzessin soll deine Frau und Königin werden.» Und die beiden älteren Brüder, die mit ihren Bräuten schon im Schloß waren, mußten das Schloß verlassen. Und der jüngste blieb nun als König im Schloß mit seiner Prinzessin, die vorher in eine Äffin verzaubert gewesen war.

45

Das Mädchen und die Feldschlange

Es war einmal ein junges Ehepaar, das hatte keine Kinder, und deswegen herrschte Mißstimmung am häuslichen Herd.

Eines Tages, als die Eheleute mit einer Freundin einen Spaziergang ins Freie machten, sahen sie eine zusammengerollte Feldschlange. Da sagte die Frau zu ihrem Mann:

«Ich wollte, ich wäre schwanger, und brächte ich selbst eine Schlange wie diese hier zur Welt.»

«Sag so etwas nicht», antwortete ihre Freundin, «denn man weiß nie, was die nächste Stunde bringt.»

Nach einigen Monaten fühlte sie die Anzeichen der Schwangerschaft, und als die Stunde kam, brachte sie ein Mädchen und eine Feldschlange zur Welt. Die Schlange legten sie sofort nach der Geburt in eine Schüssel mit warmer Milch. Sie trank daraus und sprang dann durch das Fenster in den Garten und verkroch sich unter einem Apfelsinenbaum.

Als das Kind älter wurde und anfing zu spielen, ging es in den Garten und sprang dort herum und kam doch gekämmt und gewaschen wieder ins Haus zurück. Und eines Tages fragte ihre Mutter: «Meine Tochter:

Wer kämmt dir 's Haar,
wer wäscht dich fein?»

«Die Schlange macht's,
mein Schwesterlein.»

Die Zeit verstrich, und das Kind wuchs zu einem schönen Mädchen heran. Und eines Morgens ging es in den Garten und sagte zur Schlange:

«Mein Schwesterlein, man will mich mit einem Manne verheiraten, den ich nicht liebe.»

Und die Schlange antwortete:

«Wenn du dich mit ihm verheiratest, wirst du sehr unglücklich werden. Nimm diesen Apfelsinenzweig, und solange er grün ist, verheirate dich nicht.»

Das Mädchen aber konnte nicht warten, bis der Zweig vertrocknete, denn die Eltern zwangen sie schließlich zur Heirat. Und am Tage ihrer Hochzeit verließ die Schlange den Garten und ging ins Meer, um dort zu leben.

Eines Tages machte die junge Frau mit ihrem Mann einen Spaziergang und nahm ihren Sohn mit, der erst einige Monate alt war. Sie entfernten sich weit von ihrem Haus, und die Nacht überraschte sie mitten im Wald.

Da sagte der Mann zu seiner Frau:

«Wir können jetzt nicht mehr nach Hause zurückgehen, denn die Wölfe würden uns auf dem Weg überfallen. Wir wollen sehen, ob wir nicht hier irgendeinen Platz finden, wo wir die Nacht verbringen können.»

Bald danach erblickten sie ein Licht; sie gingen darauf zu und kamen an eine Hütte, in die sie eintraten und wo sie von einer furchtbar häßlichen Alten sehr liebenswürdig empfangen wurden. Die Alte gab ihnen zu essen und ein Bett zum Schlafen.

Die Alte war eine Zauberin. Und sobald ihre Gäste eingeschlafen waren, sprach sie:

«Ich will diese Frau verzaubern und mich an ihre Stelle setzen.»

Sie machte sich sofort daran, und als sie sie verzaubert hatte, riß sie ihr die Augen heraus, entkleidete sie und brachte sie nackt mitten in den Wald und ließ sie dort allein.

Dann nahm sie die Gestalt der jungen Frau an und legte sich in das Bett. Und als es Morgen wurde, fand der Mann, daß seine Frau recht seltsam aussah. Sie bemerkte das und sagte:

«Man sieht mir die Anstrengungen von der Wanderung im Gesicht an. Doch beunruhige dich nicht, es wird sich wieder geben, sobald wir zu Hause sind.» Und sie traten den Rückweg an.

Am nächsten Tag fand ein Hirt die Verzauberte und bedeckte sie mit einem Umhang.

Da sagte sie zu ihm:

«Wenn du mich an das Meeresufer bringst, mache ich dich reich.»

Der Hirt nahm sie bei der Hand und führte sie an das Ufer des Meeres. Sobald sie dort ankamen, hörten sie ein lautes Rauschen, und aus den Wellen kam die Schlange hervor und sagte:

«Mein Schwesterlein, hab ich dir nicht gesagt, du solltest dich nicht verheiraten, solange der Apfelsinenzweig, den ich dir gab, grün sei? Hättest du mir gehorcht, so wäre dir solches Unheil nicht geschehen; doch ich will es von dir abwenden.

Hirt, nimm diese Diamantenblätter; geh mit der Blinden durch die Straßen der Stadt und rufe aus:

‹Wer kauft diese Blätter
aus Diamanten mir ab?
Kein Silber will ich haben,
kein Gold genügt mir.
Die Augen einer Undankbaren
verlang ich dafür.›»

Und er ging durch die Straßen der Stadt und rief dies aus. Die Zauberin hörte den Hirten und sagte zu ihm:

«Nimm diese Augen, und gib mir die Blätter aus Diamanten.»

Und sie lieferte ihm die Augen der Verzauberten aus, die sie bis dahin in einem goldenen Kasten aufbewahrt hatte.

Der Hirt und die Blinde kehrten an das Ufer des Meeres zurück. Und aus einer großen Welle kam wieder die Schlange hervor. Und sie nahm die Augen, die die Zauberin dem Hirten gegeben hatte, und setzte sie ihrer Schwester ein. Da konnte sie wieder sehen, und die Verzauberung fiel von ihr ab.

«Und jetzt», sagte die Schlange, «will ich gegenüber dem Haus deines Mannes für dich ein Schloß bauen, das die Bewunderung der ganzen Stadt hervorrufen soll.»

Sie baute das Schloß, und alle Bewohner der Stadt gingen hin und wollten sehen, wer in diesem prachtvollen Haus wohnte. Als der Mann und die Zauberin daran vorbeigingen, sahen sie die Schwester der Schlange und den Hirten.

Da erkannte der Mann seine richtige Frau. Und er ließ die Zauberin auf den Marktplatz der Stadt bringen und in einen Kessel mit siedendem Öl werfen.

46

Die Flöte, die alle zum Tanzen brachte

Ein Mann hatte drei Söhne. Die beiden älteren waren gescheiter als der jüngste, und deswegen machten sie sich immer über ihn lustig. Schließlich sagte der Vater: «Da dieser Sohn auch zu nichts nütze ist, soll er Hirt werden.»

Ein Jahr lang hatte er nun schon Schafe gehütet, da begegnete er eines Tages einem alten Weib, das sagte zu ihm: «Lieber Mann, was machst du denn hier als Schafhirt?» Und der Bursche antwortete: «Ja, Ihr könnt daran sehen, daß meine Brüder mich nicht leiden mögen und mein Vater mich zum Hirten machte.» – «Nun, und wie fühlst du dich denn? Hast du einen guten Herrn und genug zu essen?» fragte die Alte. «O ja», antwortete der Bursche, «ich habe einen sehr guten Herrn, und man gibt mir genug zu essen.» Darauf sagte die Frau: «Nun, was willst du dann noch mehr?» – «Eine Flöte.» Und die Alte gab ihm eine Flöte. Und dann ging die Alte fort und ließ ihn allein.

Und kaum war die Alte weggegangen, da begann der Hirt auf der Flöte zu spielen, und sogleich fangen die kleinen

Schafe an zu tanzen. Und er spielte mehr und mehr und immer mehr, und mit immer größerer Lust tanzten Schafe und Ziegen. Und das wiederholte sich Tag für Tag. Der Hirt spielte auf, und Schafe und Ziegen tanzten, bis sie erschöpft zu Boden fielen und alle viere von sich streckten und ein Weilchen ausruhten. Und dabei waren seine Schafe und Ziegen immer schön fett.

Und die anderen Schafhirten sahen, daß die Schafe des Burschen so schön fett waren, und sie sagten: «Wie macht dieser Bursche es nur, daß seine Schafe und Ziegen so schön fett sind?» Und andere Hirten, die gesehen hatten, daß sie immer alle tanzten, gingen zu dem Herrn des Burschen und sagten ihm, daß sein Hirt eine Flöte habe, nach der Schafe und Ziegen zusammen mit ihm tanzten. Doch der Herr wollte das nicht glauben und ging zum Hirten hin und sagte zu ihm: «Guten Tag! Warum strecken die Schafe denn alle viere von sich?» – «Sie ruhen sich aus», antwortete der Hirt. «Ist es denn wahr, daß die Schafe tanzen?» – «Ja, Herr, wenn ich die Flöte spiele, fangen sie an zu tanzen.» – «Laß sehen, laß sehen», sagte der Herr. Und der Bursche begann die Flöte zu spielen, und sogleich sprangen all die kleinen Schafe und Ziegen auf und fingen vor Freude an zu tanzen. Und immer ausgelassener spielte der Hirt, und immer ausgelassener tanzten Schafe und Ziegen. Und vor Freude begann auch der Herr zu tanzen, so daß schließlich die ganze Gesellschaft tanzte, Herr, Hirt, Schafe und Ziegen. Und immer toller spielte der Hirt, und immer toller tanzte der Herr. Und als endlich der Bursche des Spielens überdrüssig wurde, legte er sich lang hin, um auszuruhen, und ihm nach machten es die Schafe und Ziegen und der Herr.

Und dann ging der Herr fort und erzählte alles seiner Frau. Und die Frau sagte: «Geh, komm mir nicht mit Märchen! Hat man denn je Schafe und Ziegen tanzen sehen?» – «Wenn du's nicht glauben willst, so geh doch selber hin, dann wirst du erfahren, ob das stimmt. Wenn dieser Bursche die Flöte spielt, dann müssen alle tanzen.» Und die Frau sagte: «Das glaub ich nicht; doch ich will sehen, ob es wahr ist.» Und sie ging dahin, wo der Hirt mit den Schafen und Ziegen war, und sagte zu ihm, er möchte noch einmal die Flöte spielen. Und er begann, auf der Flöte zu spielen, und sofort springen die Schafe und Ziegen auf und beginnen zu tanzen. Und immer toller spielt der Hirt, und immer toller tanzen Schafe und Ziegen. Und da fing die Herrin auch an zu tanzen. Und immer ausgelassener spielt der Hirt die Flöte, und immer ausgelassener tanzt die Herrin. Und so tanzten alle eine ganze Zeit lang, bis der Hirt keine Lust mehr hatte und alle sich lang hinlegten, um auszuruhen, die Herrin, der Hirt, die Schafe und Ziegen. Und als die Frau sich ausgeruht hatte, ging sie nach Haus zurück.

Und als sie im Haus ankam, sagte ihr Mann: «Nun, und wie war es, haben die Schafe getanzt?» – «Es haben die Schafe getanzt und die Ziegen und ich mit ihnen», sagte die Herrin, «wenn dieser Hirt die Flöte spielt, müssen alle tanzen.» – «Ich hab's dir ja gleich gesagt», antwortete der Herr. Und dann kamen die beiden überein, den Hirten zu entlassen, da er immer Schafe und Ziegen und jedermann zum Tanzen brachte. Doch da starben all die kleinen Schafe und Ziegen vor Trauer darüber, daß keiner ihnen mehr zum Tanz aufspielte.

Und der Bursche ging heim zu seinem Vater. Und als er erzählte, was er erlebt hatte, da begannen die beiden älteren Brüder, sich wieder über ihn lustig zu machen. Und der Vater sagte: «Dieser Junge taugt auch zu nichts. Besser ist es, er bleibt zu Haus, und ihr arbeitet außerhalb, um Geld zu verdienen.» Und am nächsten Tag schickte der Vater den ältesten Sohn ins Dorf, um Äpfel zu verkaufen. Und auf dem Weg begegnete er einem alten Weiblein, das fragte ihn: «Was verkaufst du da?» Und er antwortete: «Ich verkaufe Ratten.» Und die Alte sagte zu ihm: «Nun, Ratten sollen es werden.» Und der Bursche kam ins Dorf, und als er Äpfel herausnehmen und verkaufen wollte, kamen nur Ratten zum Vorschein. Und immer mehr und immer mehr Ratten sprangen heraus, bis das ganze Dorf voller Ratten war. Da gab man dem Burschen eine gehörige Tracht Prügel, und er zog ab.

Und am nächsten Tag schickte der Vater den zweiten Sohn in das Dorf, um Apfelsinen zu verkaufen. Und auf dem Weg begegnete er demselben alten Weiblein, das sagte zu ihm: «Guten Tag. Was verkaufst du da?» Er antwortete: «Vögel.» Die Alte sagte zu ihm: «Viele Vögel sollen es werden.» Und als der Bursche in das Dorf kam und den Apfelsinenkorb öffnete, da flogen Vögel heraus, und nichts weiter war im Korb zu finden. Da ging der Arme ganz verzweifelt nach Haus.

Nun sagte der Jüngste zu seinem Vater: «Vater, jetzt will ich ins Dorf gehen. Schickt mich hin, und Ihr werdet sehen, wie gut alles geht.» Und die beiden älteren Brüder lachten über ihn und sagten: «Was willst du Dummkopf denn da schon ausrichten? Wenn es uns schlecht ergangen ist, wird es dir doch noch viel schlechter gehen.» Doch der Vater ließ ihn ziehen und gab ihm einen Korb mit Weintrauben, die sollte er im Dorf verkaufen. Und auf dem Weg begegnete der Bursche demselben alten Weiblein, und es fragte ihn: «Was verkaufst du da?» Und er antwortete ihr: «Ich verkaufe Weintrauben. Wollt Ihr welche haben?» Und sie antwortete: «Nein, danke. Viele Weintrauben wirst du verkaufen.» Und der Bursche ging ins Dorf, um seine Weintrauben zu verkaufen, und je mehr er verkaufte, desto mehr waren im Korb. Und immer mehr verkaufte er, und er verkaufte so viel, daß er eine Menge Beutel mit Geld füllte, die brachte er seinem Vater nach Haus. Und auf dem Weg fing er an, auf der Flöte zu spielen, die er noch behalten hatte. Da erschien die Alte wiederum und sagte zu ihm: «Spiel die Flöte nicht, mein Sohn, bevor du nicht zu Hause bist.»

Und der Bursche kehrte heim, und sogleich kamen ihm die beiden Brüder und der Vater entgegen. Und der Vater sagte: «Sicherlich ist wieder ein Unglück geschehen; dieser Dummkopf wird schon etwas Neues angerichtet haben.»

Und der Bursche trat ein und sagte zu ihnen: «Ich bringe viele Taler mit, Vater, so viele, daß sie am Korb festkleben und nicht herauskommen können, und mehr noch habe ich in den Beuteln, die auch nicht herausgehen.» Und der Vater sagte: «Ja, wie machen wir es denn nur, daß wir das Geld aus dem Korb und den Beuteln herausbekommen?» – «Macht Euch darüber keine Sorge, Vater», sagte der junge Bursche, «Ihr werdet gleich sehen.» Und er fing an, auf der Flöte zu spielen, und sogleich setzten sich die Groschen und Taler in Bewegung und sprangen tanzend aus dem Korb und den Beuteln. Und er spielte die Flöte so lange, bis das ganze Geld herausgehüpft war und sie reich waren.

Nun mochten ihn auch seine Brüder sehr gern leiden. Und der Vater sagte: «Wir wollen uns mit diesem Geld jetzt ein Haus bauen.» Und sie bauten sich von dem Geld ein sehr schönes Haus. Und sie machten es so wunderschön, daß sie alles Geld dafür verbrauchten und ihnen der Vater sagte: «Ja, nun müssen wir in die Welt hinausziehen und sehen, wie wir uns durchschlagen.» Und die beiden älteren Brüder, die immer voll Mißgunst waren, zogen allein fort, und der jüngste ging mit seinem Vater in eine andere Richtung. Und der Jüngste und der Vater zogen durch die Dörfer und verkauften Öl. Und sie verkauften alles, und für das Öl kauften sie wieder Eier. Und der junge Bursche war darüber so glücklich und zufrieden, daß er zu seinem Vater sagte: «Vater, nun haben wir das ganze Öl verkauft und so viele Eier dafür bekommen, nun will ich auch einmal wieder auf der Flöte spielen.» Und er begann, die Flöte zu spielen, und sogleich fingen die Eier in den Körben an zu tanzen. Und der Vater sagte: «Um des Himmels willen, Sohn, spiel nicht auf der Flöte! Siehst du denn nicht, daß die Eier tanzen und bald alle entzweigehen werden?» – «Macht Euch keine Sorge, Vater», sagte der Sohn zu ihm. Und er spielte weiter auf seiner Flöte, und die Eier tanzten weiter in den Körben. «Nein, mein Sohn, spiel doch nicht mehr, sie werden alle entzweibrechen.» – «Macht

Euch keine Sorge, Vater, sie gehen nicht entzwei.» Und immer toller spielt er auf der Flöte, und immer toller tanzen die Eier, bis auch Vater und Sohn anfangen zu tanzen. Und so tanzten sie alle, Vater und Sohn und die Eier in den Körben, bis der Bursche keine Lust mehr hatte.

Und dann gingen sie nach Haus. Und eine so große Menge Eier war in den Körben, daß sie sie nicht herausnehmen konnten. Und der Vater sagte: «Ja, aber wie machen wir es jetzt nur, daß wir die vielen Eier aus den Körben herausbekommen?» Da begann der Bursche wieder die Flöte zu spielen, und sogleich sprangen die Eier aus den Körben heraus, bis keines mehr darin blieb. Und der Bursche sagte: «Davon können wir schon leben.» Und sie zogen los und verkauften die Eier, und je mehr sie verkauften, desto mehr kamen aus den Körben heraus. Und so wurden sie wieder reich.

Und bald darauf kehrten auch die beiden älteren Brüder wieder heim und brachten keinen Heller mit. Sie waren ärmer denn je. Und aus Mißgunst über den Jüngsten nahmen sie ihm die Flöte weg. Doch der Jüngste brauchte sie gar nicht mehr, denn er und sein Vater waren ja reich. Und sie machten sich mit der Flöte auf und davon und spielten sie und dachten, sie würden nun auch reich werden. Doch nichts geschah. Die Flöte brachte nur dem Jüngsten Glück.

AUS DEM GALICISCHEN

47

Die heilige Dora

Es war einmal ein König, der spazierte durch eine Straße seines Reiches und kam an dem Haus vorbei, in dem die heilige Dora mit ihren zwei Schwestern zusammen lebte. Die standen alle drei im Hauseingang, um den König vorbeigehen zu sehen.

Die älteste sagte zu ihm, wenn er sie zur Frau nähme, würde sie ihm ein Gewand ohne Naht machen. Die mittlere sagte, wenn er sie nehmen wollte, würde sie ihm ein Hemd ohne einen einzigen Nadelstich machen. Aber er ging weiter, ohne ihnen Beachtung zu schenken. Nur auf die heilige Dora hörte er, als sie sagte, wenn er sie heiratete, würde sie ihm zwei Kinder schenken, beide mit einem goldenen Stern auf der Stirn. Der König dachte bei sich, es müsse sehr schön sein, zwei Kinder mit goldenen Sternen zu haben, und er ging hin und bat um ihre Hand.

Sie heirateten mit viel Gepränge, und dann nahm er die drei Schwestern mit in seinen Palast. Und kurz nachdem er geheiratet hatte, mußte er weit fort, in den Krieg.

Wie die heilige Dora gesagt hatte, brachte sie einen Jungen und ein Mädchen zur Welt, beide mit einem goldenen Stern auf der Stirn. Aber da die Schwestern sie sehr beneideten, nahmen sie die Kinder, legten ihnen Binden um die Stirn, um die Sterne zu verdecken, und warfen sie eingeschlossen in einen Kasten in den Fluß, worauf sie dem König mitteilten, sie habe zwei schwarze Katzen zur Welt gebracht.

Als der König den Brief der Schwägerinnen erhielt, kam ihn die Lust an, seine Frau töten zu lassen, aber er meinte, der Tod sei eine zu geringe Strafe, und so ließ er sie lebendig einmaùern, um sie verhungern zu lassen. Doch sie starb nicht, denn die Muttergottes schickte ihr Brot und Wasser, damit sie am Leben blieb.

Der Kasten, in dem die Kinder waren, trieb den Fluß hinunter, bis er in einem Mühlgraben landete und ihn verstopfte, so daß das Mühlrad stehenblieb. Der Müller kam heraus, um zu sehen, was los sei, und als er den Kasten sah, dachte er, der sei voll Geld, und lief schnell um ihn herauszufischen. Er rief seine Frau, die sollte ihm beim Aufmachen helfen, und da fanden sie die zwei Kinder. Sie standen eine Zeitlang verdutzt da und sahen einander an, weil sie nicht wußten, was sie mit den beiden anfangen sollten, denn sie waren arm und hatten schon einen Sohn. Aber am Ende beschlossen sie, sie bei sich zu behalten.

Der Müller hatte sich nicht geirrt, als er glaubte, der Kasten stecke voller Geld, denn von dem Tag an, da er die Kinder im Haus hatte, ging sein Geschäft immer besser, und er war auf dem besten Wege, ein reicher Mann zu werden.

Die Kinder tummelten sich überall herum und waren sehr klug. Die Müllersleute schickten sie zusammen mit dem eigenen Sohn in die Schule, und sie waren so klug, daß der Lehrer ihnen nach kurzer Zeit nichts mehr beizubringen wußte. Der Sohn des Müllers aber war dumm wie ein Esel und lernte nichts, und deshalb war er sehr wütend auf die anderen und beschimpfte sie und nannte sie «Findelkinder». Eines Tages fragten die Kinder den Müller, warum der Bruder – sie dachten, sie seien alle Geschwister – sie immer «Findelkinder» nenne. Da erzählte der Müller ihnen alles. Als sie erfuhren, daß der Müller nicht ihr Vater sei, wollten sie in die Welt hinausziehen, und obwohl der Müller sie nicht ziehen lassen wollte, baten sie so hartnäckig darum, daß keine andere Wahl mehr blieb, als sie gehen zu lassen. Aber vorher gaben sie ihnen noch Verpflegung mit auf den Weg und sieben Taler, denn mehr Geld wollten sie nicht.

Sie zogen los, bis sie an eine Stelle kamen, wo sie einen toten Mann auf der Straße liegen sahen, und sie fragten, warum man ihn nicht begrabe. Man antwortete ihnen, weil er nichts hinterlassen habe, als er gestorben sei, und weil niemand ihm die Beerdigung bezahlen wolle. Sie fragten, wieviel die Beerdigung kosten würde, und man sagte ihnen, sieben Taler, und da sie gerade so viel bei sich hatten, bezahlten sie die Beerdigung und gingen ihres Weges.

Sie gelangten zum Palaste des Königs und legten dort einen Garten an, der herrlich anzusehen war, mit so vielen Blumen und so vielen Pflanzen, daß alle Leute sich wunderten. Alle Welt fragte sich, woher wohl diese Kinder kämen, und alle gingen hin, um den Garten zu sehen wegen der Wunderdinge, die darin standen. Und man sprach so viel von dem Garten, daß auch die Tanten der Kinder dorthin gingen. Als sie ankamen, erkannten sie ihren Neffen und ihre Nichte sofort, und es war ihnen, als sähen sie Traumgespenster, denn sie dachten, die beiden wären ertrunken. Sie erkannten sie wieder, weil sie noch die Binden um den Kopf trugen, die sie ihnen umgebunden hatten und die niemand imstande gewesen war abzunehmen.

Sie kehrten zum Palast zurück und begannen nachzudenken, was der König wohl tun würde, wenn er den Garten der Kinder zu sehen bekäme und sie erkannte. Und da die Kinder immer berühmter wurden, ließen sie den König nie allein gehen, um zu verhindern, daß jemand ihm davon erzählte. Schließlich fragten sie eine Hexe um Rat, was zu tun sei, um die beiden von dort fortzubringen. Sie gab zur Antwort, wenn man es ihr gut bezahle, werde sie es schon übernehmen, das Hindernis aus dem Weg zu räumen.

Die Hexe ging nun jeden Tag in den Garten. Sie lobte die

Dinge, die darin standen, und sagte den Kindern, daß noch etwas darin fehle. «Und was ist das?» – «Eine schöne Musik.» – «Wo gibt es die?» – «Im Schloß Geh-und-komm-nie-mehr-wieder.» Da begannen die zwei Geschwister zu beraten, wie sie die Musik herschaffen sollten, und sie kamen überein, der Junge solle sie suchen gehen, und als Zeichen hinterließ er der Schwester ein Brot, das sich in Blut verwandeln würde, wenn ihm etwas Schlimmes widerführe.

Er machte sich auf die Suche nach dem Schloß, und auf dem Weg dahin erschien ihm die Gestalt des Mannes, den sie hatten begraben lassen, der sagte zu ihm: «Hör, im Schloß wirst du drei Musikinstrumente finden: eines, das sehr gut spielt, ein anderes, das nur mittelmäßig spielt, und ein drittes, das nur traurige Musik von sich gibt, so daß man es nicht hören mag. Nimm dir das mit der traurigen Musik, denn wenn du das nimmst, das besser spielt, gehen die Tore des Schlosses zu, und du bleibst darin eingeschlossen.»

Der Junge ging zum Schloß, sah die drei Instrumente und tat, wie der Mann ihm gesagt hatte: er nahm das Instrument mit der traurigen Musik, und als er zum Garten zurückkam, waren alle Leute erstaunt, als sie hörten, wie schön es spielte.

Die Hexe war fuchsteufelswild, als sie sah, daß der Junge nicht im Schloß gefangen geblieben war, aber sie machte gute Miene zum bösen Spiel und sagte zu ihm: «Siehst du, wie schön die Musik ist! Aber nun fehlt noch etwas hier im Garten.» – «Und was fehlt denn noch?» – «Ein kostbarer Brunnen.» – «Wo gibt es den?» – «Im Schloß Geh-und-komm-nie-mehr-wieder.» – «Dann will ich ihn holen.»

Auf dem Weg traf er den Mann von damals, der sagte zu ihm: «Du wirst drei Brunnen im Schloß finden, einen, der ganz klares Wasser gibt, einen anderen, der etwas schmutzigeres, und noch einen, der ganz schmutziges gibt. Wähle das Wasser des Brunnens, der das schmutzigste hat, sonst gehen die Tore des Schlosses zu, und du bleibst darin gefangen.»

Der Junge tat wieder, wie der Mann ihm gesagt hatte, und

wählte das Wasser des trübsten Brunnens. Aber als er es in den Garten brachte, bildete sich ein kostbarer Brunnen, der alle zum Staunen brachte, die ihn sahen.

Als die Hexe wiederkam und sah, daß der Junge wieder heil davongekommen war, wußte sie nicht, was sie denken sollte. Sie machte wie immer gute Miene zum bösen Spiel und sagte zu ihm: «Hör, es fehlt noch etwas, damit der Garten vollkommen ist.» – «Was fehlt denn?» – «Der Vogel, der alles sprechen kann.» – «Und wo ist der?» – «In demselben Schloß Geh-und-komm-nie-mehr-wieder.»

Da ging der Junge wieder zum Schloß Geh-und-komm-nie-mehr-wieder, und auf dem Weg traf er auf den Mann von früher, der zu ihm sagte: «Im Schloß Geh-und-komm-nie-mehr-wieder wirst du drei Vögel finden, einen, der sehr viel spricht, einen anderen, der ein wenig spricht, und noch einen, der aussieht, als sei er sehr krank, und wehmütig seinen Schnabel unter einem Flügel versteckt. Nimm du den Wehmutsvogel, denn wenn du einen von den anderen nimmst, werden die Tore des Schlosses zugehen, und du mußt für immer drinnen bleiben.»

Doch der Junge befolgte den Rat des Mannes nicht, denn er hatte Angst, der kranke Vogel könne ihm unterwegs sterben, so schlecht schien er daran zu sein. Er nahm also den, der am meisten sprach. Aber kaum hatte er ihn berührt, da fiel er wie tot hin, und die Tore des Schlosses schlugen zu.

Die Schwester, die den ganzen langen Tag das Brot im Auge behielt, sah, wie es sich in Blut verwandelte, und wußte gleich, daß ihrem Bruder etwas Schlimmes zustieß, und sofort machte sie sich auf den Weg, um ihm zu Hilfe zu eilen. Unterwegs begegnete sie dem Mann, der auch den Bruder angesprochen hatte, und der sagte zu ihr: «Ich bin der Mann, den ihr habt begraben lassen, dafür schulde ich euch Dank. Deinem Bruder habe ich gesagt, was er tun sollte, aber da er meinen Rat ausgeschlagen hat, blieb er im Schloß gefangen. Du brauchst aber keine Angst zu haben, denn es wird alles wieder gut werden, wenn du auf mich hörst. Hör, wenn du ins Schloß kommst, wirst du drei Vögel sehen, einen, der viel spricht, einen, der nur etwas spricht, und noch einen, der den Schnabel unter einem Flügel verbirgt, als ob er krank wäre. Nimm diesen letzteren, aber hör gut zu, wie du es anstellen mußt: du wirst dort drei Männer sehen, die wie tot sind, zwei am Eingang und einen dritten etwas weiter hinten, das ist dein Bruder. Schöpfe Wasser aus dem schmutzigsten Brunnen, den du dort siehst, pack den Vogel mit der Hand, sprenge deinem Bruder einige Tropfen ins Gesicht, dann wird er wieder zu sich kommen, und ihr sucht schnell das Weite, denn die Tore des Schlosses werden zuschlagen.»

Sie tat alles, was der Mann ihr gesagt hatte, und selbst so wären sie beinahe eingeschlossen worden, denn die Tore schlugen zu, als sie gerade hinausgingen, und quetschten noch das Wams des Bruders ein. Aber sie schnitt das Stück mit einer Schere ab, die sie bei sich hatte, und sie kamen davon.

Der Vogel, den sie mitnahmen, war das größte Wunder der Welt, denn es gab nichts, was er nicht sagen konnte, und er hatte eine Antwort auf alles, was man ihn auch fragte.

Alle Welt sprach so viel von dem wundersamen Vogel und den anderen Wunderdingen im Garten, daß es dem König zu Ohren kam und dieser ihn auch sehen wollte. Er ging umher und sah sich alles an, und als er bei dem Vogel ankam, wollte der nichts mehr sagen und steckte den Schnabel unter einen Flügel. Da fragte der König ihn, warum er das tue, und er antwortete ihm: «Weil du immer noch in der Täuschung lebst und deiner Frau Unrecht tust.» Und er erzählte ihm alles, was geschehen war, und sagte ihm, um das Recht wiederherzustellen, müsse er verbrennen, was er bisher am liebsten gehabt habe.

Der König wollte den Kindern die Binden abnehmen, um zu sehen, ob sie die Sterne trugen, aber es gelang ihm nicht. Da sagte ihm der Vogel, er solle die Königin holen lassen, denn sie sei die einzige, die es tun könne. «Ach», sagte der

König, «die Arme wird tot sein.» – «Nein», antwortete der Vogel, «die Königin ist eine Heilige und lebt.»

Als der König das hörte, war er außer sich vor Freude, und er ließ sofort nach ihr schicken, und sie nahm den Kindern, die an dem Tag zehn Jahre alt wurden, die Binden ab. Die Königin wollte, daß der König ihren Schwestern vergebe, die er so liebgehabt hatte. Aber er antwortete, daß alle Strafen zu gering seien für das, was sie getan hätten, und so ließ er sie verbrennen, wie der Vogel es ihm gesagt hatte.

48

Hans Soldat

Als man Hans Soldat aus dem Dienst des Königs entließ, kam er freudestrahlend, singend und pfeifend nach Hause, mit drei Broten unter dem Arm, die man ihm als Wegzehrung mitgegeben hatte. Der Herrgott und Sankt Petrus, die gerade eine Reise auf dieser Welt machten, sahen ihn daherkommen, und der Herrgott sagte zu Sankt Petrus: «Geh und bitte Hans Soldat um ein Almosen; wir wollen sehen, ob er es dir gibt.» Und Sankt Petrus ging hin und bat Hans Soldat um ein Almosen. «Leider kann ich dir nur wenig geben; ich habe nämlich nur die drei Brote hier, aber da, nimm eins davon.» Und er gab Sankt Petrus ein Brot, und der ging zum Herrgott, der auf ihn wartete. Nach kurzer Zeit sagte der Herrgott zu Sankt Petrus: «Geh und bitte Hans Soldat noch mal um ein Almosen; wir wollen sehen, ob er dir wieder etwas gibt.» Und Hans Soldat gab ihm noch ein Brot und sagte zu ihm: «Ich hatte drei Brote, und eines habe ich schon einem Armen gegeben, der mich um ein Almosen bat. Aber ich will dir auch noch eines geben, ich komme gut mit einem aus.» Und Sankt Petrus ging mit dem zweiten Brot zum Herrgott zurück.

Und der Herrgott sagte nochmals zu ihm: «Nun bitte

Hans Soldat noch mal um ein Almosen; wir wollen sehen, ob er es über sich bringt, dir noch etwas zu geben.» Sankt Petrus bat also Hans Soldat nochmals um ein Almosen, und der sagte zu ihm: «Ich hatte drei Brote bei mir und habe schon zwei davon verschenkt, weil zwei andere Arme da waren und mich um ein Almosen gebeten haben. Jetzt habe ich nur noch dieses eine hier. Aber nimm es nur, ich bin jung und kann mir besser Geld für mein Essen verdienen als du.» Und er gab ihm das letzte Brot, das er hatte.

Da sagte der Herrgott zu Sankt Petrus: «Ein Mensch, der so gut ist wie Hans Soldat, verdient eine Belohnung. Komm, wir gehen zu ihm.» Sie gingen hin, und der Herrgott sagte zu Hans Soldat: «Ich bin der Herrgott und will dir die Almosen vergelten, die du gegeben hast; wünsch dir, was du willst!» Sankt Petrus redete ihm zu: «Wünsch dir den Himmel! Wünsch dir den Himmel!» – «Den Himmel, den kann ich mir immer noch verdienen.» – «Nun, überleg dir, was du dir wünschen willst», antwortete der Herrgott. «Wünsch dir den Himmel!» sagte Sankt Petrus wieder. «Wünsch dir den Himmel!» – «Kümmre du dich um deine eignen Sachen», gab ihm Hans Soldat zur Antwort, «ich weiß schon, was ich mir wünschen werde. Ich will einen Stuhl, von dem derjenige, der sich darauf setzt, nicht aufstehen kann, bis ich es befehle; einen Sack, aus dem derjenige, der die Hand hineinsteckt, sie nicht mehr herausziehen kann, bis ich es will; und einen Feigenbaum, von dem derjenige, der hinaufsteigt, nicht wieder herunter kann, bis es mir gefällt.» – «Gut», entgegnete der Herrgott, «es soll alles in Erfüllung gehen, wie du es wünschst.»

Hans Soldat zog nach Hause, und er lebte viele Jahre wie früher, bis er schließlich schon alt war. Um diese Zeit sah der Teufel in seinem Buch nach, wen er aus der Welt fortholen müsse, und einer davon war Hans Soldat. So rief er einen anderen Teufel zu sich und sagte zu ihm: «Geh und hole Hans Soldat!» Da ging der Teufel los, und als er bei Hans Soldat ankam, sagte er zu ihm: «Hans Soldat, du bist schon lange Zeit hier auf dieser Welt, und es ist Zeit, daß du in die andere kommst. Ich komme, um dich zu holen.» – «Na gut», antwortete ihm Hans Soldat, «wart nur ein bißchen, ich will mich schnell waschen, denn in die andere Welt kann man ja nicht so dreckig gehen, wie ich bin. Setz dich solange hier auf den Stuhl!» Da setzte sich der Teufel auf den Stuhl, den ihm Hans Soldat angewiesen hatte, und als er aufstehen wollte, konnte er es nicht und rief: «Hans Soldat!» – «Was gibt's?» – «Ich kann nicht mehr aufstehen, und wir müssen doch gehen. Beeile dich!» – «Ich habe keine Eile; bleib nur ruhig sitzen!» – «Nun mach schon schnell! Ich will hier von dem Stuhl aufstehen und kann nicht.» – «Du wirst schon wieder aufstehen, oh, du wirst schon wieder aufstehen. Hab nur nicht solche Eile, ich habe auch keine.» – «Aber ich will doch aufstehen und kann nicht; und ich bin schon müde von dem dauernden Sitzen.» – «Du wirst noch viel müder werden!» – «Hans Soldat, laß mich aufstehen, ich muß nämlich gehen; sieh, sonst schimpft der Oberteufel mich aus.» – «Gut. Wenn du mich hierläßt, laß ich dich aufstehen.» – «Einverstanden. Bleib du hier, und ich gehe.»

Als der Unterteufel zum Oberteufel kam und ihm sagte, daß er es nicht fertiggebracht habe, Hans Soldat herzuholen, begann der zu schimpfen und sagte zu ihm: «Du warst noch nie zu etwas zu gebrauchen. Du verdienst es nicht, in der Hölle zu sein.» Der Oberteufel rief einen anderen Teufel zu sich, der schon viele Seelen in die Hölle gebracht hatte, und sagte zu ihm: «Geh und hole den Hans Soldat, es ist Zeit, daß er zu uns kommt. Der hier war schon bei ihm und hat es nicht fertiggebracht, ihn herzuschaffen. Wir wollen sehen, ob du ihn mir herbringst!» – «Oh, ich bring ihn schon her; ich werde gleich mit ihm wieder dasein.»

Der zweite Teufel zog also los zu Hans Soldat und sagte zu ihm: «Hans Soldat, ich will dich holen, um dich in die andere Welt zu bringen, du bist schon zu alt für diese hier.» – «Gut.

Ich geh mich schnell waschen, und du kannst, wenn du willst, solange auf den Feigenbaum steigen und dich an den Feigen satt essen. Ich bin gleich fertig.» Da stieg der Teufel auf den Feigenbaum und aß sich satt an den Feigen. Aber als er wieder herunter wollte, konnte er es nicht, und er rief nach Hans Soldat und sagte zu ihm: «Hans Soldat, ich möchte gern von dem Feigenbaum herunter und kann nicht.» – «Hab nur keine Eile, nur keine Eile! Iß mal schön die Feigen!» – «Ich hab schon so viel gegessen, wie ich wollte, und es ist Zeit, daß wir gehen.» – «Für dich vielleicht; aber ich hab absolut keine Eile.» – «Laß mich herunter! Ich muß herunter. Ich bin schon so lange hier, und der Oberteufel wird mich ausschimpfen.» – «Reg dich nicht auf, du, reg dich nur nicht auf!» – «Laß mich doch gehen, ich geh ja auch ohne dich.» – «Gut, wenn du allein gehen willst, komm herunter und geh!»

Als der zweite Teufel nun ohne Hans Soldat ankam, sagte der Oberteufel zu ihm: «He, du, wo bleibt denn Hans Soldat?» – «Ja, ich hab es nicht fertiggebracht, ihn herzuschaffen.» Und er erzählte ihm, wie es ihm ergangen war. «Ihr seid zu nichts zu gebrauchen. Jetzt gehe ich selbst hin, und du wirst sehen, daß ich ihn herschaffe.» Und der Oberteufel zog los, um Hans Soldat zu holen. Er kam an und sagte zu ihm: «Hans Soldat, ich will dich holen, mach dich schnell fertig, ich habe keine Lust, lange zu warten.» – «Gut, heute bin ich schon fertig, ich muß mir nur noch die Schuhe anziehen. Steck du schon mal deine Hand in den Sack hier, und nimm ein paar Würste für die Reise heraus!» Der Oberteufel hatte Heißhunger auf die Würste, und obwohl er schon gewarnt war durch das, was Hans Soldat den anderen angetan hatte, steckte er die Hand in den Sack und konnte sie nicht wieder herausziehen. «Du treibst üble Scherze mit mir, Hans Soldat; laß mich die Hand herausziehen!» – «Wenn du mir nicht sagst, daß du mich hierläßt, bleibt sie drin.» Der Teufel zerrte, was das Zeug hielt, aber er war nicht imstande, die Hand herauszuziehen, und als er sah, daß er es nicht konnte, sagte er zu Hans Soldat: «Laß mich die Hand herausziehen, damit ich gehen kann, und ich lasse dich in Ruhe.»

Und so ging der Teufel fort. Hans Soldat blieb auf dieser Welt, solange er wollte; aber als er es hier unten leid war, schlug er den Weg zum Himmel ein, und als er an das Tor kam, klopfte er an. «Wer ist da?» sagte Sankt Petrus. «Ich, Hans Soldat.» – «Ha, Hans Soldat hat hier keinen Platz», antwortete Sankt Petrus, der ihm noch böse war, weil er ihm gesagt hatte, er solle sich um seine eigenen Sachen kümmern.

Hans Soldat schlug den Weg zur Hölle ein und klopfte an. «Wer ist da?» – «Hans Soldat.» – «Hans Soldat kann hier nicht herein», antwortete der Teufel wütend und ließ alle Tore zuschließen.

Da ging Hans Soldat zum Himmel zurück, und als er ankam, hatte er das Glück, daß der Herrgott mit Sankt Peter am Tor stand, und da ließen sie ihn gleich hinein.

49

Peter Körklein

Es war einmal ein König, der hatte drei Töchter. Die rief er eines Tages zu sich und fragte sie, welche von ihnen ihn am liebsten hätte. Da sagte die eine:

«Ich hab Euch so lieb wie mein Leben.»

Die andere sagte: «Ich hab Euch so lieb wie mein Herz.»

Und die letzte sagte:

«Ich hab Euch so lieb wie die Würze aller Würzen.»

Der König war zufrieden mit dem, was ihm die zwei ersten Töchter sagten, aber es schien ihm, daß die dritte keine große Zärtlichkeit für ihn gezeigt habe. Und so ließ er ihr ein Kleid aus Kork machen und jagte sie in die Welt hinaus. Aber es gelang ihr, die besten Kleider, die sie hatte, mitzunehmen.

Sie wanderte und wanderte, bis sie an den Hof eines anderen Königs kam, wo sie um Arbeit nachfragte und sagte, sie heiße Peter Körklein. Sie gaben ihr die Truthähne zum Hüten.

Wenn sie so mit den Truthähnen umherging, legte sie die besten Kleider an, die sie bei sich hatte, und sprach zu den Truthähnen:

«Truthähnlein, Truthähnlein, sag mir geschwind:
Wenn des Königs Sohn jetzt käme,
Ob er mich zur Frau wohl nähme?
Gewiß, mein Kind! Gewiß, mein Kind!»

Der Königssohn sah sie in ihren Kleidern und verliebte sich in sie und sagte zu seinem Vater, er wolle sie zur Frau haben.

Zur Hochzeit luden sie den Vater der Braut ein, weil er auch König war. Und als sie erfuhr, daß ihr Vater zur Hochzeit käme, sagte sie, sie müsse das Essen für ihn selbst zubereiten, getrennt von dem anderen. Sie machte das also und tat kein Salz hinein. Und als man sich zu Tisch setzte, fragte die Tochter ihren Vater, der sie nicht wiedererkannte:

«Wie findet Ihr das Essen?»

«Es ist nicht schlecht gekocht, aber es fehlt das Salz darin, und das Salz ist die Würze aller Würzen.»

«Seht Ihr, Vater! Erinnert Ihr Euch nicht, wie Ihr mich aus dem Haus jagtet, weil ich Euch sagte, ich hätte Euch so lieb wie die Würze aller Würzen?»

Da erkannte der Vater die Tochter und bat sie um Verzeihung.

AUS DEM KATALANISCHEN

50

Das Schloß «Hinein und nicht heraus»

Es war einmal in jenen Zeiten,
Da Tiere noch die Sprache kannten,
Die Bäume singend sich erfreuten
Und Steine auf der Straße rannten,

daß ein junger Mann namens Galdiró über alles das Glücksspiel liebte. Er kannte nichts anderes, als den lieben langen Tag dem Spiel zu frönen, das ihm zunächst immer mehr Geld und Gewinn einbrachte. Er wurde reicher und reicher, so daß er am Ende selbst nicht mehr wußte, wieviel er eigentlich besaß. Aber wie es nun einmal so geht im Leben, eines Tages wandte sich das Glück von ihm ab, und er begann zu verlieren. Er verlor mehr und mehr, verlor alles, was er gewonnen hatte, und endlich war sein ganzer Reichtum dahin. Dabei spielte er jedoch unentwegt weiter; als er kein Geld mehr hatte, verspielte er erst seine Mütze, dann seine Schuhe und schließlich alle Kleider, die er am Leibe trug. Und da er sonst nichts mehr einzusetzen hatte, spielte er schließlich noch um sein Leben und verlor dieses genauso. Da sagte der, mit dem er gespielt und der ihm das Leben abgewonnen hatte: «Ich bin der Teufel, und du hast dein Leben an mich verspielt: so bist du ganz mein! Aber damit du nicht sagen kannst, daß ich dich übervorteilt hätte, gebe ich dir noch sieben Jahre Zeit und Freiheit, da kannst du dich noch mit Spielen vergnügen. Du wirst jetzt immer gewinnen und kannst so reich werden, wie du nur willst. Mach dir also ein schönes Leben! Am Ende des siebten Jahres aber, genau auf den Tag, mußt du dich im Schloß ‹Hinein und nicht heraus› einfinden, das ist mein Haus. – Nun geh und spiel drauflos nach Herzenslust!»

Galdiró ging und spielte wie nie zuvor, er gewann Geld in Hülle und Fülle, lebte in Saus und Braus, aber dabei vergaß er die Armen nicht, sondern gab stets reichlich Almosen. Schnell waren die sieben Jahre bis auf wenige Monde verstrichen. Da wurde er traurig und bedrückt, ließ den Kopf hängen und begab sich seufzend auf die Suche nach dem Schlosse «Hinein und nicht heraus», wie es der Teufel verlangt hatte.

Galdiró marschierte Tag und Nacht, er aß und trank nicht, er schlief nicht und wanderte pausenlos. Aber so weit er auch lief und sooft er auch fragte, kein Mensch vermochte ihm zu sagen, wo das Schloß «Hinein und nicht heraus» sei, ja niemand hatte überhaupt je davon reden hören. So durchquerte der Spieler zu Wasser und zu Land die halbe Welt, ohne etwas in Erfahrung bringen zu können, und das ist auch weiter gar nicht verwunderlich, denn niemand wollte von dem Hause des Teufels wissen, und alle flohen davor, wer aber je es betreten hatte, der war nicht zurückgekehrt, und also konnte keiner etwas berichten. Galdiró war ganz verzweifelt, denn er wollte nicht sein Wort brechen und wußte doch nicht, wie er es einlösen sollte.

Er ging und ging, er lief und lief noch mehr, bis er eines schönen Tages auf dem Gipfel eines hohen Berges ein großes Haus sah. Dort saß vor dem Tor ein altes Männlein, das hatte einen langen, langen Bart, der reichte ihm bis unter die Knie! Und dazu rauchte es eine lange, lange Pfeife, die war fast noch länger als das Männlein selbst! Kaum hatte Galdiró das Männlein erblickt, da bat er: «Guter Mann, hör mich bitte an: Hast du noch nie etwas vom Schlosse ‹Hinein und nicht heraus› gehört?› –«Nein, das habe ich noch nie nennen hören. Aber du bist ein braver Bursche und hast nie vergessen, den Armen etwas zu geben; deshalb will ich dir helfen. Ich denke, daß ich die Sache leicht herausbringen kann, denn ich herrsche über alle Tiere, die fliegen. Und sicher kann uns eines von den Tieren sagen, was du wissen willst.»

Nach diesen Worten zog das Männlein ein kleines silbernes Pfeifchen hervor, ließ einen Pfiff erschallen und rief: «Alle Fliegen zu mir!» Und im gleichen Augenblick hörte man ein großes Summen, «zzzs, zzzs», und alle Fliegen der Welt kamen in solchen Wolken angeflogen, daß sie die Sonne verdunkelten. Sie bedeckten das ganze Gebirge und riefen: «Herr, was begehrst du?» Da fragte sie ihr Gebieter: «Wer von euch weiß, wo das Schloß ‹Hinein und nicht heraus› ist? Wer es kennt, der soll es gleich sagen!»

Aber die Fliegen sahen nur erstaunt einander an, zuckten mit den Schultern und wußten nichts zu erwidern. Da sprach das Männlein: «Wenn ihr alle miteinander nichts wißt, dann könnt ihr wieder fliegen, wohin ihr wollt. Ich brauche euch nicht mehr, denn ich werde jetzt die Falter fragen.» Da flogen die Fliegen davon, das Männlein aber zog ein Pfeifchen hervor, das war anders als das erste, pfiff darauf und rief: «Alle Falter zu mir!» Und sogleich hörte man ein feines Sausen – «fffs, fffs» –, und alle Falter der Welt kamen angeflogen. Es kamen immer mehr, und schließlich war das ganze Gebirge damit bedeckt. Da fragte sie das Männlein: «Ihr fliegt doch in der ganzen Welt umher, kennt ihr vielleicht das Schloß ‹Hinein und nicht heraus›? Wer es weiß, soll es sagen!»

Da sahen sich die Falter verwundert an, schüttelten die Köpfe, und keiner wußte etwas zu berichten. Das Männlein wartete eine Weile, dann sagte es: «Wenn ihr alle miteinander nichts wißt, dann könnt ihr wieder fliegen, wohin es euch gefällt. Ich werde die Vögel rufen.» Und kaum gesagt, zog er ein drittes Pfeifchen heraus, das war ganz anders als die beiden ersten, er blies hinein und rief: «Alle Vögel her zu mir!» Und sogleich erhob sich ein Heidenlärm; aus allen Himmelsrichtungen erschienen Vogelschwärme, Vögel in allen möglichen Farben und Gestalten, sie breiteten sich über das ganze Gebirge aus. Da fragte sie das Männlein: «Könnt ihr mir sagen, wo das Schloß ‹Hinein und nicht heraus› ist? Wer es kennt, der soll sich auf der Stelle melden!»

Die Vögel sahen einander an, legten die Stirne in Falten und zwitscherten laut: «Ich weiß es nicht!» – «Ich auch nicht!» – «Ich habe noch nie davon reden hören, und ich fliege doch weiß Gott überall umher!» Das Männlein aber wartete eine Weile, dann wurde es ärgerlich und schrie: «In des Kuckucks Namen! Das kann es doch nicht geben, daß ihr, die ihr überall hinfliegt, die ihr weiter kommt als die Fliegen und die Falter, noch nie von dem Schloß ‹Hinein und nicht heraus› gehört habt! Seid ihr überhaupt alle da?» – «Bei Gott! Es fehlt noch der Zaunkönig!» – «Zum Henker!» rief das Männlein erbost. «Dann schert euch weg und sucht ihn mir sogleich, sonst will ich euch Flügel machen, so wahr ich euer Herr bin!» Gerade wollten die Vögel sich auf die Suche nach dem Zaunkönig begeben, da sahen sie, wie er ruhig und als wäre nichts gewesen daherkam. Das Männlein zitterte vor Zorn und schrie: «Was ist denn das? Hast du etwa meinen Ruf nicht gehört?» – «Helfe mir Gott! Ich habe nicht gehört, daß du gerufen hast. Ich war allerdings ganz weit weg am andern Ende der Welt, in der Nähe des Schlosses ‹Hinein und nicht heraus›, da konnte ich dich wirklich nicht hören.» – «Ausgezeichnet», sagte das Männlein befriedigt und versöhnt, «gerade wegen dieses Schlosses habe ich alle gerufen, aber deinen Gefährten war das Schloß unbekannt. Nun schwing dich auf und begleite diesen Burschen dorthin, denn er sucht den Weg!» – «Da ich so klein bin, kann ich ihn mir nicht gut auf den Hals laden. Und er wieder ist zu langsam und wird mir nicht folgen können, wenn ich vorausfliege. Ich werde nun genau die Richtung einschlagen, in welcher das Schloß liegt, das er sucht. Wenn er auf dieser Spur bleibt, nicht nach links und nicht nach rechts sieht und sich durch nichts abbringen läßt, wird er nach einem Marsch von sieben Tagen und sieben Nächten zu einem ungewöhnlich großen Berge kommen. Er wird ihn schon lange vorher sehen können, denn er ist sehr hoch und unterscheidet sich von allen übrigen Bergen. Auf seiner Spitze aber liegt ein großer Palast, der ist das Schloß ‹Hinein und nicht heraus›. Und es verdient wahrlich seinen Namen, denn ich habe mein Lebtag noch keinen Menschen herauskommen sehen.»

Der Bursche bedankte sich herzlich bei dem Alten für die große Mühe, die er sich gemacht hatte, und nahm den Weg auf, den ihm der kleine Zaunkönig vorausgeflogen war. Er wanderte sieben Tage und sieben Nächte ununterbrochen, ohne Speise und Schlaf, denn die Zeit hätte dazu nicht mehr gereicht: die Stunde war nahe, da er sich dem Teufel stellen mußte. Zum bezeichneten Zeitpunkt kam er, wie es der Vogel gesagt hatte, zu einem hohen Berg, aber soviel er schaute, er sah nirgends ein Haus stehen. So setzte er sich zu Füßen des Berges hin, um erst einmal Atem zu schöpfen. Während er so saß, kam eine Alte des Weges, die war vom Alter so gekrümmt, daß sie beim Gehen mit dem Kopf die Knie berührte. Galdiró hielt sie an und fragte sie: «Guten Tag, Mütterchen, kannst du mir sagen, wo das Schloß ‹Hinein und nicht heraus› ist?» – «Das kann ich dir schon sagen. Es liegt auf dem Gipfel dieses Berges. Aber man kann es nicht sehen, ehe man nicht mit den Füßen darauf tritt und mit dem Kopf an die Mauer stößt, die es umschließt. Steige also vorsichtig hinauf, damit du dir nicht den Kopf zerschlägst. Wenn du just so weit bist, daß du die Mauer berühren kannst, wird dir das Schloß sichtbar werden. Geh dann zuerst in den Garten, dort befindet sich in einer Ecke ein Brunnen, der führt Wasser von neunerlei Gerüchen, neun Geschmäcken und neun Farben. Fülle ein Fläschchen mit jenem Wasser und kehre dann zu mir zurück, denn das Wasser ist zauberkräftig, und du kannst uns entzaubern. Wisse, daß ich eine Königin bin, die hier in der Gestalt einer Alten leben muß, und mein Gatte lebt in der Gestalt eines

Ziegenbockes in einer Höhle nicht weit von hier. Mit dem Wasser aber kannst du uns zu unserer alten Gestalt verhelfen. – Nun merke auf: Wenn du dann später durch den Garten gehst, wirst du drei Falter sehen, einen blauen, einen grünen und einen roten. Schau, daß du den roten fangen kannst, denn das ist die jüngste Tochter des Teufels, während die andern beiden Falter die älteren Töchter sind. Die Jüngste hat so viel Macht wie der Teufel selbst und vielleicht noch mehr. Sie wird dir helfen bei deinen Arbeiten. Aber hüte dich vor den andern beiden Töchtern, sie sind böse und würden dich töten. Geh jetzt und sieh zu, daß du mir ein Fläschchen von dem Wasser bringen kannst, wie ich es dir gesagt habe!»

Galdiró nahm seinen Weg wieder auf und stieg zum Gipfel des Berges empor, er ging langsam und vorsichtig, um sich nicht den Kopf einzurennen. Aber so weit er auch stieg, das Schloß wollte sich ihm nicht zeigen. Er begann zu fürchten, jene Alte habe ihn betrogen, da auf einmal – hupp! – tauchte das Schloß so plötzlich aus der Erde auf, daß er eine saftige Kopfnuß einsteckte. Er rieb sich die Stirne und sah sich um: gerade am Gartentor war er gelandet, besser konnte er es sich gar nicht wünschen. Flugs ging er in den Garten hinein, blickte rundum und entdeckte in einer Ecke des Gartens den Brunnen, von dem die Alte gesprochen hatte. Richtig: es sprudelte dort Wasser von neun Gerüchen, neun Geschmäkken und neun Farben. Verzückt blieb Galdiró stehen und besah sich diese Pracht, da besann er sich schnell auf seine Pflicht, füllte ein Fläschchen mit dem wunderkräftigen Wasser und kehrte zu der Alten zurück. Er traf sie halben Weges, denn sie war vor Ungeduld schon ganz verzweifelt. Eilends liefen nun beide zu der Höhle, wo der König unter der Gestalt eines Bockes lebte. Er goß ihm von dem Wasser über den Kopf, und sofort nahm er seine natürliche Gestalt als König an. Genauso machte Galdiró es mit der Alten, und die verwandelte sich in eine hübsche junge Frau, schöner als ein Engel. Der König und die Königin waren so überglücklich, daß sie kaum verstehen konnten, was mit ihnen vorgegangen war. Sie lachten und weinten und umarmten ihren Retter, und sie versprachen ihm, daß sie ihn nie vergessen würden. Dann schärfte die Königin Galdiró noch einmal alles genau ein, was er beachten müsse, um sich aus den Nachstellungen des Teufels zu retten. Voller Hoffnung, daß sie ihn wiedersehen würden, ließen sie schließlich den jungen Burschen ziehen, denn dessen Stunde war nun gekommen.

Galdiró, der Spieler, kehrte schnell in den Garten zurück, wo er gleich die drei Falter fliegen sah: einen blauen, einen grünen und einen roten, der war der kleinste von allen dreien. In einem Hast-du-nicht-gesehen fing Galdiró den roten Falter. Kaum hatte er ihn berührt, da verwandelte sich der Falter in ein junges Mädchen. Er nahm sie zart beim Arm, da fragte sie ihn: «Was hältst du mich fest? Was willst du von mir?» – «Ich war ein Spieler, dem der Teufel das Leben abgewonnen hat im Spiel, und jetzt bin ich hier, um mich ihm in seinem Palaste zu stellen.» – «Und ich bin seine Tochter und habe soviel Macht wie er oder noch mehr. Weil du mich gefangen hast, bin ich die Deine, und ich will dir in allem helfen. Mein Vater wird dir Arbeiten auftragen, die völlig unmöglich scheinen; du brauchst aber nicht zu verzweifeln. Es genügt, wenn du mich bei meinem Namen rufst, dann werde ich kommen und für alles sorgen. Ich heiße Rosella, und du, wie nennst du dich?» – «Ich heiße Galdiró.» – «Galdiró! Was für ein schöner Name! Wir werden ein gutes Paar abgeben!»

Da ließ der Bursche das Mädchen los, das sich sogleich wieder in einen roten Schmetterling verwandelte, der munter durch den Garten gaukelte. Galdiró aber ging zum großen Tor und klopfte auf die Stunde genau an: pam! pam!, und ein schrecklicher Teufel öffnete ihm, der hatte drei Paar Hörner und sieben Schwänze, und der fragte ihn, was er wolle. Galdiró erklärte es ihm. Der Teufel aber führte ihn in einen großen Saal, wo sein Herr auf dem Thron saß. Als der Teufel Galdiró sah, war er sehr zufrieden und sagte: «Ich sehe, daß du dein Wort gehalten hast wie ich das meine. Gut so! Heute geh nur im Schloß spazieren, soviel es dir gefällt, morgen will ich dir dann sagen, was du zu tun hast!»

Da dachte Galdiró bei sich: ‹Die Sache läßt sich ja nicht so übel an!› Er aß und trank wie ein Fürst und ging den restlichen Tag im Garten spazieren; nachdem er zur Nacht gespeist hatte, legte er sich schlafen, ohne sich den Kopf wegen des nächsten Tages zu zerbrechen.

Am nächsten Tag ließ ihn der Teufel zum Frühstück einladen, und nachdem sie zusammen gespeist hatten, sagte der Herr des Schlosses «Hinein und nicht heraus» zu Galdiró: «Du siehst den riesigen Berg da; er wirft mir einen zu großen Schatten, so daß ich die Sonne beim Essen nicht sehen kann. Schau, daß du ihn abträgst bis zum Mittagstisch, denn ich will in der Sonne sitzen. Ich schätze, daß du damit heute genug zu tun hast.»

Als Galdiró die Worte des Teufels hörte, wurde ihm ganz schwach. Halbtot ging er weg und war fest davon überzeugt, sein Ende sei gekommen, denn der Teufel würde ihn sicherlich umbringen. Und der Auftrag schien ihm unausführbar. Fassungslos rief er Rosella, sie erschien augenblicklich und fragte, was ihr Vater ihm befohlen habe. «Ich muß bis heute mittag jenen großen Berg abtragen, weil der Teufel sein Mittagsmahl in der Sonne einnehmen will. Ich Armer! Das kostet mich das Leben!» – «Verzweifle nicht! Das ist für mich kein Kunststück.» – «Was sagst du da, Rosella?» – «Warte nur ab! Du wirst es gleich sehen!» Kaum hatte sie das gesagt, da zog Rosella ein Nadelbüchschen heraus, öffnete es und streute sämtliche Nadeln auf die Erde. Kaum hatten jedoch die Nadeln den Boden berührt, da wurden daraus kleine Teufel. Es waren Tausende und Abertausende, alle flogen um Rosella und schrien: «Gebiete, Herrin!» – «Ebnet mir jenen Berg dort ein! Macht ihn so flach wie meine Hand, aber hurtig und in Eile!»

Da stürzte sich die ganze Menge Teufelchen auf den Berg.

Statt eines Hammers gebrauchten sie ihre Hörner, um die Felsen zu zerschmettern, und mit den Schwänzen ebneten sie alles ein. Das ging schneller, als man ein Vaterunser sagen kann. Und im Nu war die Gegend, wo der Berg gestanden hatte, so flach wie ein Handteller.

Als der Teufel mittags an der Tafel erschien und sah, daß Galdiró die unmögliche Aufgabe gelöst hatte, standen ihm vor Überraschung die Hörner zu Berge. Er begriff jedoch recht gut, daß das nicht die Tat Galdirós gewesen sein konnte, sondern daß ihm seine Tochter Rosella geholfen haben mußte. Aber er ließ kein Wort verlauten und gedachte, dem Burschen das nächste Mal eine noch schwierigere Aufgabe zu übertragen. Für diesen Tag ließ er ihn ungeschoren.

Am nächsten Morgen aber, nach dem Frühstück, sagte er zu Galdiró: «Ich bin zur Zeit ganz appetitlos und mag gar nichts essen. Du mußt mir Wasser aus dem Brunnen von Bombolla verschaffen, denn wenn ich davon trinke, dann bekomme ich wieder Hunger. Der Brunnen aber befindet sich am andern Ende der Welt, ich weiß selbst nicht genau, wo. Damit man nicht erst jeden Tag dorthin gehen muß, um das Wasser herzuschaffen, wird es das beste sein, wenn du eine Röhre durch die ganze Erde hindurch gräbst. So kann ich das Wasser hier vor dem Schlosse sprudeln lassen und meinen Durst löschen. Beeile dich aber! Wenn ich das Wasser nicht bis zum Mittagessen habe, wird es dir schlimm ergehen!»

Galdiró war noch verzweifelter als am vorherigen Tage, denn die Aufgabe schien ihm vollkommen unerfüllbar. Er lief in den Garten und rief Rosella. Die fragte ihn nach den Befehlen ihres Vaters. Da erzählte er bestürzt von dem Brunnen von Bombolla und von der Brunnenröhre, die er graben müsse. «Wenn es weiter nichts ist», sagte Rosella, «dann bekümmere dich nicht! Das ist keine große Sache für mich und mein Volk.»

Und wie am vergangenen Tage zog sie ihr Nadelbüchschen hervor, öffnete es und schüttete sämtliche Nadeln auf die Erde. Alsbald kamen wieder jene Schwärme kleiner Teufelchen zum Vorschein, die zitterten vor Begier zu arbeiten, und alle riefen: «Herrin, was gebietest du?» Rosella erteilte ihnen ihren Auftrag, und sie gruben unverzüglich ein Loch durch die Erde bis zum Brunnen von Bombolla, so daß das Wasser des Brunnens bis vor das Haus des Teufels fließen konnte. Das ging so schnell, daß Galdiró es nicht glauben konnte und zweifelte, ob er wache oder träume.

Es kam die Stunde des Mittagsmahles, und Galdiró füllte ein Fläschchen von dem Wasser des Brunnens von Bombolla, das war so kalt und frisch wie eine Rose, und bot es dem Teufel an. Dem sträubten sich alle Haare vor Verwunderung, und er verstand recht gut, daß wiederum nicht Galdiró dieses Meisterstück geschaffen haben konnte, sondern daß die Hand seiner Jüngsten im Spiele sein mußte. Und da er bedachte, daß sie mächtiger war als er selbst, wollte er von ihrer Zauberkraft profitieren. Deshalb sagte er am nächsten Morgen nach dem Frühstück zu seinem Gast: «Schau, ich will auf die Reise gehen. Aber wie soll ich das machen? Ich habe so viel Gepäck, daß ich es nicht fortschaffen kann. Es wäre am besten, wenn ich das Meer unmittelbar vor dem Palaste hätte, dann könnte ich gleich mit Sack und Pack aufs Schiff gehen, und alles wäre viel leichter für mich. Sieh zu, daß du bis zum Mittagessen das Meer zu meinem Haus heranbringst. Wenn es dir nicht gelingt, dann soll es dir übel ergehen!»

Diesmal war es an Galdiró, daß sich alle Haare aufrichteten, denn das war nun auf jeden Fall unmöglich. Er hatte nicht die geringste Hoffnung, daß die Teufelchen helfen könnten, und eilte nur in den Garten, um Rosella sein Leid zu klagen. Als er sie rief, kam sie gleich, und er erzählte ihr den unmöglichen Auftrag. Da sprach Rosella: «Diesmal ist die Geschichte in der Tat etwas schwieriger. Aber sei guten Mutes! Ich werde dir auch diesmal helfen. Aber weil die Arbeit schwer und die Zeit knapp ist, benötigen wir heute noch ein zweites Nadelbüchschen.» Und damit zog sie zwei Nadelbüchschen aus der Tasche, öffnete beide und goß den Inhalt auf die Erde. Da erschienen zwei Schwärme von Teufelchen, die einen waren rot, die andern waren grün. Als die roten die grünen sahen, zitterten sie vor Ungeduld, und sie waren wie im Fieber, mehr zu arbeiten als die andern. Alle zusammen aber schrien wie irrsinnig: «Herrin, gebiete!» Da gebot ihnen Rosella, das Meer bis vor den Palast zu schaffen, und sogleich arbeiteten sie so wild drauflos, daß die Funken stoben. Sie gruben, schaufelten und schlugen wie die Berserker, und es war noch keine Stunde vergangen, da hörte man die Wellen des Meeres an die Mauer des Schlosses schlagen.

Als das geschehen war, sagte Rosella zu Galdiró: «Nun hast du alle Aufgaben gelöst, die dir mein Vater aufgetragen hat, aber er weiß recht wohl, daß ich dir dabei geholfen habe. Er kann dir nun keine neuen Befehle mehr erteilen, und weil er mit dir zufrieden ist, weil du etwas vollbracht hast, was Tausenden vor dir nicht gelungen ist – sie haben nämlich meinen Schwestern vertraut –, wird er dir ein Geschenk machen wollen. Er wird die die Hand einer seiner Töchter anbieten und dich fragen, welche du willst.» – «Ich will dich, denn du bist meine Retterin!» – «Du hast gut reden! Wenn es so leicht wäre. Mein Vater wird uns dir nicht zeigen, sondern uns hinter einem Vorhang verstecken, dann wird er dich befragen. Wenn du mich nicht findest, sondern eine meiner Schwestern, so wird sie dich töten. Merke deshalb auf: Ich werde mich ganz rechts stellen, so kannst du mich finden. Wenn mein Vater sieht, daß du mich gefunden hast, dann wird er sehr wütend werden und danach trachten, uns zu verderben. Wir werden aber, ohne daß er es merkt, aus dem Schloß fliehen, und du wirst der erste Mensch sein, dem es gelungen ist, das Schloß ‹Hinein und nicht heraus› zu betreten und zu verlassen, ohne getötet oder verzaubert zu werden.»

Nachdem sie das gesagt hatte, verwandelte sich Rosella wieder in einen roten Falter und schwebte davon. Der Teufel aber kam zur gewohnten Stunde, und es verlief alles so, wie es Rosella vorausgesagt hatte, denn sie war noch klüger als ihr Vater. Als der Teufel das Meer vor seinem Fenster erblickte, war er außerordentlich zufrieden, aber er erkannte auch hierin wieder die Macht seiner Jüngsten. Er sprach also zu Galdiró: «Ich bin sehr zufrieden mit dir, denn du hast brav alle Aufträge erfüllt und alle Aufgaben gelöst. Tausende sind in mein Haus gekommen, und keinem ist es bisher gelungen, auch nur eine Aufgabe zu lösen. Ich sehe, daß du sehr geschickt bist, und zur Belohnung will ich dir ein Geschenk geben. Da du so klug bist, hast du verdient, in meine Familie aufgenommen zu werden. Wenn du willst, kannst du eine meiner Töchter zur Frau haben; du sollst sie sogar selbst auswählen dürfen.» – «Recht gern, Herr, würde ich mich mit einer deiner Töchter vermählen, wenn du mir eine geben willst.» – «Ich habe drei, nimm dir diejenige, welche dir am besten gefällt. Es ist aber hier in diesem Reiche üblich, daß die Freier ihre Mädchen nicht zu Gesicht bekommen, denn diese stehen hinter einem Vorhang. Du darfst sie aber berühren und sagen, welche du auswählst.»

Damit ging der Teufel weg, um seine Töchter zu verstekken. Dann kehrte er zurück und führte Galdiró in den großen Festsaal. Die Mädchen aber standen hinter dem Vorhang, und Galdiró mußte unter ihnen wählen. Er ging, wie er mit Rosella verabredet hatte, auf die rechte Seite, nachdem er wie suchend auch die andern beiden berührt hatte, und sagte: «Diese liebe ich und begehre ich als Frau!» Als der Teufel sah, daß er sich Rosella ausgesucht hatte, wurde er ganz rot vor Zorn, denn ihm selbst war auch Rosella die liebste unter seinen Töchtern, und er sah in ihr seine künftige Hilfe, um die Menschen zu verderben. Er konnte sich also vor Wut kaum beherrschen und sprach bei sich: «Das hätte ich mir ja denken können! Aber ihr werdet es mir teuer bezahlen! Die Hochzeitsnacht sollt ihr nicht erleben, denn ich werde euch beide töten!»

Rosella indes vermochte mehr als ihr Vater, ja sie konnte sogar seine Gedanken lesen, und so traf sie ihre Vorsorge.

Nun wurde aber zur nämlichen Stunde mit großem Gepränge Hochzeit gefeiert. Nach dem Mahl gingen Rosella und Galdiró auf ihr Zimmer, aber sie legten sich nicht zu Bett. Vielmehr sagte die junge Frau zu ihrem Gatten: «Wenn unser Vater glaubt, daß wir schlafen, dann wird er kommen, um uns zu töten. Wir müssen also zu einer List greifen, um ihn zu täuschen. Wir legen einige Weinschläuche ins Bett und geben ihnen die Form unserer Körper. Wenn dann mein Vater zusticht, dann wird er meinen, es fließe unser Blut heraus. Während ich das Bett vorbereite und meine Kleider, meinen Schmuck und mein Geld sammle, geh du in den Stall und suche das magerste und dürrste Pferd aus, das du dort findest. Das magerste ist der flinkste Läufer. Fange ja kein anderes, denn sie sind alle nicht so schnell. Wenn du den Gaul gesattelt hast, dann führe ihn in den Garten und warte auf mich!»

Galdiró stieg in den Stall hinunter, und Rosella machte aus ihren Kleidern, dem Schmuck und dem Geld ein Paket, dann sprach sie zu sich: «Es ist auf jeden Fall gut, wenn ich auch die Zauberflöte und den sprechenden Vogel mitnehme, denn man weiß nie, was einem draußen in der Welt zustoßen wird.» Sie nahm also auch diese beiden mit, dann ging sie und legte einen Stein auf einen Absatz der Treppe, einen zweiten Stein auf den nächsten Absatz der Treppe, und einen dritten Stein legte sie zu Füßen des Bettes. Nachdem sie mit den Steinen gemacht hatte, was zu tun war, stieg sie in den Garten hinab, aber zu ihrem großen Mißfallen sah sie, daß Galdiró nicht das magere Pferd gesattelt hatte, wie sie ihm aufgetragen hatte. «Warum zum Teufel hast du nicht das Pferd genommen, von dem ich dir gesagt habe?» – «Ach, das ist so klapperdürr, daß es kaum auf den eigenen Beinen stehen kann; es hätte uns unmöglich alle beide tragen können. Ich habe deshalb diesen dicken Schimmel gesattelt.» – «Oh, so ein Dummkopf! Nach jenem Roß stand mein Gedanke, denn es rennt so schnell wie ein Wirbelwind. Das da läuft nicht halb so gut. Mein Vater wird uns bald verfolgen, wenn er merkt, daß wir geflohen sind. Und mit jenem Pferd wird er uns sicher einholen. Aber nun ist es zu spät, um die Gäule auszutauschen. Laß uns fliehen!» Damit schwang sie sich auf den Schimmel, Galdiró bestieg ebenfalls das Pferd, und sie ritten davon, so schnell sie konnten.

Nach einer Weile ging der Teufel zur Treppe, die zu Rosellas Schlafgemach führte, und rief: «Rosella, meine Tochter!» Da antwortete der erste Stein: «Was willst du, Vater?» – «Schläfst du schon?» – «Nein, aber ich will eben die Treppe hinaufsteigen.» Und der Stein krachte so, als ob jemand eine knarrende Stufe beträte. Der Teufel aber kehrte in seinen Saal zurück. Nach einer Weile, als der Teufel glaubte, daß das Paar nun schlafe, rief er wiederum: «Rosella, meine Tochter!» Und der zweite Stein antwortete: «Was willst du, Vater?» – «Schläfst du schon?» – «Nein, ich bin eben oben an der Treppe angekommen.» Und der zweite Stein knarrte ebenso wie der erste. Der Teufel aber rief voller Ungeduld: «Nun geh doch endlich zu Bett!» Dann ging er wieder in seine Gemächer. Er wartete noch ein Weilchen, dann ging er bis ins Treppenhaus und rief: «Rosella, mein Töchterchen!» Da antwortete der dritte Stein, der zu Füßen des Bettes lag: «Was willst du, Vater?» – «Schläfst du schon?» – «Nein, ich lege mich gerade ins Bett.» Und der Stein knarrte so, als ob sich Rosella und Galdiró zu Bett legten. Nun wartete der Teufel noch einige Minuten, und da sich im Zimmer nichts mehr rührte, rief er: «Rosella, liebes Töchterchen!» Aber niemand entgegnete ihm. Da rief der Teufel noch zweimal, und als er auch darauf keine Antwort erhielt, war er überzeugt, daß das Brautpaar eingeschlafen sei. Er ging in das Zimmer hinein, näherte sich dem Bett, zog ein langes und scharfes Schwert heraus und stieß es mit voller Wucht in die dort liegenden Körper, von denen er glaubte, daß es Rosella und Galdiró seien. Mit großer Wut schrie er dabei: «Falsche

Verräter! Ihr habt geglaubt, das Spiel gewonnen zu haben. Aber mich betrügt man nicht!» Und bei jedem Stich, den er tat, schien ein Blutstrahl hervorzuspritzen. Der Teufel sah das mit innigem Vergnügen, und nachdem er nach Herzenslust gewütet hatte, kehrte er in sein Zimmer zurück und legte sich schlafen.

Als er am nächsten Morgen erwachte, schwamm das ganze Haus in Wein. Der Teufel konnnte das nicht verstehen. Er erhob sich, um der Ursache nachzugehen. Da sah er, daß der Wein aus dem Schlafgemach des Brautpaares die Treppe herabgelaufen kam. Schnell erklomm er die Stiege und betrat den Raum. Richtig! Da sah er die zerstochenen Weinschläuche und verstand sogleich, daß er von Rosella hereingelegt worden war. Er wurde so zornig und wütend, daß er wie ein Maultier schäumte. Wie der Blitz eilte er in den Stall, fand zu seiner Erleichterung das magere Pferd, sprang hinauf und schrie: «Schnell! Bringe mich zu Rosella und meinem Schwiegersohn!« Und – sirr! – rasch wie ein Gedanke stob das Pferd dahin und hatte sich binnen kurzem dem Paar genähert.

Als Rosella gewahr wurde, daß ihr Vater nahe hinter ihnen war, sagte sie rasch: «Das Pferd zum Maultier, Galdiró zum Pfluge und ich zum Pflüger!» Kaum hatte sie es gesagt, da geschah es so. Kurz darauf kam der Teufel auf dem mageren Pferde angebraust und rief:

«Pflüger, guter Pflüger,
Sag mir bitte an:
Sahst du hier vorbeigehn
Rosella und ihren Galan?»

Rosella aber antwortete wie ein Bauer:

«Ich pflüge, ich pflüge,
Ich pflüge dieses Korn;
Der aber weiß es,
Der es sah gebor'n.»

Der Teufel glaubte, er sei nicht verstanden worden, er schrie deshalb noch lauter:

«Pflüger, guter Pflüger,
Ich frage nochmals an:
Sahst du hier vorbeigehn
Rosella und ihren Galan?»

Rosella aber antwortete trocken wie ein Bauer:

«Ich pflüge, ich pflüge,
Ich pflüge dieses Korn;
Der aber weiß es,
Der es sah gebor'n.»

Da wurde der Teufel ganz wütend, er dachte, der Bauer sei wohl schwerhörig, und er schrie noch lauter:

«Pflüger, bester Pflüger,
Ich frage wieder an:
Sahst du hier vorbeigehn
Rosella und ihren Galan?»

Rosella aber kehrte ihm den Rücken zu und wiederholte gleichmütig:

«Ich pflüge, ich pflüge,
Ich pflüge dieses Korn;
Der aber weiß es,
Der es sah gebor'n.»

Der Teufel glaubte, einen Verrückten vor sich zu haben, und gab es auf, zu fragen. Er schlug eine andere Richtung ein und ritt davon. Rosella aber sagte: «Daß wir wieder werden, was wir waren!» Und sofort verwandelten sie sich in ihre alte Gestalt zurück und nahmen die Flucht wieder auf.

Nach einer Weile kamen dem Teufel Zweifel, ob der Bauer nicht etwa seine Tochter Rosella gewesen sein könne. Er ritt deshalb zurück, fand jedoch niemand mehr an der alten Stelle. Da nahm er die Verfolgung wieder auf. Als Rosella merkte, daß sie wieder verfolgt wurden, rief sie: «Das Pferd zur Kornähre, Galdiró zum Pferd und ich zum Drescher!», und so geschah es. Da kam auch schon der Teufel daher und fragte:

«Drescher, guter Drescher,
Hast du nicht gesehn,
Rosella und Galdiró
Hier vorübergehn?»

Seine Tochter aber tat, als hätte sie überhaupt nichts gehört, sie wendete das Pferd und murmelte vor sich hin:

«Drisch nur, drisch,
Doch nie du weißt,
Wer dieses Brot
Einmal verspeist.»

Da wiederholte der Teufel seine Frage mit den gleichen Worten, und er erhielt die nämliche Antwort darauf. Aber er konnte Rosellas Verkleidung nicht erkennen, so dachte er auch diesmal wieder, er hätte einen dummen oder tauben Bauern vor sich. Deshalb wiederholte er seine Frage ein drittes Mal, ohne mehr aus dem Bauern herauszubringen als vorher. Der Teufel schimpfte innerlich auf die saudummen Bauern und wandte sich ab, um in einer anderen Richtung nach dem Paar Ausschau zu halten. Kaum war er weg, da nahmen Galdiró und Rosella samt dem Pferde wieder ihre natürliche Gestalt an und ihre Flucht auf. Aber auch diesmal kamen dem Teufel nach einer Weile Zweifel, ob nicht jener Bauer doch seine Tochter Rosella sei. Er kehrte um, fand sie jedoch nicht mehr an der alten Stelle.

Sobald Rosella gewahr wurde, daß ihr Vater sich ihnen wiederum näherte, sagte sie: «Das Pferd zur Hütte, Galdiró zum Kohlenmeiler und ich zum Kohlenbrenner!» So geschah es. Schnell war der Teufel zur Stelle, aber er erkannte auch diesmal seine Tochter nicht in dem Kohlenbrenner, sondern fragte:

«Guter Kohlenbrenner,
Hast du nicht gehört
Oder auch gesehen
Ein Brautpaar und ein Pferd?»

Sie aber machte es wie Simon vom Schatten und sagte nichts als:

«Kohlen zu verkaufen!
Für die einen vier,
Doch fünf für die andern
Mußt du geben mir!»

Der Teufel wurde wütend und sagte:

«Guter Kohlenbrenner,
Ich fragte dich nicht so!
Sahst du nicht vorbeiziehn
Rosella und Galdiró?»

Aber Rosella antwortete unentwegt:

«Kohlen zu verkaufen!
Für die einen vier,
Für die andern fünf
Mußt du geben mir!»

Da fragte der Teufel ein drittes Mal, aber der Köhler hörte ihn gar nicht an, sondern murmelte immer die gleichen Worte. Da wurde der Teufel fuchsteufelswild, verwünschte den Köhler samt seinem Kohlenmeiler und der Hütte und ritt davon. Rosella und Galdiró aber kehrten zu ihrer Gestalt zurück und flohen weiter.

Als jedoch des Teufels Zorn nach einer Weile verraucht

war und ihm die Besinnung wiederkehrte, sprach er bei sich: «Rosella muß der Kohlenbrenner gewesen sein!» Sprach's und wandte sein Pferd abermals. Als Rosella das Pferd ihres Vaters nahen hörte, sprach sie schnell: «Daß hier ein Fluß entspringe von siebzig Klafter Breite, so daß ihn das Pferd meines Vaters nicht überspringen kann!» Und – bscht! – plötzlich entsprang ein großer und breiter Fluß hinter Rosella und Galdiró, und der Teufel konnte ihn mit seinem Roß nicht überwinden. Als er sah, daß seine Tochter am andern Ufer war und daß er sie nun nicht mehr würde erreichen können, rief er: «Rosella, meine Tochter, verlaß mich nicht, ohne daß du dich wenigstens noch mir zugekehrt und mir einen Handkuß geschickt hast!» Aber Rosella hütete sich und wandte sich nicht um. Sie wußte, daß ihr Vater ihnen schaden wollte. Hingegen verstand Galdiró, der von Natur ein gutes und weiches Herz hatte, ihr Verhalten nicht, und er bat sie, sich doch noch einmal umzukehren. Aber Rosella sprach: «Nein, denn er würde mich verfluchen, und du darfst dich auch nicht umwenden, sonst würde dich sein Fluch genauso treffen.» Aber der Teufel klagte und jammerte so erbärmlich, daß man meinen konnte, es breche ihm das Herz vor Schmerz. Da konnte Galdiró nicht länger widerstehen, und er wandte sich um, weil er dem Teufel einige tröstende Worte sagen wollte. Kaum jedoch schaute er dem Teufel in die Augen, da stieß dieser einen fürchterlichen Fluch aus: «Wenn du Rosella verläßt, wirst du dich ihrer nie mehr erinnern!»

Entsetzt wandte sich Galdiró ab. Rosella aber sagte: «Da siehst du, was ich dir gesagt habe. Jetzt darfst du nie mehr von meiner Seite weichen, denn wenn du von mir gehst, dann wirst du mich vergessen. Alle meine Macht vermag nichts gegen diesen Fluch. Ja ich kann ihn nicht einmal abschwächen.» – «Nein, das ist ganz unmöglich. Du hast mir das Leben gerettet, und das werde ich dir nie vergessen. Und ich werde mich auch nie von dir trennen, komme, was da mag!» – «Nun, wir werden ja sehen!»

Sie ritten weiter und kamen schließlich nach einiger Zeit in einen großen Wald. Dort stießen sie auf mehr als hundert Diener, die in Seide und Samt gekleidet waren und bei einer großen goldenen Karosse warteten. Als die Diener Galdiró und Rosella sahen, fragten sie: «Seid Ihr es, der ausgezogen war, um das Schloß ‹Hinein und nicht heraus› zu suchen, der eine arme verzauberte Königin gefunden hat, die er entzaubern konnte zusammen mit ihrem Gemahl?» – «Der bin ich.» – «Der König und die Königin sind nämlich unsere Herrscher. Sie haben uns ausgeschickt hier in diesen Wald und haben uns aufgetragen, mit dieser Karosse auf Euch zu warten, denn wir sollen Euch zum Königspaar bringen, das Ihr gerettet habt.»

Da waren alle sehr zufrieden, und Galdiró wollte mit Rosella die Karosse besteigen. Aber der Majordomus sagte: «Unsere Herrschaft hat nur von einem jungen Mann gesprochen, den wir erwarten und ins Schloß bringen sollen. Ich kann deshalb dieses junge Mädchen nicht mitnehmen.» Da sagte Galdiró: «Wenn das so ist, dann will auch ich nicht die Karosse benutzen, sondern ich werde Euch mit meiner jungen Frau zu Pferde folgen.» – «Das kann ich leider nicht zulassen, denn der König hat mir ausdrücklich befohlen, Euch mit der Karosse zum Palast zu bringen. Und wenn Ihr es nicht so haben wollt, so würdet Ihr mich zwingen, mit meinen Dienern Euch mit Gewalt in die Karosse zu setzen.» Da entschied sich Galdiró dafür, daß er mit der Kutsche zum König fahren wolle, Rosella aber sollte zu Pferde bis in die Stadt mitkommen und in einem Wirtshaus auf ihn warten. Rosella wollte das nicht zugeben, denn sie wußte, sobald Galdiró sich von ihr trenne, würde er sie vergessen. Aber als sie damit ihrem Gatten Vorhaltungen machte, wurde er sehr ärgerlich und sagte: «Solange ich lebe, werde ich dich nie vergessen.»

Rosella ließ ihn schweren Herzens ziehen, aber sie hatte immer noch die Hoffnung, er würde sich ihrer erinnern, solange er keine Frau umarmen würde, und wie sollte das geschehn? Galdiró kam indessen an den Hof des Königs, und zur Feier seiner Ankunft wurde ein großes Fest gefeiert. Doch wie es der Zufall will, war unter den Zofen der Königin die Amme Galdirós. Wie war die glücklich, ihr Milchkind wiederzusehen! Sie kam auf ihn zu und umarmte ihn herzlich, und im gleichen Augenblick verlor er Rosella aus seinem Gedächtnis. Er wußte nicht mehr, daß sie ihm zur Flucht aus dem Schlosse «Hinein und nicht heraus» verholfen hatte, ja er besann sich nicht einmal mehr darauf, daß er mit ihr verheiratet war. Und so wartete die arme Rosella vergeblich darauf, daß er sie aus dem Wirtshause abholte. Bei Hofe aber wurde sie nicht vorgelassen.

Der König und die Königin, welche Galdiró entzaubert hatte, besaßen eine junge Tochter, die war außerordentlich hübsch und liebenswert. Der König, der nicht wußte, wie er seine Dankbarkeit beweisen sollte, dachte für sich: ‹Es ist recht und billig, wenn ich Galdiró meine Tochter zur Frau gebe. So kann ich meine Schuld ihm gegenüber doch ein wenig begleichen.›

Er bot also Galdiró die Hand seiner Tochter an, und der junge Mann fühlte sich durch dieses Angebot sehr geehrt. Da er Rosella vergessen hatte, fiel es ihm auch nicht schwer, sich in die schöne Prinzessin zu verlieben. So sagte er gerne ja, und der König befahl, die Hochzeit vorzubereiten. Indessen hoffte die arme Rosella von einem Tag auf den andern, aber schließlich gab sie ihre Hoffnung auf, denn sie war nun überzeugt, daß Galdiró sie vergessen habe. Sie machte sich nun auf und ging in der Nähe des Palastes vorbei, indem sie rief, daß sie sich als Magd verdingen wolle. Als das der Koch des Königs hörte, fiel ihm ein Stein vom Herzen, denn in der Küche ging es hoch her. Man erwartete so viele Gäste und sollte ein so großes und festliches Mahl vorbereiten, daß die Hände nicht ausreichten. So kam Rosella in die Hofküche. Sie bemerkte, daß der Koch trotz ihrer Hilfe immer noch ein bekümmertes Gesicht machte, und fragte ihn: «Warum siehst du so mürrisch und verzweifelt drein?» – «Ich sehe so verzweifelt aus, weil ich morgen nach dem Festmahl am Tische des Königs eine Rede halten soll, und ich weiß einfach nicht, was ich sagen soll. Und es wird dort so viel Volk geben, daß ich mich auch nicht gern blamieren möchte. Aber wie soll ich bis morgen noch eine hübsche Rede einstudieren, wo ich doch schon hier so viel zu tun habe?!» – «Und das ist deine einzige Sorge? Ich an deiner Stelle würde mir deshalb nicht den Kopf zerbrechen.» – «Was sagst du? Wie würdest du es denn machen?» – «Ich würde kein Wort sagen, aber ich habe einen Vogel, der kann tanzen und reden, wenn ich auf der Flöte blase. Ich würde ihn auf die Tafel setzen und würde ein Stück auf der Flöte spielen, da würde der Vogel zu tanzen beginnen und für mich sprechen.» – «Bei Gott, das wäre aber hübsch! Würdest du mir wirklich mit deinem Vögelchen helfen?» – «Natürlich!» – «Und du läßt mich nicht damit hereinfallen?» – «Gott bewahre!»

Am nächsten Tag brachte Rosella ihren Vogel mit, und als alle Gäste an der Tafel saßen, führte sie der Koch in den Speisesaal. Rosella setzte das Vögelchen auf den Tisch und hub an zu spielen. Bei den ersten Tönen der Zauberflöte begann der Vogel zu tanzen, und dazu sang er ein Liedchen, das lautete:

«Crat, crat, crat,
Der Bräutigam ist verheirat'!
Cricht, cricht, cricht,
Ein zweites Mal geht's nicht!
Crecht, crecht, crecht,
Die Hochzeit ist sehr schlecht!
Crau, crau, crau,
Rosella ist seine Frau!
Cricht, cricht, cricht,
Die Prinzessin ist es nicht!»

Alles saß um die Tafel und bewunderte den Vogel und war verwundert über sein Lied. Galdiró aber war es, als ob er aus einem tiefen Schlafe erwache. Er zweifelte, ob er träume oder ob er in Wahrheit im Saal des Königs sitze. Und langsam dämmerte alles wieder auf, was er durch die Umarmung der Amme vergessen hatte. Die anderen Gäste aber begannen, einander Rätsel aufzugeben, und als die Reihe an den jungen Bräutigam kam, fragte er: «Nehmt einmal an, ihr besäßet einen schönen goldenen Schlüssel, der euch lange ein wertvolles Schloß geöffnet und verschlossen hat. Eines Tages habt ihr ihn verloren. Nach langem vergeblichem Suchen laßt ihr euch einen neuen machen. Und da, am gleichen Tage, da ihr den neuen bekommt, findet sich der alte wieder. Welchen werdet ihr vorziehen?» Alle Tischgenossen riefen: «Den alten!» Und Galdiró drauf:

«So ist auch die Gattin nicht
Die Prinzessin hübsch und licht,
Sondern meiner lieben Braut
Rosella bin ich angetraut.»

Damit umarmte er Rosella, und beide erzählten der ganzen Tafel ihre Geschichte. Da waren alle fröhlich und vergnügt, und auch die Prinzessin war schnell getröstet und heiratete den Bruder des Galdiró. So wurden alle glücklich und zufrieden.

Sie hatten drei Söhne
Und hatten drei Töchter.
Der Größte wuchs zum Riesen heran,
Der Mittlere wurde ein Grobian,
Der Kleinste war gerissen und schlau,
Die Älteste wurde eines Königs Frau,
Die Mittlere häßlich wie die Nacht,
Die Jüngste schön, wie die Sonne lacht,
Und damit ist das Märchen vollbracht.

51

Die Schwiegermutter des Teufels

Es war einmal eine Mutter, die hatte eine Tochter. Das Mädchen aber war sehr stolz, und kein Freier sagte ihr zu. Sie hatte schon ein halbes Dutzend junger Galane abgewiesen, da sagte ihre Mutter eines Tages, als sie wieder einem Freier die Tür gezeigt hatte, zornig: «Wenn du doch den Teufel zum Liebhaber erhalten wolltest!»

Aber in der Folge bereute sie ihre Worte und begann zu fürchten, daß die Verwünschung etwas Übles einbringen könne. Und etwa nach Ablauf eines Jahres erschien bei dem jungen Mädchen ein außerordentlich hübscher junger Mann. Der war nicht nur besser gekleidet als alle bisherigen Freier, sondern er war auch sehr reich, sehr liebenswürdig und sehr galant. Er allein verstand es, dem Mädchen nach Gefallen zu sein und es zu verwöhnen. Da kam es denn, wie es kommen mußte, das Mädchen verliebte sich blind in diesen Mann; aber die Mutter lebte in der Furcht, es könne ein Dämon sein und ihre Verwünschung könne Früchte getragen haben. Dennoch bereitete man die Hochzeit vor.

Es wurde ein prächtiges Fest. Der Bräutigam, der sehr reich sein mußte, bezahlte das ganze Festmahl und beschenkte alle, die zur Hochzeit gekommen waren. Nach dem Mahl rief die Mutter die junge Braut auf die Seite und gab ihr einen geweihten Ölzweig. Außerdem trug sie ihr auf, wenn sie in ihr Schlafgemach kämen, solle sie gut alle Fenster und Türen schließen, und sie solle alle Vorhänge mit Weihwasser besprengen und nur das Schlüsselloch frei lassen.

Die junge Braut erfüllte alles genau, wie es ihr ihre Mutter aufgetragen hatte. Als der Bräutigam – und das war der Teufel! – ins Zimmer kam, sah er den geweihten Ölzweig in der Hand seiner Braut und suchte verzweifelt nach einer Möglichkeit zur Flucht. Aber alles war verschlossen, und da er keinen anderen Ausgang sah als das Schlüsselloch, entwich er durch dieses.

Aber seine Schwiegermutter war geriebener als er und hatte an das Schlüsselloch ein Fläschchen gehalten, und kaum war der Teufel aus dem Zimmer entwichen, da befand er sich auch schon in dem Fläschchen, das die Alte sogleich verschloß. Die Mutter erzählte ihrer Tochter nichts von der ganzen Geschichte, sondern ging und vergrub die Flasche tief in einer Höhle, die dort in der Gegend war. Der Teufel aber blieb eingeschlossen in dem Fläschchen, länger als 25 Jahre. Er war so verzweifelt, daß er sich selbst den Schwanz, den Bart und die Hörner raufte und sich voll Wut darüber, daß ihn eine Alte hereingelegt hatte, selbst ins Gesicht schlug.

Während der Teufel so in dem Fläschchen eingeschlossen war, lebte die Welt in tiefstem Frieden. Die Gefängnisse waren leer, Richter und Advokaten waren auf die Mildtätigkeit ihrer Mitmenschen angewiesen, weil sie keine Arbeit mehr hatten, denn niemand wollte mehr rauben oder stehlen.

Da geschah es eines Tages, daß zufällig in jener Gegend ein Wolkenbruch niederging, der war so heftig, daß die Käfer schwammen. Da flüchtete ein Hirt mit seiner großen Herde in jene Höhle, um darin zu übernachten. Und da die Herde Hunderte von Schafen zählte, füllte sie die ganze Höhle aus. Eines von den Schafen aber begann mit seinen Füßen in der Erde zu scharren und kam dabei nach und nach an die Flasche, in der der Teufel saß. Als es die ausgegraben hatte, blökte es, was es konnte, und mit ihm fingen alle andern Schafe zu blöken an. Dieser Heidenlärm alarmierte den Hirten, und er ging hin, um zu schauen, was es gäbe. Da fand er die Flasche, darin sah er etwas zappeln, und er hörte eine Stimme schreien: «Zu Hilfe, zu Hilfe! Befreie mich aus meinem Gefängnis, und ich werde dich glücklich machen.»

Der Hirt besah sich nun in Ruhe die Flasche samt ihrem sonderbaren Inhalt: eine Person, die Hörner und Schwanz trug und einen Bocksfuß hatte. Da verstand er, daß es der

Teufel war, und er beschloß, aus dieser Gelegenheit Gewinn zu ziehen.

«Was gibst du mir, wenn ich dich herauslasse?» – «Ich gebe dir, was du willst.» – «Ich will das Haus, wo mein Herr wohnt.» – «Gemacht.» – «Ich will, daß diese große Herde, die ich für meinen Herrn bewache, mir gehört und daß ich selbst ein Herr bin.» – «Gemacht.» – «Ich will jeden Tag vier Dukaten bekommen.» – «Mensch, ich und Geld! Ich habe nicht einen roten Heller mehr. Du kannst dir selbst ausrechnen, daß während meiner Gefangenschaft die Geschäfte herzlich schlecht gegangen sind. In der Hölle aber mag es wie in Andorra aussehen, denn in meiner Abwesenheit wird man weder Tag noch Nacht gearbeitet haben. Aber ich mache dir ein Angebot: Wenn ich auch nicht gleich mit barer Münze zahlen kann, so kann ich dir doch auf diese oder jene Weise zu Geld verhelfen. Paß einmal auf: du befreist mich hier aus meinem Gefängnis, und ich gehe in den Palast des Königs. Dort schlüpfe ich durch den Mund der ältesten Prinzessin in ihren Bauch und mache ihr ein großes Übel. Niemand wird hinter die Ursache der Krankheit kommen. Dann stellst du dich ein und versprichst, das Übel innerhalb dreier Tage zu beheben, wenn man dir vierhundert Dukaten gibt; und du kannst dir selbst ausrechnen, daß man gerne auf dieses Angebot eingehen wird.»

Der Hirt überlegte sich die Sache, dann schloß er mit dem Teufel einen Vertrag und ließ ihn aus der Flasche heraus. Der Teufel aber begab sich sogleich in den Palast des Königs, und als die älteste Tochter gähnte, fuhr er durch ihren Hals in den Leib. Im Bauch aber begann er zu tanzen und zu springen, daß der armen Prinzessin ganz übel wurde. Der König ließ seine Ärzte rufen, und die gaben der Prinzessin verschiedene Medizinen ein, aber keine wollte helfen, im Gegenteil, das Leiden wurde nur immer schlimmer. Da ließ sich der Hirt beim König melden und sagte, er verstehe sich darauf, die Prinzessin zu heilen. Als der König den Hirten in seiner bäuerlichen und schmutzigen Kleidung sah, dachte er zuerst, der wolle ihn zum Narren halten. Aber der Hirt bestand darauf, daß er der Kranken helfen könne. Da sagte der König: «Gut, wenn du die Prinzessin kurierst, dann sollst du haben, was du verlangst. Wenn du sie jedoch nicht binnen drei Tagen von ihren Schmerzen befreien kannst, dann sollst du hängen.» Als der Teufel das hörte, sprang er vor Vergnügen besonders hoch – und die arme Prinzessin schrie vor Schmerz –, denn er dachte, auf diese Weise werde er den Hirten los, wenn er nicht herausginge.

Der Hirt aber wunderte sich, daß sich der Teufel nicht an seine Abmachung hielt. Er kam auch am nächsten Tag wieder und bat den Teufel, die Prinzessin zu verlassen, aber der dachte nicht daran. Als der Hirt am dritten Tag in den Palast ging, sah er, daß man davor einen großen Galgen aufgebaut hatte, denn seine Frist ging nun zu Ende. Da überlegte er, wie er den Kopf aus der Schlinge ziehen könne. Und denkt euch, was er machte! Er ließ alle Glocken der Stadt läuten, das gab ein Dröhnen wie an einem hohen Festtag. Der Teufel wurde ganz aufgeregt und neugierig, als er das Läuten hörte, und wartete mit Ungeduld auf das Kommen des Hirten, um nach der Ursache des Lärms zu fragen. Der Hirt aber ließ ihn noch einige Zeit warten. Endlich ging er ins Schloß hinein und betrat das Zimmer der Prinzessin. Da fragte der Teufel: «Sag mir doch gleich, was ist das heute denn für ein Läuten, das kein Ende nehmen will? Mir scheint, es gibt ein großes Fest!» Da antwortete der Schlingel: «Ja, man sagt, daß soeben deine Schwiegermutter in der Stadt eintrifft.» Als der Teufel das hörte, schoß er wie ein Pfeil aus der Prinzessin heraus und floh wie von den Hunden gehetzt.

Die Prinzessin war glücklich, daß ihre Schmerzen mit einem Male zu Ende waren, und sie suchte gleich ihren Vater auf, um ihm davon Mitteilung zu machen. Der König war so froh darüber, daß seine Tochter geheilt war! Er überlegte nicht lange, sondern fragte den Hirten, ob er wohl die Prinzessin heiraten wolle. Und ob der wollte! So wurde er zuerst Prinz und später gar noch König.

Der Teufel, so teuflisch, wie er war, erkannte recht wohl, daß seine Schwiegermutter noch verschlagener und boshafter war als er selbst, und er zog die Lehre aus diesen Erfahrungen. Und so kommt es, daß man sagt:

«Reicht des Teufels Macht nicht aus,
Schickt er eine Frau ins Haus!»

52

Gevatter Wolf und die Geißlein

Es war einmal eine Herde von Geißlein, die lebten zusammen mit ihrer Mutter auf einem großen Hof. Die Geißlein waren noch so klein und unerfahren, daß sie sich noch nicht selbst ihr Gras zum Fressen suchen konnten. Das machte ihre Mutter für sie. Immer wenn die Geißenmutter fortging, um für ihre Kinder Gras zu holen, schärfte sie den Kleinen ein, auf keinen Fall und für niemand die Tür zu öffnen, weil der Wolf kommen und sie verschlingen könne. Sie sagte zu ihnen auch: «Schaut nur immer unten durch den Türspalt, dann werdet ihr gleich erkennen können, ob ihr meine weißen Pfoten seht oder eine fremde!» Wenn die Mutter aber vom Feld nach Hause zurückkehrte, dann sang sie, damit ihre Kinder sie erkennen könnten und ihr dann öffneten:

«Obriu, obriu cabretes,
Que us porto herbetes
Obriu, obriu, obriu!»

«Macht auf, macht auf, ihr Geißlein,
Ich bring euch zarte Reislein.
Macht auf, macht auf, macht auf!»

Dann schauten die kleinen Geißlein unter dem Türspalt hindurch, erkannten die Pfoten ihrer Mutter und öffneten ihr schnell. «Weiße Pfoten – unsere Mama!»

Der böse Wolf beobachtete eines Tages, wie die Geißenmutter zu ihrem Hof zurückkehrte, und hörte, was sie sang, damit ihr die Tür geöffnet wurde. Da dachte er: ‹Das kann ich auch!›, denn er hatte großen Appetit auf die Geißlein. Er wartete also, bis die Geißenmutter wieder einmal weggegangen war, um für ihre Kinder Gras zu schneiden. Dann ging er hin und sang mit seiner heiseren Stimme:

«Obrau, obrau, cabrotes,
Que us porto herbotes.
Obrau, obrau, obrau!»

Sperrt auf, sperrt auf, ihr Ziegen,
Das Gras sollt ihr gleich kriegen.
Sperrt auf, sperrt auf, sperrt auf!

Da merkten die Kinder gleich am Gesang, daß das nicht ihre Mutter war, und sagten: «Das ist der Wolf! Wir öffnen nicht.» Da schlich der Wolf fort und dachte über seinen Fehler nach. Er beobachtete genau, was die Alte sang, damit ihr geöffnet wurde. Am nächsten Tage aber ging er wieder zu dem Hof und sang diesmal im Falsett genau die Worte, die er von der alten Geiß gehört hatte:

«Macht auf, macht auf, ihr Geißlein,
Ich bring euch zarte Reislein.
Macht auf, macht auf, macht auf!»

Da sagten die Geißlein zu ihm: «Stell dich vor die Tür, damit wir deine Pfoten sehen können!» Der Wolf tat, wie ihm geheißen; die Geißen aber schrien: «Schwarze Pfoten! Es ist der böse Wolf! Wir öffnen nicht, es ist der Wolf!»

Eines schönen Tages, was macht da der Wolf? Es lebte in der Nähe eine Frau, die hatte Wäsche zum Bleichen ausgebreitet. Der Wolf geht hin und nimmt sich ein Stück Leinen mit. Das riß er in Streifen, wickelte es um seine Pfoten und nähte es mit einem Faden fest, so daß es aussah, als hätte er weiße Pfoten. Dann machte er sich erneut auf den Weg zum Hof der Geißlein. Dort sang er wieder mit hoher Stimme die ganze Strophe:

«Macht auf, macht auf, ihr Geißlein,
Ich bring euch zarte Reislein.
Macht auf, macht auf, macht auf!»

Die Geißlein, die an der Stimme nicht merkten, daß es der Wolf war, sagten: «Stell dich vor die Tür, damit wir deine Pfoten sehen können!» Der Wolf stellte sich ganz nahe vor die Tür, und die Geißlein sahen die weißen Pfoten und riefen: «Weiße Pfoten – unsere Mama!» Und ohne an etwas Böses zu denken, öffneten sie die Pforte. Da stürzte sich der Wolf in das Haus, und, hast du nicht gesehen, in einem Augenblick verschlang er alle Geißlein. Nur das kleinste hatte sich blitzschnell unter einem Schrank versteckt, und da konnte es der Wolf nicht finden. Als der Wolf alle gefressen hatte, wollte er entfliehn, aber sein Bauch war so schwer und voll, daß er nicht weit kam. Er mußte sich hinsetzen, um erst einmal richtig zu verschnaufen.

Indessen kam die alte Geiß zurück. Sie fand die Tür offen und erschrak gewaltig. Sie trat ein und fand keine Seele in ihrem Hause, da konnte sie sich schon denken, was sich zugetragen hatte. Sie konnte vor Weinen kaum mehr rufen: «Meine Kinder! Ach, meine Kinder!» Da kam das Kleinste unter dem Kasten hervorgekrochen, wo es sich versteckt hatte, und erzählte der Mutter alles. Als die alte Geiß hörte, daß der Wolf alle ihre Kinder verschlungen hatte, nahm sie ein großes Taschenmesser und machte sich auf den Weg, den Unhold zu suchen. Sie brauchte nicht weit zu gehen, da lag er in der Sonne und wußte sich kaum noch zu rühren, so voll war sein Wanst von den Geißlein, die er gefressen hatte. Die

Alte aber stellte sich, als wüßte sie von nichts, und sagte zu ihm: «Komm, willst du nicht mit mir etwas spielen?» – «Gut! Spielen wir!» – «Willst du Kopfstoßen spielen?» – «Ja.»

Da versuchte der Wolf, tapsend wie ein kleines Kind, mit der Geiß Kopfstoßen zu spielen. Sein voller Bauch behinderte ihn sehr, und er wich schwerfällig den Stößen der Alten aus. Diese aber stieß ihm, als sie wieder zusammenprallten, das Taschenmesser, das sie heimlich gezogen hatte, in die Bauchdecke und schlitzte ihm den ganzen Wanst auf. Da krochen sogleich die Geißlein heraus, und als sie ihre Mutter sahen, sprangen sie und tanzten vor Freude. Der Wolf aber blieb mit seinem aufgeschlitzten Bauch und heraushängenden Eingeweiden liegen.

53

Der Aal, der sprechen konnte

Es war einmal ein armer Fischer, der an einem Flusse lebte. Er war so vom Unglück verfolgt, daß ihm kein Fisch an die Angel ging, und sein Hunger und Elend war so groß, daß er den Kopf hängen ließ und nicht mehr auf eine Rettung zu hoffen wagte. Und siehe da, eines Tages, als er die Angel einzog, fand er einen großen Fisch, der angebissen hatte. Als er ihn näher beschaute, sah er einen großen Aal, so dick, wie er noch keinen gefunden hatte. Er befreite den Aal vom Haken und legte ihn in seinen Korb. Da erhob der Fisch seine Stimme und sprach: «Wenn du mich gehenläßt, wird es dir Glück bringen; wenn du mich aber fortträgst, wird dich Unheil treffen!»

Der Fischer war sehr überrascht, daß er einen Fisch gefangen hatte, der sprechen konnte. Er wußte nicht, was er tun sollte, denn er hatte lange nichts gefangen, und sein Hunger war groß. Und just an diesem Tage mußte ihm ein so großer und fetter Aal ins Netz gehen! Er besann sich lange, dachte hin und her: ‹So ein fetter Fisch! Und welche unerhörte Seltenheit: ein Fisch, der zu sprechen versteht!› Da er aber bei sich dachte, es müsse besser sein, den Worten des Fisches zu folgen, und da er ein guter Mensch war, kehrte er an den Fluß zurück und warf das Tier wieder ins Wasser. Kaum hatte der Aal die Wasseroberfläche berührt, als er den Kopf ein wenig hob und sagte: «Wirf dein Netz noch einmal aus, und es wird sich im Augenblick füllen!»

Der Fischer tat, wie ihm der Aal befohlen hatte, und das Netz war so voller Fische und so schwer, daß er es kaum herausziehen konnte und es zu reißen drohte. Er konnte die Fische gar nicht alle auf einmal nach Hause tragen und mußte den Weg mehrfach machen. Zu Hause aber versuchte er, seiner Frau die wunderbare Geschichte, die sich zugetragen hatte, zu erzählen. Seine Gattin aber war mit seiner Handlung absolut nicht einverstanden und sagte zu ihm: «Du bist ein rechter Tölpel! Wenn du einmal einen außerordentlichen Fang machst, läßt du ihn wieder schwimmen. Ich an deiner Stelle hätte den Aal sogleich nach Hause getragen, denn wer hat je im Leben ein Tier gesehen, das sprechen kann! Wir hätten eine Menge Geld daran verdient.» – «Aber wir können doch auch zufrieden sein mit dem großen Fang», entgegnete der Fischer, «nun haben wir auf lange zu essen. Und wer weiß, ob der Aal nicht die Wahrheit gesagt hat und es uns Unglück gebracht hätte, wenn ich ihn getötet hätte!» – «Geh zum Henker, Mensch! Du bist und bleibst ein Tölpel. Ein Fisch, wie ihn noch nie jemand gesehen hat! Wer weiß, was für ein Unglück uns das hätte bringen sollen! Du bist ein rechter Hasenfuß, daß du immer alles glaubst.»

Der Fischer und seine Frau füllten sich den Bauch mit den schmackhaften Fischen und lebten vier, fünf Wochen sorglos und zufrieden, und der Fischer brauchte nicht seinem

Handwerk nachzugehen, weil sie genug zu essen hatten. Das verdankten sie alles dem großen Aal, der sprechen konnte.

Als die Zeit verstrichen war, hatten sie jedoch alles aufgezehrt, und der Fischer mußte wieder zum Fluß gehen. Es dauerte nicht lange, und er fing abermals einen großen, dikken Aal. Kaum hatte er ihn vom Angelhaken befreit, da sprach der Fisch – man weiß nicht, war es der gleiche, den der Fischer schon einmal gefangen hatte, oder war es wieder ein anderer: «Wenn du mich gehenläßt, wird es dir Glück bringen; wenn du mich aber fortträgst, wird dir Unheil daraus entspringen.»

Der Fischer wußte nun gar nicht, was er machen sollte. Einerseits dachte er an seine Frau und an ihre heftigen Worte, andererseits bedachte er die Worte des Fisches und die Genugtuung, die es ihm verschaffen würde, das Tier seinem Element zurückzugeben. Und da er im Herzen ein guter Mensch war, scherte er sich nicht um die Worte seiner Frau, sondern gab dem Fisch die Freiheit zurück. Kaum war der Aal wieder im Wasser, da streckte er den Kopf ein wenig aus dem Fluß und sprach, wie er das letzte Mal gesprochen hatte: «Wirf dein Netz ins Wasser, und es wird sich sofort füllen!»

Der Mann war nicht faul und tat, wie ihm geheißen. Und der Fang war noch gesegneter als das letzte Mal, der Fischer mußte alle Kräfte aufwenden, um das mit großen Fischen volle Netz auf das Trockene zu bringen. Zufrieden eilte der Fischer nach Hause, um seiner Frau von dem glücklichen Fischzug zu erzählen. Die aber, statt zufrieden und glücklich zu sein, sparte nicht mit Schelten und Fluchen, nannte ihn einen Schelm und einen Dummkopf. Sie sagte, er habe das nur getan, um ihr die Freude zu nehmen, einen so seltenen Fisch zu sehen und sprechen zu hören. Kurz, sie gab ihm kein gutes Wort, sondern wiederholte ständig: «Du bist ein schlechter Kerl, der seiner Frau auch nicht das mindeste Vergnügen gönnt, und ein Esel, der nicht weiß, sein Glück zu machen!»

Der arme Mann war ganz verwirrt und unglücklich über das Schimpfen seiner Frau, und noch durch Tage hindurch mußte er die Vorwürfe hören.

Als sie aber alle Fische aufgegessen hatten, mußte der Fischer wieder an den Fluß gehen. Lange wollte nichts anbeißen. Endlich aber zog er wiederum einen großen, dicken Aal aus dem Wasser. Das Tier sprach wie die vorigen Male: «Wenn du mich gehenläßt, wird es dir Glück bringen, wenn du mich jedoch fortträgst, wird dir etwas Schreckliches zustoßen!» Der Fischer überdachte lange die Lage. Er hätte es gern gemacht, wie er früher getan hatte, aber die Furcht vor seiner Frau hielt ihn davor zurück. Endlich machte sich der arme Mann seufzend auf den Weg, indem er zum Aal sagte: «Höre, ich will dich wieder schwimmen lassen; aber zuvor muß ich dich nach Hause tragen, denn meine Frau gibt keine Ruhe, ehe sie dich nicht gesehen und gehört hat. Ich trage dich also nach Hause, und wenn sie dich gesehen hat, bringe ich dich zum Fluß zurück.»

Da entwand sich der Aal plötzlich den Händen des Mannes, und ehe der es verhindern konnte, sprang er ins Wasser zurück. Kaum hatte er den Fluß erreicht, streckte er den Kopf ein wenig in die Höhe und sprach zum Fischer: «Es ist gar nicht mehr nötig, daß du mich deiner Frau zeigst, denn ich bin dir entflohen. Und es wäre auch gar nicht mehr möglich, mich deiner Frau zu zeigen, denn wenn du nach Hause kommst, wirst du sie tot finden.» Damit verschwand der Aal in der Tiefe des Wassers. Der arme Fischer aber kehrte erschrocken nach Hause zurück und fand, wie der Fisch gesagt hatte, seine Frau tot vor.

54

Der Jäger und die Schlange

Es war einmal ein Jäger, der ging mitten in einem sehr strengen Winter auf die Jagd. Der ganze Wald lag voll Eis und Schnee, alle Bächlein waren gefroren, und von den Bäumen hingen lange Eiszapfen herab. Es war so bitter kalt, daß dem Jäger in kurzer Frist die Hände so sehr erstarrten, daß er gar kein Gefühl mehr darinnen hatte. Er glaubte deshalb, daß er kaum zum Schuß kommen würde, denn selbst wenn sich überhaupt eine Beute zeigen sollte, so würde sie entfliehen können, weil es ihm unmöglich war, den Finger am Drücker seiner Flinte zu krümmen. Da hielt er es für das beste, sich ein großes Feuer zu machen, um daran die erstarrten Glieder aufzutauen. Gesagt, getan. Als er sich gerade ein wenig erwärmt hatte, hörte er ein seltsames Geräusch, das von einem in der Nähe stehenden Baum kam. Er hob erstaunt den Kopf und erblickte im Geäst des Baumes eine große Schlange, die war dicker als sein Arm. Schnell griff er nach seiner Flinte und legte an, da hörte er die Schlange rufen: «Leg dein Gewehr beiseite und schieß nicht! Wenn du mich tötest, dann bringt dir das gar nichts ein, aber wenn du mich leben läßt, können wir beide Gewinn daraus ziehen.» – «Und was nützt es mir, wenn ich dich laufenlasse?» – «Ich werde dir die Gabe verschaffen, die Sprache der Tiere zu verstehen, jedoch unter der Bedingung, daß du nie etwas davon sagst. Wenn du aber darüber sprichst, dann mußt du sterben.» Der Jäger antwortete: «Gut! So soll es sein! Ich lasse dir das Leben, wenn du mich lehrst, die Sprache der Tiere zu verstehen. Ich aber will es schon nicht weitersagen.» Da tat die Schlange, wie versprochen, und blies dem Jäger in den Mund. Der machte sich alsbald auf den Heimweg. Er war aber noch nicht weit gekommen, da hörte er zwei Hasen miteinander sprechen. Der eine sagte zum andern: «Ich bin ganz erschüttert!» – «Ja warum denn? Was ist passiert?» – «Du siehst: Ich bin hier beim Wühlen auf ein Gefäß gestoßen, das habe ich nun nach und nach aufgebissen. Und weißt du, was darin ist? Runde, flache Steinchen, die einen seltsamen Glanz haben. Ich habe erst gedacht: ‹Das sind dir aber große Linsen!› Es sind jedoch keine Linsen, denn ich kann sie um alles in der Welt nicht zerbeißen.» Da entgegnete der andere Hase: «Bring mir doch einmal ein Stück davon! Es kann gut sein, daß ich das Zeug kenne und dir sagen kann, was für ein seltsames Getreide das ist.»

Der Hase steckte den Kopf in das Versteck und tauchte mit einem Maul voll Goldmünzen wieder auf. Die spie er in den Schnee, und der zweite Hase besah sie sich genau. Er besah sie von links und von rechts, von oben und von unten, er biß darauf herum und kratzte mit seinen Krallen daran herum, dann ließ er sie wieder auf die Erde rollen, schüttelte den Kopf und sagte: «Nein! So ein Korn habe ich mein Lebtag nicht gesehen, und ich kann dir beim besten Willen nicht sagen, was das ist.» Damit ließen die Hasen die Sache auf sich beruhen und trollten sich davon. Der Jäger aber sammelte die Goldstücke, es war eine ganze Unze voll, und er verstand, daß in dem Hasenbau ein Schatz versteckt war. Schnurstracks kehrte er nach Hause zurück, um Gefäße und Werkzeug zu holen. Dann ging er wieder in den Wald, grub den Schatz aus und fand sieben Krüge, die waren bis an den Rand voll goldener Münzen. So war er im Handumdrehen mehr als reich geworden.

Niemand im Dorf konnte sich erklären, woher der plötzliche Reichtum des Jägers rührte. Man riet hin und riet her und fragte den Jäger tüchtig aus, aber der war klug und hütete seine Zunge. Er verriet nicht einmal seiner eigenen Frau, wie er zu seinem Vermögen gekommen war, denn er hatte Angst, daß er sterben müsse, wenn er auch nur einen Ton verlauten ließe, daß er die Sprache der Tiere verstünde. Die Frau jedoch ließ ihm keine Ruhe, sie bohrte Tag und Nacht und plagte ihn ständig mit lästigen Fragen, denn sie war überaus neugierig. Als sie jedoch ihren Mann nicht zum Sprechen bringen konnte, wurde sie obendrein noch mißtrauisch und übellaunig.

Nach einer geraumen Zeit ging der Jäger mit seiner Frau in den Wald, da hörte er, wie sich zwei Vögelchen auf einem Baum gegenseitig Liebeserklärungen machten. Sie gebrauchten die süßesten Redensarten und die verliebtesten Worte. Das belustigte unsern Jäger so sehr, daß er mit Gewalt lachen mußte. Da fragte ihn seine Frau: «Was lachst du da?» – «Ach nichts.» Sie forschte weiter, aber er wollte ihr um keinen Preis sagen, warum er gelacht habe. Die Frau jedoch war ein Dickschädel, wie er im Buche steht, und sagte schließlich erbost: «Du wirst wohl eine andere Geliebte haben, daß du in Gedanken an sie lachen kannst. Wenn es einen anderen Grund gäbe, dann brauchtest du ihn mir nicht zu verschweigen. Aber freilich, wenn du deine Gedanken bei deiner Schönen hast, dann mußt du lachen und darfst es doch nicht sagen.» Kurz und gut, die Frau machte dem armen Jäger die Hölle heiß und bedrängte ihn, bis er schließlich, in die Enge getrieben, versprach: «Nun gut, wenn wir heimkommen, will ich dir alles erzählen.» Da wurde die Frau vergnügt und gab sich zufrieden. Der Mann aber seufzte und dachte, daß er nun wohl sterben müsse. Indes kamen sie ins Dorf, und da krähten zwei Hähne, die sangen einander zu:

«Wieviel Frauen sind im Haus?» –
«Gut dreihundert reicht nicht aus!» –
«Hast die Herrschaft du behalten?» –
«Ich kann schalten frei und walten.» –
«Und wie hast du das gemacht?» –
«Mein guter Stock hat es vollbracht.» –
«Nun, so werde ich's auch machen!» –
«Ja, dann hast du stets gut lachen!»

Die Unterhaltung der Hähne belehrte unsern Jäger eines Besseren, und er gedachte seiner Frau die nötige Aufklärung auf seine Weise zu verschaffen.

Zu Hause angekommen, nahm er den dicksten Prügel, den er auf Lager hatte, und begann, seine teure Gemahlin tüchtig durchzuwalken. Sie schrie mörderisch, aber der Jäger ließ nicht nach, sie nach Strich und Faden zu verdreschen. Dazu sang er:

«Für den Esel, für die Frau,
Taugt der Stock stets ganz genau.
Denn den Esel und die Frau
Täglich mit dem Stock man hau!»

Diese Lehre empfand die Frau als so schlagkräftig, daß sie ihren Gatten nie mehr fragte, warum er lache. Der Jäger aber lebte fröhlich und vergnügt und durfte sterben, als seine Zeit abgelaufen war, ohne daß er vorher sein Geheimnis verraten und damit sein Leben verwirkt hätte.

So ist es gewesen, und wer es nicht glauben will, der soll nur fragen! Hier ist mein Stock!

55

Maria Roseta

Es war einmal ein junger König, der noch Junggeselle war. Er hatte aber große Lust zu heiraten und sann Tag und Nacht nach, wie wohl die Prinzessin beschaffen sein müsse, der er die Hand reichen wolle. Nach langem Hin und Her dachte er: ‹Es wird wohl das beste sein, wenn sie eine gute Tänzerin ist; denn wenn man uns eines Tages bedrängen sollte und wir durchs Fenster fliehen müssen, muß sie sehr leichtfüßig sein, um herunterspringen zu können.›

Er ließ also im ganzen Land verkünden, daß er sich verheiraten wolle; das Mädchen jedoch, das sich mit ihm vermählen wolle, müsse eine Aufgabe lösen: Er würde mitten auf dem Platz vor seinem Schlosse ein Bett ganz aus Rosen errichten lassen, und das Mädchen, das über dies Bett springen könne, ohne eine Rose oder ein Blatt zu knicken, solle Königin werden.

Auf diesen Aufruf eilten Tausende von Mädchen herbei, alte und junge, reiche und arme, schöne und häßliche, gute und böse; und alle versuchten den Sprung über das Rosenbett. Aus aller Welt strömten sie herbei, und die Probe dauerte schon Monate, aber keiner wollte es gelingen, über das Bett zu springen, ohne eine Rose oder ein Blatt zu knicken. Die ganze Stadt kam täglich vor dem Palast des Königs zusammen, um sich an dem Schauspiel zu weiden, und man konnte sich nicht satt sehen, denn es gab immer zu lachen, wenn ein Mädchen einen zu kurzen Sprung tat. Die armen Dinger, welche Bräute des Königs werden wollten, wurden arg verspottet.

Da geschah es eines Tages, daß eine junge Witwe kam, die hatte – so jung sie war – schon ihren Gatten verloren. Sie war schnellfüßig und leicht, nahm einen langen Anlauf, steigerte sehr schnell ihre Schritte und sprang mit einem großen Satz so über das Bett hinweg, daß sie weder Rose noch Blatt auch nur berührte. Kaum hatte sie jedoch den Sprung ausgeführt, da enteilte sie glatt und gewandt allen Umstehenden, verschwand in der Menge, die vergeblich nach ihr haschte, lief auf Umwegen zu ihrem Hause zurück, verschloß die Tür mit sieben Riegeln und sieben Schlössern und ging nie mehr aus, außer zur heiligen Messe.

Der König war zunächst sehr zufrieden, als er sah, daß sich endlich eine Springerin eingestellt hatte, die mit Geschick und Grazie über das Bett zu springen verstand; als das Mädchen jedoch enteilt war, schickte er seine Diener aus, die sollten es zu ihm bringen. Aber die Diener suchten hier und suchten da – such auch du mit! –, ohne die leichtfüßige Springerin finden zu können und ohne jemand zu treffen, der ihnen hätte sagen können, wo sie wohne. Da sagte der König: «Jene war die einzige, die zu springen verstand; sie soll meine Hand bekommen, und ich werde mich mit keiner anderen vermählen. Eines Tages werde ich sie schon finden und erfahren, wer sie ist.»

Und es geschah, daß jene junge Witwe, als ihre Zeit kam, ein Mädchen gebar, das nannte sie Maria Roseta. Das Kindchen war sehr hübsch und lieblich, noch viel schöner, als ihre Mutter war, und auch die hätte man gewiß nicht häßlich nennen können. Als das Mädchen größer wurde, schickte die Mutter es in die Schule, und sie war die beste und fleißigste Schülerin unter allen, welche die Lehrerin hatte. Eines Tages ging der König nahe bei der Schule vorbei, schaute durchs Fenster und sah die liebliche Mädchenschar, da trat er ein, um sie näher zu besehen. Alle mußten ihm Geschichten erzählen, Lieder vorsingen und Rätsel aufgeben, und der König war mit allen außerordentlich zufrieden, so daß er ihnen versprach, er werde wiederkommen und ihnen eine goldene Kette mitbringen, für jedes Mädchen eine. Maria Roseta freute sich darüber sehr, und als sie nach Hause gekommen war, erklärte sie ihrer Mutter alles, was sich zugetragen hatte. Die Mutter aber sagte zu Maria Roseta: «Wenn der König wiederkehrt und dir die goldene Kette geben will, dann sag zu ihm, daß du keine brauchst, weil ich dir eine geben werde, die viel schöner und wertvoller ist als die seine. Und wenn er dich dann fragt, woher und wie das sein soll, dann antworte ihm:

‹Ich bin Maria Roseta,
Mein Vater ist ein Rosenstrauch,
Die Mutter lebt als Rose auch,
In der Rosenstraße steht mein Heim,
Im Rosenhaus leb' ich allein.›»

Und sie gab ihr eine goldene Kette, damit sie in der Schule ruhig sitzen konnte. Nach einigen Wochen kam wirklich der König und mit ihm eine ganze Schar Diener, welche die goldenen Ketten trugen. Und der König begann, die goldenen Ketten auszuteilen, und schenkte jedem Mädchen eine. Wie er zu Maria Roseta kam, sagte die, sie wolle keine Kette, denn sie hätte schon eine schönere von ihrer Mutter bekommen. Da wunderte sich der König sehr und fragte, wer sie sei und woher sie die Kette habe.

«Ich bin Maria Roseta,
Mein Vater ist ein Rosenstrauch,
Die Mutter lebt als Rose auch,
In der Rosenstraße steht mein Heim,
Im Rosenhaus leb ich allein.»

Der König war durch diese Antwort so überrascht, daß er mit der Kette, die er hatte Maria Roseta schenken wollen, in seinen Palast zurückkehrte.

Nach einer Reihe von Tagen ging der König wiederum in die Schule, und alle Mädchen mußten ihm neue Geschichten erzählen, Lieder singen und Rätsel aufgeben. Auch diesmal war der König sehr zufrieden mit den Mädchen, und er versprach ihnen, er werde einer jeden ein goldenes Nadelkissen mitbringen. Maria Roseta berichtete zu Hause ihrer Mutter vom Besuch des Königs und seinem Versprechen, und die Mutter gab ihr ein goldenes Nadelkissen. Und sie sagte dem Mädchen, wenn der König sie frage, solle sie antworten wie das letzte Mal. Nach einigen Wochen kam der König wirklich wieder mit seinem Gefolge in die Schule und beschenkte jedes Mädchen mit einem goldenen Nadelkissen. Als er zu Maria Roseta kam, wollte sie keines haben und wies ihres vor. Das war in der Tat viel schöner als die Kissen, welche der König verteilte. Da wurde der König erzürnt und fragte sie, woher sie das Kissen habe, wer sie sei und wo sie wohne. Sie antwortete ihm:

«Ich heiße Maria Roseta,
Mein Vater ist ein Rosenstrauch,
Die Mutter lebt als Rose auch,
In der Rosenstraße steht mein Heim,
Im Rosenhaus leb ich allein.»

Der König war wie vor den Kopf geschlagen, verdrießlich kehrte er der Schule den Rücken und ging mit dem goldenen Nähkissen, das Maria Roseta verschmäht hatte, zurück zu seinem Palast.

Einige Wochen darauf ging der König ein andermal in die Schule, und die Mädchen mußten ihm von neuem Geschichten erzählen, Lieder vorsingen und Rätsel aufgeben. Der König war mit allen außerordentlich zufrieden, und er versprach ihnen, er werde einer jeden ein goldenes Nadelbüchschen mitbringen. Maria Roseta eilte schnell nach Hause und erzählte alles ihrer Mutter. Die Mutter holte schnell ein goldenes Nadelbüchschen, das war schöner, als das sein konnte, das der König den Mädchen versprochen hatte. Dann befahl sie Maria Roseta, dem König wieder so zu antworten wie die letzten Male.

Nach einigen Wochen ging der König mit großer Genugtuung in die Schule, denn er war überzeugt, so schöne Nadelbüchschen wie die seinen könnten die Mädchen noch nie gesehen haben. Wiederum beschenkte er reihum alle Kinder, doch als er zu Maria Roseta kam, da hatte diese eines, das war noch schöner als sein eigenes. Aufgebracht fragte er, woher sie es habe, wie sie heiße und wo sie wohne. Maria Roseta antwortete:

«Ich heiße Maria Roseta,
Mein Vater ist ein Rosenstrauch,
Die Mutter lebt als Rose auch,
In der Rosenstraße steht mein Heim,
Im Rosenhaus leb ich allein.»

Da wurde der König so wütend, daß er ihr das goldene Nadelbüchschen mit sämtlichen Nadeln an den Kopf warf, so daß alle Nadeln im roten Haar Maria Rosetas steckenblieben. Das arme Mädchen verbrachte den ganzen Morgen damit, die Nadeln aus dem Haar zu ziehen. Aber eine Nadel saß ganz dicht an der Kopfhaut, so daß Maria Roseta sie nicht fassen konnte. Da ging sie mit der Nadel im Haar nach Hause. Unterwegs jedoch begegnete sie einer alten Frau, die war eine böse Hexe. Ohne an Arges zu denken, bat Maria Roseta die Frau, sie möchte ihr doch die Nadel aus dem Haar ziehen. Die jedoch stieß ihr die Nadel in den Hinterkopf, und da wurde Maria Roseta sogleich in eine Taube verwandelt.

Als das arme Mädchen merkte, daß es zur Taube geworden war, wußte es nicht, was es tun sollte. Sie flog hin und flog her, schließlich wandte sie sich dem Palast des Königs zu. Lange mußte sie warten, bis sie endlich Gelegenheit fand, mit den Dienern einzutreten. Sie flog in den Saal des Königs, und dem gefiel die hübsche Taube, so daß er sie auf seiner Schulter sitzen und von seinem Teller essen ließ.

So vergingen sieben Jahre. Der König dachte oft daran, sich zu vermählen, er hoffte immer, jenes Mädchen, das über das Rosenbett gesprungen war, würde sich eines Tages doch finden lassen. Da sich jedoch dieses Mädchen nie zeigte, wandten sich die Ältesten des Hofes eine Tages an den König und sagten: «Herr, es ist Zeit, daß du dir eine Gattin suchst; denn wenn du stirbst, ohne Erben zu haben, wird es viel Streit und Mühe kosten, um einen neuen Träger der Krone zu finden.» Da glaubte der König, er müsse diesem Rat folgen, und da er im eigenen Land kein Mädchen gefunden hatte, ließ er den Kapitän seines Schiffes rufen und befahl ihm, ins benachbarte Königreich zu fahren. Der Seemann ließ sogleich das Schiff zurüsten, und am andern Morgen begab sich der König mit sieben seiner klügsten Gefolgsleute auf das Schiff und wollte abfahren. Aber das Schiff bewegte sich auch nicht eine Handbreit. Da fragte der Kapitän den

König und seine sieben Begleiter, ob sie nichts vergessen hätten. Alle dachten hin und dachten her – denk auch du nach! –, aber es fiel ihnen nichts ein. Endlich gab sich der König einen Schlag auf die Stirn und sagte: «Schau, das bin ja ich, der etwas vergessen hat! Ich wollte doch noch meine Taube fragen, ob sie mit uns mitkommen will ins Land der schönsten Mädchen!» – «Dann geh, Herr König», sagte der Kapitän, «und frage sie, denn wenn du es nicht tust, rührt sich das Schiff nicht vom Fleck.»

Der König lief, so schnell er konnte, zu seinem Palast zurück, fand seine Taube und fragte sie, ob sie ihn begleiten oder ob er ihr etwas mitbringen solle aus dem Land der schönsten Mädchen. Da sprach sie:

«Bring mir ein Stück vom Steine ‹Brich-die-Herzen›,
Der Lachen mit sich bringt und tränenreiche Schmerzen,
Und auch ein Stück vom Frauenhaar, das blüht
Und Leben oder Tod stets nach sich zieht.»

Der König versprach ihr, mitzubringen, was sie sich wünschte, und eilte zu seinem Schiff zurück. Der Kapitän lichtete erneut die Anker, hißte die Segel, und sogleich stellte sich ein Windstoß von vierfacher Stärke ein, so daß das Schiff wie ein Pfeil übers Meer schoß und bald das Land der schönsten Mädchen erreichte. Der König verließ mit seinen sieben Weisen das Boot und ging an Land, um alle heiratslustigen Mädchen zu besuchen. Sie kamen zu Dutzenden, Hunderten, ja Tausenden von Mädchen, aber dem König wollte keines gefallen. Drei Wochen lang zog der König mit seinen Getreuen über Land, sie sahen Mädchen und junge Frauen in Hülle und Fülle, aber keine erregte beim König ein Gefühl der Freude oder Liebe, und schließlich meinten die sieben Weisen, es bleibe wohl nichts anderes übrig, als ins Land der noch schöneren Mädchen zu reisen, um dort weiterzusuchen. So kehrten sie zu ihrem Schiff zurück und segelten weiter ins Land der noch schöneren Mädchen. Auch dort sahen sie Tausende und Abertausende von Mädchen und Damen, hübschen und schönen, klugen und galanten, aber das Herz des Königs blieb kalt und konnte sich nicht für eines der Mädchen entzünden. Da hielten die sieben weisen Ratgeber des Königs es für das beste, ins Land der zweimal so schönen Mädchen weiterzureisen. Wiederum segelten alle drei Wochen lang über das Meer, bis sie ans Ufer des Landes kamen, wo die zweimal so schönen Mädchen wohnen. Und wiederum besah der König alles, was einen Rock trug und heiraten wollte, aber sein Herz wurde nicht verzaubert.

So durchfuhren der König und seine Getreuen sieben Länder mit schönen und immer noch schöneren Mädchen, aber alles war vergebens, denn dem König wollte keine gefallen. Schließlich versammelten sich die sieben Weisen und hielten Rat, was nun weiter werden solle. «Es bleibt nichts anderes übrig», sagten sie, «als wieder nach Hause zurückzukehren.» Als sie jedoch absegeln wollten, rührte sich das Schiff nicht vom Fleck. Da sprach der Kapitän: «Ist vielleicht jemand unter uns, der noch etwas vergessen hat?» Da fiel dem König ein, was er der Taube versprochen hatte, ehe er abgereist war, und er ging sofort an Land und suchte alle Geschäfte auf, die es da gab, und fragte nach dem Stein «Brich-die-Herzen» und nach dem blühenden Frauenhaar. Aber obwohl er alle Läden durchsuchte, nirgends konnte er finden, was er brauchte. Alle Leute sagten ihm, es gäbe keinen Stein, der Lachen und Weinen erregen könne, und blühendes Frauenhaar wachse nirgends. Über dem Suchen war es Abend geworden, und der König war ganz müde und traurig, denn er dachte schon, nun werde er nie in sein Reich zurückkehren können. Als er eben wieder aufs Schiff gehen wollte, bettelte ihn eine Alte an. Der König gab ihr ein reichliches Almosen. Da fragte die Alte: «Herr, warum schaut Ihr so traurig drein?» – «Mütterchen, ich suche etwas und kann es nicht finden.» – «Was soll es denn sein?»

forschte die Alte weiter. «Höre mich an, Mütterchen», antwortete der König, «vielleicht kannst du mir sagen, wo man folgendes finden kann:

Ein Stück vom Steine ‹Brich-die-Herzen›,
Der Lachen mit sich bringt und tränenreiche Schmerzen,
Und auch ein Stück vom Frauenhaar, das blüht,
Und Leben oder Tod stets nach sich zieht.»

Die Alte sagte: «Wenn es nicht mehr ist, da kann ich dir schon raten. Wenn du von der Stadt aus sieben Stunden nach Süden gehst, findest du zwei hohe Gebirge. Auf dem Gipfel des einen Berges liegt ein weißer Stein, der ist aus den Tränen eines Mädchens gemacht, das seinen toten Bräutigam beweinte. Es weinte so lange und so bitterlich, daß die Tränen zu Stein wurden. Das ist

Der Stein ‹Brich-die-Herzen
Der Lachen bringt und tränenreiche Schmerzen.

Wenn du aber den andern Berg ersteigst, so kannst du auf dem Gipfel ein Frauenhaar finden, das ist das einzige auf der Welt, das blüht; es ist

Das Frauenhaar, das blüht
Und Leben oder Tod stets nach sich zieht.»

Da war der König sehr glücklich und dankbar für diesen Rat. Am nächsten Morgen, Gott steh ihm bei, machte er sich gleich auf den Weg zu jenem Gebirge. Richtig fand er sowohl den Stein «Brich-die-Herzen» als auch das blühende Frauenhaar, nahm beides mit und kehrte zum Schiff zurück. Dort traf er den Kapitän und die sieben Weisen ganz verzweifelt vor, denn sie hatten befürchtet, der König werde nicht heimkehren können. Schnell lichteten sie die Anker, spannten die Segel auf und eilten mit vierfacher Windstärke übers Meer zurück in das Reich des Königs. Dort wartete das ganze Volk schon mit großer Ungeduld, denn alle wollten die

Prinzessin sehen, die der König mitbringen sollte, aber zu ihrem großen Erstaunen kehrte er als Junggeselle heim.

Nun geschah es, daß der König, der sehr fromm war, sich jeden Tag mit der Morgenröte erhob, um mit seiner Dienerschaft zur Messe zu gehen. Er hatte aber einen Diener, der war ein Langschläfer und konnte morgens nie munter werden. Eines Tages verschlief dieser wiederum und wurde so spät wach, daß der König mit seinem ganzen Gefolge schon unterwegs war, ehe er sich auch nur erhoben hatte. Schnell stand er auf, zog sich an und machte sich mutterseelenallein auf den Weg in die Kirche. Als er so durch die verlassenen Straßen ging, hörte er eine Stimme, die klagte:

«O Stein ‹Brich-die-Herzen›,
Der Lachen mit sich bringt und tränenreiche Schmerzen,
Was stillst du nicht der bittern Tränen Not!
Und – o du Frauenhaar, das blüht
Und Leben oder Tod stets nach sich zieht,
Wann nimmst das Leben du und bringst den Tod!»

Der Diener blieb verwundert stehen und lauschte der Stimme. Erst als sie geendet hatte, setzte er den Weg fort und betrat die Kirche, als man eben das Meßbuch zuschlug. Der König bemerkte den Diener, der so verspätet eintrat, und war sehr verärgert. Er ging hin und tadelte ihn, aber der Diener bat um Verzeihung und erzählte dem König von jener Stimme und wie sie so sehr geklagt habe, daß er über dem Zuhören sich verspätet habe. Der König glaubte ihm nur halb und hielt alles für eine Ausrede. Am anderen Morgen erwachte der Langschläfer wieder zu spät, und der König bemerkte, als er schon mit seinem Gefolge auf dem Wege in die Kirche war, das Fehlen des verschlafenen Dieners. Er setzte seinen Weg in die Kirche fort, indes der Diener allein im Palast war und sich mit großer Verspätung auf den Weg machte. Als er an dem gleichen Hause vorbeikam wie am vorherigen Tage, hörte er wiederum die Stimme, die klagte:

«O Stein ‹Brich-die-Herzen›,
Der Lachen mit sich bringt und tränenreiche Schmerzen,
Was stillst du nicht der bittern Tränen Not!
Und – o du Frauenhaar, das blüht
Und Leben oder Tod stets nach sich zieht,
Wann nimmst das Leben du und bringst den Tod!»

Der Diener konnte nicht weitergehen, sondern mußte stehenbleiben, bis er alles gehört hatte. So kam er wieder erst zum Ende der Messe in die Kirche, und der König schalt ihn gehörig aus. Der Diener versuchte sich zu entschuldigen und erzählte, was ihm auf dem Wege zugestoßen sei. Der König beschloß nun, sich über alles Klarheit zu verschaffen. Am nächsten Morgen schickte er die gesamte Dienerschaft zur gewohnten Stunde in die Kirche, er selbst aber blieb im Palast und machte sich erst verspätet auf den Weg. Er lauschte bei jedem Schritt – horch auch du! –, und richtig hörte er die Stimme, die klagte:

«O Stein ‹Brich-die-Herzen›,
Der Lachen mit sich bringt und tränenreiche Schmerzen,
Was stillst du nicht der bittern Tränen Not!
Und – o du Frauenhaar, das blüht,
Und Leben oder Tod stets nach sich zieht,
Wann nimmst das Leben du und bringst den Tod!»

Der König lauschte der Stimme und wollte wissen, woher sie komme. Da merkte er, daß sie aus dem eigenen Palast kam, und eilends ging er der Stimme nach und fand die Taube, denn sie war es, die gesprochen hatte. Da fragte der König sie: «Nun, was gibt es denn, mein Täubchen, daß du sterben willst?» – «Ach, Herr König, wenn du mein Unglück kennen würdest! Meine Mutter war eine junge Witwe. Eines Tages ließ der König verkünden, er würde sich mit derjenigen vermählen, die über ein Bett aus Rosen springen könnte, ohne ein Blatt oder ein Blüte zu knicken. Meine Mutter tat den Sprung und beschädigte weder Blatt noch Blume. Nach Ablauf einer gewissen Zeit wurde ich geboren, und als ich größer war, ging ich in die Schule. Eines Tages kam der König und versprach jedem Mädchen eine goldene Kette, ein andermal ein goldenes Nähkissen und zuletzt ein goldenes Nadelbüchschen. Meine Mutter wollte nicht, daß der König mir Geschenke mache, und gab mir eine schönere Kette, ein schöneres Nähkissen und ein schöneres Nadelbüchschen mit. Da wurde der König zornig und warf mich mit seinem goldenen Nadelbüchschen. Eine böse Hexe aber stieß mir eine der Nadeln in den Kopf, und so wurde ich zur Taube. Ich kam in den Palast des Königs und weiß seit vielen Jahren nichts von meiner Mutter.»

Als der König das alles hörte, wollte ihm schier das Herz brechen. Er nahm die Taube zärtlich auf den Schoß und suchte behutsam auf ihrem Kopf nach der Nadel. Als er sie gefunden hatte, zog er die Nadel heraus, und sogleich verwandelte sich die Taube in ein Mädchen von fünfzehn Jahren. Das Mädchen war so schön und hübsch, so zierlich und lieblich, wie der König noch nie eines gesehen hatte. Er fragte sie gleich, ob sie ihn nicht heiraten wolle. Das Mädchen antwortete: «Ja, aber zuvor will ich gehen, um meine Mutter zu sehen.» Da gingen sie beide hin zu dem Rosenhaus in der Rosenstraße, und als sie dort ankamen, fanden sie die Tür offen. Sie gingen hinein und suchten überall – suche auch du mit! –, aber sie konnten sie nirgends finden. Endlich kamen sie in die innerste Kammer: da lag die arme Mutter tot auf dem Bett, aber so frisch und reizend, wie sie im Leben gewesen war. Da gingen sie hin und bestatteten sie, und als sie von der Beerdigung heimkehrten, hielten sie Hochzeit. Sie lebten fortan immer glücklich und zufrieden und hatten viele Kinder.

Das ist das Märchen von Maria Roseta. Wenn es dir gefällt, iß es gebacken; wenn es dir nicht gefällt, wirf es aufs Dach!

56
Die drei Fragen

Es war einmal in jenen Zeiten,
da man aus Stroh konnte Silber bereiten,

daß eine Prinzessin lebte, die war so schön und hübsch, wie man keine zweite finden konnte. Ein edler junger Prinz verliebte sich in sie, und da er dachte, hoch genug geboren zu sein, hielt er um ihre Hand an. Aber die Prinzessin sagte: «Ich werde nur den heiraten, der mir drei Fragen beantworten kann: Was ist die Speise aller Speisen, was ist der Trank aller Tränke, und was ist das Gewürz aller Gewürze? Wenn du es mir sagen kannst, werde ich die Deine. Wenn du es nicht weißt, werde ich dich nie heiraten.»

Da war der arme Prinz sehr niedergeschlagen, denn er wußte auf keine der drei Fragen zu antworten. Und da er zu verliebt war, um der Prinzessin entsagen zu können, beschloß er, in die Welt zu gehen und die Lösung der drei Fragen zu suchen. Er wanderte und wanderte, besuchte Land um Land, durchquerte Dutzende von Reichen, überschritt hohe Gebirge, setzte über tiefe und reißende Flüsse und durchstreifte dichte Wälder; aber wo immer er fragte, er konnte keine Aufklärung finden.

Da stieß er eines Morgens auf einen Hirten, der auf seiner Schalmei spielte und eine Herde Schafe hütete. Der Prinz wollte ihn nach einer großen Stadt befragen, in der ein weiser alter Mann wohnen sollte, und der Hirtenjunge antwortete höflich und geschickt auf die Fragen des Prinzen. Der wollte zum Ende noch wissen: «Wie heißt du denn, kleiner Hirt?» – «Teufelchen.» – «Das ist aber sonderbar! Und wie kommt es, daß man dich Teufelchen ruft?» – «Weil ich ein Sohn des Teufels und der Teufelin bin.» – «Aber wie kann denn das sein?» – «Doch, Herr, ich bin ein Teufelchen, denn meine

Mutter sagt zum Vater oft: ‹Du bist der Teufel in Person!›, und er antwortet meiner Mutter: ‹Und du bist eine wahre Teufelin!› – Also bin ich ein Teufelchen.»

Die ganze Erklärung war so pfiffig vorgetragen, daß der Prinz darüber lachen mußte, und da er fand, daß der Bursche schlau war, fragte er ihn: «Nun hör einmal, Teufelchen, kannst du mir vielleicht sagen, welche die Speise aller Speisen ist?» – «Aber was für eine Frage! Das weiß doch jedes Kind, daß das Brot die Speise aller Speisen ist, denn alle Menschen essen es, gleich, ob Heiden, Juden oder Christen. Und wenn ein Mensch hungrig ist, verlangt er je etwas anderes als Brot?»

Der Prinz war überzeugt, daß der Hirtenjunge das Richtige getroffen habe, und er fragte deshalb weiter: «Und was ist der Trank aller Tränke?» – «Was! Das wißt Ihr nicht? Alles weiß doch, daß das Wasser der Trank aller Tränke ist. Menschen, Tiere und Pflanzen müßten sterben, wenn es kein Wasser gäbe, und was verlangt ein Mensch, wenn er durstig ist, anderes als Wasser?»

Die Antwort gefiel dem Prinzen genauso wie die erste, und so fragte er zum drittenmal: «Nun möchte ich doch auch noch wissen: Was ist das Gewürz aller Gewürze?» – «Aber gibt es denn auf der Welt überhaupt jemand, der das nicht weiß? Das Gewürz aller Gewürze ist doch das Salz! Ohne das Salz wäre jedes Essen ohne Geschmack, und ohne Salz möchten nicht einmal meine Ziegen und Schafe leben.»

Da erkannte der Prinz, daß auch diese Antwort die natürlichste Erklärung war, und er konnte nicht verstehen, daß er nie darauf gekommen war und daß alle weisen Alten ebensowenig diese einfache Lösung gefunden hatten. Er schenkte dem Hirten eine Börse voll Golddukaten und machte sich hoffnungsvoll auf den Heimweg.

Als er in die Stadt kam, in der jene Prinzessin wohnte, fragte er gleich, ob sie noch ledig sei oder inzwischen geheiratet habe, aber soviel Junggesellen auch gekommen waren, keiner hatte die Antwort gefunden, und die Prinzessin hatte schon die Hoffnung aufgegeben, sich noch jemals zu verheiraten. So ging der Prinz in den Palast und gab der Prinzessin Antwort auf ihre Fragen, und sie war sehr zufrieden mit seinen Antworten. Am glücklichsten aber war der König, der nun endlich seine Tochter unter die Haube gebracht hatte, und er ließ eine glänzende Hochzeit feiern.

57

Die treue Frau

Es war einmal vor langer, langer Zeit ein schönes junges Mädchen, das hieß Teresa. Sie war die Tochter eines Fürsten, und alle mochten sie gut leiden, weil sie nicht nur sehr hübsch, sondern auch sehr gut war. Als sie herangewachsen war, nahm sie ihr Vater einmal in eine benachbarte Stadt mit zu einem Feste, und als sie dort die Sardana tanzte, sah sie der Sohn des dortigen Fürsten. Er hieß Florind, und im gleichen Augenblick, da er das Mädchen schaute, verliebte er sich in Teresa. Die beiden Väter waren es zufrieden, und bald wurde eine glänzende Hochzeit gefeiert.

Das Glück der beiden Liebenden dauerte jedoch nicht lange, denn es brach ein Krieg aus mit dem König der Mauren, und Florind mußte mit seinem Vater und Schwiegervater ins Feld ziehen. Teresa trauerte sehr um ihren jungen Gatten, der nun in der Ferne weilte, und um sich über seine Abwesenheit hinwegzutrösten, nahm sie sich um so mehr der Armen an. Nicht genug damit, ging sie auch ins Hospital, um die Kranken zu pflegen. Dort fand sie in einem elenden Raum ganz allein einen kranken Mann, der hatte den Aussatz. Da seine Krankheit einen so üblen Geruch verbreitete, hatte man ihn einzeln gelegt, und niemand wollte sich seiner annehmen, seine Wunden verbinden und ihm zu essen geben. Teresas Herz wurde von Mitleid gerührt, und sie pflegte den armen Kranken, als ob es ihr eigener Bruder wäre. Langsam besserte sich das Übel, und eines Tages war er ganz geheilt. Da lobte er Gott, und um sich dankbar für seine Genesung zu erweisen, ging er in den Wald und wurde ein frommer Einsiedler.

Indessen kam ein maurischer Prinz mit seinem Heer in die Nähe der Stadt, in der Teresa lebte. Er belagerte sie und erstürmte sie nach kurzem Widerstand, denn es waren nur die Greise zurückgeblieben. Der Prinz betrat das Schloß und sah Teresa. Eine solche Schönheit hatte er noch nie erblickt! Schnell hatte er sich verliebt und fragte, ob sie ihn nicht heiraten wolle. Sie sei schon vermählt, entgegnete Teresa. Der Mohr aber bedrängte die junge Frau immer mehr, sie solle die Seine werden. «Wer weiß», sprach er, «ob dein Gatte überhaupt noch am Leben ist. Wenn du aber meine Frau wirst, so werde ich dir mehr Reichtümer zu Füßen leben, als dein Gatte überhaupt je besessen hat.» Teresa aber blieb standhaft und wies den Prinzen immer wieder ab.

Der Mohr ergrimmte zuletzt und beschloß, Teresa mit Gewalt gefügig zu machen. Er ließ sie in einen hohen Turm sperren und gab ihr nur gesalzenen Fisch zu essen, brachte ihr aber nichts zu trinken. Die arme Teresa drohte zu verschmachten, aber sie gab nicht nach, sondern leckte am Morgen immer den Tau von den Wänden des Turmgemachs. Als der Prinz sah, daß er auch mit der Folter sie nicht gefügig machen konnte, wollte er sie mit roher Kraft überwältigen. Doch als er ihr Zimmer betrat, war ihr Gesicht vom Aussatz entstellt, und er wich angeekelt zurück. Da gab er seinen Versuch auf und kümmerte sich in Zukunft nicht mehr um die junge Frau. Die aber erholte sich wieder und ward noch schöner als je zuvor.

Der Teufel hatte das alles gesehen, und er wurde zornig, als er sah, daß Teresa so viel Gutes tat und durch keine Versuchung zu Fall zu bringen war. Da verwünschte er das Kind, das sie in ihrem Leibe trug, so daß es ganz schwarz wurde.

Florind hatte in der Zwischenzeit wacker gekämpft und zusammen mit seinem Vater und Schwiegervater das Heer der Mauren besiegt. Siegreich kehrte er zurück, und der Maurenprinz mußte über Nacht die Stadt verlassen und fliehen. So waren die beiden Liebenden wieder vereint, aber das alte Glück wollte sich nicht einstellen, denn böse und neidische Zungen hatten Florind eingeflüstert, daß sich Teresa in den maurischen Prinzen verliebt habe. Zwar wollte er den bösen Worten nicht glauben, doch blieb ein Stachel in seinem Herzen zurück.

Nun kam die Zeit, da Teresa gebären sollte, und sie brachte ein Kind zur Welt, das war ganz schwarz und glich in nichts Florind. Als er es sah, wollte er gleich zuerst das Kind und dann seine Frau töten, denn er glaubte sich betrogen. Da fiel ihm sein Vater in den Arm und sagte: «Warte ein wenig und handle nicht voreilig. Ich habe von einem frommen Eremiten gehörte, der wohnt im Walde und ist sehr weise. Ihn wollen wir erst befragen.» Da machten sich beide auf den Weg und gingen hinaus in den Wald. Ohne sich zu erkennen zu geben, erzählten sie dem Einsiedler die ganze Geschichte. Der fragte: «Habt ihr den flüchtigen Mauren gefangen?» – «Wir haben ihn und werden ihm den Kopf abschlagen.» – «So führt ihn nach der Messe in die Kirche, dann soll Euer Weib kommen, und sie soll das Kind auf dem Arme mit sich tragen. Dann fragt das Kind: ‹Sage mir, so wahr es einen Gott gibt, wer dein Vater ist!› Und nach wessen Seite das Kind die Hände ausstreckt, der ist sein Vater.»

Florind und sein Vater taten, wie sie der Einsiedler geheißen. Sie ließen den gefangenen Maurenprinzen rufen und führten ihn in die Kirche. Dann mußte Teresa kommen, und sie trug das arme schwarze Kind auf den Armen. Nach der Messe aber stellte sich Florind auf die rechte Seite Teresas, zur linken stellte man den Mohren. Dann sagte Florinds Vater: «Kind, suche deinen Vater, so wahr es einen Gott gibt!» Da streckte das Kindchen seine Arme zu Florind, und obwohl es erst drei Tage zählte, rief es laut: «Da steht mein Väterchen.» Da warf sich Florind seiner Gemahlin zu Füßen und erflehte unter Tränen ihre Verzeihung. Dann umarmte er seinen kleinen schwarzen Sohn. Der alte Fürst hatte inzwischen den Priester geholt, und als der den Kleinen taufte, wich der Bann des Teufels, und das Kind wurde so weiß wie Schnee und so schön wie eine Lilie. Da dankten alle Gott und feierten ein frohes Fest. Florind vergaß auch nicht, den Einsiedler zu rufen. Er machte ihn zum Schloßkaplan, und alle lebten lange glücklich und in Frieden.

58

Das schwarze, das rote und das weiße Haar

Vor langer, langer Zeit lebten einmal ein Mann und eine Frau, die hatten alles, was sie zum Leben brauchten, aber sie waren doch nicht glücklich, denn es fehlte ihnen, was sie sich am meisten wünschten, Kinder. Sie hatten nach und nach alles versucht, was zu Kindersegen verhelfen sollte, hatten Wallfahrten gemacht und Ärzte befragt, aber niemand konnte helfen, und der Schoß der Frau blieb verschlossen. Da gaben sie langsam die Hoffnung auf, ihre Wiege in Gebrauch zu nehmen, und lebten ihr Leben dahin, so gut es eben ging.

Eines Abends, als sie wie gewohnt beisammensaßen und sich von ihrem Tagwerk ausruhten, klopfte es an die Tür. «Wer ist da?» – «Ein armer Bettler. Habt ihr wohl zu essen?» – «Essen gibt es hier.» – «Und könntet ihr mich wohl auch über Nacht behalten?» – «Freilich! Du kannst bleiben, setz dich nur einstweilen an den Herd!» Und die Frau ging und kochte ihm Suppe, Fleisch und Gemüse. Während er aß, fragte der arme Mann: «Wie kommt es, daß ihr so ganz allein seid?» – «Gott gab uns keine Kinder.» Da schüttelte der Alte den Kopf und meinte, es gebe doch für alles einen Rat, und es müsse doch auch dafür ein Mittel geben. Sie hätten schon alles ausprobiert, entgegneten Mann und Frau. «So laßt uns darüber schlafen», sagte der Bettler, «kann sein, daß wir morgen klüger sind als heute.» – «Gute Nacht!»

Am andern Morgen nach dem Frühstück nahm der Alte den Mann beiseite und sprach: «Mir ist heute nacht ein guter Gedanke gekommen. Wenn du es so machst, wie ich dir sage, werdet ihr sicher Kinder haben. Merke also auf: Wenn du gegen das Gebirge gehst, kommst du in einen großen Wald. Durch den gehst du hindurch, dann siehst du einen hohen Berg, dort steigst du hinauf. Auf halber Höhe aber liegt eine Höhle, aus der fließt eine Quelle. In die Höhle gehst du hinein; du mußt aber ein Gefäß mit Honig und einen Wachsstock mitnehmen, sonst töten dich die Bienen, die in der Höhle sind. Drinnen findest du eine Frau, die hat dreierlei Haare: schwarze, rote und weiße. Wecke die Frau – sie schläft schon viele tausend Jahre in der Höhle. Sie wird dir bestimmt helfen können.»

Da bedankte sich der Mann bei dem Alten, füllte ein Gefäß mit Honig, nahm einen Wachsstock und machte sich auf den Weg. Er mußte einige Tage wandern, endlich kam er zu dem Berg, stieg hinauf: richtig! Da war eine große Höhle, und aus der floß eine Quelle. Der Mann schaute hinein, da sah er eine Frau, die lag wie tot da und war ganz von Bienen bedeckt. Schnell stellte er den Honig und das Wachs an den Eingang der Höhle, da kamen auch schon die Bienen geflogen. Sie summten zornig, weil sie in ihrer Ruhe gestört waren. Aber als sie den Honig und das Wachs sahen, machten sie sich darüber her und ließen unsern Mann in Frieden. Der ging behutsam in die Höhle hinein und berührte die Frau. Da schlug sie die Augen auf, besah ernst und eindringlich den Mann und sagte: «Ich weiß schon, was du willst. Und da du ein guter Mensch bist und meinen Bienen Honig und Wachs gebracht hast, sollst du haben, was du wünschest. Hier gebe ich dir einen Apfel und eine Birne, wenn deine Frau den Apfel ißt, wird sie einen Sohn gebären, verspeist sie jedoch die Birne, so wird sie ein Mädchen bekommen. Nun zupfe mir noch ein Haar aus jeder meiner Strähnen: ein schwarzes, ein rotes und ein weißes. Das schenke ich deinem ältesten Kind zum Angebinde. Es soll die Haare als Kette tragen, so wird es Glück haben.»

Der Mann bedankte sich, raufte die Haare aus, je ein schwarzes, ein rotes und ein weißes, und kehrte nach Hause zurück.

«Du bist aber lange ausgeblieben», sagte sein Gattin. «Was bringst du da Schönes?» – «Hier ist ein Apfel, wenn du den ißt, wirst du einen Sohn gebären; und hier ist eine Birne, wenn du die verspeist, bekommst du eine Tochter.» – «Ach, das wird sowenig helfen wie alles andere! Aber ich habe schon lange keine Birne mehr geschmeckt, gibt sie mir, so will ich sie gleich essen.» Da gab ihr der Mann die Birne, die aß sie auf der Stelle. Den Apfel aber hoben sie auf.

Nun, ihr werdet es nicht glauben, nach neun Monaten bekam die Frau ein Mädchen, das war wunderhübsch. Die Eltern freuten sich ungemein und nannten das Mädchen Catalina. Das Mädchen wuchs sehr schnell und wurde von Tag zu Tag schöner. Als es einige Jahre alt war, fand die Mutter eines Tages den Apfel, und da sie sich nicht mehr an die ganze Geschichte erinnerte, aß sie ihn. Nach Ablauf der Zeit gebar sie einen Knaben, den nannte man Joan. Catalina freute sich über das kleine Brüderchen und spielte gern mit ihm. Die Eltern aber waren glücklich und stolz. Doch wie es nun einmal geht, auch für diese Familie nahte das Unheil.

An ihrem vierzehnten Geburtstag ging Catalina mit Joan an das Ufer des Meeres, um dort nach Muscheln und bunten Steinen zu suchen und sich zu vergnügen. Da näherte sich eine Barke mit Mauren. Ehe sich Catalina zur Flucht wenden konnte, war sie von den Mauren ergriffen und aufs Schiff verschleppt. Der kleine Joan indessen konnte sich hinter einem großen Stein verstecken, und so wurde er nicht entdeckt. Als die Mohren weggefahren waren, kroch er aus seinem Versteck hervor und lief weinend nach Hause.

Catalina aber fuhr übers weite Meer nach Afrika. Ihr könnt euch vorstellen, wie ihr zumute war. Ganz allein zwischen wilden und garstigen Männern sah sie die Heimat entschwinden, erblickte nichts mehr als Himmel und Wogen und kam endlich in ein ganz fremdes Land. Aber ihr guter Stern verließ sich nicht, denn sie trug die Haare der Fee als Kette um den Hals. In Algier führten sie die Männer auf den Markt, auf dem die Christensklaven verkauft werden, und man bot auch Catalina zum Kaufe an. Aber niemand wollte sie haben, denn durch die Macht der Fee erschien sie allen Männern alt und häßlich, obwohl sie nicht mehr als vierzehn Jahre zählte. Schließlich kam ein reicher alter Kaufmann, der hatte seine Tochter verloren und trauerte sehr um sein Kind. Er besaß ein gutes Herz, und als er das junge Mädchen erblickte, das für ihn gar nicht garstig aussah, kaufte er es auf der Stelle. Die Seeleute aber waren froh, denn sie fürchteten schon, ihre Ware nicht loszuwerden, und so verkaufen sie Catalina zu einem billigen Preis.

Der alte Kaufmann führte Catalina in sein Haus und hielt sie wie seine Tochter. Er kaufte ihr die schönsten Kleider und den teuersten Schmuck, und sie führte ein Leben wie eine Prinzessin. Aber bei all dem wurde sie nicht froh, sondern sie seufzte und weinte heimlich und sehnte sich nach Hause. Mit ihr trauerten ihre Dienerinnen, die eine davon war eine Negersklavin und stammte weit aus dem Süden; sie war so schwarz wie Ebenholz und machte alle groben Arbeiten im Hause des Kaufmanns. Das andere Mädchen war eine Griechin mit roten Haaren, die war eine geschickte Stickerin, und der Kaufmann verkaufte ihre Stickereien zu den höchsten Preisen.

Eines Tages sagte die schwarze Sklavin zu Catalina: «Wenn ich nicht nach Hause zurückkehren darf, dann sterbe ich hier in der Fremde. Aber sprich doch du einmal mit unserm Herrn, ob er mich nicht freigibt. Dich liebt er wie eine Tochter, und sicher wird er deine Bitte erhören.» Catalina versprach zu helfen und suchte gleich den Kaufmann auf. «Väterchen, würdest du nicht unsere schwarze Sklavin freilassen? Sie ist ganz krank vor Heimweh und wird uns hier nur sterben.» – «Töchterchen, gerne würde ich deine Bitte erfüllen. Aber sieh einmal: du bist jung, und ich bin alt. Ich kenne die Welt und die Menschen. Wenn die Schwarze erst eine Weile in unserm Haus ist, wird es ihr so gut gefallen, daß sie gar nicht mehr weg will. Und wer sollte auch all ihre Arbeiten machen? Schenke ihr hier diesen Ring, damit mag sie sich einstweilen trösten!»

Catalina brachte der Schwarzen den Ring. «Ach», sagte die, «was nützt mir der Tand? Wenn ich nicht meine Freiheit erhalte und zu meinen Eltern, zu meinen Brüdern und Schwestern zurückkehren darf, will ich lieber sterben.» Und sie weigerte sich zu essen und zu trinken und weinte Tag und Nacht. Da wurde Catalina durch das fremde Schicksal noch viel mehr betrübt als durch ihr eigenes, und sie dachte vergeblich, wie sie der kleinen Schwarzen helfen könne. Eines Nachts jedoch hatte sie einen Traum: sie sah eine Frau, die hatte dreierlei Haare, schwarze, rote und weiße, und war ganz von Bienen bedeckt. Die Frau aber sagte: «Catalina, flicht das schwarze Haar aus deiner Kette und laß es auf die Erde fallen, dann wird euch geholfen sein.» Am nächsten Morgen erwachte Catalina, erinnerte sich an ihren Traum und dachte: ‹Das mußt du doch einmal ausprobieren!› Vorsichtig flocht sie das schwarze Haar aus der Kette, warf es auf die Erde, und – hupp! – da stand ein schwarzes Mädchen, das glich der Sklavin ganz genau und sagte: «Herrin, was soll ich tun?» – «Bleib bei uns als Dienerin.» Ihre alte Sklavin aber entließ sie heimlich, und der Kaufmann merkte nichts von dem Tausch.

Es dauerte aber nicht lange, da klagte auch die Griechin ganz bitterlich: «Ich halte es hier nicht mehr aus und sehne mich nach meinen Eltern und meinen Geschwistern. Wer weiß, ob sie noch am Leben sind. Du bist doch der Liebling des Herrn; wenn du ihn bittest, gibt er mich vielleicht frei.» Da erbarmte sich Catalina und ging zu dem Kaufmann. «Väterchen, unsere kleine Griechin ist so traurig, daß sie sterben will, sie hat Sehnsucht nach ihren Verwandten und ihrer Heimat. Willst du ihr nicht ihre Freiheit schenken?» Der Kaufmann erwiderte: «Catalina, du hast ein gutes Herz, und darum habe ich dich noch lieber. Aber sieh: auch die kleine Nubierin hat sich getröstet; früher weinte sie, und jetzt ist sie fröhlich und vergnügt, wie ich es dir gesagt habe. Glaube mir: auch unsere Griechin wird noch heiter werden. Nimm diese goldene Kette, die schenke ich ihr. Und sage du selbst: wo würde sie je einen so milden Herrn finden wie hier?» Da brachte Catalina der Rothaarigen die goldene Kette, aber die weinte noch mehr. «Was nützt mir die Kette, wenn es niemand gibt, vor dem ich mich mit dem Schmuck zeigen kann. Oh! Wie würden mich meine Schwestern beneiden, wenn sie mich mit dieser Kette sehen könnten!» Und sie schluchzte noch lauter als zuvor. Catalina war wieder ratlos und konnte lange nicht einschlafen. Als sich endlich ihre Augen geschlossen hatten, erschien ihr wieder das Bild jener seltsamen Frau und sprach: «Catalina, mein Patenkindchen, flicht nun das rote Haar aus deiner Kette, dann wirf es auf die Erde, und es wird euch geholfen sein.» Als das Mädchen am nächsten Morgen erwachte, tat es, wie die gute Fee es geheißen hatte, und kaum hatte das rote Haar den Boden berührt, da stand ein rothaariges Mädchen da, das glich der Griechin ganz genau und war ebenso schnippisch. «Herrin, was soll ich tun?» – «Bleibe bei uns und sticke Hemden!» Damit entließ Catalina die Griechin, der sie noch einen Beutel Geld mitgab, damit sie gut nach Hause reisen könne. Der Kaufmann aber merkte nichts von dem Tausch, sondern er sagte nur:

«Kleine Griechin, du stickst von Tag zu Tag schöner.» – «Da solltet Ihr erst einmal sehen, wir wir in Griechenland stikken!» antwortete die rothaarige Zauberjungfrau frech. Und der Kaufmann sprach zu Catalina: «Da siehst du, wie recht ich gehabt habe! Gestern hat sie noch geweint, heute ist sie lustig und guter Dinge.»

Catalina seufzte heimlich. Auch sie wäre gern heimgekehrt, aber sie hatte gar nicht den Mut, den Alten zu fragen, den sie wußte, daß er sie wie eine eigene Tochter liebte. Und wenn sie ihn heimlich verlassen würde, dann müßte ihm das Herz brechen. So bemühte sie sich tapfer, ihren Kummer nicht merken zu lassen, und wurde doch immer bleicher und schmäler, so verzehrte sie die Sehnsucht nach ihrer Heimat.

Es waren schon eine ganze Reihe von Jahren vergangen, da saß Catalina eines Tages auf dem Balkon. Auf der Straße ritt ein Ritter vorbei, und als der das Christenmädchen sah, hielt er an und sagte: «Gott grüße dich, Christenmädchen!» – «Gott grüße dich, Ritter.» – «Was für eine süße Stimme du hast! Wie heißt du denn?» – «Ich heiße Heimatfern», sagte Catalina. «Und wie heißt du?» – «Ich heiße Joan und stamme von da und da», dabei nannte er seine Vaterstadt. Da erkannte Catalina, daß der Ritter ihr Bruder war, aber sie wagte es nicht, ihm ihre Entdeckung mitzuteilen. «Soll ich dich freikaufen, Heimatfern?» fragte der Ritter. «Ach, mein Herr würde mich nicht um alle Schätze der Welt verkaufen, denn er liebt mich wie eine eigene Tochter.» – «Nun, so mußt du eben mit mir fliehen!» – «Ach nein, das kann ich nicht. Wenn ich weggehe, wird ihm das Herz brechen.» – «Morgen komme ich wieder. Überlege es dir bis dahin!» Und damit ritt Joan fort.

Catalina aber blieb ganz verzweifelt zurück, denn sie wußte nicht, was sie tun sollte. Wenn sie sich ihrem Bruder entdeckte, würde er sie mit Gewalt wegführen, und der gute Alte würde sterben. So weinte sie die ganze Nacht hindurch und konnte keinen Schlaf finden. Am nächsten Tag aber kam der Ritter wieder unter ihrem Balkon vorbeigeritten und fragte: «Heimatfern, willst du mit mir nach Frankreich zurück?» Catalina konnte vor Weinen kaum sprechen. «Nein, ich kann nicht.» – «Nun komme ich nicht mehr. Aber wenn wir morgen absegeln, werde ich dir vom Schiff aus noch zuwinken. Vielleicht willst du doch noch mitkommen.» So ritt er fort, und Catalina war noch untröstlicher als am vorigen Tage. Als jedoch der Kaufmann nach Hause kam, bemühte sie sich, eine frohe Miene zu machen, und ließ ihn nichts von ihrem Schmerz merken. Sie schloß die ganze Nacht kein Auge und wußte nicht aus und nicht ein. Früh am Morgen erhob sie sich vom Lager und stieg ins obere Geschoß des Hauses, von wo man den Hafen sehen konnte. Kaum war die Sonne aufgegangen, da sah sie eine Barke vom Ufer ablegen, die fuhr langsam, sehr langsam ins Meer hinaus. Catalina sah einen Ritter, der winkte ihr zu. Da stellte sie sich auf die Zehenspitzen, damit er sie auch sehen könne, und wollte ihm einen letzten Gruß zuwinken. Doch weil sie sich so sehr streckte, riß die Kette um ihren Hals, die ja nur mehr aus einem weißen Haar bestand, und fiel zur Erde. Kaum hatte das weiße Haar jedoch den Boden berührt, da stand ein Mädchen da, als wäre eine zweite Catalina aus dem Spiegel getreten, und sagte: «Herrin, was soll ich tun?» – «Bleib du hier bei dem Kaufmann!» Und Catalina lief, was sie laufen konnte, zum Hafen.

Auf dem Schiff aber sagte der Ritter: «Kapitän, kehre noch einmal um! Ich glaube, ich habe etwas vergessen.» – «Das hättest du früher sagen sollen! Jetzt ist es zu spät. Wir kommen sonst in ungünstige Winde.» – «Kapitän, kehre noch einmal um! Ich gebe dir einen Beutel voll Geld!» – «Nun, so soll es sein.»

Kaum waren sie wieder im Hafen, da kam Catalina. «Nun, habe ich dir nicht gesagt, daß du es dir doch noch anders überlegst!» Da legten sie wieder ab und segelten hinaus aufs offene Meer, und der Wind war so günstig, daß sich der Kapitän recht wunderte.

Am Abend aber fragte der Ritter: «Heimatfern, wollen wir uns vermählen?» – «Nein, das kann nicht sein!» – «Ich liebe dich aber und werde dich immer lieben.» – «Ich heiße Catalina.» – «Catalina», sagte der Ritter, «wie hübsch! Ich habe einmal eine Schwester gehabt, die hieß auch Catalina.» – «Ich bin deine Schwester!» Da umarmte Joan seine Schwester, und sie fuhren in ihr Land zurück. Catalina aber heiratete einen reichen Grafen und hatte mit ihm drei Töchter, die nannte sie Schwarzhaar, Rothaar und Weißhaar.

59

Sieben-Mensch und Sieben-Buckel

Es war einmal ein Riese, der war so hoch wie ein Gebirge, und da er täglich zum Frühstück sieben Menschen verschlang, nannte man ihn «Sieben-Mensch». Er besaß unermeßliche Wälder, die waren so tief, daß man hundert Tage brauchte, um sie zu durchqueren, wenn man ohne Unterbrechung lief. Der Riese aber hatte so lange Beine, daß er den Wald in einer Minute durchlaufen konnte.

Es lebte da auch noch ein Buckliger, der war so klein wie ein Kreisel, und der hatte einen Buckel zwanzigmal so groß wie der Rest der ganzen Person; deshalb hieß er der «Sieben-Buckel». Eines Tages brauchte der Bucklige Holz, und er ging in den Wald von Sieben-Mensch, um dort Reisig zu sammeln. Niemand wagte sich sonst in den Wald des Riesen, aber da es sehr kalt war, ging Sieben-Buckel trotz der Furcht hin, von dem Riesen gefressen zu werden. Richtig, kaum hatte er begonnen, Holz zu sammeln, da hörte ihn der Riese, obwohl er hundert Stunden weit weg war, denn er hatte außerordentlich feine Ohren. Mit vier Schritten kam er angerannt, und als er Sieben-Buckel sah, fing er an zu lachen, daß er schier platzte, denn er hatte noch nie jemand mit so einem gewaltigen Buckel gesehen.

Sieben-Buckel aber schrie den Riesen an: «Meister, Ihr müßt wissen, daß über mich noch nie jemand gelacht hat! Wenn Ihr fortfahrt, mich zu verhöhnen, werde ich Euch ein paar Maulschellen geben, daß Euch sämtliche Zähne im Maul wackeln!» Sieben-Mensch, der gewohnt war, daß jedermann vor ihm zitterte, war über diese kühne Rede so verdutzt, daß er Sieben-Buckel fragte: «Ja, wer bist du denn überhaupt?» – «Ich bin ich, und mir gegenüber brauchst du dir gar nichts herauszunehmen. Wenn du auch groß wie ein Gebirge bist, für mich bist du nur eine Laus!» Der Bucklige sprach mit einer solchen Überheblichkeit und zeigte keine Spur von Angst, so daß der Riese überrascht war und auf die Herausforderung einging. «Nun, dann wollen wir doch erst einmal sehen, wer von uns mehr kann: ich oder du, der du den Mund so voll nimmst. Wollen wir um die Wette springen?» – «Gemacht!» – «Gut! Wer höher springt, hat gewonnen.»

Damit nahm der Riese einen großen Anlauf und sprang hoch über die höchste Eiche, die dort in weitem Umkreis stand. Als Sieben-Buckel das sah, fing er schallend an zu lachen und schrie: «Soll das auch etwas sein? So hoch bin ich schon gesprungen, als ich erst ein Jahr alt war! Nun paß einmal auf, dann wirst du sehen, daß ich so hoch wie hundert Eichen springe!» Sieben-Mensch wußte nicht, was er von dieser Rede halten sollte, und er bog die stärkste Eiche, die er fand, mit einer Hand bis zur Erde. «Ich glaube, daß du bis ans andere Ende der Welt gehen kannst, und du wirst doch niemand finden, der so hoch springen kann wie ich», sagte er zu Sieben-Buckel. Dieser hatte inzwischen die obersten Äste jener Eiche ergriffen, und als der Riese den Baum losließ, richtete sich die Eiche so plötzlich auf, daß sie den Buckligen hoch in den Himmel schleuderte. Sieben-Mensch schien es, als würde der Bucklige bis zur Sonne fliegen. Da kam dieser wieder herunter und landete wohlbehalten im Geäst der

Eiche. «Nun, was sagst du jetzt?» fragte Sieben-Buckel den Riesen. «Ich habe dir ja gleich erklärt, daß ich schon als Säugling so hoch gesprungen bin wie du. Wenn du aber willst, können wir unsere Kräfte auf eine andere Weise miteinander messen. Was kannst du denn schon überhaupt?» – «Ich kann außerordentlich laut pfeifen.» – «Das kann ich auch. Ich bin überzeugt, daß du wie ein kleiner Rotzlöffel pfeifst. Los! Fang an!»

Da fing der Riese zu pfeifen an, und ihr könnt mir glauben, daß er laut pfiff! Er pfiff so stark, daß sich die Bäume des Waldes bogen und es mehr wie ein Donnergebrüll denn Pfeifen klang. Sieben-Buckel aber lachte aus vollem Halse und sagte: «Das soll Pfeifen sein? Kerl, das ist ja gar nichts. Wenn ich zu pfeifen beginne, mußt du dir Augen und Ohren verstopfen, sonst treten die Augen dir aus der Höhle, und es platzt dir das Trommelfell in den Ohren!» Da dachte der Riese an den unglaublichen Sprung Sieben-Buckels, und vorsichtshalber stopfte er sich mit einem Taschentuch Augen und Ohren zu, das war größer als sieben Bettücher. Der Bucklige aber ergriff einen Stein und schleuderte ihn dem Riesen an den Kopf, der aber glaubte, das sei die Wirkung von Sieben-Buckels Pfeifen, und schrie: «Hör auf, pfeif nicht mehr, sonst platzt mir noch der Kopf!» Sieben-Buckel half ihm, das Taschentuch von Augen und Ohren wegzuziehen, und fragte: «Nun, was denkst du jetzt? Ich habe dir ja gleich gesagt, mir gegenüber bist du ein Nichts. Wenn du es wünschst, können wir ja noch etwas anderes machen.» – «Gut, so werden wir Steine schleudern, um zu sehen, wer größere Steine werfen und weiter schleudern kann.» Und er nahm einen riesigen Stein und schleuderte ihn weit hinweg. «Ach, das ist doch gar nichts», sagte Sieben-Buckel, «siehst du jenen großen Felsen?» – «Ja, das ist mein Stuhl, auf dem ich zu sitzen pflege.» – «Den werde ich bis zu meinem Garten schleudern, denn da ist eine Frau, die mir gerade Feigen stiehlt.» – «Was! Du kannst so weit sehen?» – «Ja, noch viel weiter.» – «So bitte ich dich nur, nimm einen anderen Felsen, denn auf jenem sitzt es sich so bequem, und ich würde schwer einen ähnlichen finden.» – «Das ist mir gleich. Der Felsen ist just der richtige, den ich werfen will und mit dem ich die Diebin töten werde. Die andern sind mir viel zu klein.» – «Trotzdem bitte ich dich, mir diesen Felsen als Stuhl hierzulassen. Du kannst doch auch einen anderen Stein nehmen.» – «Fällt mir ja gar nicht ein! Ich sehe nur, daß du Angst hast, das Spiel zu verlieren. Wenn du wirklich den Stuhl hier weiter behalten willst, so gib wenigstens zu, daß du unterlegen bist!»

Was blieb da Sieben-Mensch anderes übrig? Er mußte nachgeben, wollte er seinen Stuhl behalten, und so verständigte er sich mit Sieben-Buckel, und sie wurden Freunde. Sooft in Zukunft der Bucklige Holz benötigte, ging er in den Wald des Riesen und schlug sich, was ihm gefiel. Und wenn sie sich dabei trafen, sprachen sie eine Weile zusammen, dann kehrte jeder nach Hause zurück.

Dieses Märchen ist zu End',
Wie ein Schnitt den Schinken trennt;
Legt man einen Teil zurück,
Bleibt für morgen noch ein Stück.

60

Der blühende Brunnenrand

Es war einmal ein Räuberhauptmann; wo er mit seinen Leuten hinkam, ließ er nichts an seinem Platz. Aber einmal im Jahr beichtete er. Und gleich am Anfang sagte der Beichtvater stets, daß er ihm keine Absolution erteilen könne, wenn er nicht von diesem Lasterleben abließe. Dann zückte der Räuberführer jedesmal seinen Dolch und erstach den Beichtvater.

Das sprach sich nun herum, und endlich fand er keinen Beichtvater mehr, der ihm die Beichte abnehmen wollte.

In einem Jahr, um Palmsonntag herum, klopfte er nun bei einem Kloster an und bittet, dort beichten zu können.

Der Laienbruder am Tor erkannte ihn und läuft ganz aufgeregt zum Prior, um es ihm zu erzählen.

Der verwirrte Prior ruft die Brüder herbei und sagt:

«Da sind wir nun in einer schwierigen Lage.»

«Wenn Ihr wollt, daß ich hingehe», antwortete einer, «sagt es nur, und Ihr werdet sehen, daß ich schnell mit ihm fertig werde.»

«Aber wißt Ihr denn nicht, daß er Euch tötet?» sagte der Prior.

«Habt keine Angst; ich werde mich schon aus der Schlinge ziehen.»

Der Prior sagte schließlich ja, und der Bruder machte sich gleich auf den Weg. Er führt den Räuber zum Beichstuhl, läßt ihn niederknien, setzt sich selbst und sagt:

«Also, du kannst dir jetzt dein Herz erleichtern.»

Bis er mit der Beichte fertig war, sagte er kein Wort; dann fragt er ihn:

«Hast du weiter nichts, dessen du dich anklagen mußt?»

«Nein, Pater», antwortete er und hatte schon den Dolch in der Hand, um ihn sprechen zu lassen, wenn die sichere Antwort kommen würde: «Ich kann dir keine Absolution erteilen.» Aber seine Rechnung ging diesmal nicht auf, weil der Pater nichts weiter zu ihm sagte als:

«Es ist in Ordnung; du kannst gehen. Die Buße für dich heißt: ‹Was du nicht willst, das man dir tu, das füg auch keinem andern zu.›»

Der Pater erhebt sich und geht fort und ließ sein Beichtkind verdutzt zurück, das nicht wußte, was es davon halten sollte, so neu kam ihm diese Form der Buße vor. Schließlich steckt er den Dolch wieder ein und macht sich auf den Weg in seine Höhle.

Er kam in der Höhle an, und die Kameraden merkten gleich, daß mit ihm etwas nicht in Ordnung war. Sie fragten, ob es etwas Neues gäbe oder ob er sich nicht wohl fühlte; er aber antwortet nur, sie möchten ihn in Ruhe lassen. Und weiter konnten sie nichts aus ihm herausbringen. An dem Tag faßte er nichts an und sah keinem gerade ins Gesicht.

«Wollen wir heute nacht nicht los?» fragten die Kameraden, als die Dämmerung hereinbrach.

«Ich bin für nichts mehr zu haben», sagte er, «macht, was ihr wollt, aber laßt mich in Frieden.»

Und das sagte er, weil er überall, wo er auch immer ging und stand, leuchtend wie im Feuer geschrieben die Worte sah: «Was du nicht willst, das man dir tu, das füg auch keinem andern zu.» Das hatte ihm jeden Mut genommen.

«Wie soll ich anderen ihr Hab und Gut wegnehmen, wenn ich nicht will, daß sie meines anrühren?« sprach er bei sich.

Seine Kameraden machten sich auf den Weg, um einen Überfall auszuführen, den sie seit längerer Zeit geplant hatten. Als er nun allein in seiner Höhle war, wurde ihm ganz traurig zumute. Die Sünden seiner Verbrechen und Räubereien, die er in den langen Jahren als Haupt der Räuberbande begangen hatte, setzten ihm so sehr zu und nagten so sehr an seinem Gewissen, daß er nicht mehr ein noch aus wußte. Schließlich suchte er Zuflucht in dem Kloster, in dem er gebeichtet hatte.

Bei Tagesanbruch kommt er dort an, klopft an das Tor, und es wird ihm aufgemacht. Er fragt nach dem Beichtvater, und als er vor ihm steht, sagt er zu ihm:

«Ihr habt mir als Buße dieses ‹Was du nicht willst, das man dir tu, das füg auch keinem andern zu› gegeben. Aber ich sehe mit dem besten Willen nicht, wo das hinaus soll. Ich denke hin und denke her und habe mir diese Worte so sehr in den Kopf gesetzt, daß ich sie nicht wieder herausbekomme und sehe, daß ich ihnen nicht folgen kann, solange ich mein Räuberdasein nicht aufgebe. Mir ist so jämmerlich zumute, daß ich schon gestorben wäre, wäre ich nicht aus der Höhle geflohen und hätte ich nicht diesen Teufelsberuf schon ganz und gar aufgegeben. Ich bin gekommen, um eine wirkliche Beichte über mein ganzes Leben abzulegen, bevor das Gericht seine Hand auf mich legt und mich bestraft, wie ich es verdient habe.»

Der Beichtvater ließ ihn hereinkommen und geht zum Prior, um ihm die Geschichte zu erzählen, und sie kamen überein, ihn ein paar Tage versteckt zu halten und ihm Zeit zu geben, sein Gewissen gut zu erforschen und über seine Sünden zu weinen.

So taten sie es auch, und der Mann beichtete sein ganzes Leben und verschwieg nichts. Als der Beichtvater so viele Sünden und so schwere und grausige Verbrechen hört, rief er aus:

«So, wie es möglich ist, daß auf dem Brunnenrand Blumen wachsen, so möglich ist es, daß Gott dir vergibt.»

Dem Räuber prägten sich diese Worte so ein, daß er den ganzen Tag weder aß noch trank. Am nächsten Tag, um die Mittagszeit, merkten die Brüder, daß seine Zelle verriegelt war. Sie klopften an, aber er antwortete nicht. Da öffneten sie und fanden ihn tot im Bett liegen. Der Schmerz, den er empfunden hatte, Gott mit so viel Sünden beleidigt zu haben, war so stark und gewaltig, daß er ihn getötet hatte.

Was werdet ihr nun aber sagen? Da geht ein Laienbruder hin, um Wasser aus dem Brunnen zu holen, und findet den Brunnenrand voller Blumen mit den frischesten und erlesensten Blüten und einem Duft, der wie himmlischer Balsam anmutete. Da erinnerte sich der Pater, der die Beichte abgenommen hatte, daß er zu ihm gesagt hatte: «So, wie es möglich ist, daß auf dem Brunnenrand Blumen wachsen, so möglich ist es, daß Gott dir vergibt.»

Und Gott hatte ihm vergeben.

61

Vom Schuster, der einen Pfennig schuldig war

Es war einmal ein Schuster, der war sehr, sehr arm. Er war so arm, daß er nie wußte, was er essen sollte. Und so bettelte er viele Leute an und lieh sich von allen einen Pfennig aus. Aber da er nichts verdiente, konnte er auch nichts zurückgeben, und so schuldete er bald aller Welt einen Pfennig. Da jedoch alle wußten, wie blutigarm er war, verlangten sie auch ihre Pfennige nicht zurück. Es gab da aber auch noch einen andern Schuster, der war sehr knauserig, und sooft er unsern armen Schuster sah, verlangte er unter lautem Geschrei den Pfennig wieder, den er ihm einmal geliehen hatte. Er ließ dem armen Teufel bei Tag und Nacht keine Ruhe, so daß der nicht mehr ein noch aus wußte und immer überlegte, wie er den Murrkopf zufriedenstellen könnte.

Schließlich kam ihm der Gedanke, daß – wenn er sich tot stelle – alles Volk ihm verzeihen würde und daß dann auch jener geizige Schuster nicht mehr an den Pfennig denken würde, den er ihm im Leben geschuldet habe. Und, so dachte er weiter, wenn er sich vom Totenbett wieder erheben würde, dann gäbe es sicher eine große Freude beim Volke über die Auferstehung, und dann ließe sich sicher wieder bei dem einen oder dem andern ein neuer Pfennig erbetteln. Gesagt, getan. Er ging hin und stellte sich tot. Da kam die ganze Stadt, um den Toten zu sehen, jedermann schickte ihm ein gutes Wort nach und schenkte ihm seine Schulden, jedermann – bis auf jenen filzigen Schuster. Der verfluchte ihn, weil er ihm den Pfennig nicht zurückgezahlt hatte, und sagte, es sei eine Unverschämtheit, ohne zu zahlen einfach zu sterben.

Damals, als sich das zutrug, war es noch Sitte, daß man die Toten nicht im Sterbehaus aufbahrte, sondern daß man sie in die Pfarrkirche trug, und dort hielten die Gilden, zu denen die

Toten gehörten, die Totenwache. Man trug also den armen Schuster in die Kirche und legte ihn in einen Sarg, und alles kam, um ihm in vollem Ernst die nötige Schuldigkeit zu erweisen. Nun traf zu seinem Zeitpunkt auch jenen geizigen Schuster die Totenwache. Der jedoch sprach nicht die üblichen Gebete und sandte dem Toten nicht, wie es Sitte war, gute Worte nach, sondern er nannte ihn einen Gauner und einen Räuber und sprach die schlimmsten Worte. Da dachte unser Schuster, der sich tot stellte: ‹Nun hat es doch nichts genützt, daß ich mich sterben gelegt habe.›

Es ging schon auf Mitternacht, da hörte er ein seltsames Geräusch, als ob sich Leute näherten. Der geizige Schuster, der die Totenwache hatte, erschrak heftig und lief, um sich unter der Kanzel zu verstecken, und der arme Schuster, der den Toten spielte, wagte vor Angst kaum zu atmen. Da öffnete sich die Tür, und es kam eine große Räuberbande herein, die war schwer bewaffnet und trug drei große Decken mit voll goldener Münzen, die sie geraubt hatten. Die dachten, sie seien in der Kirche wohl geborgen, und es schien ihnen auch gut, dort Licht zu haben, um ihre Beute teilen zu können. Sie breiteten also die drei Decken mit den drei großen Haufen Gold aus, das war eine solche Menge, daß man sie nicht mit einem Wagen hätte fortschaffen können. Der Räuberhauptmann hieß alle Genossen sich um die drei Decken setzen und begann auszuteilen, imdem er jeweils sagte: «Das für dich, das für dich, das für dich...» Und so verteilte er die verschiedenen Münzen und Juwelen, bis schließlich ein besonders großer Goldbarren an die Reihe kam. Als die Räuber den sahen, schrien sie alle: «Gib ihn mir! Gib ihn mir!», denn jeder glaubte, ihn am meisten verdient zu haben. Sie wurden ganz wild und fingen an zu streiten, so daß der Hauptmann schließlich sah, sie würden sich noch wegen jenes Goldbarrens gegenseitig umbringen. Da rief er: «Gut! Hier wird getan, was ich befehle, und ich will euch alle gleiche Aussichten geben, den Barren zu erhalten. Dreht euch alle um, und stellt euch um jenen Toten herum; zieht eure Dolche und stecht auf den Toten ein, sobald ich sage: ‹Los!› Wer am tiefsten in den Leib des Toten hineinsticht, der soll dann den Goldbarren bekommen.» Der Vorschlag gefiel allen Räubern, und so erhoben sie sich und stellten sich rings um den Toten, indem sie ihre Dolche zückten. Da dachte der Schuster: ‹Verflixt, nun wird es Ernst mit dem Sterben!› Und in dem Augenblick, als der Räuberhauptmann «los» rufen wollte, ertönte eine Stimme, die klang, als käme sie aus der andern Welt: «Erhebt euch alle, ihr Toten!» Und noch lauter dröhnte eine Stimme: «Wir erheben uns alle zusammen!» Und die Räuber sahen mit Entsetzen, daß sich der Tote im Sarg aufrichtete; da flohen sie, wie von Furien gejagt. Sie jagten aus der Kirche hinaus und ließen ihre ganze Beute zurück.

Der arme Schuster aber stand auf und sammelte jenen Schatz ein. Da kam auch der geizige Schuster unter der Kanzel hervorgekrochen und wollte seinen Anteil an dem Schatz, den die Räuber hinterlassen hatten. Aber der arme Schuster dachte nicht daran und sagte dem andern deutlich, daß er keinerlei Anspruch habe, denn vor ihm seien die Räuber ja nicht geflohen.

Die Räuber waren indessen weit weggerannt und blieben endlich stehen, um sich zu beraten. Einer sagte zum andern, das sei doch eine sonderbare Sache, und man habe noch nie gehört, daß Tote sich wieder erheben. Einer nannte den anderen einen Hasenfuß, doch schließlich entschied der Räuberhauptmann, daß einer zur Kirche zurückkehren solle, um zu sehen, was die Sache auf sich habe. Man beriet, wer der Kühnste unter ihnen sei, und ein Räuber, der stets besonders grausam gewesen war, sagte, daß er vor Toten keine Furcht habe. Da schickte ihn der Hauptmann los, um die Lage auszukundschaften. Je näher der Räuber aber der Kirche kam, desto ängstlicher wurde er, und als er bis zur Kirchentür gelangte, war er selbst mehr tot als lebendig. Und da hörte er, wie unser Schuster dem Geizhals sagte, indem er ihm einen

Pfennig reichte: «Hier, nimm diesen Pfennig, wie es dir zusteht, und verlange nicht mehr!» Dazu vernahm der Räuber die mürrische Stimme des Geizhalses, und er dachte, alle Toten seien aus den Gräbern gekommen und wollten nun ihren Anteil an dem Schatz. Hals über Kopf stürzte er davon und rastete nicht, ehe er wieder bei den Seinen angekommen war, denen er berichtete: «Tatsächlich! Die Toten haben alle ihre Gräber verlassen. Es müssen Hunderte und Tausende, ja Abertausende sein, denn von unserem reichen Schatz trifft auf einen jeden von ihnen nicht mehr als ein Pfennig!» Als die Räuber das hörten, machten sie sich schleunigst aus dem Staube, denn sie fürchteten, die Toten möchten hinter ihnen herkommen und noch mehr verlangen.

Der Schuster aber ging vergnügt nach Hause und war mit einemmal ein steinreicher Mann. Und jener Geizkragen mußte sich mit dem schmalen Pfennig zufriedengeben, den ihm der andere schuldig war. Und wenn sie nicht gestorben sind, leben sie heute noch.

Das alles aber ist so wahr,
Wie das Märchen nun ist gar.
Das alles ist wirklich so bestimmt,
Wie Grünes man nicht als Reifes nimmt.
Das alles ist so ungelogen,
Und wer's nicht glaubt, der ist betrogen.

62

Comte Arnau

In fernen, fernen Zeiten lebte einst ein Graf, der war ebenso jähzornig wie eifersüchtig. Er hatte sieben Söhne und sieben Töchter, doch blieb er selten zu Hause; wenn er nicht gerade im Kriege war, zog er auf die Jagd. Seine arme Frau, sie hieß

Marieta, mußte indes zu Hause über das Gesinde wachen und ihre Kinder erziehen.

Eines späten Abends kam der Graf wieder von der Jagd zurück, da sah er, wie aus seinem Hause ein Mann kam. Es war ein alter Einsiedler, den hatte die Gräfin holen lassen, denn eines der Kinder war krank, und der Eremit galt als ein guter Arzt. Der Graf jedoch wußte von allem nichts, und da er sehr unbeherrscht war, stürzte er ins Haus, zog sein Schwert und erschlug seine Frau. Die vergoß ihr Blut so, daß es durchs halbe Zimmer floß. Da packte den Grafen das Entsetzen, er verfluchte sich und seine Leidenschaft und lief blindlings davon in die Welt hinaus. Und da er sich nun schon einmal verloren glaubte, verschrieb er seine Seele dem Teufel, lebte wild und gottlos und starb eines schrecklichen Todes.

Marieta war jedoch nicht tot, sondern nur schwer verletzt. Ihre Diener fanden sie und verbanden sie. Man holte den alten Einsiedler, der zur Stunde zurückkehrte, und mit Hilfe seiner Kunst gelang es, die arme Gräfin am Leben zu erhalten.

Sie lebte einige Jahre, ohne von ihrem Gatten etwas zu wissen, und glaubte schon, nie mehr von ihm zu hören. Eines Nachts jedoch klopfte jemand ans Fenster. Marieta ging hin und öffnete den Laden. Und denkt euch, wer stand draußen? Der Graf! Er hatte Augen wie glühende Kohlen, und sein Bart schien vor Feuer zu sprühen, an den Händen aber hatte er glühende Ketten. Ihr könnt euch denken, wie die arme Gräfin da erschrak! Der Graf jedoch begann zu sprechen:

«Marieta, sage mir:
Sind wohl meine Kinder hier?»
  «In den Betten liegen sie,
  Schlafen dort bis morgen früh.»
«Ich möchte meine Söhne schauen!»
  «Sterben würden sie vor Grauen!»

«Ich möchte meine Töchter schauen!»
  «Sterben würden sie vor Grauen!»
«Ich will mein Gesinde sehen!»
  «Keiner würde mit dir gehen!»
«Marieta, bist du ganz allein?»
  «(Hilf mir Gott!), ich bin's nicht, nein!»
«Wen hast drinnen du bei dir?»
  «Jesus, Maria sind bei mir!»
«Komm doch schnell zu mir heraus!»
  «Nein, ich geh nicht aus dem Haus!»

Da schwang sich der Graf aufs Fensterbrett und stieg in das Zimmer. Der armen Marieta wurde angst und bange, und es wollten ihr schier die Sinne vergehen. Sie wich vor dem Grafen langsam zurück. Der blieb auf einmal stehen, denn er sah den Blutfleck, der von seiner Schandtat zurückgeblieben war. Da schlug er die Hände vors Gesicht und entfloh durch das Fenster, denn durch Türen dürfen verdammte Seelen nicht gehen.

Am nächsten Morgen fand die Gräfin noch die Brandspuren am Fensterbrett, und so wußte sie, daß sie nicht geträumt hatte. Sie ging eilends zu dem Eremiten und fragte ihn um Rat. Er riet ihr, für die Seele des Grafen Messen lesen zu lassen, je mehr, je besser. Die Gräfin nahm all ihr Geld und ließ in allen Städten für den Grafen beten.

In der folgenden Nacht jedoch klopfte es wieder ans Fenster. Marieta ging und öffnete. Da stand wieder der Graf, und Flammen leckten über sein Gesicht. Er weinte und stöhnte, dann sagte er:

«Gattin, kannst du mir verzeihn,
So vermehre nicht die Pein;
Denn mit Messen, die du spendest,
Niemals meine Qual du endest.
Ja sie steigern nur den Brand,
In den nun ich bin verbannt!»

Da gab Marieta es auf, für ihn zu beten, und der Graf kehrte nicht wieder. Man sagt jedoch, daß er gerettet werden kann, wen einer seine Söhne die Tonsur empfängt und eine seiner Töchter den Schleier nimmt. Davon jedoch erzähle ich euch ein andermal.

64

Das wundertätige Madonnenbild

Wenn ihr, vom Hafen her kommend, zum Wall hinaufsteigt, seht ihr linker Hand die Ruinen eines alten Palastes. Dort lebte einst ein Edelmann des Königs, der hieß Don Efisio. Er war sehr reich, und seine Schiffe fuhren weit übers Meer. Zu Hause aber hatte er eine Frau, die war schöner als der Mond und zarter als eine Spinnwebe. Eines Tages, als ein starker Sturm herrschte und der Westwind die Wogen so aufpeitschte, daß das Wasser bis auf die Estrade spritzte, ging die Frau zum Hafen hinunter. Sie war guter Hoffnung und erwartete mit Sehnsucht ihr erstes Kind. Da schleuderte eine heftige Welle einen Schwall Wasser über die Mauer, so daß die arme Marietta ganz naß wurde, und dabei sah sie, daß ein Stück Holz oder etwas Ähnliches vor ihre Füße gefallen war. Sie hob den Gegenstand auf und erkannte, daß sie ein Bild unserer Jungfrau Maria gefunden hatte. Sorgfältig trocknete sie es ab und nahm es mit nach Hause. Es war ein Bild, nicht wie man es hierzulande malt, sondern die Heilige Jungfrau sah darauf ganz fremdländisch aus, und man sagt, es sehe dem Bildnis gleich, das der heilige Lucas von der Mutter unseres Erlösers gemalt hat.

Einige Wochen später gebar Marietta ein kleines Mädchen, das war so hübsch und fein, wie man selten eines gesehen hat. Don Efisio und seine Frau freuten sich sehr über das Kind und hüteten es wie ihren Augapfel. Sie gaben der Kleinen den Namen Mariflor und erzogen sie zu einem braven Mädchen.

In dem Maße aber, in dem die Kleine heranwuchs und von Tag zu Tag rosiger und hübscher wurde, verfiel ihre Mutter in eine schwere Krankheit. Geduldig ertrug Marietta ihr Leiden und suchte es vor ihrem Gemahl und der kleinen Mariflor zu verbergen. Die Arme wurde jedoch von Tag zu Tag bleicher, und kein Arzt konnte ihr Hilfe bringen.

Eines Tages, als gerade wieder ein Sturm durch die Gassen der Stadt tobte, rief Marietta ihr Töchterchen zu sich und sagte: «Mein liebes Kind, es ist an der Zeit, daß ich eine weite Reise antrete. Ich kann dich leider nicht mitnehmen, aber dein Vater wird bei dir bleiben. Und sollte auch dein Vater verreisen, so lasse ich dir dieses Bild hier. Es ist das Teuerste, was ich habe. Bewahre dieses Bild gut auf, denn es ist kein gewöhnliches Bild. Und wenn du in Not gerätst, dann vertrau dich getrost der Heiligen Jungfrau an. Es ist aber wichtig, daß du nie mit jemand darüber sprichst!» Damit umarmte sie ihre Tochter und entschlief sanft.

Don Efisio und seine Tochter lebten lange Zeit in großer Trauer. Endlich aber bedachte der Edelmann, daß es für Mariflor gut sei, wenn sie eine andere Mutter bekäme und Geschwister zum Spielen. Da er aber selbst keine Kinder mehr zeugen wollte, heiratete er eine Witwe, die schon einen Sohn und ein Mädchen besaß. Die neue Gattin war zunächst freundlich gegen Mariflor, und Don Efisio glaubte schon, alles bestens geregelt zu haben. Da erging eines Tages der Ruf des Königs, und der Edelmann mußte sich einschiffen, um an einem Kriegszug seines Herrn teilzunehmen. Schweren Herzens ließ er Mariflor zurück und versprach, bald wiederzukommen.

Kaum war der Gatte aus dem Haus, als sich die Stiefmutter Mariflors von ihrer üblen Seite zu zeigen begann. Sie zankte das arme Mädchen grundlos, gab ihr zahlreiche Püffe, und auch die Stiefgeschwister begannen, Mariflor schlecht zu behandeln. Schließlich kam es soweit, daß sie mehr wie ein Dienstmädchen als wie eine Tochter des Hauses gehalten wurde.

Mariflor trug das alles geduldig, betete jeden Abend vor dem Bild, welches ihr die Mutter hinterlassen hatte, und hoffte auf die Heimkehr des Vaters. Aber nach langen Monden kam die Nachricht, daß Don Efisio in fernen Landen gefallen sei.

Nun betrachtete sich die Stiefmutter vollends als die Herrin im Hause. Die arme Mariflor mußte ihr schönes Zimmer räumen und unter der Treppe schlafen, sie bekam nur mehr das zu essen, was ihre Stiefgeschwister übrigließen, und sie konnte sich kaum noch wehren gegen die Bosheiten ihrer Widersacher. Jeden Abend aber, wenn alles zu Bett gegangen war, holte sie das Bild der Heiligen Jungfrau hervor, und sobald sie es sah, wurde sie ganz ruhig und fröhlich, und sie glaubte in dem Bilde ihre Mutter zu erkennen.

Die Stiefmutter aber wäre Mariflor am liebsten losgewesen, denn solange das Kind am Leben war, konnte sie mit dem Besitz Don Efisios nicht so schalten und walten, wie sie wollte, da dieser ein kluges Testament gemacht hatte. Sie erinnerte sich aber, daß nicht weit vor der Stadt in einer Felsenwildnis eine Hexe lebte, von der man sich erzählte, daß sie auch eine Menschenfresserin sei. Niemand wagte sich zu ihr hinaus, und wenn sie in der Stadt erschien, schlossen die Mütter ihre Kinder ein, weil sie fürchteten, die Hexe könnte sie entführen und auffressen. Die Stiefmutter wartete nun, bis die Hexe wieder in die Stadt kam, um Einkäufe zu machen, und sobald sie das sah, schickte sie Mariflor gleichfalls auf den Markt. Aber sooft sie auch versuchte, das Kind loszuwerden, die Kleine kam immer wieder heil zurück.

Eines Tages aber sagt sie zu Mariflor: «Du bist nun alt genug, daß du etwas lernst. Ich habe mit jener Alten gesprochen, die du schon auf dem Markt gesehen hast, und sie will dich nähen lehren. Pack also dein Bündel, und komm mir nicht nach Hause, ehe du nicht nähen, sticken und stricken kannst!»

Da blieb Mariflor nichts anders übrig, als ihre Sachen in einen Korb zu legen – ganz unten hinein aber bettete sie das Bild – und sich auf den Weg in die Felsenwildnis zu machen. Sie wanderte den ganzen Tag durch eine wüste Gegend, die immer wilder und einsamer wurde, und endlich gegen Abend sah sie die Hütte der Alten, die war zur Hälfte in den Felsen hineingehauen.

Wie aber erschrak das Mädchen, als es näher kam! Über der Tür stand nämlich in einer Nische ein Totenkopf, der grinste sie tückisch an und sagte:

«Wer die Magern nicht ehrt,
Ist die Fetten nicht wert!»

Und sein Gebiß bleckte auf und zu. Aber da ertönte aus dem Hause ein Ruf: «Halte du deinen Mund, wenn du nicht gefragt bist, und laß das Mädchen herein!» Da öffnete sich die Tür von selbst, und Mariflor trat zitternd ein. Die Hexe saß am Kamin und aß gerade ein großes Stück Menschenfleisch, sie wandte sich dem Mädchen zu und fragte mürrisch: «Was willst du hier?» – «Man schickt mich zur dir, Mütterchen, damit du mir beibringst, wie man näht, stickt und strickt.» – «Es wäre mir lieber gewesen, wenn deine Stiefmutter mir deine Geschwister geschickt hätte! Aber da du nun schon einmal hier bist, magst du bleiben! Du mußt jedoch auch bei mir arbeiten, wenn du bei mir lernen willst, denn umsonst gibt's keine Lehre.» Mariflor entgegnete, daß sie gern arbeiten wolle, denn sie sei es gewohnt. Da zeigte ihr die Alte eine Kammer, in der sie schlafen konnte, und die Kleine legte sich zu Bett, nicht ohne vorher gebetet zu haben.

Am nächsten Tag kam die Hexe und sagte: «Nun zeige einmal, daß du arbeiten kannst! Bis heute abend mußt du das ganze Haus putzen, das Essen kochen und im Garten die

Pflanzen so gießen, daß sie blühen.» Und nachdem sie das gesagt hatte, ging sie fort. Mariflor aber machte sich an die Arbeit, sie putzte und kochte, aber als sie in den Garten kam, fiel sie vor Schreck fast um, denn alles war steinig und trokken, und auch nicht ein einziges Hälmchen war zu sehen. Wie sollte sie da mit Gießen in wenigen Stunden Pflanzen zum Blühen bringen? In ihrer Verzweiflung eilte sie in ihre Kammer, holte das Bild der Madonna aus dem Korbe und fragte: «Heilige Jungfrau, ich bin verloren! Was soll ich tun?» Da sprach Unsere Liebe Frau: «Sorge dich nicht, Mariflor, ich werde dir helfen. Geh und tu, was ich dir sage: Nimm deine Schürze, und bedecke damit den Schädel über der Tür, dann geh in die Küche und koche das Abendessen gar. Wenn es fertig ist, nimm die Schürze wieder an dich! Hüte dich aber, der Hexe etwas zu sagen!»

Mariflor ging hinaus und deckte den Totenkopf mit ihrer Schürze zu; da verging ihm das Grinsen. Dann kehrte sie in die Küche zurück. Indessen stieg die Heilige Jungfrau selbst aus dem Bild, nahm eine Kanne und begoß den Garten. Und überall, wo sie Wasser hinsprengte, erwuchsen die herrlichsten Pflanzen: Blumen, Gemüse und Früchte. Das Mädchen kam in den Garten, als das Essen gar war, und sah die Pracht. Sie glaubte zu träumen und wollte ihren Augen nicht trauen.

Indessen kam auch die Hexe zurück. Wie sie den prächtigen Garten sah, brachte sie kein Wort mehr heraus. Sie dachte bei sich: ‹Dieses Mädchen muß eine bessere Zauberin sein als ich, und es wäre schade, sie aufzufressen.› Laut aber sagte sie: «Das hast du gut gemacht! Nun wollen wir aber auch gleich zu Abend speisen. Mir wird der Mund wässerig, wenn ich die guten Trauben sehe.» Sie setzten sich zu Tisch, aßen und tranken, und dann schickte die Hexe das Mädchen zu Bett. Als Mariflor schlief, schlich sich die Alte in den Garten, holte den Totenkopf herunter und fragte ihn: «Wie hat es denn die Kleine angestellt, daß der Garten, auf dessen Grund nie auch nur der kümmerlichste Grashalm gewachsen ist, voller frischer und blühender Pflanzen steht und daß die Weinstöcke sogar voller Trauben hängen?» – «Ich habe nichts gesehen, denn das Mädchen hat mir ihre Schürze übergehängt.» Da gab die Hexe dem Schädel einen Tritt und sagte erbost: «Du bist dümmer als ein Mistkäfer und verdienst nicht, daß ich dir täglich Blut zu trinken bringe. Deshalb sollst du heute dürsten!» Und sie kehrte ärgerlich in ihre Hütte zurück und konnte die ganze Nacht keine Ruhe finden.

Am andern Morgen aber sagte sie zu Mariflor: «Es ist nur recht und billig, daß nun ich dich etwas lehre. Setz dich zu mir, und ich zeige dir, wie man schneller als sieben Schneider näht.» Das Mädchen gab gut acht, und am Abend konnte sie es genauso gut wie die Hexe selbst. Am andern Tag aber begann die Hexe: «Heute ist es wieder an dir, mir zu dienen. Putz also das Haus, so daß ich auch nicht das kleinste Stäubchen finde, koche das Abendessen, und geh auf den Speicher. Dort liegen einige Zentner Getreide, ordne die Körner nach den verschiedenen Sorten!» Damit ging sie aus dem Hause. Mariflor aber machte sich gleich an die Arbeit, doch dachte sie mit Schrecken an die Aufgabe, die sie im Speicher erwartete. Sie wußte sich keinen anderen Rat, als wieder das Bild aus dem Korb zu holen und die Heilige Jungfrau um Hilfe anzuflehen. Die sprach wieder: «Mach dir keine Sorgen! Da du keine Mutter mehr hast, will ich dir wie eine Mutter helfen. Deck du nur den Schädel zu, und kümmere dich nicht um das übrige!» Mariflor tat, wie ihr befohlen war, und begann dann in der Küche das Abendbrot zu bereiten.

Die Hexe kam am Abend sehr zeitig und sehr neugierig zurück. Sie ging gleich in den Speicher: richtig! – da war alles Getreide nach den einzelnen Arten der Körner ausgelesen. Die Hexe wurde ganz wild darauf, zu wissen, wie Mariflor das geschafft haben mochte. Sie fragte deshalb das Mädchen: «Das hast du aber brav gemacht; doch sage mir, wie hast du das angefangen?» Da erwiderte Mariflor: «Wer viel redet, irrt auch viel.» – «Das ist eine alte Weisheit», versetzte die Hexe, die nichts anderes darauf zu sagen wußte. Bei sich aber dachte sie: ‹Schlaf du nur erst, dann will ich schon den Totenkopf befragen. Sicher hat er heute besser aufgepaßt.›

Kaum war Mariflor ins Bett gegangen, da schlich sich die Hexe vors Haus, holte den Schädel herunter und fragte: «Nun, wie sieht es aus?» Da antwortete der Totenkopf: «Das Mädchen hat mir die Schürze so fest um den Kopf gebunden, daß ich sie nicht abschütteln und nichts sehen konnte.» Die Alte wurde noch zorniger als das letzte Mal und schrie: «Für was, glaubst du, daß ich dich unter dem Galgen ausgegraben habe? Wenn du wieder so schlecht aufpaßt, werde ich dich in die Abortgrube werfen, denn dorthin gehörst du!»

Am andern Morgen aber sprach sie zu Mariflor: «Nun sieh mir zu: Ich werde dir das Sticken beibringen, schöner, als man am Hofe des Königs stickt.» Und sie lehrte das Mädchen die Kunst, und Mariflor erwies sich als sehr anstellig und übertraf bald die Alte. Am andern Morgen aber sagte die Hexe: «Mir ist heute morgen das Kopftuch in den Brunnen gefallen. Die Sonne scheint aber so heiß, daß ich ohne Tuch nicht ausgehen kann. Leih mir deine Schürze. Und nun merk auf, was du an Arbeiten zu verrichten hast: Zuerst putzt du das Haus, dann kochst du das Abendessen, da will ich zwei Hühner verspeisen. Hier hast du zwei Eier, und nun sieh zu, daß du mir daraus zwei Hühnchen brätst.» Damit ging die Alte weg.

Mariflor putzte das Haus, aber wenn sie ans Essen dachte, dann wußte sie keinen Rat. In ihrer Not ging sie schließlich wieder in ihre Kammer und holte die Ikone hervor. «Mutter Maria, was soll ich machen?» – «Zuerst zieh dein Kleid aus, und hänge es innen vor das Küchenfenster, dann trage mich mit dem Korb in die Küche.» Mariflor tat, wie ihr befohlen war, die heilige Jungfrau aber stieg aus dem Bild heraus und kochte selbst das Abendmahl. Der Totenkopf wollte durchs

Fenster schauen, aber da das Mädchen dieses ganz verhängt hatte, konnte er gar nichts erblicken.

Zur gewohnten Stunde kam die Hexe zurück. Sie ging gleich in die Küche: da standen zwei appetitlich gebratene Hühnchen auf dem Tisch! «Du bist ein Teufelsmädchen! Ich habe selten etwas so Gutes gegessen. Aber verrate mir doch: Wie hast du das gemacht?» – «Wer viel redet, irrt auch viel.» – «Zum Henker mit deinen Sprüchen! Ich komme dir schon noch auf deine Schliche.»

Diesmal schickte die Hexe Mariflor noch früher ins Bett als sonst. Dann lief sie gleich zum Totenkopf. «Nun, hast du heute besser aufgepaßt?» – «Nichts zu machen! Die Kleine hat ihr Kleid vor das Küchenfenster gehängt, und ich habe nicht hineinschauen können.» – «Weg mit dir! Ich kann dich nicht mehr brauchen!» Und sie warf ihn ergrimmt in die Abfallgrube.

Am andern Tag lehrte die Hexe Mariflor stricken, so schnell und so prächtig, wie es keine Königin vermochte. Und dann war wieder die Reihe an Mariflor, die Hexe zu bedienen. Die machte es diesmal besonders schlau: Zu früher Stunde schlich sie in die Kammer des Mädchens und holte dessen Kleider, machte sie gründlich naß, und als Mariflor aufstehen wollte, sagte die Alte: «Ich habe deine Kleider gewaschen, sie waren nicht mehr schön; nun mußt du eben bis zum Abend warten, daß sie trocknen. Indessen kannst du ja, wie gewohnt, die Arbeit machen: putz das Haus, und brate mir zum Abendessen zwei Hühnchen: hier sind die Eier.» Damit tat sie, als ob sie wegginge, und versteckte sich im Garten hinter einem Busch.

Mariflor putzte zuerst das ganze Haus, dann ging sie in ihre Kammer und betete zur Heiligen Jungfrau. Diese aber sagte: «Du hast nun nichts mehr, um das Fenster zu verhüllen, aber das tut nichts. Ich selbst werde verhindern, daß uns jemand zusieht. Trag du mich ruhig nun mit dem Korb in die Küche!» Gesagt, getan. Die Hexe sah Mariflor mit einem Korb in die Küche gehen, da schlich sie hinter ihrem Busch hervor und dachte siegesgewiß: ‹Diesmal werde ich bestimmt erfahren, wie die kleine Zauberin ihre Sache macht!› Aber als sie durchs Fenster sehen wollte, kam es ihr vor, als sei sie blind; schaute sie wieder weg, so konnte sie deutlich alles sehen, aber sobald sie wieder ihre Augen durch das Fenster der Küche lenkte, verlor sie ihr Sehvermögen. ‹Nun warte, ich komme schon noch hinter deine Geheimnisse!›

Am Abend tat die Hexe, als käme sie von einem weiten Gang zurück. «Töchterchen», rief sie, «schau, was ich dir für feines Garn mitgebracht habe! Garn aus Seide und Gold und Wolle von der besten Sorte! Bring mir schnell deinen Korb, damit ich dir die Sachen hineinlegen kann und sie nicht am Herd beschmutzt werden!» Ihr könnt euch denken, wie Marilor da lief, als sie von den Kostbarkeiten hörte, die ihr gehören sollten. Schnell war sie zurück mit dem Korbe. Da sagte die Alte: «Nun hol mir schnell noch etwas frisches Wasser vom Brunnen, denn ich bin schrecklich durstig!» Das Mädchen nahm den Krug und ging zum Brunnen. Währenddessen durchwühlte die Hexe den Korb. Als sie das Bild berührte, sprach dieses: «Nimm deine Hand weg, und laß Mariflor in Frieden!» Da begann die Hexe zu zittern, und als das Mädchen mit dem Wasser zurückkam, murmelte sie: «Nimm deinen Korb samt der Seide, und mach dich augenblicklich aus dem Hause! Hätte ich gewußt, was ich nun weiß, ich hätte dich nie und nimmer hier aufgenommen.»

Ihr könnt euch denken, wie froh Mariflor war, daß sie das Haus der Hexe verlassen durfte. Sie wanderte die ganze Nacht hindurch, und am Morgen kam sie in die Stadt. Sie betrat das Haus ihres Vaters, da schrie ihre Stiefmutter: «Was! Bist du schon wieder hier?» – «Ja, ich habe Nähen, Sticken und Stricken gelernt!» – «Nun, das werden wir gleich sehen. Hier hast du Stoff, und wehe dir, wenn du nicht bis heute abend sieben Hemden genäht und gestickt hast!»

Mariflor setzte sich an die Arbeit, sie nähte und stickte, wie sie es bei der Hexe gelernt hatte, und am Abend waren alle Hemden fertig. Nun ereignete es sich zufällig, daß am Abend ein Kaufmann ins Haus kam, den hatte die Stiefmutter eingeladen, weil sie hoffte, daß er ihre Tochter heiraten würde. Als er die Hemden sah, sagte er: «So schöne Ware habe ich noch nie gesehen, und ich bin doch schon durch sieben Länder gereist!» Die Stiefmutter hielt zwar die Wäsche für einen Plunder, aber um dem Kaufmann gefällig zu sein, verkaufte sie die Hemden weit unter ihrem Wert. Am andern Tag aber schiffte sich der Kaufmann ein und fuhr in die Hauptstadt, um seine Ware dem König anzubieten. Der König und die Königin besahen alles, was ihnen der Kaufmann zeigte, aber es wollte ihnen nichts gefallen. Endlich zog er die Hemden hervor. Als die Königin die feingestickten seidenen Hemden sah, sprach sie: «Nein, so etwas Herrliches habe ich noch nie gesehen! Warum hast du uns nicht schon früher so schöne Ware gebracht?» – «Ja, die ist sehr schwer zu erlangen. Es gibt in meiner Stadt ein Mädchen, das ist nicht nur so hübsch wie der Mond, sondern es kann auch so schnell nähen wie sieben Schneider, und außerdem versteht es zu sticken und zu stricken wie keine zweite.» – «Mann», sagte die Königin, «wäre das nicht eine Frau für unsern Sohn?» – «Wenn sie so schön und brav ist wie ihre Kunst, nehmen wir sie auf der Stelle zur Schwiegertochter», entgegnete der König. Und er ließ sogleich sein schnellstes Schiff richten und fuhr in unsere Stadt.

Ihr könnt euch ja denken, was die Stiefmutter für Augen machte, als der König ihr Haus betrat. «Wo ist das Mädchen, das nähen kann wie sieben Schneider und außerdem noch zu sticken und stricken versteht?» fragte der König. «Ach», antwortete die böse Alte, «sie ist so häßlich und schmutzig, daß ich sie Eurer Majestät nicht zeigen kann.» – «Ich will sie aber sehen!» Da war also nichts zu machen, die Stiefmutter mußte Mariflor holen lassen. «Bist du die Näherin?» fragte der König. «Ja», sagte Mariflor. «Willst du meinen Sohn heiraten?» – «Gern!» – «Dann komm nur gleich mit!» – «Sogleich, Herr. Ich will nur eben meinen Korb holen.»

Kaum war Mariflor aus dem Hause, da rief die Alte zu ihren Kindern: «Was, ihr seid noch da? Packt euch und geht sofort zur Hexe, damit auch ihr nähen, sticken und stricken lernt!» Sie machten sich also auf den Weg und kamen zur Hütte der Hexe. Ohne zu fragen und ohne zu klopfen, gingen sie hinein. «Was wollt ihr?» – «Wir wollen so nähen, sticken und stricken lernen wie Mariflor.» – «So laßt mich euern Korb sehen!» – «Der geht dich gar nichts an!» sagte der Junge, aber die Hexe hatte ihn schon in Händen und wühlte darin, fand aber kein Bild. «Ihr könnt bleiben!» sagte sie barsch.

Am nächsten Morgen befahl sie den beiden: «Ich gehe jetzt fort. Putzt ihr indessen das Haus und kocht mir zum Abendessen zwei Hühnchen. Hier sind die Eier.» Damit ging sie weg. «Die Hexe ist verrückt!» sagte der Junge. «Ich werde mir ihretwegen nicht die Hände schmutzig machen.» – «Ich auch nicht!» sagte das Mädchen. Und sie gingen in den Garten, aßen von den Früchten, und was sie nicht essen konnten, warfen sie auf die Erde und zertraten es. Gegen Abend gingen sie in die Küche und aßen die Eier. Da kam die Hexe zurück. Ihr könnt euch denken, wie wütend sie war, als sie den Garten verwüstet sah; da wollte sie in die Küche gehen, aber der Bengel hatte ein Seil gespannt, und die Hexe fiel der Länge nach auf den Boden und schlug sich einen Zahn aus. «Wo ist mein Nachtmahl?» rief sie. «Das haben wir selbst aufgegessen», antworteten die beiden. «So werde ich euch auffressen!» Und sie verschlang sie gleich roh.

Der König aber kam mit der kleinen Mariflor zurück in seinen Palast. «Hier ist die Näherin, Stickerin und Strickerin!» Die Königin war sehr zufrieden, und der Prinz verliebte sich sogleich in Mariflor. Nach sieben Tagen war Hochzeit, auch Mariflors Stiefmutter wollte dorthin, aber sie fiel ins Meer und ertrank. Das junge Paar aber lebte glücklich, wir aber:

«Zu Barcelona sah ich ein Mädchen,
Das nähte und stickte und drehte das Rädchen,
Es wohnte in des Königs Haus,
Und damit ist das Märchen aus.»

Nachwort

Das Wiedererwachen des Interesses für die Märchen ist auch in Spanien ein Wesenszug der *Romantik*, und sich seiner zu erinnern besteht gerade in Deutschland besonderer Anlaß. Zunächst, weil die Romantik und die Hinwendung zur Volksliteratur in Spanien durch das Wirken des deutschen Kaufmannes und Konsuls Böhl von Faber angeregt wird, und weil die Märchenforschung auf der Pyrenäenhalbinsel wie im übrigen Europa unter dem Einfluß der deutschen Bestrebungen entsteht, dann auch, weil die Tochter des großen Anregers selbst, Cecilia Böhl von Faber, die unter ihrem Pseudonym Fernán Caballero in die spanische Literaturgeschichte eingegangen ist, die Hebung des spanischen Märchenschatzes eingeleitet hat.

Noch im Jahre 1856 konnte Wilhelm Grimm sagen, daß ihm weder aus Spanien noch aus Portugal Märchen bekanntgeworden seien. Es war, als wenn dieses Wort eine Quelle angeschlagen hätte, die gerade im Begriff war, ans Tageslicht zu kommen. Schon einige Jahre vorher hatte *Fernán Caballero* in ihrem Roman *La gaviota* Märchen eingefügt (s. unser Märchen Nr. 2), die einer unserer bekanntesten Hispanisten des vorigen Jahrhunderts, Ferdinand Wolf, 1859 ins Deutsche übersetzte, und in demselben Jahr 1859 veröffentlicht Fernán Caballero die erste eigentlich spanische Märchensammlung, ihre *Andalusischen Volksmärchen und Volkslieder*, die schon 1862 in deutscher Übertragung erscheinen. In Auswahl und Ausdrucksform tragen diese Märchen deutlich den Stempel der Dichterin, so ernst es ihr mit der Absicht ist, «die Ausdrucksweise des Volkes... in der ihr eigentümlichen, besonderen und ursprünglichen Form wiederzugeben». Durch die Bevorzugung bestimmter (religiöser und moralischer) Motive, durch die Einflechtung eigener Beobachtungen, Urteile und Betrachtungen und die stilistische Abrundung der Erzählung sind diese Märchen ebensosehr persönliche Kunstwerke wie volkskundliche Dokumente.

Das Gut volkstümlicher Überlieferungen pflegt am lebendigsten zu sein und am bewußtesten gehütet zu werden, wo die heimische Sprache dem Druck einer fremden Nationalsprache ausgesetzt ist. Es ist daher kein Zufall, daß die ersten größeren Märchensammlungen auf der Pyrenäenhalbinsel nicht in Spanien oder Portugal, sondern in *Katalonien* auftauchen: Zu Beginn der siebziger Jahre leitet *Maspons i Labrós* den langen Reigen katalanischer Märchenveröffentlichungen ein, die im Rahmen der literarischen katalanischen Wiedererweckungsbestrebungen und der neukatalanischen Literatur einen so bedeutenden Platz einnehmen. Der hervorragendste Vertreter dieser Literatur, *Jacinto Verdaguer*, figuriert in unserer Sammlung als Aufzeichner und Umdichter eines volkstümlichen Märchens. Aus der Reihe begeisterter Heimatforscher, die sich dann um die katalanischen Volksmärchen bemühen, hebt sich uns die bekannte Gestalt des Mallorquiners *Antoni Maria Alcover* heraus, dessen zwölfbändige *Sammlung mallorquischer Märchen* nicht nur Märchen, sondern auch eine Fülle anekdotischer oder sagen- und legendenhafter Geschichten enthält, die wie jene von der launigen Erzählfreudigkeit des Herausgebers selbst mitgestaltet und belebt sind.

Bald setzt auch im spanisch-kastilischen Sprachgebiet erneut eine regere Sammlertätigkeit ein. Es ist wieder Andalusien, die Provinz, in der der Reichtum volkskundlichen Gutes am offensten zutage liegt, das führend vorangeht: In *Antonio Machado y Alvarez' Biblioteca de las tradiciones populares españolas* wurden in den achtziger Jahren die für lange Zeit repräsentativen Sammlungen spanischer Märchen niedergelegt, die bald in englischen und französischen Übersetzungen eine Leserschaft auch außerhalb der Pyrenäenhalbinsel fanden. Neben Andalusien (Machado y Alvarez) und Extremadura (Hernández de Soto) sind hier auch schon Madrid (Olavarría y Huarte) und Asturien (Giner Arivau) vertreten. Die weitaus bedeutendste dieser Veröffentlichungen ist *Hernández de Sotos* Sammlung aus Extremadura. Der verschiedene Charakter seiner Wiedergaben von denen der Caballero springt dem Leser in die Augen: Wesentlich getreuer und unvoreingenommener werden hier die volkstümlichen Märchen reproduziert, so wie der Herausgeber sich ihrer aus seiner Kindheit erinnert oder wie er sie von Verwandten und Bekannten, also von Erzählern aus seinen Kreisen, gehört hat. Sie alle sind mehr oder weniger fließend erzählt, durch den vielverwendeten Dialog, die typischen Märchenwiederholungen und die sinnvolle Abrundung der Handlung kleine Werke kultivierter volkstümlicher Erzählkunst.

Ein neuer Impuls wurde der spanischen Märchenforschung weitere vierzig Jahre später durch einen Vertreter der in der Nachkriegszeit aufblühenden nordamerikanischen Hispanistik mitgeteilt. *Aurelio M. Espinosa*, der schon vor dem Ersten Weltkrieg spanisch-amerikanische Märchen gesammelt und vergleichend untersucht hatte, konnte nach ebenso mühevollen wie ertragreichen Aufnahmen in vielen Provinzen Spaniens in den zwanziger Jahren die dreibändige Standardsammlung von 280 Volksmärchen herausbringen. Hier haben wir es mit wortgetreuen Wiedergaben des Vortrags meist bäuerlicher Erzähler zu tun, dessen schwerfällige und oft inkohärente Darstellung, dessen einförmige Wiederholungen und Nebeneinanderreihung kurzer Hauptsätze und dessen Verzicht auf Beschreibungen mit dem Reichtum und der Dramatik der Handlungsmotive kontrastieren und den Reiz echter Primitivität vermitteln. Der Wert dieser Volksmärchen läßt es angebracht erscheinen, Espinosas Texte in unserer Sammlung in besonderem Maße zu berücksichtigen. Was diese Veröffentlichung für die Motiv- und Stilforschung der volkstümlichen Märchenerzählung bedeutet, hat ihr Herausgeber selbst in Bd. II und III seiner Madrider Ausgabe gezeigt.

Wir glauben, die hauptsächlichen Strömungen der iberoromanischen Märchenforschung auf der Pyrenäenhalbinsel jedenfalls andeutend genannt zu haben, wenn wir abschließend noch auf die Arbeiten hinweisen, mit denen das Centro de Estudios Históricos in seiner Reihe *Archivo de tradiciones populares* auch den Märchensammlungen verdienter regionaler Volkskundler (Llano Roza de Ampudia, Ramírez de Arellano) seine Aufmerksamkeit und Unterstützung schenkte; diese Veröffentlichungen haben seit einigen Jahren in der *Biblioteca de dialectología y tradiciones populares* ihre Fortsetzung gefunden.

Wer als uneingeweihter Leser zuerst diese Sammlung spanischer Märchen aufschlägt, der mag erwarten und wünschen, hier Einblick in eine neue, fremde Welt zu tun und durch die Lektüre dem spanischen Volksgeist selbst näherzukommen. Diese Erwartung dürfte sich kaum erfüllen. Gaston Paris hat schon bei Erscheinen der ersten Sammlungen festgestellt (Romania III, S. 418), daß die modernen Märchen nicht selbständige Schöpfungen, sondern vor allem Neuformungen und neue Verknüpfungen von Motiven darstellen, die den gemeinsamen Bestand des morgenländisch-abendländischen Märchengutes bilden. Von den romantischen Vorstellungen, die man mit dem Namen «Spanien» zu verbinden pflegt, finden wir in den Märchen nur geringe Spuren, wenn wir von der gelegentlichen Erwähnung eines Zitronen- oder Olivenbaumes, der Vorliebe für Esel und

Maulesel oder ähnlich flüchtiger Lokalfärbung absehen. Man muß schon feinfühlig für nationalcharakterologische Unterschiede sein, um wenigstens in der Vorliebe für bestimmte Motive (etwa das der sexuellen Beschämung, vgl. Märchen Nrn. 6–8, 18) typische Züge des spanischen Charakters wiederzufinden. – Dafür entschädigen uns diese Märchen voll und ganz auf *ihre* Weise: durch die Mannigfaltigkeit und Originalität, mit welcher hier die auch sonst bekannten Bausteine zusammengefügt sind.

Bei der *Anordnung* der Märchen haben wir daher auf eine regionale oder inhaltliche Gliederung verzichtet und lediglich drei Gruppen nach den drei zugrundeliegenden Volkssprachen unterschieden; innerhalb dieser Gruppen spanisch-kastilischer, galicischer und katalanischer Märchen haben wir nach eigenem Geschmack eine bunte Reihenfolge hergestellt, die bei fortlaufender Lektüre entweder eine ermunternde stoffliche oder stilistische Abwechslung bieten oder zu eigener Motivvergleichung anregen kann. Nur die drei Märchen der Fernán Caballero (Nrn. 1–3) wurden zu Beginn der Sammlung vereint gelassen.

Für die in unserer Sammlung getroffene *Auswahl* waren zwei Gesichtspunkte maßgebend: Es wurden in erster Linie Märchen berücksichtigt, deren Motive oder Motivverkettung am meisten von den aus Grimms Kinder- und Hausmärchen bekannten abweichen, und unter ihnen wieder die stilistisch besten ausgewählt. Hie und da ist auch ein den Grimmschen Märchen ähnlicheres eingefügt, um Beispiele für den übernationalen Charakater unserer Kunstform und Anregung zum Vergleichen feinerer Abweichungen und Umgestaltungen zu geben. Die stilistische Auswahl war maßgebend, wenn von motivgleichen oder -ähnlichen Märchen mehrere zur Verfügung standen.

Der Begriff «Märchen» wurde möglichst eng gefaßt: Schwankartige oder moralische Erzählungen, Legenden- oder Sagenstoffe, Tierfabeln und novelleske Kurzgeschichten sind im allgemeinen aus der Sammlung ausgeschlossen geblieben. Man vergleiche dazu an verschiedenen Stellen die Anmerkungen.

In der *Übersetzung* sind wir den Vorlagen, soweit möglich, getreu gefolgt. Auch Plumpheiten des Ausdrucks, schwerfällige Wiederholungen, die monotonen Satzverknüpfungen mit «und», «dann» und der im Spanischen nicht weniger auffällige Zeitensprung von der Vergangenheit in die Gegenwart, der die Erzählung oft in so anschaulicher Weise dramatisiert, sollen mit einigen nötigen Abmilderungen in der deutschen Wiedergabe einen ungefähren Eindruck von der Art geben, in der diese Märchen den Sammlern oder von ihnen erzählt wurden. Mehrere Märchen haben durch die Übertragung regionaler Mundarten ins Gemeindeutsche einiges von ihrer Lokalfarbe verlieren müssen. In wenigen Fällen sind frühere Übersetzungen der um die Kenntnis der spanischen Märchen verdienten deutschen Forscher (Wolf, Hosäus) übernommen worden.

Der vorliegende Band stellt eine veränderte Neuauflage der vor zwei Jahrzehnten in den «Märchen der Weltliteratur» von mir herausgegebenen «Spanischen und portugiesischen Märchen» (Jena 1940) dar. Im Gegensatz zu seinem Vorgänger beschränkt er sich auf Spanien, wobei nun den katalanischen Märchen ein wesentlich breiterer Raum gewährt werden konnte und auch Märchen aus dem Galicischen Berücksichtigung fanden. Die Fortschritte, die in letzter Zeit die Herausgabe und Erforschung der Märchen in Portugal, Brasilien und im spanischen Amerika zu verzeichnen haben, begründet die Absicht des Verlages und der Herausgeber, dem Märchengut aus diesen Ländern in späteren Bänden dieser Reihe eine eigene und angemessenere Auswahl zuteil werden zu lassen, als das innerhalb der «Spanischen und portugiesischen Märchen» möglich war.

Die Auswahl, Übersetzung und Kommentierung der Märchen aus dem Katalanischen (Nrn. 50–59 und 61–63) hat freundlicherweise Herr Dozent Dr. Felix Karlinger übernommen, dessen eigener Sammlung fünf unveröffentlichte, in Katalonien (Nr. 52), im Roussillon (Nrn. 57, 58) und in Alghero auf Sardinien (Nrn. 62, 63) aufgenommene Märchen entstammen; mit den vier letztgenannten greift unsere Sammlung in die katalanischen Sprachgebiete außerhalb der spanischen Grenzen hinaus.

Herrn Dr. Karlinger danke ich für seine bereitwillige Mitarbeit, Herrn Dr. Dieter Woll für seine bei der Auswahl und Übersetzung der galicischen Texte geleistete Hilfe.

Bonn, Oktober 1961 Harri Meier

ANHANG

Quellennachweise und Anmerkungen

Für die Abkürzungen vgl. die Liste der «Benutzten und zitierten Werke». Bei Verweisen auf Aarne (-Thompson) siehe jeweils auch die gleiche Nummer bei Boggs, der die einzelnen Motive nach Aarne-Thompsons Motivverzeichnis identifiziert und spanische Parallelen angibt. Hier werden die letzteren zum Teil gekürzt, zum Teil erweitert wiedergegeben.

1 Die Ritter vom Fisch (Fernán Cabarellero, hier nach Hosöus, S. 175). Es handelt sich um bekannte Motive, die wir bei Grimm getrennt in zwei Märchen finden (Nr. 60 «Die zwei Brüder» und Nr. 85 «Die Goldkinder»). Die künstlerische Feder Fernán Caballeros formt das Volksmärchen um und kleidet seine Handlung in ein novelleskes Gewand. Daher sticht dieses wie auch die anderen hier wiedergegebenen Märchen der Dichterin stilistisch gegen die übrigen meist wortgetreuen Wiedergaben volkstümlicher Märchenerzählungen ab.

Bolte/Polivka I, S. 528–556, II, S. 204; Aarne Nr. 303. Llano Roza de Ampudia Nr. 14; Espinosa Nr. 139 und 151

2 Vom halben Hähnchen (Fernán Caballero, hier nach Wolf, S. 190). Das Märchen ist «La Gaviota», dem bekannten «ersten realistischen Roman der spanischen Literatur» entnommen. – Nach dem Volksglauben sollen die alten Hähne ein Ei legen, aus welchem nach sieben Jahren ein Basilisk hervorkriecht. Dieser tötet mit seinem Blick den Menschen, den er zuerst sieht, wird aber von ihm getötet, wenn er ihn zuerst angeblickt hat. – Vgl. R. A. Laval, El cuento del medio pollo. Versiones chilenas del gallo pelado. Buenos Aires 1910; R. S. Boggs, The Halfchick Tale in Spain and France (F. F. Comm.), Helsinki 1933

Bolte/Polivka I, S. 258f., Aarne Nr. 715. Llano Roza de Ampudia Nr. 183; Espinosa Nr. 253–254

3 Frau Fortuna und Herr Geld (Fernán Caballero, hier nach Hosäus, S. 141). Vgl. unsere Nr. 17. Diese allegorische Erzählung fällt kaum als Ganzes, wohl aber durch das phantasievolle Moment und die märchenhafte Form, dann vor allem durch die Übernahme von

Märchenmotiven in unseren Rahmen. Vgl. auch unsere Nrn. 21 und 29 und Karlinger Nr. 10

4 Die drei Apfelsinen mit einem Sprung (Hernández de Soto, S. 39). Ein auf der Pyrenäenhalbinsel sehr verbreitetes Märchen. Fast die gleiche Fassung finden wir bei Espinosa Nr. 120–121. Vgl. auch Nr. 12.

Bolte / Polivka II, S. 69; Aarne Nr. 408 («Hexe verwandelt Mädchen in einen Vogel»). Paul Kretschmer, Neugriechische Märchen, Jena 1916, Nr. 3, S. 325. Cabal, S. 60; Llano Roza de Ampudia Nr. 3; Olavarría y Huarte, S. 82; Hernández de Soto, S. 25, 31, 90; Espinosa Nr. 114, 120, 121. Die Verwandlung in eine Taube kommt auch losgelöst von dem Vorhergehenden und an andere Motive gekettet häufig vor, z. B. allein in dem chilenischen Märchen bei Machado y Alvarez, S. 109

5 Die drei Nelken (Hernández de Soto, S. 159). Boggs Nr. 425 D

6 Die Basilienpflanze (Espinosa I, S. 31). Siehe Anmerkung zu Nr. 8. Karlinger S. 306; Jan de Vries, Die Märchen von klugen Rätsellösern (F. F. Comm. 73), 1928; Prieto Nr. 15

7 Das Rätsel (Espinosa I, S. 41). Siehe Anmerkung zu Nr. 8

8 Hans Soldat und die Prinzessin (Espinosa I, S. 57). Die Nrn. 6, 7, und 8 gehören zusammen und stehen bei Espinosa als beste unter 12 ähnlichen Rätselmärchen; von ihnen ist die am wenigsten märchenhafte Nr. 6 in Form und Inhalt hinreichend mit märchenhaften Zügen durchsponnen, um hier Aufnahme zu finden. Bei allen dreien spielt die Beschämung des «Gegners» die ausschlaggebende Rolle; sie kann im Guten nur duch eine Heirat wieder ausgelöscht werden, wenn man der Entehrung vor der Öffentlichkeit entgehen will. Als der Herr erkennt, daß das Mädchen ihm die Rübe in den Hintern gesteckt hat (Nr. 6), bleibt ihm nichts anderes übrig, als sie zu heiraten oder zu töten (letzteres kommt in Varianten vor). In Nr. 7 und 8 gibt die Prinzessin sich dem Burschen hin und ist dadurch in seiner Macht, nicht weil er die Hindernisse überwunden hat, die man ihm zur Vermeidung der Heirat in den Weg legte. Zuweilen genügt es schon, wenn die Prinzessin, um von dem Hirten einen der hundert mittels der Zauberflöte behüteten Hasen zu bekommen, den Hintern seines Esels küßt und sich dadurch erniedrigt (Espinosa I, S. 43 ff.), oder wenn der König zu demselben Zweck den Hirten selber auf den Hintern küßt.

Bolte / Polivka I, S. 188–202; II, S. 503–506 (Grimm Nr. 22 und 111); Aarne Nr. 304, 570, 851. Llano Roza de Ampudia Nr. 4, 132,

133; Espinosa Nr. 5, 6, 7, 8, 12, 16; Amades Nr. 194; Karlinger Nr. 66

9 Der Verleumder (Llano Roza de Ampudia, S. 210). Ein mittelalterliches Predigtexempel. Das moralische Element tritt stark in den Vordergrund. Unter dem Titel «Das Böse wird bestraft» ließe sich eine ganze Reihe unserer Märchen zusammenfassen (siehe u. a. unsere Nrn. 16, 37).
Boggs Nr. 836; Cabal, S. 93; Espinosa Nr. 94

10 Franciskita (Llano Roza de Ampudia, S. 147).
Bolte/Polivka I, S. 138–148 (Grimm Nr. 19); Aarne Nr. 555. Antonio de Trueba, Cuentos de vivos y muertos, Madrid 1879, S. 13 und 71; über ein ähnliches Motiv in Puerto Rico s. Mason/Espinosa, Journ. Anm. Folkl. 38, S. 611, Nr. 13

11 Der Zauberer Palermo (Hernández de Soto, S. 48). Ein sehr bekanntes und auch auf der Pyrenäenhalbinsel häufig vorkommendes Märchen. Hernández de Soto bringt vier Fassungen, Espinosa (II, S. 240–256) ordnet ebenfalls vier Fassungen unter dem Titel «Die Tochter des Teufels» zusammen, die dadurch, daß der Zauberer hier der Teufel ist, der die Seele des Spielers haben will, besser motiviert sind, dafür allerdings zum Schluß auf eine schwierige Frage stoßen: Wie kann der Prinz die Tochter des Teufels heiraten? So entschuldigt eine Fassung bei Espinosa die Heirat auch in lustiger Weise, indem sie erklärt: «Blanca Flor, die Tochter des Teufels, war fromm»; eine andere entgeht der komplizierten Situation, indem sie keine Erkennungsszene bringt und nach der Umarmung der Großmutter mit den Worten schließt: «Und so vergaß der Prinz die Tochter des Teufels.»
Bolte/Polivka I, S. 131–134, 442f., 498–503; II, S. 19–29, 140–146, 516–527; III. S. 338–339, 406–417 (Grimm Nr. 17, 51, 56, 113, 186, 193); Aarne Nr. 313, 314, 400, 554. Fernán Caballero II, S. 90; Machado y Alvarez, S. 187; Hernández de Soto, S. 63, 76, 90; Llano Roza de Ampudia Nr. 24; Llano Roza de Ampudia II, S. 171; Espinosa Nr. 123–125; F. Krüger, El dialecto de San Ciprián, Madrid 1923, S. 112; Prieto Nr. 5.
Vgl. unsere Nrn. 12 und 47

12 Die Schönheit der Welt (Hernández de Soto, S. 124). Die Entzauberung der Prinzessin wird durch List und Tücke des Prinzen erwirkt. Hier wie in den meisten Märchen zeichnet sich der Held weniger, wie der Held der Sage, durch besondere Kühnheit als durch Bauernschlauheit (vgl. Nr. 13) oder Gutmütigkeit aus (vgl. Nrn. 1, 59). Die plötzliche Wendung in letzter Minute, durch die, als der Partner

schon vor der Hochzeit mit einem anderen steht, alles wieder ins richtige Gleis gebracht wird, begegnet ums häufig (z. B. in Nr. 11 und dessen sämtlichen Varianten).

Bolte/Polivka II, S. 335–348 (Grimm Nr. 93); Boggs Nr. 408 A

13 Die drei Brüder (Llano Roza de Ampudia, S. 119). Vgl. unsere Nr. 69.

Bolte/Polivka I, S. 520–528; II, S. 1–18 (Grimm Nr. 59, 60); Aarne Nr. 9 (Der Fuchs, das schlaue Tier, ... nimmt bei der Teilung das Korn, der Bär den größeren Spreuhaufen...), Nr. 1008, 1030, 1260, 1535, 1653; Karlinger Nr. 70 und S. 322

14 Der Hirt (Llano Roza de Ampudia, S. 214)

15 Wie der Wolf bestraft wurde (Llano Roza de Ampudia, S. 291). Friedrich Ranke, Deutsche Volkssagen, München 1924, S. 195

16 Der Ungläubige und der Totenkopf (Espinosa I, S. 140). Eine Version der märchenhaften Erzählungen, die Tirso de Molinas «Steinernem Gast» und der Don-Juan-Sage zugrunde liegen. Über ihre Verbreitung und Variationen auf der Pyrenäenhalbinsel s. R. Menéndez Pidal, Sobre los orígines de «El convidado de piedra» (in: Estudios literarios, Buenos Aires 1938^2, S. 81 ff.).

Boggs Nr. 835; Llano Roza de Ampudia Nr. 28

17 Frau Elend (Llano Roza de Ampudia, S. 129). Vgl. J. M. Espinosa Nr. 54: Ein Mann, der Gutes tut, wird mit einem Sack belohnt, in den er hineinstecken kann, wen er will, und in den er nun den Tod bannt.

Bolte/Polivka II, S. 149–163, 163–189 (Grimm Nr. 81, 81); Aarne Nr. 330. Cabal, S. 101; Llano Roza de Ampudia S. 118; Espinosa Nr. 168, 169; J. B. F. Ortoli, Les conts populaires de l'Ile de Corse, Paris 1883, Nr. 22

18 Die schwarze Ziege (Espinosa I, S. 147). Dieses eigentümliche moralisch-grausige Märchen gibt Espinosa nach der Version von E. Martínez Torner wieder; es ähnelt in Form und Inhalt mehr einem Kunst- als einem Volksmärchen, wird aber von Espinosa zu letzteren gerechnet. Die Verwandlung des Menschen in ein Tier entweder durch einen Zauber oder eine ihm von dem Tier aus Dankbarkeit verliehene Fähigkeit ist ja typisch volksmärchenhaft, eine Verwandlung wie hier haben wir aber sonst nirgends gefunden, sie kommt auch in der spanischen Märchenliteratur kaum vor.

Boggs Nr. 831 A; Giner Arivau, S. 117

19 Der Drache vom Rosenstrauch (Espinosa II, S. 271). Das Märchen steht bei Espinosa in einer Gruppe mit sieben anderen unter dem

Titel «Der verzauberte Prinz». Bei allen wird der in ein Tier verwandelte Prinz durch das Mädchen erlöst. Das Besondere der hier übersetzten Fassung ist, daß schon das Versprechen des Mädchens, das Tier zu heiraten, genügt, um ihn zu erlösen (vgl. dagegen den «Froschkönig» von Grimm, wo das Mädchen den Frosch, der sich ihrem Bett nähert, erst erlöst, als sie ihn voller Entsetzen packt und an die Wand schleudert). Vgl. auch unsere Nrn. 20 und 35. Hernández de Soto (S. 118) bringt eine der unseren ähnliche Fassung: Das Mädchen findet im Schloß alles, was es sich nur wünschen kann. Nachts hört sie im Garten ein ständiges Wehklagen, wagt aber nicht nachzusehen, woher dieses Klagen kommt. Als es eines Abends die Ungewißheit und Angst nicht mehr aushält und nachforscht, findet es neben der Pflanze, von der sein Vater ihm eine Blume geschnitten hat, einen sterbenden Bären, der ihm so großes Mitleid einflößt, daß es ihn streichelt. Es heilt ihn dadurch, daß es die abgeschnittene Blume wieder auf den Stengel setzt. Da verwandelt er sich in einen schönen Jüngling, und beide heiraten sich.

Bolte/Polivka II, S. 229–273 (Grimm Nr. 88); Aarne Nr. 425 C; Cabal, S. 66; Prieto Nr. 16

20 Der verwundete Vogel (Hernández de Soto, S. 201). Ebenda Varianten S. 209 und S. 242.

Bolte/Polivka II, S. 318–335, 335–348; III, S. 37–43, 406–417 (Grimm Nr. 92, 93, 127, 193); Aarne Nr. 425, 432

21 Der Arzt und der Tod (Llano Roza de Ampudia, S. 69). Bolte/Polivka I, S. 377–388; Aarne Nr. 332. Cabal, S. 80; Busk, S. 123; Llano Roza de Ampudia Nr. 25

22 Der Mann, der keine Almosen gab (Llano Roza de Ampudia, S. 212). Boggs Nr. 773 A

23 Das seltsamste Ding der Welt (Espinosa II, S. 316). Grimm Nr. 129 («Die vier kunstreichen Brüder») schließt als einen Teil dieses Märchen ein. J. M. Espinosa bringt eine Variante, nach der der Vater zum Schluß zugunsten des jüngsten Sohnes entscheidet und so die Streitfrage schlichtet, die in unserer Fassung schließlich durch die Entscheidung des Mädchens in lustiger Weise gelöst wird. Hätte man das Mädchen vorher gefragt, wäre das Problem nicht entstanden, aber auch das Märchen nicht erzählt worden!

Bolte/Polivka III, S. 45–58; Aarne Nr. 653. Fernán Caballero II, S. 20; Llano Roza de Ampudia Nr. 12. A. Aarne, Der Zaubergraben (Journal de la Soc. Finno-Ougrienne 27, Helsinki 1911)

24 Petri Patenkind (Espinosa II, S. 309). Eine gleichermaßen legenden-, märchen- und novellenhafte Erzählung, aus der wir einige Motive herausheben: Der in allen Schwierigkeiten erscheinende Helfer, die Personifizierung des Guten, sonst in Gestalt des Alten, des Einsiedlers, der Alten, der Hexe usw., erscheint hier als Petrus; das als Knabe verkleidete Mädchen, das bei dem Herrn, den es liebt, dient (vgl. Nr. 43); die vom König – sonst dem Teufel oder Zauberer – gestellten Forderungen (Nr. 11); süber das Ringholen: Bolte-Polivka I, S. 131–134; II, S. 19–29 (Grimm Nr. 17, 62), Aarne Nr. 554; das Getreideauslesen wird in den Rätselmärchen dem Hirten meist noch als letzte Aufgabe gestellt, bevor er die Königstochter heiraten kann (Boggs Nr. 515)

25 Der Geist des Pfarrers (Espinosa I, S. 13). Steht hier unter dem Obertitel «Seelen in Höllenpein». Stark umgestaltet kommt das Motiv auch in dem Märchen «Die Seelenmesse» vor: Eine Dienstmagd gibt regelmäßig Geld für die Seele, die im Fegefeuer am meisten der Hilfe bedarf; eines Tages, als sie ohne Arbeit ist, begegnet sie einem bleich aussehenden Mann, der ihr ein Haus zeigt, in dem sie um Arbeit fragen soll. Als sie das Bild des Mannes sieht und die Frau des Hauses danach fragt, weiß diese, daß ihr verstorbener Sohn, den das Bild darstellte, das Mädchen zu ihr geschickt hat. Seine Mutter hatte nie etwas für die armen Seelen gegeben.
Boggs Nr. 760 C; Cabal, S. 79, 84; Espinosa Nr. 70–73; Gordon Gerould, The Grateful Dead, London 1908

26 Der Zwerg (Llano Roza de Ampudia, S. 65). Die Einleitung, die nächtliche Flucht des Mädchens mit ihrem Bräutigam, würde besser zu einer spanischen Novelle passen als zu diesem merkwürdigen Märchen, in dem – wie es selten vorkommt – ein Mädchen eine so heldenhafte Rolle spielt. – Das Hineinstoßen der Nadel, das sonst oft die Verwandlung – meist in eine Taube – bewirkt, bringt hier das Mädchen in die Gewalt des Zwerges.
Boggs Nr. 306 A

27 Die drei Hunde (Hernández de Soto, S. 258). In einer Variante, die diesem Märchen in Sotos Sammlung vorangeht, will die Schwester des Negers ihn rächen und legt drei Stahlnägel, die sie von einer Zauberin hat, in das Bett des Prinzen, der danach stirbt. Während der Totenwache kommen seine Hunde nacheinander an das Totenbett, ziehen die Nadeln heraus und rufen ihn so ins Leben zurück.
Bolte/Polivka I, S. 548 (Grimm Nr. 60); II, S. 503–506 (Grimm Nr. 111); Aarne Nr. 300 (304). Fernán Caballero II, S. 11; Hernández de Soto, S. 249; Espinosa Nr. 157

28 Das Mädchen ohne Arme (Espinosa II, S. 185). Das Märchen unterscheidet sich von seinen vier Varianten bei Espinosa am stärksten von dem bekannten Märchen der Grimms; vor allem ist die Szene des Auskleidens beim Teufel neu und eigenartig. Der in dieser Szene immer spannender werdende Dialog wie überhaupt die stark dialogisierte Form heben es auch im stilistischen Niveau über die Parallelfassungen hinaus.
Bolte/Polivka I, S. 295–311 (Grimm Nr. 31), Aarne Nr. 706. Boggs Nr. 706 B; Karlinger Nr. 72 und S. 322; Prieto Nr. 8

29 Der geizige Reiche (Espinosa I, S. 155). Der liebe Gott selber betrügt den Teufel! Die Art des Betruges ist bekannt (ähnliche Formen des Betruges s. Aarne Nr. 1088, 1130, 1180).
Boggs Nr. 773 B

30 Peters drei Geschenke (Llano Roza de Ampudia, S. 28). «Weh, ich falle»: Bolte/Polivka I, S. 30, Anm. 1. Über das Früchteessen: Bolte/Polivka III, S. 3-9 (Grimm Nr. 122); Aarne Nr. 566; Espinosa Nr. 149; Karlinger Nr. 68

31 Die drei Ratschläge (Espinosa I, S. 121). Steht bei Espinosa unter sieben Varianten mit gleichem Obertitel. Die hier übersetzte hat schon eher den Charakter einer Erzählung. Der überirdische Herr, der das Brot gibt, das sich in Goldtaler verwandelt, und die gruselige Gasthausszene fehlen in den beiden letzten Fassungen bei Espinosa, in denen sich die Ratschläge auf die Geschwätzigkeit der Frauen beziehen und die mehr schwankartigen Charakter haben.
Aarne Nr. 910. Bolte/Polivka IV, S. 149. Fernán Caballero II, S. 104; Cabal, S. 134; Llano Roza de Ampudia Nr. 52, 353. Italo Calvino, Fiabe italiane, Torino 1956, S. 1029.

32 Die gefräßige Frau (Espinosa I, S. 99). Espinosa bringt weitere Märchen ähnlichen Inhalts, die das Märchenhaft-Phantastische zurücktreten lassen, dagegen die schwankhaften Züge stärker betonen. Inhaltlich berühren sie sich mit dem verbreiteten Schwank, in dem die Frau ihren Mann fortschickt, um sich indesen mit dem Pfaffen zu amüsieren, der Rat des guten Alten den Mann aber ins Haus zurück- und dem Pfaffen die verdienten Prügel einbringt.
Bolte/Polivka II, S. 373–380 (Grimm Nr. 95); Aarne Nr. 1360. Boggs Nr. 1374; Llano Roza de Ampudia Nr. 40

33 Der weiße Papagei (Hernández de Soto, S. 175). Typischer Anfang und Schluß der Märchen, deren Hauptthema das verfolgte Mädchen ist (vgl. Nrn. 28, 42, 43, 47 und Anmerkungen dazu). Fernán Caballero II, S. 31, bringt schon ein ähnliches andalusisches Märchen,

in dem Schwalben und andere Vögel die Rolle spielen, die bei uns der «gute Alte» hat.

Bolte/Polivka II, S. 380–394 (Grimm Nr. 96); Aarne Nr. 707. Soupey, S. 115; Llano Roza de Ampudia Nr. 6, 19; Espinosa Nr. 119

34 Der Zaubermeister (Llano Roza de Ampudia, S. 50). Auffallende Ähnlichkeit mit Grimm Nr. 68 (Bolte/Polivka II, S. 60–68; Aarne Nr. 325), mit Veränderung des Schlusses

35 Die Waschfrau (Hernández de Soto, S. 217). Die Einleitung zu dem eigentlichen Märchen, die Aufnahme des Mädchens bei der Königin, deren Entpuppung als ihre Schwiegermutter gibt dem Märchen einen stark novellesken Zug. Die durch das Mädchen verursachte verlängerte Verzauberung muß durch sie selbst zunichte gemacht werden; meist geschieht das erst nach einer Zeitspanne, in der sie ein oder sieben Paar Eisenschuhe abgelaufen hat. – Die Verwandlung in eine Taube (s. oben Nr. 4): Meist ist das Opfer ein Mädchen – nicht ein Jüngling –, nach deren Glück oder Schönheit die neidische Negerin oder Hexe trachtet; vgl. hierzu Machado y Alvarez, «La negra y la tórtola»; Hernández de Soto, S. 25 und 31 u. ö.

Boggs Nr. 408; Olavarría y Huarte, S. 82; Soupey, S. 38; Cabal, S. 60; Llano Roza de Ampudia Nr. 3; Espinosa Nr. 114, 120, 121

36 Hans Einundeinhalb (Llano Roza de Ampudia, S. 285). Vgl. die Ähnlichkeiten mit den Rätselmärchen. Hier übernimmt der Ring, den die Frau dem Helden auf seiner Wanderung schenkt, die Funktion der Flöte oder der fliegenden Decke. – Die Geschichte von der Pechpuppe bringt ausführlich das Märchen «Samson» bei Espinosa Nr. 35; vgl. auch A. M. Espinosa, Sobre los orígines del cuento del muñeco de brea (Artigas-Festschrift I, in: Boletín de la Biblioteca Menéndez y Pelayo 1931, S. 297–318); Prieto, S. 17

37 Der Kopf der Toten (Espinosa I, S. 143).

Boggs Nr. 780

38 Der Teufel als Lehrer (Espinosa II, S. 192). Eines der 23 bei Espinosa unter dem Titel «Das verfolgte Mädchen» zusammengefaßten Märchen, zu denen auch unsere Nr. 28 gehört. Sie ähneln einander und damit auch Grimm Nr. 31 sehr. Eigentümlich ist hier die Rolle des Teufels und seine unmotivierte Frage, auf die das Mädchen nicht antwortet (vgl. dazu Grimm Nr. 49, wo es, um seine Brüder zu erlösen, stumm bleiben muß: Bolte/Polivka I, S. 427–437). – Über die Beschuldigung, sie selber habe die Kinder gegessen, s. Bolte/Polivka I, S. 13–21 (Grimm Nr. 3); Aarne Nr. 710. – Der Aschenputtel-Wunsch, «Das erste Reis, das deinen Hut streift...», kehrt häufig wieder, wenn der Inhalt des Wunsches auch ein ganz verschiedener ist. – Der Teufel, der sie liebte und ihren Körper nicht bekam, versucht nun, ihre Seele zu gewinnen, indem er ihren Selbstmord ermöglicht und dem König den Schmerzensstein und das Liebesmesser verkauft. Boggs Nr. 706 B

39 Die drei Kleider (Espinosa II, S. 209). Ebenfalls aus der Gruppe «Das verfolgte Mädchen», obgleich das Titelmotiv hier nicht wesentlich ist. Erinnert an die Ballszene bei Aschenputtel, trotz Abweichungen vor allem in der Schilderung des Wiedererkennens.
Bolte/Polivka II, S. 45–56 (Grimm Nr. 65); Aarne Nr. 510. Llano Roza de Ampudia Nr. 32; Espinosa Nr. 108–112. H. Meier, Bol. de Filologia 8, Lisboa 1947, S. 135ff.

40 Die Leber des Toten (Espinosa II, S. 344). Vgl. auch Nr. 33. Aarne Nr. 366

41 Königin Rose (Machado y Alvarez, S. 172).
Boggs Nr. 708 A; vgl. A. H. Krappe, Queen Rose. The origin of a Spanish folktale (in: Studies in Philology 30, 1933, S. 654–661)

42 Die drei Nachbarn (Llano Roza de Ampudia, S. 193).
Boggs Nr. 756 E

43 Der Diamantenvogel (Hernández de Soto, S. 288).
Bolte/Polivka I, S. 528–556 (Grimm Nr. 60); I, S. 470; III, S. 3 (Grimm Nr. 122); Aarne Nr. 566–567. Llano Roza de Ampudia Nr. 21; Krüger, a.a.O., Nr. V. Der spanische Herausgeber verweist auf die große Ähnlichkeit des Märchens mit «Les figures merveilleuses» (in: E. H. Carnoy, Contes français, Paris 1885)

44 Die Prinzessin als Äffin (Espinosa II, S. 306).
Bolte/Polivka II, S. 30–38; S. 466–468 (Grimm Nr. 63, 106); Aarne Nr. 402. Boggs Nr. 557

45 Das Mädchen und die Feldschlange (Llano Roza de Ampudia, S. 45). Hier übernimmt die schwesterliche Feldschlange die Rolle des guten hilfreichen Wesens. Vgl. Anmerkung zu Nr. 36: die Hexe, die sich an die Stelle der Alten setzt. – Das Ausreißen und Wiedereinsetzen der Augen ist auch in den Märchen der Pyrenäenhalbinsel ein häufig wiederkehrendes Motiv. – Der Herausgeber verweist auf den asturischen Volksglauben, nach dem die Feldschlangen gern Milch trinken und den Kühen und oft auch Frauen im Schlaf die Milch aussaugen.
Bolte/Polivka II, S. 468–487 (Grimm Nr. 107). Boggs Nr. 711 A

46 Die Flöte, die alle zum Tanzen brachte (Espinosa II, S. 323).

Bolte/Polivka II, S. 490–503 (Grimm Nr. 110); Aarne Nr. 592. Boggs Nr. 594, Prieto Nr. 6

47 Die heilige Dora (Prieto Nrn. 14). Vgl. Nrn. 33 und 50 und Anmerkungen dazu. Zum Motiv des Aussetzens auch Prieto Nr. 1

48 Hans Soldat (Prieto Nr. 4). Eine andere Version ebenda Nr. 3. Vgl. auch unsere Nr. 8 und Anmerkung hierzu.
Espinosa Nr. 12, 168, 169

49 Peter Körklein (Prieto Nr. 10). Zur «Würze aller Würzen» vgl. Nr. 56

50 Das Schloß «Hinein und nicht heraus» (Amades Nr. 175). Erzählt von Teresa Gelats, Barcelona 1922.
Kontaminiert werden hier zahlreiche bekannte Motive wie «hilfreiche Tiere», «unlösbare Aufgaben», «geprellter Teufel», «magische Flucht», «vergessene Braut» und «sprechender Vogel». Siehe auch unsere Nr. 11 «Der Zauberer Palermo», Nr. 12 «Die Schönheit der Welt», Nr. 47 «Die heilige Dora» und die Anmerkungen hierzu.
Grimm Nr. 51, 56, 88, 112, 125, 127, 135, 186, 189, 198. Bolte/Polivka vor allem V, 266 sowie I, 134, 227, 534; II, 19, 451, 454, 458, 470; III, 18, 32, 276, 322, 365, 434; weiter: A. Aarne, Die magische Flucht (F. F. Comm. 92, 1930); Edmund Mudrak: Herr und Herrin der Tiere, in «Fabula» IV, S. 163

51 Die Schwiegermutter des Teufels (Amades Nr. 220). Erzählt von Joquima Coll, 60 J., Strumpfwirkerin (exclaustrierte Nonne) aus Barcelona.
Der sehr verbreitete Stoff findet sich schon bei Straparola II, 4, ferner in Machiavellis Belfagor und in verschiedenen Märchenfassungen bei Pitrè.
Grimm Nr. 99; Bolte/Polivka IV, 176; Aarne Nr. 331, 1164. Claude Seignolle: Le diable dans la tradition populaire, Paris 1959

52 Gevatter Wolf und die Geißlein (Sammlung Karlinger). Erzählt von Montserrat Badía Cardus, 11 J., Schülerin aus Barcelona, 1960.
Sehr verbreitet und in fast allen katalanischen Ausgaben enthalten (z. B. Amades Nr. 296).
In der Übersetzung konnte nicht zum Ausdruck kommen, daß der Wolf einen groben Dialekt spricht.
Grimm Nr. 5; Aarne Nr. 1, 2, 3

53 Der Aal, der sprechen konnte (Amades Nr. 168). Erzählt von Maria Bernat, 35 J., Kramerin aus Barcelona, 1922.
Siehe Anmerkung zu Nr. 51. Der tragische Ausgang in Märchen mit sprechenden Tieren ist selten und entspricht nicht dem Märchenton

54 Der Jäger und die Schlange (Amades Nr. 185). Erzählt von Jan Francès, 30 J., Hirte aus Junquera, 1922.
Bolte/Polivka I, 331, 322; III, 46; IV, 183. Straparola XII, 3. A. Aarne: Der tiersprachenkundige Mann und seine neugierige Frau (F. F. Comm. 15, 1914) und Kaarle Krohn (F. F. Comm. 96, S. 53). Karlinger, S. 311. Aarne Nr. 670 und 1375

55 Maria Roseta (Amades Nr. 173). Erzählt von Antonia de la Mestrança, 60 J., Bäuerin (Analphabetin) aus Sarrià, 1922.
Verbindung zahlreicher bekannter Motive: Schlafdorn (nur mehr erkennbar in der Gestalt der toten, aber unversehrten Mutter) und Zauberdorn (Verwandlung des Mädchens in eine Taube, siehe auch unsere Nr. 26), die wundersame Reise, der Schmerzensstein (man denkt an die Klagemauer und Klageröhre). Neu ist das blühende Frauenhaar, dessen Zauber sonst meist unfruchtbare Frauen fruchtbar macht, das jedoch nicht zur Anwendung kommt, da der gute Ausgang des Märchens auf andere Weise gesichert ist.
Zur Eingangshandlung siehe «Brautprobe» im Handwörterbuch des deutschen Aberglaubens

56 Die drei Fragen (Amades Nr. 388). Erzählt von Eulalia Soler, 50 J., Wäscherin aus Barcelona, 1922.
Grimm Nr. 152; Aarne Nr. 922. Walther Anderson, Kaiser und Abt (F. F. Comm. 42, 1923); Jan de Vries, Die Märchen von klugen Rätsellösern (F. F. Comm. 73, 1928); zum «Gewürz aller Gewürze» vgl. Nr. 49

57 Die treue Frau (Sammlung Karlinger, Mskr.). Erzählt von Joseph Joutan, 44 J., Automechaniker aus Perpignan, 1945.
Zum Genoveva-Typus, der vermutlich im keltischen Bereich seinen Ausgang hat in der Gestalt der apokryphen bretonischen Volksheiligen Azenor, kommt noch die Vaterprobe und die hier allerdings nicht unbedingt wunderbare Heilung vom Aussatz (und als Spiegelbild dazu die nur scheinbare Aussätzigkeit der Heldin des Märchens). Die Gestalt des maurischen Prinzen wird mit der des Teufels kontaminiert.
Grimm Nr. 218; Bolte/Polivka III, 517, 531 (jedoch nur bedingt gültig)

58 Das schwarze, das rote und das weiße Haar (Sammlung Karlinger, Mskr.). In der Legende von der in einer Höhle schlafenden und von Bienen bedeckten Frau verbinden sich zwei Motive, das des «Zeus meliflys», wie er auf Kreta verehrt wurde, und das des sardischen Aristaios, dessen von Bienen bedeckte Statue unter den berühmten

Bronzen im Nationalmuseum in Cagliari zu sehen ist. Die Sage vom langen Schlafe reicht von Epimenides (Pausanius I, 14) über Plinius (7, 53) bis zu den Siebenschläferlegenden der Syrer, Juden und Inder. Die drei wunderkräftigen Haare, die hier nicht geraubt werden, stammen aus dem Komplex «Die drei goldenen Haare des Teufels». Wäre die Gestalt in der Höhle männlich, könnte man an eine mittelbare Übertragung der vorchristlichen Gottheit (Zeus oder Aristaios) denken; da es sich um eine weibliche Figur handelt, läßt sich die Herkunft auf keltischem Gebiete suchen. Das Thema «Entführung und Befreiung» (oder Flucht) lebt ähnlich noch in zahlreichen spanischen und katalanischen Romanzen des Titels «La captiva rescatada pel seu germá».

Grimm Nr. 202; Aarne Nr. 763; (mit Beschränkung auch Grimm Nr. 29 und Aarne Nr. 461)

59 Sieben-Mensch und Sieben-Buckel (Alcover IV, 50: Amades Nr. 78). Erzählt von Catarina Cordomí i Pàmies, Bortenstickerin aus Barcelona, 1918.

Grimm Nr. 37, 183. Aarne Nr. 700, 1049, 1051. Bolte/Polivka I, 124, 361, 389; IV, 267; V, 46

60 Der blühende Brunnenrand (Alcover II, 285; deutsch von Harri Meier).

Siehe auch Karlinger S. 323 und 329. 74 ähnliche Legenden von grünendem Holz usw. stehen bei J. B. Bagatta, Admiranda orbis Christiani, Augusta Vindelicorum 1695; weitere Beispiele bei P. Toldo, Leben und Wunder der Heiligen im Mittelalter (1901 ff.) VIII, 48.

Grimm Nr. 206; Bolte/Polivka III, 463; Aarne Nr. 756 A

61 Vom Schuster, der einen Pfennig schuldig war (Ferrer Nr. 34, Amades Nr. 397). Erzählt von Teresa Gelats, Barcelona 1922.

Der Schwank von dem verschuldeten Mann, der sich tot stellt und sich beweinen läßt, ist aus orientalischen Quellen bekannt und durch Karl Maria von Webers Oper «Abu Hassan» auf die deutsche Bühne gekommen. Sonst erprobt der Scheintote meist die Treue seiner Frau. In unserm Märchen klingt eine Parallele zu den Bremer Stadtmusikanten an. So werden zwei an sich heterogene Schwänke miteinander verbunden.

Grimm Nr. 87

62 Comte Arnau (Sammlung Karlinger, Mskr.). Erzählt von Maddalena Borelli, 72 J., Hausfrau aus Alghero (Sardinien), 1955.

Nur entfernt verwandt mit dem Blaubartmotiv, behandelt das Märchen eine durch katalanische Volksballaden bekannte Handlung. Es

stammt aus einem größeren Zyklus, in welchem die Erzählerin verschiedene Stoffe durcheinandermischt, wobei neben Märchen, Legenden und Sagen vor allem kürzere Spuk- und Gespenstergeschichten miteinander verquickt werden.
Grimm Nr. 46; Aarne Nr. 311 und 312.
José Romeu Figueras, El mito de El Comte Arnau, Madrid 1947. Karlinger, S. 317. Paul Delarue, Le conte populaire français, Paris 1957, S. 182

63 Das wundertätige Madonnenbild (Sammlung Karlinger, Mskr.). Von der schwimmenden Ankunft der Ikone mit dem Namen «Maria Itria» berichtet eine Legende bei Gino Bottiglioni, Leggende e tradizioni di Sardegna, Genève 1922, S. 123; das Buch enthält auch katalanische Märchen aus Alghero. Über den Beinamen «Itria» siehe Karlinger S. 317.
Ferner Severin Rüttgers, Unser lieben Frauen Wunder, Leipzig 1915; Wilhelm Hertz, Spielmannbuch, Stuttgart 1912 (Der Tänzer unserer lieben Frau); Caesarius von Heisterbach, Dial. 7,34; Vincenz von Beauvais, Speculum historiale, VIII, 104; zahlreiche ähnliche Legenden bei Alb. Poncelet, Index miraculorum B. M. Virginis, Analecta Bollandiana 21, 241.
In russischen Legenden tritt St. Nikolaus aus Bildern heraus oder wird als Bild unter Zwang gesetzt. – Kücken aus gekochten Eiern kommen bei Grimm Nr. 209 vor; Bolte/Polivka III, 474; Aarne Nr. 821 B

Benutzte und zitierte Werke

Eine Bibliographie auch der Sammlungen spanischer und katalanischer Märchen gibt Bolte/Polivka III, 1918, S. 560–624; V, 1932, S. 82–87, die beste Übersicht über die spanische (und einige katalanische) Märchenliteratur Boggs, S. 11–27. Zur Märchenliteratur des gesamten spanisch-portugiesischen Sprachgebietes vgl. ergänzend die Bibliographie der Revista de Filología Española (Madrid 1914ff.). Wir beschränken uns hier darauf, die benutzten Quellen und zitierten Werke, dazu einige Veröffentlichungen aufzuführen, die für den deutschen Leser von Interesse sind. In () setzen wir die in den «Quellennachweisen und Anmerkungen» verwendeten Abkürzungen voran.

(Aarne) = A. Aarne, The Types of the Folktale. A Classification and Bibliography. Antti Aarne's «Verzeichnis der Märchentypen» (F. F. Comm. 3), translated and enlarged by Stith Thompson (F. F. Comm. 74). Helsinki 1928

(Alcover) = Antoni Maria Alcover, Aplec de rondaies mallorquines d'En Jordi des Recó. 13 Bde. (1. Aufl., 6 Bde., 1896 bis 1913). Ciutat de Mallorca 1915 – Sóller 1935

A. M. Alcover, Les millors rondalles de Mallorca. Ciutat de Mallorca 1947

A. M. Alcover (übers. L. T. llorente Falcó), Cuentos maravillosos recogidos en Mallorca. Valencia 1914. Ders., Nuevos cuentos maravillosos... Valencia 1928

(Amades) = Joan Amades, Folklore de Catalunya. Rondallística. Barcelona 1950

Joan Amades, Les cent millors rondalles populars. Barcelona 1938

Joan Amades (übers. S. Estorach, M. Lequenne), Contes Catalans. Paris 1957

Joan Amades, Mélanges de Folklore. Perpignan 1935

Joan Amades, Els Pireneus. Tradicions i illegendes. Barcelona 1947

Victor Balaguer, Historias y leyendas. Barcelona 1899

Josep Berga i Boix, Llegendes de la comarca d'Olot. Olot 1914

Pau Bertran i Bros, Rondallari català. Barcelona 1905

Pau Bertran i Bros, Rondalles populars catalanes. Barcelona 1908

(Boggs) = Ralph Steele Boggs, Index of Spanish Folktales, classified ac-

cording to Antti Aarne's «Types of the Folktale» translated and enlarged by Stith Thompson (F. F. Comm. 90). Helsinki 1930 (auch als Diss. Chicago 1930)

R. S. Boggs, The Hero in the Folk Tales of Spain, Germany and Russia (Journal of American Folk-Lore 44, 1931, S. 27–42)

R. S. Boggs und N. B. Adams, Spanish Folktales. New York 1932

(Bolte/-Polivka) = J. Bolte und G. Polivka, Anmerkungen zu den Kinder- und Hausmärchen der Brüder Grimm. 5 Bde. Leipzig 1913–1932

(Busk) = R. H. Busk, Patrañas, or Spanish Stories, legendary and traditional. London 1870

(Cabal) = R. Cabal, Los cuentos tradicionales asturianos. Madrid 1924

Francisco Camps i Mercadal, Folklore menorquin. 2 Bde. Maó 1918, 1921

Aureli Capmany, La rondalla catalana (Sammlung in Einzelheften). Barcelona ca. 1904

F. Carreras y Candí, Folklore y costumbres de España (Bd. I, S. 31–130). Barcelona 1931

Esteve Casaponce, Rondalles. Barcelona 1932

Horaci Chauvet, Folklore catalan. Légendes du Roussillon. Perpignan 1899, 1943

Ho aci Chauvet, Traditions populaires du Roussillon. Perpignan 1947

Luis L. Cortés Vázquez, Cuentos populares en la Ribera del Duero. Salamanca 1955

Cuentos de la Edad Media (Musas lejanas, Mitos, Cuentos, Leyendas. 10). Madrid 1927

Marciano Curiel Merchán, Cuentos extremeños (Bibl. de Dial. y Trad. Pop. 3). Madrid 1944

(Espinosa) = Aurelio M. Espinosa, Cuentos populares españoles recogidos de la tradición oral de España. (Stanford University Publications. University Series, Language and Literature, Vol. III.) 3 Bde. Stanford University 1923–1926

Aurelio M. Espinosa, Cuentos populares españoles. 3 Bde. Madrid 1946–1947

Aurelio M. Espinosa, The Language of the «Cuentos populares españoles». (In: Language, Bd. 3, 1927)

Aurelio M. Espinosa, La transmisión de los cuentos populares. (In: Archivos del Folklore Cubano, Bd. 4, 1929)

Aurelio M. Espinosa (hijo), Cuentos populares de Castilla (Col. Austral.) Buenos Aires 1946

(Fernán Caballero) = Fernán Caballero (= Cecilia Böhl de Faber), Cuentos y poesías populares andaluces coleccionados. Sevilla 1859

(Fernán Caballero II) = *Fernán Caballero (= Cecilia Böhl de Faber)*, Cuentos, oraciones, adivinanzas y refranes populares e infantiles. Leipzig 1878

(Ferrer) = *Andreu Ferrer i Ginart*, Rondaies de Menorca. Ciutadella 1914

W. Giese, Zur Morphologie der Märchen der Romanen. (In: Miscelánea Filológica dedicada a D. Antonio María Alcover, S. 19ff.) Palma de Mallorca 1932

(Giner Arivau) = *L. Giner Arivau*, Contribucicón al folklore de Asturias. Folklore de Proaza (Biblioteca de las tradiciones populares españolas, Bd. VIII, S. 103ff.), Madrid 1885

E. Gomis Llambies, Rondalles, Gerona 1929

Manuel Gonzáles i Martí, Contes del pla i la muntanya. Valencia 1947

Wilhelm Grimm, Spanische Märchen (Zeitschr. f. deutsches Alterthum, Bd. 11, 1856, S. 210–215)

Leslie Hansen, The Types of the Folktale in Cuba, Puerto Rico, the Dominican Republic, und Spanish South America. Berkeley-Los Angeles 1957

(Hernández de Soto) = *S. Herández de Soto*, Cuentos populares de Extremadura recogidos y anotados (Biblioteca de las Tradiciones populares españolas, Bd. X). Madrid 1886

(Hosäus) = *W. Hosäus*, Spanische Volkslieder und Volksreime. Spanische Volks- und Kindermärchen. Einfache Blüthen religiöser Poesie. Nach den von Fernán Caballero gesammelten Originalen ins Deutsche übertragen. Paderborn 1862

(Karlinger) = *Felix Karlinger*, Inselmärchen des Mittelmeeres. Düsseldorf 1960 (darin Märchen der Balearen)

Arcadio de Larrea, Cuentos populares de Andalucía I (Bibl. de Dial. y Trad. Pop. 10). Madrid 1959

(Llano Roza de Ampudia = *Aurelio de Llano Roza de Ampudia*, Cuentos asturianos recogidos de la tradición oral (Archivo de Tradiciones populares. I). Madrid 1925

(Llano Roza de Ampudia II) = *A. de Llano Roza de Ampudia*, Del folklore asturiano. Mitos, supersticiones, costumbres. Madrid 1922

(Ludwig Salvator) = *Erzherzog Ludwig Salvator*, Märchen aus Mallorca. Würzburg 1885

(Machado y Alvarez) = *Antonio Machado y Alvarez*, Cuentos populares españoles anotados y comparados con los de otras colecciones de Portugal, Italia y Francia (Biblioteca de las tradiciones populares españolas, Bd. I, S. 101ff.). Sevilla 1883

Francesc Martínez i Martínez, Folklore valencià. Arreplega de llegendes, tradicions y costums. Valencia 1927
F. Maspons i Labrós, Lo rondallayre. Cuentos populars catalans. 3 Bde. Barcelona 1871–1875 (begonnen auch in: Antologia. Col'lecció de Escriptors catalans mod., Bd. 4, Barcelona o. J.)
Manuel de Montoliu, Leyendas de Poblet. Barcelona 1945
(Olavarría y Huarte) = E. de Olavarría y Huarte, El folklore de Madrid (Biblioteca de las tradiciones populares españolas, Bd. II, S. 7ff.). Sevilla 1883
(Prieto) = Laureano Prieto, Contos Vianeses. Vigo 1958
J. A. Saco y Arce, Literatura popular de Galicia (In: Boletín de la Comisión Provincial de Monumentos, Orense, div. Bde., 1914–1923)
V. Serra i Boldú, Aplec de rondalles... (catalanes). Barcelona o. J.
Serra i Boldú, Rondalles populars. Barcelona 1930–1933
(Soupuey) = M. Soupey, Contes et légendes d'Espagne. Paris 1925
Stith Thompson, Motif-Index of Folk-Literrature. 6 Bde. Indiana University Studies. 1932–1936
Pierre Valmigère, Les sept filles du Canigou. Contes et légendes du Languedoc et du Roussillon. Paris 1935
(Verdaguer) = Jacinto Verdaguer, Rondalles. Obra pòstuma. Barcelona 1905
Joan Vila, Les rondalles populars catalanes. Barcelona 1909
(Wolf) = Ferdinand Wolf, Beiträge zur spanischen Volkspoesie aus den Werken Fernán Caballero's mitgetheilt (Sitzungsber. d. Kais. Ak. d. Wiss., Phil.-hist. Classe, Wien 1859, Bd. 31, S. 189–218)

Einige Spezialarbeiten zu einzelnen Motiven bringen unsere Anmerkungen. Einzelne Märchentexte bzw. theoretische Aufsätze findet man noch in den einschlägigen Zeitschriften, Dialektmonographien und in allgemein volkskundlichen Werken.

Inhalt

Aus dem Spanischen

Aus dem Galicischen

Aus dem Katalanischen

Ernest Hemingway

Ernest Hemingway, 1899 in Oak Park, Illinois, geboren, setzte sich früh in den Kopf, Journalist und Schriftsteller zu werden. Als Korrespondent für den «Toronto Star» arbeitete er in Paris, wurde des «verdammten Zeitungszeugs» überdrüssig und begann, Kurzgeschichten zu schreiben. 1929 erschien *In einem andern Land* und wurde ein durchschlagender Erfolg. Hemingway reiste durch Spanien, unternahm Jagdexpeditionen nach Afrika, wurde Kriegsberichterstatter im Spanischen Bürgerkrieg. 1954 erhielt er den Nobelpreis für Literatur. Sein selbstgeschaffener Mythos vom «Papa», seine Krankheiten und Depressionen machten ihn schließlich unfähig zu schreiben. Am 2.Juli 1961 nahm er sich das Leben.

Von Ernest Hemingway sind u. a. lieferbar:

Gesammelte Werke *10 Bände in einer Kassette*
(rororo 31012)

Der Abend vor der Schlacht
Stories aus dem Spanischen Bürgerkrieg
(rororo 5173)

Der alte Mann und das Meer
(rororo 328)

Fiesta *Roman*
(rororo 5)

Der Garten Eden Roman
(rororo 12801)

Die grünen Hügel Afrikas
(rororo 647)

rororo Literatur

In einem andern Land *Roman*
(rororo 216)

Reportagen 1920 – 1924
(rororo 2700)

Schnee auf dem Kilimandscharo
6 stories
(rororo 413)

Im Rowohlt Verlag sind außerdem erschienen:

Gesammelte Werke
Deutsch von A. Horschitz-Horst, P. Baudisch, E. Schnabel u. a.
Kassette mit 6 Bänden. Gebunden.

Ausgewählte Briefe 1917 – 1961
Deutsch von W. Schmitz
640 Seiten. Gebunden

Die Stories
Deutsch von A. Horschitz-Horst
500 Seiten. Gebunden

Sämtliche lieferbaren Titel von Ernest Hemingway finden Sie in der *Rowohlt Revue* – vierteljährlich neu und kostenlos in Ihrer Buchhandlung.

Upton Sinclair

Einen «Muckraker», Staubaufwirbler nannte ihn Präsident Roosevelt. Und zugleich war **Upton Sinclair** (1878 –1968) zu seinen Lebzeiten ein internationaler Bestseller-Autor. Er schrieb 29 Theaterstücke, etwa 80 Bücher und kandidierte mehrmals für die Socialist Party bei den Gouverneurswahlen in Kalifornien. Sinclair stammte aus einer ehemals reichen Südstaatenfamilie, schlug sich als Autor mit Frau und Kind mühsam durch – bis ihn ein Auftrag der damals größten sozialistischen Wochenzeitung Amerikas über Nacht weltberühmt machte: Er arbeitete 1905 wochenlang in den Schlachthöfen Chicagos, recherchierte über die elende Situation der Arbeiter und verfaßte den aufrüttelnden Roman *Der Dschungel.*

Der Dschungel *Roman*
(rororo 5491)
«Ich zielte auf das Herz der Menschen», schrieb Upton Sinclair über die Wirkung seines Romans, «aber ich traf sie nur in den Bauch.»

Am Fließband Mr. Ford und sein Knecht Shutt *Roman*
(rororo 5654)
Am Beispiel der Karriere des Selfmademan Henry Ford schildert Upton Sinclair die verhängnisvollen Auswirkungen des Geldes auf den Charakter – «dem moralischen Niedergang des Kapitalisten wird in alternierenden Kapiteln das erwachende Klassenbewußtsein der Arbeiterfamilie Shutt gegenübergestellt». Frankfurter Allgemeine Zeitung

3276/1

rororo Literatur

Öl! *Roman*
(rororo 5810)
«Es ist das umfangreichste meiner Bücher und ist besonders sorgfältig recherchiert. Es ist voller Abenteuer und sozialer Gegensätze, keine Geschichte könnte wahrer sein.» Upton Sinclair

So macht man Dollars *Roman*
(rowohlt jahrhundert 24)
Jed Rusher, ein Habenichts aus dem Mittelwesten steigt zum «Napoleon des Erdöls auf» - ein sarkastischer Roman über die klassische amerikanische Karriere.

«Sagen Sie Sinclair, er soll Ruhe geben und mir die Regierung des Landes für eine Weile überlassen!» Theodore Roosevelt an Sinclairs Verleger.